오토기보코

伽婢子

오토기보코 伽婢子

A Translation of "**Otogiboko**", a Strange Story of Japan

아사이 료이 저
이 용 미 역

세창출판사

저자 **아사이 료이**(浅井了意, ?-1691)

근세 초기, 정토진종(浄土真宗)의 승려이자 가나조시(仮名草子)의 대표적 작가로 쉬운 가나문(仮名文)을 사용하여 설화, 견문록, 명소 안내기, 고전 주석서, 실록 등 다양한 교훈계몽서를 집필하였다. 50세 전후의 비교적 늦은 나이에 작가로 데뷔하여 주로 서민층을 대상으로 교훈 설화집인 『간닌키(堪忍記)』(1659), 『에도 명소기(江戸名所記)』(1662) 등의 명소 안내서, 『야마토 스물네 가지 효행(大倭二十四孝)』(1665) 등의 교훈계몽서, 『겐지구모가쿠레쇼(源氏雲隠抄)』(1677)와 같은 고전 주석서, 『오토기보코(伽婢子)』(1666), 『이누하리코(狗張子)』(1692)와 같은 기담집 등 다방면에 걸쳐 뛰어난 작품을 남겼다.

역자 **이용미**(李龍美)

한국외국어대학교 일본어과를 졸업하고 동 대학교 대학원에서 석사학위를 취득, 일본 주오대학(中央大学) 국문과에서 문학박사 학위를 취득하였다. 한국외국어대학교 일본학 연구소 연구원, 고려대학교 강사를 거쳐 현재 명지전문대학 일본어과 부교수로 재직 중이다. 『일본인의 삶과 종교(공저)』(2007), 『그로테스크로 읽는 일본문화(공저)』(2008), 『에로티시즘으로 읽는 일본문화(공저)』(2013) 및 일본 중세 소설을 번역한 『오토기소시슈』(2010) 등의 저서가 있다. 논문으로는 「딸에서 효녀로의 변신–심청가와 사요히메의 비교」, 「일본 여성의 원한과 진혼」, 「일본 중세문예에 나타난 아동관의 고찰」, 「센과 치히로의 행방불명에 나타난 유곽의 메타포」, 「슈텐동자(酒呑童子)의 시원에 관한 소고」 외 다수가 있다.

오토기보코 伽婢子

1판 1쇄 인쇄 2013년 7월 20일
1판 1쇄 발행 2013년 7월 30일

저자 | 아사이 료이(浅井了意)
역자 | 이용미
발행인 | 이방원
발행처 | 세창출판사
신고번호 | 제300-1990-63호
주소 | 서울 서대문구 경기대로 88 (냉천동 냉천빌딩 4층)
전화 | (02) 723-8660 팩스 | (02) 720-4579
http://www.sechangpub.co.kr
e-mail: sc1992@empal.com

ISBN 978-89-8411-420-3 93830

이 번역도서는 2010년 정부(교육과학기술부)의 재원으로 한국연구재단의 지원을 받아 수행된 연구임(NRF-2010-421-A00066).

이 도서의 국립중앙도서관 출판시도서목록(CIP)은 서지정보유통지원시스템 홈페이지(http://seoji.nl.go.kr)와 국가자료공동목록시스템(http://www.nl.go.kr/kolisnet)에서 이용하실 수 있습니다.(CIP제어번호: CIP2013011785)

역자 서문

伽婢子

일본 근세의 시작인 17세기 초, 인쇄술과 상업의 발달로 인하여 문예의 향수층이 일반 서민으로 확대되기 시작하자 그동안 구전의 형태로 전해오던 이야기들이 본격적인 소설読み物의 형태로 창작되기에 이른다. 이러한 문예 풍토를 바탕으로 탄생한 것이 요괴나 유령 등의 기이한 이야기를 다룬 『오토기보코伽婢子, 1666』이다.

전근대 동아시아 문학은 중국을 발원지로 하는 공통된 모태 안에서 성장, 발전한 역사를 갖는다. 그 구체적인 예 가운데 하나가 바로 중국의 『전등신화剪燈新話, 1421』와 조선의 『금오신화金鰲新話, 15세기중엽』에서 일본의 『오토기보코伽婢子, 1666』, 베트남의 『전기만록傳奇漫錄, 1527-47년경』으로 이어지는 기담집의 세계이다. 아사이 료이浅井了意, ?-1691라는 천재적인 작가가 주로 중국의 『전등신화』에 담긴 이야기를 일본의 풍토와 정서에 맞게 각색한 『오토기보코』는 일본 근세 번안소설의 시조임과 동시에 기담집의 선구로 일컬어진다.

이 번역서는 2010년 한국연구재단의 학술명저번역 사업의 지원을 받아 완성되었다. 원문의 정확한 뜻과 자연스러운 한국어 표현, 세세한 주석 작업과 가독성 사이에서 고민하며 다듬고 고치기를 거듭하다보니 어느덧 3년이라는 시간이 흘렀다. 부족한 부분은 앞으로도 꾸준히 메워 나가리라 다짐하며, 훌륭한 선후배님들의 지도와 조언을 기대하며 조심스레 책을 선보인다.

일일이 사전을 찾아가며 한국어 번역을 꼼꼼히 읽어준 제자 김인현 군과 거친 문장의 결을 섬세한 감각으로 정성들여 다듬어주신 세창출판사 김명희 실장님 외 여러분에게 감사의 말씀을 드린다.

2013년 7월

역자 **이 용 미**

일러두기

伽婢子

○ 이 책은 아사이 료이浅井了意의 『오토기보코伽婢子』(新日本古典文学大系 75, 岩波書店, 2001)를 한국어로 옮긴 것이다.

○ 연호, 인명, 지명, 관직명 등은 일본어 발음을 따르는 것을 원칙으로 하되 국립 국어원이 정한 '일본 가나仮名의 한국어 표기법'에 따랐다. 따라서 같은 단어라도 어두와 어중의 한국어 표기가 다를 수 있다.

예) 다자이후太宰府, 고조 교고쿠五条京極, 오토기보코おとぎぼうこ, 도기보코とぎぼうこ.

○ 한자는 일본식 한자로 표기하고 글 중에 처음 나올 때만 한자를 병기하였다.

○ 시대나 연호는 서기 단위를 병기하고 인명은 성과 이름 사이에 띄어쓰기를 하였다. 인물인 경우 생몰연대를 표기하고 쇼군이나 천황의 경우는 재위기간을 표기하였다.

예) 덴분天文 17년1548, 오기하라 신노조荻原新之丞, 미우라 요시아쓰三浦義同, 1451-1516, 미나모토노 요리토모源頼朝, 재위: 1192-99.

○ 행정 구역 표기에 있어 「国」는 '지방'으로, 「郡」는 '고을'로 옮겼다.

예) 이세伊勢 지방, 야마다山田 고을.

○ 절 이름은 '~사', 강 이름은 '~강', 산 이름은 '~산'으로 통일하였다.

예) 도다이사東大寺, 도즈강十津川, 고야산高野山.

○ 책이름은 일본어 발음을 따르는 것을 원칙으로 하였으나 '日記'는 '일기'로 '物語'는 '이야기'로 옮겼다.

예) 도사 일기土佐日記, 겐지 이야기源氏物語.

○ 와카和歌는 '노래'로 통일하였으며 될 수 있는 한 원전의 의미에 충실하되 시조의 음수율을 염두에 두고 옮겼다.

○ 작품 감상의 흐름과 내용 이해를 돕기 위해 중요하다고 생각되는 경우에는 앞서 언급되었어도 중복하여 각주를 삽입하였다.

차례

伽婢子

伽婢子
卷 六

伽婢子
卷 七

伽婢子
卷 八

伽婢子 卷 九

伽婢子 卷 十

伽婢子 卷十一

가나 서문

伽婢子

무릇 성인聖人[1]은 변함 없는 세상의 도리를 논하는 것으로 도道를 가르치고 덕德을 베풀면서 몸가짐을 바르게 하며 이치理를 밝힘으로써 마음을 수양한다.

이 세상의 모든 나라는 이를 본받아 풍속을 교화하는 것을 목표로 하며 괴력난신怪力亂神은 거론하지 않는다[2]고 하나 단 부득이한 경우에는 이를 글로 남겨 본보기로 삼는다. 그렇기에 역경易經에는 용龍이 들판에서 싸운 일을 적고 서경書經에는 세발 솥 안에서 까치가 운 일을 기록하였다. 춘추春秋[3]에는 난적亂賊의 일이 실리고 시경詩經에는 국풍國風[4]과 정풍鄭風[5]의 편을 실어 뒷날 훌륭한 본보기로 삼았다. 더욱이 불경佛經은 삼세인과三世因果[6]의 이치를 가르치며 사생유전四生流轉[7]의 업을 경계하며 때때로 다양한 신통神通과 변화變化의 모습을 설파하였다. 또한 신도神道에서는 풀과 나무, 땅과 돌에 이르기까지 저

1_ 유학(儒學)에서 지덕(智德)을 겸비한 이상적인 인물.

2_ 논어(論語) 술이(述而) '자불어괴력난신(子不語怪力亂神)'–공자께서는 괴이함과 힘으로 하는 일, 어지러운 일, 귀신에 관한 것은 말씀하지 않았다.

3_ 오경(五經)의 하나로 중국 노(魯)나라 사관이 편년체로 기록한 노나라 역사를 공자가 비판, 수정한 책.

4_ 여러 지방의 민요.

5_ 국풍의 하나로 남녀의 음란한 행위를 읊은 시.

6_ 과거, 현재, 미래를 통해 인과관계가 지속되는 것.

7_ 생물이 태어나는 네 가지 형태. 즉 태생(胎生), 난생(卵生), 습생(濕生), 화생(化生)이 각각 업에 따라 끊임없이 반복되는 일.

마다 신령이 깃들어 있음을 밝힘으로써 신의 오묘한 섭리를 드러낸다.

이렇듯 유교, 불교, 신도 모두 오묘함靈里, 영험奇特, 괴이怪異, 기적感応 등이 엄연히 존재함을 설파하고 이를 저마다의 도道에 이르는 계기로 삼고 있다. 그렇기에 성스러운 경전經傳과 성현의 전기傳記, 제자백가諸子百家의 글이 이미 수레에 가득 차고 마룻대까지 쌓였다고 한다. 일본의 역사서와 고금의 문서도 어디 다섯 수레만 채울 것인가? 그 가운데에서 가잔花山 천황이 지은 『야마토 이야기大和物語』,[8] 우지다이나곤宇治大納言의 『우지슈이 이야기宇治拾遺物語』,[9] 이 밖에도 『다케토리 이야기竹取物語』[10] 『우쓰호 이야기宇津保物語』[11] 속 「도시카게俊蔭의 권」을 비롯하여 기이하고 오묘한 일들을 적은 책들은 일일이 손꼽을 수조차 없다.

한편 『오토기보코伽婢子』는 아득히 먼 옛날 일을 적은 게 아니라 근자에 전해 들은 것을 한곳에 모은 것이다. 이 책은 학식 있는 자의 눈을 즐겁게 하고 귀를 씻어주기 위해 펴낸 것이 아니다. 단지 어린이와 아녀자들이 듣고 신기해하며 스스로의 마음가짐을 바로 하여 올

8_ 헤이안(平安) 중기인 951년경 성립된 것으로 추정. 173단 구성으로 시를 중심으로 한 이른바 '우타 모노가타리(歌物語)'로 약 290수의 노래가 실려 있다. 전반부는 당시 실존 인물들의 일화를 소개하며 등장인물들의 실명, 관직명 등이 구체적으로 언급되어 있다. 후반부는 노래에 얽힌 이야기나 민간전승이 중심이다. 본문에 언급되었듯이 가잔 천황(968-1008)을 작자로 추정하기도 하나 일반적으로는 작자 미상으로 알려져 있다.

9_ 13세기 초에 성립된 설화집으로 15권 197화가 수록되어 있다. 우지다이나곤(宇治大納言)으로 불리던 미나모토노 다카쿠니(源隆国)가 여러 사람들의 이야기를 듣고 수집한 『우지다이나곤 이야기(宇治大納言物語)』를 토대로 한 것이나 편자(編者)는 미상이다. '혹부리 영감', '참새의 보은' 등의 민간 설화를 바탕으로 한 내용에서는 당시 서민의 생활상이나 가치관을 엿볼 수 있다.

10_ 헤이안(平安) 시대 초기인 10세기 전반 성립으로 추정. 작자 미상이며 가나(仮名)로 쓰여진 가장 오래된 이야기(物語)이다. 구전으로 전해 내려오던 '선녀 하강' 설화를 소재로 한다.

11_ 헤이안(平安) 중기인 984년경에 성립된 최초의 장편으로 전 20권. 작자 미상이며 도시카게(俊蔭) 일족을 둘러싼 음악 전승에 얽힌 이야기이다.

바른 길로 나가는 길잡이가 되고자 할 뿐이다.

자고로 옛사람들은 눈으로 본 것만을 믿고 귀로 들은 것은 믿지 않는 것을 천하게 여겼다. 음양오행陰陽五行, 천지조화天地造化는 광대한 까닭에 헤아리기 어렵고 오묘하여 다 꿰뚫기 어려운 법, 당장 눈앞에 보이지 않는다 하여 지금 듣는 것을 의심하지 말지어다. 운운云云.[12]

간분寛文 6년1666 병오년 정월

효스이시 쇼운瓢水子 松雲[13] 처사処士 자서自序

12_ 서문 등의 마지막에 사용되며 앞의 내용을 확인한다는 의미의 상투어.

13_ 아사이료이(浅井了意)의 호는 '효스이시(瓢水子)' 혹은 '쇼운(松雲)'이다.

한문 서문

伽婢子

『오토기보코伽婢子』는 쇼운松雲 처사処士가 지은 책으로 여러 권에 걸쳐 대개는 신괴기이神怪奇異한 이야기들을 다루고 있다. 훌륭한 문장과 아름다운 시로 인구에 널리 회자되는 것은 새삼 거론할 필요도 없다. 논어설論語說[1]에 이르기를 '괴력난신怪力亂神은 거론하지 않는다'고 하였으니 이 책이 허황된 내용으로 사람을 현혹시킨다는 비난을 면치 못할 것이다.

그러나 실제로는 그렇지 않다. 무릇 선비가 되어 지켜야 할 도리를 따르는 사람은 서적 구석구석까지 샅샅이 살펴 깊은 뜻을 헤아린다. 그렇게 함으로써 예법禮法의 심연을 배우며 신중한 언행을 마음에 새겨 선을 쌓고 덕을 베풀어 이름을 길이 남긴다.

범부凡夫와 어린것은 책을 읽을 줄도 모르거니와 널리 들어 사물의 이치를 깨우치지도 못한다. 그런 까닭에 몸가짐을 바르게 할 줄도 모른 채 그저 허송세월을 보낸다. 때로 맑고 올바른 이야기를 들으면 골치 아파하며 이맛살을 찌푸린 채 우는 소리를 하고 그 자리를 떠버린다. 심오한 경전의 이치나 광대한 서적의 뜻은 비유컨대 귀머거리를 모아두고 북소리를 울리는 것과 같으니 이것이 무슨 소용이겠는가.

1_ '논어설'은 같은 이름의 책이 많아 특정한 편저자를 밝히기 어렵다. 여기서 굳이 논어를 인용하지 않은 것은 료이 친필 서문과의 중복을 피하기 위한 것으로 보인다.

『오토기보코伽婢子』라는 책은 참신한 문장으로 최근의 일들을 기록하여 전한다. 괴이한 이야기는 사람들의 귀를 놀라게 하고 재미있는 이야기는 사람들을 즐겁게 만들기에 졸음을 쫓아내고 지루함을 잊게 만든다. 이 책은 범부와 아이들이 손쉽게 읽고 깨닫도록 지은 것이다. 남녀의 음란함을 곧 깊이 경계하며 저승과 이승의 이치를 분명히 밝히고자 하였다. 군자의 도를 밝히는 책은 아니나 바라건대 범부의 수신을 위한 방편이 되었으면 한다.

간분寬文 6년1666 병오년 정월 하순

운쇼雲樵[2]

2_ 미상.

伽婢子

卷一

용궁의 상량문上梁文*

고슈江州 지방의 세타瀨田 다리[1]는 동국東国에서 제일 큰 다리로 동서로 놓여 있다. 다리 서편에는 북쪽으로 시가滋賀와 가라사키辛崎도 바로 코앞에 있고 야마다山田, 야바세矢橋로 내려가는 배와 시오즈塩津와 가이즈海津로 올라가는 배들이 돛을 높이 올리고 물살을 가르는 모습은 장관이 아닐 수 없다. 다리 남쪽에는 이시야마사石山寺[2]가 있는데 저녁을 알리는 종소리는 산 너머 이와마사岩間寺[3]까지 지척으로 이어진다. 다리 동편의 북쪽에는 시나任那 마을이 자리잡고 있다. 이곳은 연꽃의 명소로 이름난 곳으로 6월 중순 무렵부터 흐드러지게 피는 연꽃의 향기가 사방에 가득하니 이를 보는 사람들의 마음마저

---

*_ 『금오신화(金鰲新話)』 5화 「용궁부연록(龍宮赴宴錄)」과 『전등신화(剪燈新話)』 1-1 「수궁경회록(水宮慶會錄)」을 바탕으로 일본의 용궁전설을 가미한 작품. 작자가 이야기의 무대를 시가현 세타(滋賀県瀨田) 부근으로 설정한 것은 이야기 말미에 '용왕 신사'가 등장하는 것으로도 알 수 있듯이 예로부터 세타에 면한 비와호(琵琶湖)가 용궁의 입구라고 전해 내려오는 전설에 기인한다. 이야기의 도입부에 비와호 주변의 경관 묘사에 많은 양을 할애한 것 역시 원래 이야기를 일본풍으로 만들기 위한 의도로 보인다.

1_ 시가현 오즈시 세타가와(滋賀県大津市瀨田川)에 놓인 다리. 예로부터 기나이(畿内)와 동일본(東日本)을 잇는 요충지로 다리 아래는 용궁으로 통한다는 전설이 있다.

2_ 오즈시에 위치한 사찰로 관음(觀音) 신앙의 영지(靈地).

3_ 오즈시에 위치한 사찰로 본존은 천수관음(千手觀音), '쇼호사(正法寺)'라고도 한다.

_ 흑마를 타고 용궁으로 향하는 마카미

한 점 티 없이 맑게 만든다. 다리 남쪽으로는 다나카미산田上山의 석양에 목청껏 우는 매미소리가 여름의 정취를 더한다. 산 뒤편으로는 이세伊勢로 이어지는 길이 있고 산 앞에는 호수가 길게 펼쳐지는데 물길은 시시토비鹿飛 폭포에서 우지宇治의 가와세川瀨로 이어진다고 한다. 호수 북쪽에는 반딧불이 계곡蛍谷이라 부르는 동굴이 있다. 4월 초순에서 5월 중순에 걸쳐 수백만 마리의 반딧불이가 생겨나 호수의 수면에 모여들어 공이나 수레바퀴만한 크기로 둥글게 뭉친다. 그리고는 하늘 높이 날아올랐다가 느닷없이 수면 위로 떨어져 뿔뿔이 흩어진 다음 물길 따라 흘러간다. 그 모습은 마치 장마에 석류꽃이 올올이 피는 듯하고 한데 어우러져 반짝거리는 모습 또한 잊지 못할 장관을 이룬다. 그렇기에 승속을 떠나 풍류를 아는 사람들이 이곳에서 노닐며 지은 수많은 노래와 시들이 입에서 입으로, 혹은 글로 전해지고 있는 것이다. 다리 동남쪽의 호숫가에 작은 신사神社가 있다. 그 옛날 다와라노 토타 히데사토俵藤太秀鄕[4]가 여기에서 용궁으로 가서 미카미산三上岳의 지네를 퇴치하고 비단과 쌀섬, 냄비, 종을 얻어 돌아왔다. 이 가운데 종은 미이사三井寺[5]에 기부하였는데 지금도 그 명성을 간직한

4_ 헤이안(平安) 시대의 무장으로 생몰연대 미상. 용왕 딸의 간청으로 미카미산의 지네를 퇴치하였다는 전설로 유명하다.

5_ 오즈시에 있는 천태종(天台宗)의 사찰로 본존은 미륵보살(彌勒菩薩). 온조사(園城寺)라고도 부른다.

채 남아 있다.

고카시와바라인後柏原院[6] 시절, 에이쇼永正 연간1504-21에 시가 고을滋賀郡 마쓰모토松本라는 곳에 마카미 아키나기미真上阿祇奈君라는 사람이 살고 있었다. 원래는 대궐에서 천황을 모시면서 문장생文章生[7]이라는 관직에 있던 사람인데 번잡스러운 세상에 염증을 느껴 벼슬에서 물러나 칩거하다가 이곳에 자리잡고 느긋하게 세월을 보내고 있었다.

_ 용궁 문 앞을 지키는 세 명의 문지기

어느 날 저녁, 평상복 차림에 갓을 쓴 두 사람이 찾아와서는 마당에 무릎을 꿇고 말하였다.

"저희는 바다 밑 용궁에서 선비님을 모셔오라는 분부를 받고 왔습니다."

마카미는 짐짓 놀란 내색을 감추며 대답하였다.

"용궁과 인간 세상은 떨어져 있는데다 사는 경계도 다르거늘 어찌 갈 수 있단 말입니까? 하기야 옛날에는 통하는 길이 있었다지만 지금은 끊겨서 흔적마저 사라졌다고 들었습니다."

이 말을 받아 사자使者가 입을 열었다.

"좋은 말에 안장을 얹어 문밖에 대기해 두었습니다. 이를 타고 가시면 넘실대는 물결과 세찬 파도도 조금도 걱정하실 필요가 없습니다."

마카미는 미심쩍어하면서 자리에서 일어나 문밖으로 나가보니 금

6_ 제104대 천황(재위: 1500-1526).
7_ 관리양성의 최고 교육기관인 대학료(大学寮)에서 기전(紀傳)이나 한시문 등을 배워 시험에 합격한 사람.

테두리를 두른 안장을 얹고 나전螺鈿[8]으로 만든 등자[9]에 은으로 된 재갈을 물린 늠름하고 건장한 말 한 필이 있었다. 이윽고 장정 십여 명이 죽 늘어서 있다가 마카미를 말에 태우자 두 명의 사신이 앞서 달렸다. 마카미를 태운 말은 마치 허공을 나는 듯하였다. 마카미가 아래를 내려다보니 발밑은 온통 구름만이 넘실대고 안개가 뭉게뭉게 피어올라 아무것도 보이지 않았다.

잠시 후 용궁 문 앞에 이르러 말에서 내렸다. 문지기들은 새우 머리, 게딱지, 소라, 조가비를 닮은 갑옷을 입고 창과 긴 칼을 차고는 굳건히 보초를 서고 있었는데 마카미를 보고 모두들 무릎을 꿇고 머리를 땅에 조아리며 예를 갖추었다. 두 사람의 사자가 대궐 안으로 들어가자 잠시 후 관원으로 보이는 녹색 옷을 입은 두 사람이 나와 마카미를 안으로 안내하였다. 대궐 문 위에는 '함인문含仁門'[10]이라는 현판이 걸려 있었다. 문 안으로 들어가 약 반 정町, 55m 정도 걸으니 수정으로 된 궁전이 나왔다. 계단을 올라가 안으로 들어가니 오색이 영롱한 구름 관을 쓰고 비설검飛雪劍을 찬 용왕이 홀笏[11]을 들고 나타나서 마카미를 백옥으로 된 자리에 앉도록 이끌었다.

마카미도 최대한 예의를 갖추어 절을 한 후 아뢰었다.

"소인은 한낱 일본국의 미천한 백성으로 초목草木과 함께 썩어 없어질 몸이옵니다. 그런 제가 어찌 감히 용왕님 위엄을 욕되게 빈객賓客의 대접을 받을 수 있겠나이까."

"일찍이 명성은 들어왔으나 이제야 만나게 되는구려. 어려워할 것

8_ 자개를 무늬대로 잘라 목심(木心)이나 칠면(漆面)에 박아넣거나 붙이는 칠공예 기법.

9_ 말을 타고 앉아 두 발로 디디게 되어 있는 물건으로 안장에 달아 말의 양쪽 옆구리로 늘어뜨린다.

10_ 금오신화(金鰲新話)』의 「용궁부연록(龍宮赴宴錄)」에는 '함인지문(含仁之門)'. 용왕의 인덕(仁德)이 널리 퍼져 있다는 의미인 듯.

11_ 벼슬아치가 예복을 갖추고 손에 드는 얄팍하고 길쭉한 막대모양의 물건.

없소이다."

용왕은 이렇게 말하며 굳이 마카미를 자리에 앉힌 후 본인은 칠보로 만든 용상에 올라 남쪽을 향하여 좌정하였다. 이 때 "빈객賓客이 오셨습니다."라고 아뢰는 소리가 들렸다. 용왕은 다시 자리에서 일어나 계단으로 나가 세 명의 손님을 맞이하였다. 세 명 모두 기품 있는 모습이 마치 속세의 사람이 아닌 듯하였다. 옥류관을 쓰고 비단옷을 갖추어 입은 사람들은 위풍도 당당히 칠보 가마에서 내려 조심스레 안으로 들어와 자리에 앉았다. 마카미는 자리에서 물러나 금으로 된 가리개 뒤에 다소곳이 몸을 숙이고 서 있었다.

어느 정도 자리가 정리되자 용왕이 "인간 세계에서 문장생文章生을 모셔왔으니 모두들 불편하게 생각하지 마십시오."라고 말한 후 마카미를 앞으로 나오게 하였다. 마카미가 앞으로 나와 예를 올리자 세 명의 손님 역시 예를 갖추었다.

"앞의 옥좌에 앉으시지요."라고 권하자 마카미가 "소인은 한낱 미천한 몸이온데 어찌 귀한 분들과 나란히 자리를 할 수 있겠습니까."라며 사양하였다.

세 명의 손님이 입을 모아 재차 권하였다.

"진정 인간 세계와 용궁의 경계가 분명하여 오가는 통로가 끊어졌다고 하나 용왕님께서 인간을 보는 눈은 정확하시니 댁이 어찌 그냥 평범한 사람이겠습니까? 이리로 오십시오. 사양 마시고 어서 이리로 앉으시지요."

하는 수 없이 마카미가 자리를 잡고 앉자 용왕이 입을 열었다.

"짐이 이번에 새로 궁전을 마련하였소. 도목수와 내장內匠의 우두머리를 모아 옥으로 된 주춧돌을 놓고 무지개 모양의 대들보, 구름 모양의 마룻대, 아름다운 문양의 기둥 등, 모든 구색을 갖추었다오. 그런데 단 하나 부족한 것이 축사인 상량문上梁文이라오. 얼핏 듣자하니 마카미 아키나기미께서는 학문과 지혜, 덕망 또한 높기로 명성이

자자하다지요? 그렇기에 애써 먼 곳까지 청하여 모신 것이라오. 짐을 위해서 부디 상량문을 써주기 바라오."

용왕이 이렇게 청하자 머리를 둥글게 말아 귀 옆으로 올려 묶은 열두세 살 정도 되어 보이는 동자 두 명이 마카미 옆으로 다가왔다. 한 명은 벽옥碧玉으로 된 벼루에 대나무 붓대에 물소 털로 만든 붓을 얹고 명아주의 재에 잇꽃과 사향 가루를 섞어 만든 먹을 듬뿍 갈아 대령하였다. 다른 한명은 교인鮫人[12]이 짠 비단 한 필을 가져와 마카미 앞에 내놓았다. 마카미는 사양할 수도 없어 붓에 먹을 묻혀 써내려가기 시작하였다.

> "천지간에는 창해蒼海가 가장 넓으며 생명 가진 것 중에는 용왕의 신령스러움이 으뜸이라. 이미 만물을 윤택하게 한 공이 있으니 어찌 복 받을 은혜가 없으리. 이러한즉 향을 피우고 등불을 밝혀 비나이다. 비룡飛龍은 대인大人을 알아본다[13]고 하였으니 이 모두는 신령스러운 변화의 자취를 나타내는 말이다.
>
> 유세차 금월 금일維歲次 今月今日, 새로이 아름다운 궁전을 지어 맑고 영롱하게 꾸몄으니, 수정과 산호로 기둥을 세우고 호박琥珀과 낭간琅玕[14]으로 들보를 걸었네. 구슬주렴을 걷으면 산 구름 푸르게 노닐고 옥문을 열면 동굴의 안개 하얗게 피어오르는구나. 하늘은 높고 땅은 비옥하니 남쪽 바다 8천 리를 다스리고 비를 가늠하여 바람을 움직이니 북쪽의 수많은 해안가를 거느리는도다. 하늘에 오르거나 못에 내려와 백성들의 소원을 거두고 알게 모르게 상제上帝의 어진 마음을 도우니 그 위엄이 고금古今

12_ 중국 남해(南海)에 산다는 상상의 동물로 늘 베를 짜고 있으며 자주 우는데, 그 눈물이 떨어져 구슬이 된다고 한다.

13_ '비룡'은 성인(聖人)인 임금을, '대인'은 덕이 높은 사람을 뜻한다. 즉 성인이 임금 자리에 있으면 덕이 높은 사람을 만난다는 뜻.

14_ 중국에서 나는 경옥(硬玉)의 하나로 짙은 녹색 또는 청백색이 나는 반투명한 돌로 장식에 많이 쓴다.

에 걸치고 그 덕은 여울의 조약돌에도 미치도다. 검은 거북과 붉은 잉어 춤추며 축하하고 나무의 정령과 산도깨비도 한데 모여 기뻐하는구나. 이에 시 한 수를 지어 대들보에 새기고자 한다.

동쪽 깊은 바다에 아름다운 궁전이 세워지니
수중 생물 줄지어 큰 덕에 감화되어 따르는도다.
바람 소리는 온갖 기쁨의 노래 소리와 어우러지니
바다의 신과 강의 신이 하례하러 모이네.
세세만년 태평성대 누리는 용궁을 보며
세상 사람들은 가없는 세월을 헤아리는구나.
엎드려 바라오니 상량 후 만 가지 복이 깃들고 천 가지 기쁨이 찾아와 궁전이 안온하고 하늘의 해와 달처럼 세세만년 태평성대 무궁토록 해 주옵소서."

용왕이 크게 기뻐하며 세 명의 손님에게 이 글을 보이니 모두 감탄하며 칭찬하였다. 이에 용왕은 상량을 축하하는 연회를 열고 술잔을 들어 술을 권하며 말하였다.

"아키나기미께서는 인간 세상에 계시니 아직 이 세 분을 잘 모르시겠지요. 한 분은 강의 신이고, 또 한 분은 하천의 신이며, 나머지 한 분은 못의 신이라오. 이제 서로 친구가 되어 오늘 잔치는 허물없이 즐겨봅시다."

이윽고 스무 살 남짓 되어 보이는 여인들 십여 명이 나와 바람에 흩날리는 눈처럼 소맷자락을 살랑이며 노래하고 춤을 추었다. 꽃으로 장식한 옥비녀를 꽂고 하늘거리는 비단으로 소매를 덧댄 모습은 하나같이 속세에서는 본 적 없는 아리따운 얼굴과 우아한 자태를 지녔다. 이들의 노래 소리는 하늘에 떠 있는 구름까지 울려 퍼졌다. 여인들이 물러가자 이번에는 귀 언저리에 머리를 둥글게 말아 묶은 동자 십여 명이 나왔다. 수놓인 웃옷에 비단 바지를 입고 머리는 꽃으로 장식한 모습은 작은 인형처럼 귀여웠다. 동자들은 소맷자락을 펄럭이며 빙글빙글 춤을 추었다. 맑게 울려 퍼지는 노랫소리에 대들보에 쌓인 먼지가 날아오를 것만 같았고, 그 소리는 관현과 잘 어우러져 그윽한 정취가 이루 형언할 수 없었다.

춤이 끝나자 주인인 용왕이 홍에 겨운 나머지 잔을 씻고 술병을 새로 채워 마카미의 앞에 놓으며 몸소 옥피리로 해곡음嶰谷吟[15]을 불었다. 그리고는 "자리에 앉아 있는 그대들은 앞으로 나와서 손님들을 위해 재미있는 재주 하나씩 보이도록 하시오."라고 명령하였다.

이 분부를 받들고 앞으로 나온 자가 자신을 곽개자郭介子[16]라고 소개하였는데 알고 보니 게蟹의 정령이었다.

> "나는야 계곡과 바위틈에 숨어살며 계수나무 열매가 여는 가을이 되면 맑은 달빛과 서늘한 바람에 이끌려 강가에서 뒹굴고 바다에서 헤엄친다네. 속은 누렇고 겉은 둥글고 딱딱하며 두 눈은 하늘을 향하고 여덟 개의 다리가 붙어 있지. 모양새는 처녀들의 웃음거리이나 맛은 병사들의 즐거움이 된다네. 갑옷을 두르고 창을 쥐었으며 거품을 물고 눈알을 굴리기에 무장공자無腸公子[17]라는 이름을 얻었으니 뱃놀이 춤이라도 출거나."

이렇게 노래하며 앞뒤로 왔다갔다 좌우로 건들건들 춤을 추니 같은 무리들도 덩달아 가락을 맞추었다. 이 모습에 좌중에는 웃음보가 터졌다.

다음으로 자신을 현 선생玄先生[18]이라 칭하며 앞으로 나선 자는 소

15_ '해곡'은 중국 전설에 등장하는 곤륜산(崑崙山) 북쪽 계곡의 이름. 중국 신화에 나오는 제왕인 황제(黃帝) 시절, 영윤(伶倫)이란 사람이 이 계곡의 대나무를 잘라 피리를 만들어 불며 음률을 정비하였다고 전한다.

16_ 게의 딴이름. '개자'는 개사(介士)로 갑옷을 걸친 무사를 말한다.

17_ 창자가 없는 동물이라는 뜻으로 게를 이르는데, 변하여 기개나 담력이 없는 사람을 놀리는 말로 사용된다.

18_ 거북이를 가리킨다. 거북이를 의인화하여 '현의독우(玄衣督郵)'라 부른 것에서

_ 용궁 잔치. 중앙의 용왕을 중심으로 왼쪽에 마카미가, 오른쪽에 세 명의 신이 앉아 있다.

매를 돌려가며 박자를 맞추고 꼬리를 빼고 고개를 까딱거렸다. 거북이 정령인 것이다.

"나는야 비수리[19] 덤불에 숨고 연꽃과 동무하지. 책을 이고 물에 떠다니다 그물에 걸려 꿈 풀이를 해준다네. 껍데기로는 사람의 길흉을 점치고 가슴은 병사의 기상을 품었지. 세상의 보배가 되어 올바른 도리를 가르치며 여섯 가지를 숨기고[20] 엎드려 천수를 누린다네. 숨은 실오라기처럼 가늘게 내뿜고 진흙에 꼬리를 끌며 자유로이 노니네. 청해파青海波[21]나 출거나."

연유한 듯.

19_ 콩과에 속하는 여러해살이풀로 흔히 산기슭 아래에서 자라며 키는 1m에 이른다.

20_ 거북이가 머리, 꼬리, 각각의 팔과 다리 등 모두 여섯 군데를 몸 안으로 감추는 것을 말한다.

21_ 아악(雅樂)의 곡명.

이렇게 노래하며 머리를 흔들고 목을 움츠리며 눈을 깜빡거리고 다리를 치켜들며 한동안 신명나게 춤을 추었다. 이러한 우스꽝스러운 모습에 주위 사람들은 배를 움켜쥐고 큰 소리로 웃어대며 흥겨워하였다. 이 밖에도 새우, 조개, 나무의 정령, 산신山神, 여러 물고기들이 저마다의 장기를 선보이고 재주를 겨뤘다. 모두들 거나하게 취기가 돌자 세 명의 신들이 손님 자리에서 일어나 인사를 하고 돌아가려고 하자 주인인 용왕이 계단까지 배웅하였다.

마카미는 옷매무새를 가다듬고 "진정 흥겨운 잔치였습니다. 한 가지, 용궁을 두루두루 구경해보고 싶은 바람이 있습니다만…."이라고 청하자 용왕은 "그야 어려운 일이 아니오."라며 선뜻 대답한 다음 계단을 내려와 뜰로 걸어갔다. 그런데 구름에 가려 아무것도 보이지 않자 용왕은 곧 구름을 관장하는 관인을 불렀다. 구불구불한 갑옷을 입

_ 관인의 안내에 따라 용궁 구경에 나선 마카미

고 코가 높고 입이 큰 생김새의 관인은 바로 대합大蛤의 정령이었다. 그가 입을 오므리고 하늘을 향해 입김을 불자 산도 바위도 없는 평평하고 드넓은 세상이 나타났다. 안개구름이 수십 리 밖까지 밀려나고 뜰에는 옥으로 된 나무들이 줄지어 서 있고 금모래가 깔려 있었다. 나뭇가지에는 오색 빛이 영롱한 꽃들이 피어 있고, 연못에는 네 가지 빛깔의 알록달록한 연꽃이 은은한 향기를 피우고 있었다. 주위를 둘러보니 금으로 된 회랑이 있고 뜰에는 납작한 유리기와가 깔려 있었다.

관인은 이곳저곳을 보여주었다. 그러던 중, 유리와 수정으로 만들고 구슬을 아로새겨 꾸민 누각 하나가 나왔다. 이곳에 오르자 마치 허공을 뚫고 오른 듯 느껴졌는데 관인이 가장 높은 곳에는 오르지 못하게 말렸다.

"이곳은 한낱 범부들은 오를 수 없으며 오직 신통력을 지닌 자만이 다다를 수 있습니다."

또 다른 누대에 오르니 한편에 둥근 거울처럼 생긴 것이 놓여 있었다. 번쩍번쩍 빛이 나서 눈이 어지러워 마주보고 서 있기도 힘이 들 정도였다. 관인이 이르기를 "이것은 번개의 신인 전모電母의 거울로 조금만 움직여도 엄청난 번개가 치니 사람들이 실명하고 말지요."라고 하였다.

다른 한편에는 크고 작은 북 여러 개가 놓여 있었다. 마카미가 북을 쳐보려고 하자 관인이 말리며 일러주었다.

"이 북은 천둥의 신雷神의 것입니다. 만일 이 북을 세게 두드리면 인간 세상의 산과 강, 계곡, 들 할 것 없이 모든 천지가 진동하고 사람들은 소리에 놀라 간이 철렁 내려앉아 십년은 감수할 것입니다. 겨우 목숨은 건진다 하여도 귀머거리가 되겠지요."

그 옆에는 풀무처럼 생긴 것이 놓여 있었다. 마카미가 이를 움직여 보려고 하자 또 다시 관인이 말렸다.

"이것은 바람을 만드는 가죽 주머니인데 세게 움직이면 산이 무너지고 바윗돌이 하늘로 튕겨나가지요. 인가는 모두 바람에 날아가 사방으로 산산이 흩어지고 말 것입니다."

옆에는 물병 위에 빗자루처럼 생긴 것이 놓여 있었다. 마카미가 이것을 들어 물에 적셔 툭툭 털려고 하자 관인이 말리며 말했다.

"이것은 홍수 항아리라고 합니다. 이 빗자루를 물에 적셔 세게 흔들어대면 인간 세상은 큰 비로 물난리가 나서 산도 물에 잠기고 뭍은 바다가 될 것입니다."

"그러면 대체 이것들을 다루는 관리들은 어디에 있습니까?"

"번개의 신雷公과 천둥의 신電母, 바람의 신風伯, 비의 신雨師은 몹시도 거친 성정을 지닌 자들이기에 평소에는 옥에 가두어두어 제멋대로 굴지 못하게 해둡니다. 만일 옥에서 나와 맡은 바 본분을 수행할 때는 반드시 이곳에 모여 비바람과 천둥 번개 등, 각자 정해진 양만큼만 만드는데 이를 어길 시에는 죗값을 치르게 됩니다."

애초부터 용궁 안의 모든 궁전과 누각을 다 둘러볼 수는 없었기에 이쯤 해서 다시 돌아왔다. 용왕은 마카미를 극진히 대접하고 유리 쟁반에 진주 두 알과 얇은 흰 비단 두 필을 얹어 전별餞別의 선물로 내려주었다. 그리고는 예를 갖추어 계단까지 배웅하며 관리에게 마카미를 잘 전송하도록 일렀다. 마카미가 눈을 감자 하늘을 나는 듯한 기분이 들더니 어느새 세타 다리 동편에 있는 용왕 신사神社 앞에 당도하였다. 용왕에게서 얻은 구슬과 비단은 대대로 가보로 삼았다. 이후 마카미는 초야에 묻혀 수행에 전념하였는데 그가 언제 세상을 하직했는지는 아무도 알 수 없었다.

금화 백 냥*

가와치河内 지방의 히라노平野[1]에 아야노 헤이지文兵次라는 이름의 마음씨 착한 부자가 살고 있었다. 같은 마을에 유리노 겐나이由利源内라는 반거충이가 있었는데 헤이지와 각별한 사이였다. 겐나이는 마쓰나가 나가요시松永長慶[2]의 부하로 다이칸代官[3]이 되어 노모와 처자를 데리고 야마토大和 지방[4]으로 가게 되었다. 이사하느라 돈이 궁해진 겐나이는 헤이지에게 금화 백 냥을 빌렸다. 원래 친한 친구 사이였기

---

*– 『전등신화(剪燈新話)』 1-2 「삼산복지지(三山福地誌)」의 번안.
『전등신화』는 산동(山東) 사람인 원자실(元自實)이 복건(福建)으로 임관해 떠나는 무씨(繆氏)에게 차용증 없이 은 200냥을 빌려준 후 돌려받지 못한 울분을 안고 우물에 몸을 던진 후, 이계(異界)인 삼산복지(三山福地)에 이르고 그곳에서 전생의 업보와 인과, 현세의 신변의 위험 등을 알게 된다는 줄거리이다. 주목할 점은 『전등신화』에서 원자실의 인물 됨됨이는 '태어나면서부터 성품이 우둔하여 시서(詩書)에 능통하지 못한 사람'으로 되어 있음에 비해 이 이야기의 아야노 헤이지는 '마음씨 착한 부자'로 정의한 점이다. 또한 『전등신화』에서는 무씨의 성격에 대한 부분은 생략되어 있는데 이 이야기의 유리노 겐나이는 '반거충이'로 표현된다. 이렇듯 등장인물의 성격 변형에서 권선징악의 필연성을 강조하려 한 아사이 료이의 의도를 읽어낼 수 있을 것이다.

1– 오사카후 가시와라시 야마노이초(大阪府柏原市山ノ井町).

2– 전국(戦国) 시대의 무장인 마쓰나가 히사히데(松永久秀, 1510-1577). 「나가요시(長慶)」란 히사히데의 주군인 미요시 나가요시(三好長慶)와 혼동하여 붙여진 이름인 듯하다.

3– 장원(莊園) 관리, 조세 징수, 치안유지를 담당하는 관리.

4– 나라현(奈良県).

에 헤이지는 차용증이나 저당잡은 물건도 없이 돈을 빌려주었다.

그 무렵 호소가와細川와 미요시三好 두 가문 사이의 불화로 인해 가와치와 셋쓰摂津[5]에 걸쳐 전란이 일어났다.[6] 이 난리통에 헤이지는 전 재산을 잃고 하루하루 근근이 살아가게 되었다. 고지弘治 연간1555-58에 난리가 잠시 가라앉자 미요시는 교토京都에 머물고 가신인 마쓰나가는 야마토에 성을 쌓고 백성들을 호되게 착취하였다.

어느 날 헤이지는 겐나이를 찾아볼 마음으로 부인과 자식들을 거느리고 야마토로 갔다. 겐나이의 주군인 마쓰나가의 저택은 으리으리하고 많은 사람이 모여 왁자지껄 활기가 넘쳐났다. 헤이지는 그동안의 고생으로 얼굴도 야위어 예전의 모습을 찾아보기 어려웠다. 일단 가까운 곳에 머물 곳을 빌려 가족을 남겨둔 후, 헤이지는 혼자 겐나이를 만나 저간의 사정을 밝혔다. 처음 얼마동안 알아보지 못하던 겐나이는 고향과 이름을 차근차근 듣고 난 후 무척 놀라며 헤이지에게 술대접을 하였다. 그러나 돈을 빌린 것에 관해서는 한 마디도 꺼내지 않았으므로 헤이지 역시 말할 기회를 놓치고 하릴없이 숙소로 돌아왔다.

헤이지의 처가 말했다.

"여기까지 고생하며 찾아온 것도 혹시 겐나이의 도움을 받을 수 있을까 하는 한 가닥 희망 때문이었잖아요. 고작 술 한 잔 대접에 돈 백 냥을 바꾸어 말 한 마디 못 꺼내고 돌아오다니 말이 됩니까? 이러다간 결국 우리 식구 모두 길바닥에서 굶어죽고 말 거예요."

아내의 말이 지당하다고 여긴 헤이지는 날이 밝기를 기다려 다시 겐나이를 찾아가 돈 이야기를 꺼냈다. 그러자 겐나이가 말했다.

5_ 오사카후 일부와 효고현(兵庫県) 일부.

6_ 호소카와 하루모토(細川晴元)와 그 부하인 미요시 나가요시(三好長慶) 사이의 불화에, 쇼군직(将軍職)을 둘러싼 갈등이 중첩되어 막부를 이분한 전란. 1548년 가와치와 셋쓰 각지에서 교전이 시작되어 1562년 미요시측의 승리로 끝을 맺었다.

"진정 그때 자네에게 돈을 빌린 일은 아직도 잊지 않고 있다네. 어찌 내가 그 은혜를 가벼이 여길 수 있겠나. 그때 써 준 차용증이 있다면 가지고 오게나. 증서에 쓰인 금액대로 내 갚아줌세."

헤이지가 대답하였다.

"같은 마을의 친한 친구 사이로 서로 쌓은 인연도 얕지 않기에 차용증이나 저당도 없이 그냥 빌려주지 않았나. 내가 난리 통에 돈 한 푼 남김없이 강도를 당해 생계가 막연하다네. 자네에게 빌려준 돈만 돌려받는다면 이를 밑천삼아 장사라도 해서 처자식을 먹여 살려볼 생각일세. 당장 나를 살려주는 셈 치고 돈을 갚아주게나."

그러자 겐나이가 웃으며

"차용증이 없으면 어떻게 셈을 할 도리도 없지. 하지만 기억이 되살아난다면 빌린 돈 전부 갚아주겠네."라고 말하며 헤이지를 돌려보냈다.

이렇게 반 년 정도 지나 섣달이 되었다. 묵은 해는 보내고 새봄을 맞이해야 하지만 헤이지는 수중에 가진 게 아무것도 없었다. 끼닛거리는 간 곳이 없고 옷도 없어 헐벗으니 처자식은 추위와 배고픔에 그저 울기만 하였다.

이 광경을 차마 보다 못한 헤이지는 겐나이를 찾아가 눈물로 호소하였다.

"벌써 한 해도 저물고 새해가 코앞인데 처자식은 추위와 배고픔에 떨고 있는데다 수중에는 돈 한 푼도 없어 끓여 먹을 쌀 한 톨이 없다네. 빌려준 돈 모두 갚지 않아도 좋으니 하다못해 처자식과 새해를 맞이할 만큼만 도와준다면 이보다 큰 은혜는 없을 걸세."

겐나이는 헤이지의 말을 건성으로 들으며 대꾸하였다.

"자네 사정이야 참으로 딱하게 생각하네. 하지만 나 역시 얼마 안 되는 녹봉으로 겨우 지내는 처지이니 지금 당장 빌린 돈을 모두 갚을 수는 없다네. 그러니 내일 우선 쌀 두 섬과 엽전 두 관貫[7]을 보낼 테니

_ 겐나이가 약속한 쌀과 돈을 기다리는 헤이지 부부

아쉬운 대로 새해 채비나 하게."

크게 기뻐하며 집에 돌아온 헤이지가 "내일 분명히 좋은 소식이 있을 게다. 조금만 참고 기다렸다가 그동안의 고생도 잊어보자꾸나." 라고 말하니 부인과 자식들도 뛸 듯이 기뻐하였다. 다음 날 날이 밝기가 무섭게 아이를 문 밖으로 내보내며 "쌀과 돈을 이고 오는 사람이 보이거든 '이 집이오.'라고 가르쳐 주거라."라고 이른 후 기다리게 하였다.

얼마 후 아이가 집으로 들어와 "쌀을 이고 오는 사람이 있는데요." 라고 알렸다. 서둘러 밖으로 나가보니 그 사람은 헤이지의 집에는 눈길도 안주고 그대로 지나가고 있었다. 혹시 집을 잘 몰라 그런가 싶은 마음에 "그 쌀은 아야노 헤이지 집으로 보내온 게 아니오?"라고 물

7_ 1933년 편찬된 일본사 자료집인 『讀史備要』에 의하면 1567년 무렵, 쌀 두 섬과 엽전 두 관은 금 두 냥 남짓에 해당된다.

었다. 그러자 "아니요, 이건 성안에서 안주 값으로 보내는 쌀이오."라는 답변이 돌아왔다.

또 잠시 후 아이가 뛰어들어와 "지금 돈 자루를 짊어진 사람이 오고 있어요."라고 일렀다. 헤이지가 서둘러 나가보니 이 사람도 아무 망설임 없이 문 앞을 지나쳐갔다. 집을 잘 못 찾아 그런가 싶어 불러 세우고는 "그 돈은 유리 겐나이 나리가 헤이지에게 전해주라는 것 아니오?"라고 물었다. "아니오, 이건 유게 사부로弓削三郎 나리께서 화살 깃의 대금으로 전해주라는 것이오."라는 답변이 돌아왔다. 헤이지는 말할 수 없이 부끄러웠다.

설을 쇠기 위해 필요한 물건이나 음식들을 나르느라 분주한 사람들을 일일이 불러세워 가며 물어보았지만 그때마다 겐나이가 보낸다던 쌀과 돈은 아니었다. 하루 종일 기다렸지만 점점 사람 발길도 끊어졌기에 하는 수 없이 집 안으로 들어왔다. 기름도 없어 등잔불을 밝히지 못해 더욱 깜깜한 단칸방에 처자식들이 서글피 둘러앉아 있었다. 쌀과 땔감을 구할 길도 막막하기에 그저 밤새도록 눈물로 지새웠다.

참다 못한 헤이지가 드디어 '괘씸하기 이를 데 없구나. 철석같이 약속을 해 놓고서 이렇게 나를 속이다니. 지금 당장 겐나이를 찔러 죽여 분풀이를 하리라.'고 결심하고 밤새도록 칼을 갈아 품속에 넣고는 겐나이의 집으로 몰래 숨어들어갔다. 그러다가 다시 곰곰이 생각해 보았다. '겐나이야말로 나를 배신했지만 그의 노모나 처자식은 아무 잘못도 없지. 지금 겐나이를 죽인다면 집안은 곧 망하게 되고 죄 없는 겐나이의 노모와 처자식은 길바닥에 나앉고 말거야. 남이 내게 해를 끼친다고 나도 남을 거꾸러뜨릴 수는 없는 법. 하늘天道[8]도 무심

8_ '하늘의 신(天の神)'이라는 의미의 막연한 존재로서 전국(戦国) 시대 이후 널리 신앙의 대상이 된 인격신. 료이(了意)의 경우, 송학(宋學)에서 말하는 '天'의 개념과의 혼동도 엿보인다. 「천도라고 하늘을 우러러 이를 구할 것이 아니다. 사

치 않다면 언젠가 나에게도 복을 주시겠지.' 이렇게 마음을 고쳐먹고 집으로 돌아온 헤이지는 그나마 있던 옷가지며 칼을 팔아 정월 초삼일을 쇠었다.

초삼일을 지낸 어느 날 아침, 헤이지는 하세泊瀨 관음[9]을 참배하여 한 해의 복을 간절히 빌고 돌아오는 길에 산 속 어느 연못 근처를 지나다가 그만 실수로 연못 속에 빠지고 말았다. 그런데 갑자기 물이 두 갈래로 갈라지며 길이 나타났다. 길을 따라 2정町, 약 218m 정도 걸어가자 성문 앞에 이르렀다. 누각 위에는 '청성관淸性館'이라는 현판이 걸려 있었다. 안으로 들어가니 인기척 하나 없이 고요하기만 하였다. 몇 년이나 묵었는지 가늠조차 할 수 없는 노송老松이 서로 가지를 맞댄 채 늘어서 있었다. 긴 복도를 돌아 안으로 들어가 전각의 계단을 엿보았지만 이를 말리는 사람 하나 없고, 그저 희미한 종소리에 섞여 스님들이 흔드는 방울소리만이 어우러져 들릴 뿐이었다. 헤이지는 배고픔에 지쳐 초석을 베개 삼아 몸을 눕히고 쉬었다.

그 때 눈썹과 수염을 길게 기르고 머리에는 두건을 쓰고 가죽신에 나무 지팡이를 짚은 노인이 다가와서는 헤이지를 보고 웃으며 말했다.

"이보게, 오랜 만일세. 옛 일을 기억하고 있는가?"

헤이지는 일어나 꿇어앉으며 대답하였다.

"이곳에 온 것도 오늘이 처음이온데 어떻게 옛날 일을 알 도리가 있겠습니까?"

이 말을 들은 노인이 "하기야 자네는 기갈飢渴[10]의 불길에 데었으니

람들의 마음속에 오롯이 이것이 들어있다」(『浮世物語』 5).

9_ 나라현 사쿠라이시 하세(奈良県桜井市初瀬)에 있는 하세사(長谷寺)의 본존인 십일면관음(十一面觀音).

10_ 배고픔과 목마름.

옛날 일을 잊을 만도 하지."라며 품에서 배와 대추를 꺼내어 헤이지에게 건넸다. 이를 먹고 난 후 헤이지는 가슴이 후련해지고 마음이 맑아져 마치 구름과 안개가 걷힌 하늘에 나온 달처럼 미망迷妄의 어두움이 말끔히 가시며 전생前生의 일들이 어제 일인 듯 되살아났다.

노인이 말했다.

"자네는 전생에 하세泊瀨 근방을 다스리던 사람이었네. 관음보살에게 귀의하여 꽃과 향을 올리고 등불을 밝히며 늘 참배를 게을리하지 않았지. 그러나 백성들에게는 무자비하여 무거운 세금을 매기고 노역도 고되게 시키면서도 그네들의 괴로움을 헤아리지 못했어. 그렇기에 죽은 후에는 삼악도三惡道[11]에 떨어져야 마땅했지만 관음보살의 자비를 입어 악도의 윤회를 벗어나 다시 인간 세상에 태어난 것일세.

그리고 잠시 부귀영화를 누렸지만 전생의 악업으로 인해 지금은 이렇게 가난한 것이지. 그런데 자네가 겐나이의 배신에 분노하여 나쁜 마음을 곧장 행동으로 옮겼다면 악귀들이 순식간에 자네를 뒤따라 결국 처자식은 물론, 일가가 흔적도 없이 망했을 것이네. 하지만 곧 마음을 고쳐먹었기에 여러 신들께서 이를 아시고 복신福神이 자네와 함께 하시니 악귀들은 멀리 도망쳐 가버렸다네. 모든 악업惡業과 선업善業에는 반드시 각각 응보應報가 있다는 것은 마치 사물에 그림자가 있고 소리에 메아리가 있는 것과 마찬가지로 자명한 것이지. 앞으로도 아주 사소한 것일지라도 악을 삼가고 선을 구하도록 해야만 하네. 그리하면 반드시 안락한 일생을 보낼 수 있을 걸세."

헤이지는 비로소 이곳이 인간 세계가 아니라 신성神聖한 존재가 사는 곳임을 알아차리고 때마침 일어나고 있는 세상일에 대하여 물어보았다.

"지금 세상은 실타래가 엉킨 것처럼 어지러워 여러 곳에서 자신의

11_ 불교에서 악업의 결과로 죽어서 가게 된다는 세 가지 지옥으로 지옥도(地獄道), 축생도(畜生道), 아귀도(餓鬼道)를 말한다.

_ 관음보살의 화현인 노인에게 가르침을 받는 헤이지

세력을 일으키는 자들이 마치 벌떼와도 같습니다. 이 가운데 누가 흥하고 누가 망할지 부디 앞날을 가르쳐 주십시오."

노인이 대답했다.

"인간의 마음이 더한층 승냥이와 이리와 같으니 남을 죽여 내가 살려 하고 이웃을 쳐서 자기 이익을 얻고자 한다. 이런 까닭에 왕법王法이 힘을 잃어 조정의 권위마저 스러지고 삼강오상三綱五常[12]의 도리도 땅에 떨어져 방방곡곡 서로 싸우니 평화로운 곳이 한 군데도 없다. 신하는 군주를 속이고 군주는 신하를 배신하며 부자간에도 서로 딴 마음을 품고 형제는 하루아침에 적이 되는구나. 운세가 강해 이득을 얻을 때는 비천한 자가 높이 올라가고 신분이 낮은 자도 크게 위세를 떨치게 되지만 운이 쇠잔해져 기세가 죽으면 명문가나 고관대작도 순식간에 망해버리는 법이지. 사위를 죽이고 자식도 죽이니 가문끼리 제아무리 돈독한 유대로 맺어져 있다고 해도 그저 위급한 상황에 처하면 노심초사하며 한 시도 마음 놓을 수가 없는 거지." 이렇게 말하며 노인은 당시 여러 지방에 이름난 무리 몇몇을 손꼽아 거론하며 각각 저지른 선악과 장래의 흥망성쇠를 마치 거울을 들여다보듯 이야기해 주었다.

헤이지가 다시 물었다.

12_ 삼강(三綱)이란 군위신강(君爲臣綱), 부위자강(父爲子綱), 부위부강(夫爲婦綱)으로 "임금은 신하의 본보기가 되고, 아버지는 아들의 본보기가 되고, 남편은 아내의 본보기가 된다."는 의미. 오상(五常)은 인의예지신(仁義禮智信)을 말한다.

"유리노 겐나이는 저렇게 남의 빚도 갚지 않고 보란 듯이 위세를 떨치고 살고 있습니다. 이놈이 앞으로 얼마나 오래 가겠습니까?"

노인이 대답했다.

"겐나이의 주군이 이미 크나큰 불의를 저지르며 권력을 함부로 휘둘러 백성을 탄압하고 착취하고 있다. 저승의 왕들[13]이 이를 마뜩찮게 여기고 신령들도 괘씸히 여기니 이미 저승의 치부장[14]에는 그의 수명이 앞당겨 적혀 있지. 그러니 손과 목에 족쇄가 채워지고 새끼줄로 목이 묶여 몸이 썩고 뼈가 산산조각이 날 때가 어찌 멀기만 하겠느냐. 겐나이 또한 주군을 따라 악역무도惡逆無道[15]한 소행이 이루 말할 수 없다. 남의 돈을 갚지 않으니 그의 재물은 모두 다른 이의 소중한 재산으로 이룬 것이다. 이를 스스로 헛되이 지키려고만 할 뿐이지. 두고 보게나. 삼 년 안에 가운이 기울어 재앙이 닥칠 것이야. 자네는 이 재앙을 반드시 조심해야 하네. 겐나이의 집 근처에 살면 화가 미칠지도 몰라. 교토도 조용하지만은 않을 테니 서둘러 돌아가 야마시나山科 깊숙이 가사토리笠取 계곡[16]으로 옮기게나." 이렇게 이른 후 노인은 헤이지에게 금화 열 냥을 건네 주며 돌아가는 길을 가르쳐 주었다.

십 리 남짓 걷자 산 뒤의 바위 구멍으로 나오게 되었다. 집으로 돌아오니 헤이지가 집을 떠난 지 이미 한 달이 되었다고 했다. 헤이지를 다시 만난 가족들은 뛸 듯이 기뻐하였다. 이윽고 알음알음으로 야마시나 깊숙한 곳에 있는 가사토리 계곡으로 이사한 헤이지 일가는 땔감을 팔며 생계를 이어갔다. 점점 살림도 펴지고 가족들 모두 마음

13_ 범천(梵天), 제석천(帝釋天), 귀신(鬼神), 염라대왕(閻羅大王) 등의 여러 왕.

14_ 명부(冥府)에서 중생들의 행실을 따져 각각 복과 수명을 정하여 이를 기록해두는 책.

15_ 견줄 데 없이 악랄하고 도리가 없음.

16_ 교토후 우지시(京都府 宇治市) 북동부의 가사토리(笠取)강 상류 일대.

편히 지내게 되었다.

이후 에로쿠永禄 13년1570, 마쓰나가가 반역을 일으켰으나 실패하여 오다 노부나가織田信長에게 멸족滅族당하고 말았다. 유리노 겐나이도 이때 사로잡혀 죽임을 당하고 평소 도리에 어긋난 짓을 하여 탐욕스럽게 모은 재물은 모두 적의 손에 넘어갔다. 이 일을 전해 듣고 세월을 헤아려보니 불과 삼 년밖에 지나지 않았다. 그러나 헤이지의 자손은 지금까지도 이어져 내려온다고 한다.

伽婢子

卷二

도즈강十津川의 선경仙境*

이즈미和泉 지방[1]의 사카이堺라는 곳에 나가쓰기長次라는 이름의 약재상이 살고 있었다. 오랫동안 부스럼을 앓아서 치료차 기슈紀州의 도즈강十津川[2] 주변 온천에 머물고 있었다. 다행히 효험이 있었는지 보름 정도 지나자 어느 정도 증세가 가라앉았다.

나가쓰기가 어느 날 문득 생각했다.

'옛날부터 도즈강 주변 온천에서 더 들어간 산속에 인삼과 황정黃精[3]이 자생하니 마음만 먹으면 얼마든지 손에 넣을 수 있다고 했지.

---

*_ 「전등신화(剪燈新話)」 2-2 「천태방은록(天台訪隱錄)」의 번안.
원화는 학문이 깊은 젊은 선비인 절강성 태주(台州)사람 서일(徐逸)이 1374년, 오월 단오를 맞아 약재를 캐러 천태산에 올랐다가 우연히 이계(異界)로 접어들어 1237년생인 태학(太學)의 도상사(陶上舍)라는 노인을 만나 140년 전의 흥망과 당시 신하들의 인물평을 듣는다는 줄거리이다. 이 이야기는 이 중 신하의 인물평 부분을 생략하고 370년 동안의 흥망성쇠를 다루고 있다. 특히 그 중에서도 근세에 유행한 『겐페성쇠기(源平盛衰記)』를 바탕으로 널리 알려진 헤이케의 몰락, 그 중에서도 특히 눈물샘을 자극하는 다이라노 고레모리의 비극을 중심으로 이야기를 전개하였다.

1_ 오사카후(大阪府) 남부.

2_ 나라현 요시노군 도즈가와무라(奈良県吉野郡十津川村). 도즈강 유역 동쪽에 오미네(大峰) 산맥을 낀 비경으로 약초의 산지이다.

3_ 맥도 둥글레, 애기둥글레라고도 한다. 산과 들에서 자라고 봄철에 어린잎과 뿌리, 줄기를 식용한다. 한방에서는 뿌리와 줄기를 당뇨병, 심장 쇠약 등의 치료에 사용한다.

_ 신비한 산 속 마을의 풍경

소일삼아 한번 근처를 찾아보아야겠다.'

나가쓰기는 하인을 숙소에 남겨 둔 채 혼자 산 속 깊이 들어갔다가 길을 잃고 말았다. 계곡 하나를 따라 내려오다가 예쁜 대바구니가 떠내려 오는 것을 발견하였다. '이 물길 상류에 마을이 있나 보군.'이라 생각한 나가쓰기는 물길을 따라 올라갔다. 해는 이미 저물어 둥지로 돌아온 새소리가 어렴풋이 들려왔다. 약 10정약 1㎞ 정도나 걸었을까, 바위를 깎아 만든 문이 보였다. 안으로 들어가 보니 억새로 지붕을 이은 집 5, 60채가 처마를 잇대고 늘어서 있었다. 집들의 돌담은 이끼가 끼어 푸르스름하고 대나무로 만든 접이문은 고즈넉하며 대문 위에 가로 얹은 나무는 담쟁이 넝쿨이 휘감고 있었다. 개는 뜰을 돌아다니며 짖어대고 닭은 지붕 위에서 울고 있었다. 뽕나무 가지가 무성하고 삼나무 잎이 우거진 것으로 보아 아주 오래 된 마을이었다. 땔감으로 밤나무 가지를 가지런히 쌓아둔 것하며 좁쌀과 멥쌀을 찧어 말려둔 것을 보니 그리 궁색한 마을은 아닌 듯이 보였다. 사람들의 차림새도 고풍스러워 무사들이 입는 일상복과 바지에 건을 쓰고 조용히 걸어다니는 모습도 위엄이 있고 몸가짐도 단정했다.

나가쓰기가 멈춰서서 마을을 구경하고 있는 것을 발견한 마을 사람 하나가 몹시 의아하고 놀란 듯이 물었다.

"뉘시기에 이 마을에서 서성이고 계시오? 세상에는 알려진 곳도 아닌데 …."

나가쓰기는 길을 잃게 된 사정을 있는 그대로 이야기했다. 그러자 의관을 갖춰 입고 쑥으로 삼은 신발을 신은 한 노인이 명아주 지팡이를 짚고 다가와 자신을 '삼미주조三位中将'라고 밝힌 후 나가쓰기에게 말했다.

"이곳은 산도 깊고 깎아지른 듯한 바위투성이에 곰과 늑대들이 떼지어 다니고 여우와 나무 정령들이 나타나는 곳이라오. 해도 저물었는데 이대로 댁을 여기에 버려둔다면 그야말로 물에 빠진 사람을 보고도 구하지 않는 것과 마찬가지인 셈이 될 터이니 자, 이리 오시오. 잠자리를 빌려드리리다."

노인은 나가쓰기를 자신의 집으로 데리고 갔다. 집안 역시 정갈하고 부리는 남녀 하인 모두 거동이 조심스러웠다. 이윽고 방 한 칸에 안내되어 등잔불을 켜고 각자 자리를 잡고 앉자 나가쓰기가 노인에게 물었다.

"이런 곳에 마을이 있을 줄은 몰랐습니다. 어떻게 이곳에서 살게 되셨는지요?"

노인이 약간 미간을 찌푸리며 대답했다.

"이곳은 세상의 난리를 피해 사람들이 숨어 지내는 마을이라오. 애써 옛 일을 들추어낸다면 근심거리만 만드는 셈이지." 그러나 나가쓰기가 재차 마을의 유래에 대해 묻자 집주인이 대답하였다.

"나는 헤이케平家가 몰락하여 서해 파도 속에 가라앉았을 때부터 이곳에 살기 시작했소. 나는 다이라노 시게모리平重盛[4]의 장남인 삼미주조 고래모리三位中将維盛[5]라고 하오. 조부 되시는 다이라노 기요모리

4_ 다이라노 기요모리(平清盛)의 장남. 문무를 겸비하고 불교에 귀의하여 신앙심이 깊었다고 전해진다. 성품이 온화하고 용감한 무장으로 이름을 떨쳤으나 42세에 병사하였다(1138-79). 후세에는 시게모리의 요절로 인해 기요모리의 전횡을 막을 사람이 없었던 탓에 헤이케 가문의 몰락이 앞당겨졌다는 통념이 일반적이었다.

5_ 다이라노 시게모리의 장남. 아버지의 죽음 이후 겐페(源平) 전쟁에서 다이쇼군

平清盛[6]께서는 수많은 악행을 저질러 인망을 잃으셨고 아버님은 일찍 세상을 떠나셨기에 숙부 되시는 무네모리宗盛[7]께서 조부의 뒤를 이었지만 비도불의非道不義가 도를 넘으셨지. 가문 사람 대부분이 극도로 사치스러운 생활을 하고 영화를 뽐냈지만 순식간에 가운家運이 기울었소. 마침내 동쪽 지방에서 미나모토노 요리토모源頼朝[8]가 가신家臣을 불러 모아 의병을 일으키고 북쪽 지방에서는 기소木曾에서 자란 미나모토노 요시나카源義仲[9] 일족이 무사들을 부추겨 모반을 꾀하였

(大将軍)이 되나 1180년, 미나모토노 요리토모(源頼朝)와의 전투에서 싸우지 않고 패주하였다. 또한 1183년, 기소노 요시나카(木曾義仲)와의 전투에서 참패하여 교토를 적의 수중에 빼앗기는 등의 행적으로 보아 뛰어난 무장은 아니었던 듯하다. 이후 헤이케 일족과 교토를 떠나 피난한 이후의 행적은 불명하나 나치(那智)에서 투신자살했다는 것이 통설이다. 『平家物語』(10 「維盛入水」)에는 27세에 사망한 것으로 되어 있다(1158-84).

6_ 호겐(保元, 1156), 헤이지(平治, 1159)의 난을 통해 겐지(源氏)를 물리치고 귀족인 후지와라(藤原) 가문을 대신하여 정권을 장악하였다. 1167년 태정대신이 되고 딸인 겐레이몬인(建礼門院)을 다카쿠라(高倉) 천황의 중궁으로 들여보내고 손자인 안토쿠(安徳) 천황을 황위에 오르게 한 뒤 천황의 외조부로서 권력과 영화를 독차지하였다. 일족 가운데 공경(公卿)이 16명에 이르는 등, 헤이케(平家)의 전성기를 이룩한 인물이나 헤이케 일족의 관직 독점, 고시라카와인(後白河院)과의 대립, 겐지의 거병 등으로 몰락의 길을 걷는 와중에 열병에 걸려 64세의 나이에 사망하였다(1118-81).

7_ 다이라노 기요모리(平清盛)의 삼남. 시게모리의 이복동생으로 아버지인 기요모리의 사망 후에는 헤이케 가문을 이끄는 입장이 되어 안토쿠 천황을 모시고 서쪽으로 쫓기던 중, 1185년 3월, 단노우라(壇ノ浦) 전투에서 아들인 기요무네(清宗)와 함께 사로잡혔다. 이후 가마쿠라로 호송되고 다시 교토로 송환되던 도중, 동년 6월, 지금의 시가현 시노하라(篠原)에서 참수당하였다(1147-85).

8_ 가마쿠라(鎌倉) 막부의 창설자이자 초대 쇼군(将軍, 재위: 1192-99). 미나모토노 요시토모(源義朝)의 삼남. 아버지인 요시토모의 사망 이후 이즈(伊豆)로 유배되어 이토 스케치카(伊東祐親), 호조 도키마사(北条時政) 등의 호족에게 감시당하며 지냈다. 그러나 호조 마사코(北条政子)와의 결혼에 성공하여 1180년, 도키마사 무리의 원조를 얻어 가마쿠라를 본거지로 거병, 1185년, 단노우라에서 헤이케를 섬멸하였다(1147-99).

9_ 미나모토노 요시카타(源義賢)의 아들이자 요리토모의 종형제로 기소노 요시나카(木曾義仲)라고도 한다. 아버지를 여읜 후, 시나노 지방(信濃国)의 나카하라 노 가네토(中原兼遠) 밑에서 성장하여 기소 가문의 시조가 되었다. 1180년, 미나모토노 요리토모의 거병에 합세하여 1183년에는 헤이케를 서해로 몰아내고 교토에 입성하였지만 이듬해 요리토모의 동생인 노리요리(範頼)와 요시쓰네(義

다오. 그 밖의 여러 지방에서도 겐지源氏가 벌떼처럼 일어나 개미떼처럼 몰려들기에 종횡무진 일일이 맞서 싸웠지만 군세가 호전되지 않고 아군이 차례차례 쓰러지더니 끝내 기소에게 교토를 빼앗기고 말았소. 마침내 일족은 셋쓰摂津의 이치노타니一ノ谷[10]로 쫓겨와 잠시 한숨을 돌리는가 싶었는데 이번에는 요시쓰네義経[11]가 쳐들어오는 바람에 미치모리通盛와 아쓰모리敦盛[12]를 비롯해 일족 대부분이 패하여 눈앞에서 목숨을 잃으셨다오. 간담이 서늘하고 차마 필설로는 형언할 수 없는 험한 꼴을 보고 겪은 슬픔을 다시 태어난들 어찌 잊을 수 있겠소.

간신히 사누키讃岐 지방, 야시마八嶋의 스사키洲崎[13]라는 곳에 성곽을 쌓고 남은 일족들과 함께 농성하며 버티니 고향은 아득히 먼 곳에 떨어져 있고 생각은 늘 처자식을 그리워하는 마음뿐이었다오. 몸은 야시마에 있는데 마음은 도성을 헤매고 있으니 만사가 시들하여 이렇게 살아 뭐하나 싶은 서글픈 심정으로 하루하루를 보냈지. 그러던

経)의 공격으로 지금의 시가현 아와즈노하라(粟津原)에서 전사하였다(1154-84).

10_ 현재의 고베시 스마구 이치노타니(神戸市須磨区一ノ谷). 배산임수의 얕은 계곡으로 『헤이케 이야기(平家物語)』의 겐페 전장터로 유명한 곳. 단 본문의 전투는 이치노타니만이 아니라 고베시 전역에 걸쳐 치러졌다.

11_ 미나모토노 요시토모의 아홉째 아들. 아버지인 요시토모 사망 당시 두 살이던 요시쓰네는 장차 출가를 조건으로 죽음을 면하고 구라마사(鞍馬寺)에 맡겨졌다. 16세 때, 스스로 성인의 관례를 치루고 히라이즈미(平泉)의 후지와라노 히데히라(藤原秀衡)를 의지하여 지금의 도호쿠(東北) 지방인 오슈(奥州)로 내려갔다. 1180년, 이복형인 요리토모가 거병을 일으키자 이에 동조하여 노리요리와 함께 선전, 헤이케를 섬멸하는 데 공헌하였다. 그러나 결국 요리토모와의 불화로 31세의 젊은 나이로 자결하였다(1159-89).

12_ 다이라노 미치모리(平通盛, ?-1184)는 기요모리의 동생인 노리모리(教盛)의 아들로 이치노타니 전투에서 요시쓰네의 급습을 받아 전사하였다. 다이라노 아쓰모리(平敦盛, 1169-84)는 기요모리의 동생인 쓰네모리(経盛)의 아들로 이치노타니 전투에서 구마가이 나오자네(熊谷直実, 1141-1207)에게 죽임을 당하였다. 훗날 삶의 무상함을 깨달은 구마가이가 출가한 이야기는 요쿄쿠(謡曲) 「아쓰모리(敦盛)」 등, 다양한 문예의 소재가 되기도 하였다.

13_ 가가와현 다카마쓰시(香川県高松市)의 야시마(屋島). 1184년, 무네모리는 안토쿠 천황을 호위하여 이곳으로 도망쳤다.

어느 날, 대대로 거느리던 가신인 요소뵤에 시게카게与三兵衛重景[14]와 이시도마루石童丸,[15] 그리고 다케사토武里라는 이름의 배를 잘 다루던 하인, 이 세 사람을 데리고 몰래 야시마를 빠져나와 아와阿波 지방의 유키由木 포구[16]에 당도했지. 그리고는 시 한 수를 읊었다오.

"낯선 포구에서 해초를 모으듯 써 내려간 이 시를 가끔은 날 본 듯이 보아 주기를."

시게카게가 화답하여 읊기를,

"저무는 달을 기다리는 해질녘, 내 마음은 허공에 부는 바람과도 같구나."

이시도마루가 눈물을 참으며,

"육지 길 꺼려 탄 배, 서방정토 향한다 생각하니 이 마음 공연히 설레어."

이후 기이紀伊 지방의 와카和哥와 후키아게吹上 포구[17]를 지나 유라由良 항구에서 배를 내렸지. 꿈에도 그리던 서울을 멀리 바라보며 고야산高野山[18]에 참배하여 다키구치 도키요리滝口時頼[19] 스님의 안내로 여

14_ 다이라노 고래모리의 가신. 시게모리의 부하였던 아버지를 헤이지의 난으로 잃은 후, 고래모리 밑에서 자라 시게카게(重景)라는 이름을 얻었다.『헤이케 이야기(平家物語)』권10「요코부에(横笛)」에서는 고래모리와 함께 야시마를 탈출하고, 주군을 따라 출가한 후 투신자살한 것으로 묘사된다. 본문의 나이 27세(『源平盛衰記』40,『平家物語』10).

15_ 미상. 여덟 살 때부터 고래모리를 섬긴 신하로『헤이케 이야기(平家物語)』권10「요코부에(横笛)」에서 고래모리와 함께 야시마를 탈출한 것으로 기술되어 있다. 본문의 나이는 18세.

16_ 도쿠시마현 가이후군 유키초(徳島県海部郡由岐町)로 태평양에 면한 긴 해안선을 지닌다.

17_ 두 곳 모두 와카야마(和歌山)의 절경으로 치는 해안가.

18_ 와카야마현(和歌山県) 북동부에 있는 해발 1,000m 전후의 산들로 둘러싸인 진언종(真言宗)의 영지(霊地). 816년 승려 구카이(空海)가 사가(嵯峨) 천황의 명을 받아 이곳에 곤고부사(金剛峰寺)를 창건하였다. 헤이안 시대 말기 이후 황실 및 섭관 귀족들의 신앙지로 추앙을 받았으며 천하의 영지로 납골신앙이 퍼져 가람 건립이 성행하였다. 예로부터 참배객이 끊이지 않아 고야산에 이르는 교통로를 중심으로 촌락이 발달하였다.

러 절과 암자의 신불神佛에게 배례하였다오. 그리고 구마노熊野에 참배하려고 마음먹고 산도三藤[20]를 지나 후지시로藤代에서 와카和歌 포구, 후키아게吹上 해변, 후루기古木 숲, 가부라자카蕪坂, 치사토千里 해변 가까이에 있는 이와시로오지岩代王子를 넘어 이와다岩田 강에서 목욕재계를 하고 시 한 수를 읊었지.

"이와다 강에서 홍서弘誓의 배[21]에 오르니 악업에 빠진 이 내 몸도 다시 뜨려나."

그 다음에는 혼구本宮[22]에 참배하고 신구新宮와 나치那智 빠짐없이 배례한 후, 하마노미야浜ノ宮에서 배를 타고 바닷가 소나무를 깎아

"곤노스케 삼미주조 다이라노 고래모리権亮平維盛, 전장터를 떠나 나치那智 포구에서 투신하다. 겐랴쿠 원년元暦1(1184) 3월 28일. 고래모리 스물일곱, 시게카게 동년, 이시도마루 열여덟. 태어나면 반드시 죽는다는 것만이 덧없는 세상의 유일한 진실이어라."라는 글을 새겼소. 세간에는 투신하여 스스로 목숨을 끊은 것으로 알려졌지만 사실은 이렇게 산중에 숨어 지내고 있는 것이라오.[23]

훗날 히고肥後 지방[24]의 수령이었던 사다요시貞能[25]가 우리들의 행

19_ 다이라노 시게모리의 신하인 사이토 도키요리(斎藤時頼). 『헤이케 이야기(平家物語)』 권10 「요코부에(横笛)」에서는 요코부에(横笛)라는 여인과의 비련으로 인해 출가하여 고야산에 입산한 것으로 되어 있다.

20_ 와카야마시 산도나카(和歌山市山東中) 부근. 구마노 가도(街道)가 지나며 고야산에서 내려오는 길과 합류지역.

21_ 홍서(弘誓)란 넓은 서원(誓願)의 의미. 부처님의 구제를 배에 비유하였다.

22_ 구마노의 본궁(本宮)으로 신구(新宮), 나치(那智)와 더불어 구마노 산잔(熊野三山)이라 불리운다. 구마노는 고대, 산악신앙인 슈겐도(修験道)의 수행지였으며 헤이안 말기에는 아미타여래 신앙의 발전과 더불어 정토로 간주되었다. 따라서 역대 상황(上皇)의 참배가 끊이지 않았는데, 그 중 고시라카와인(後白河院)은 총 34회에 걸쳐 구마노 산잔을 참배할 정도였다. 이후 시대가 흘러도 구마노는 여전히 불교의 성지로 여겨져서 서민들은 죽기 전에 구마노 참배 여행을 꿈꾸었다.

23_ 『源平盛衰記』 40에는 이설(異說)로서 고래모리의 입수는 거짓이며 나치에 생존해 있다는 전승이 기록되어 있다.

24_ 구마모토현(熊本県).

25_ 다이라노 이에사다(平家貞)의 아들. 대대로 기요모리를 받들던 가신으로 헤이

적을 쫓아 이곳까지 찾아와 다음과 같이 전하더이다.

"헤이케 가문은 몰락하여 한 사람도 남김없이 단노우라壇の浦[26]에서 스스로 투신하여 생을 마감하였습니다. 서울에 남아 있던 헤이케 핏줄들도 모두 죽임을 당하여 멸족해 버렸습니다."

그 말을 들으니 슬프기 그지없었지만 한편으로는 이곳으로 도망쳐 온 것만도 천만다행이라고 위안하게 되더군. 이렇듯 밭을 갈고 나무를 하며 나홀로 청풍명월淸風明月에 마음을 달래며 조용히 수양하듯 살고 있다오. 사람이 사는 마을과 멀리 떨어져 있으니 바깥소식을 알 도리도 없지. 꽃 피는 걸로 봄을 알고 낙엽 지면 가을이 온 것을 알며, 달 뜨는 것을 헤아려 달이 안보이면 그믐이려니 여기며 지낸다오. 사다요시, 시게카게, 이시도마루의 자손들이 퍼져 나란히 집을 짓고 살고 있지. 분명 요리토모가 권세를 잡았을 테지. 지금은 누구의 세상이 되었는지, 이야기해주면 고맙겠소이다."

나가쓰기는 크게 놀라며

"그저 대수로울 것도 없는 산 속 마을의 평범한 분으로만 알았는데 그토록 존귀한 몸이실 줄은 꿈에도 몰랐습니다."라고 말하고 머리를 땅에 대고 절을 하며 예를 갖추었다.

삼미주조가 "당치도 않은 말씀, 다 옛날 일일 뿐이라오. 자아, 어서 일어나시지요."라고 말하는 참에 사다요시, 시게카게, 이시도마루가 방안으로 들어왔다. 세 사람 모두 예순 살 정도로 보였다. 사다요시가 먼저 입을 열었다.

케 일문이 야시마를 탈출할 때 함께하지 않아 행방이 묘연하였다. 이후 홀연히 우쓰노미야 도모쓰나(宇都宮朝綱)를 찾아온 후, 요리토모의 사면을 얻어 도모쓰나의 보호 아래 여생을 마쳤다고 한다. 생몰연대 미상[『吾妻鏡』 4, 文治元年(1185) 7月].

26_ 야마구치현 시모노세키시 단노우라초(山口県下関市壇の浦町) 겐페 전쟁의 종식지이자 헤이케 멸망지로 유명하여 안토쿠 천황을 비롯하여 수많은 헤이케 사람들의 비화가 전해내려오고 있다.

"모쪼록 마음 편히 잡수시지요. 그리고 그 동안 세상이 얼마나 변했는지 들려주셨으면 합니다."

나가쓰기는 자리를 고쳐 앉은 다음 이야기하기 시작했다.

"그러면 대강 전해들은 이야기를 해드리겠습니다. 일찍이 헤이케 일족이 서해에서 몰락한 이후에 요리토모가 천하를 손에 넣었지만 얼마 지나지 않아 병사했습니다. 동생인 요리노리頼範[27]와 요시쓰네義経 모두 요리토모에게 제거당한 터이라 요리토모의 아들인 요리이에頼家[28]가 아버지의 뒤를 이었지만 이 또한 자식을 남기지 못하고 병사했습니다. 이어 요리토모의 둘째 아들이자 요리이에의 동생인 사네토모実朝[29]가 정권을 장악했지요. 마침 요리

_ 마을 사람들에게 세상 이야기를 전하는 나가쓰기

27_ 정확한 이름은 노리요리(範頼, ?-1193). 요시토모의 여섯째 아들이자 요리토모의 이복동생. 요리토모의 명령으로 요시쓰네와 함께 미나모토노 요시나카를 치고 헤이케 섬멸에 공을 세웠지만 요리토모의 의심을 사서 이즈의 슈젠사(修禅寺)에서 암살당했다.

28_ 요리토모의 장남으로 가마쿠라 막부 2대 쇼군(재위: 1202-03). 어머니는 호조 마사코이고 부인은 히사 요시사다(比企能貞)의 딸이었다. 요리토모의 사후 쇼군직을 물려받았으나 어머니인 마사코가 그의 친정(親政)을 금하여 실권은 13인의 중신에게 빼앗겼다. 1203년 3월, 요리이에가 급병이 들자 장인인 히사와 어머니인 마사코 사이에 후계 계승을 둘러싸고 대립이 격화되었다. 마침내 마사코가 승리하여 히사측이 괴멸되고 요리이에는 삭발한 채 슈젠사에 유폐, 이듬해 7월, 마사코에게 죽임을 당했다(1182-1204).

29_ 미나모토노 사네토모(源実朝, 1192-1219). 가마쿠라 막부 3대 쇼군(재위: 1203-19). 요리토모의 차남으로 어머니는 호조 마사코. 형인 요리이에의 뒤를 이어 쇼군이 되었으나 실권은 어머니에게 빼앗긴 채 와카(和歌)나 축국(蹴鞠), 음주에 탐닉하며 지냈다고 한다. 1219년 쓰루오카 하치만구(鶴ヶ岡八幡宮)에서 우대신(右大臣) 승진 축하 의식을 마치고 돌아오는 길에 조카인 구교에게 살해

이에의 첩이 낳은 아들이 있다는 소문을 듣고 찾아내어 쓰루가오카 하치만구鶴岡八幡宮[30]의 사무를 담당하는 승려로 만들고 구교公暁 선사禪師[31]라는 법명을 붙여주었습니다. 와다和田,[32] 하타케야마畠山,[33] 가지와라梶原[34] 일족도 모두 사네토모가 집권할 때 멸망했습니다. 사네토모가 쓰루가오카 하치만구에 참배하던 날 밤, 구교 선사가 사네토모를 암살했습니다.

이어 호조 요시도키北条義時[35]가 후계자 자리를 가로채 권력을 잡았지요. 이후 9대째에 이르러 사가미相模 지방 수령인 소칸宗鑑[36]이 크게 전횡을 일삼아 나라가 어지러워지자 닛타 요시사다新田義貞[37]가 가마쿠라鎌倉 막부를 무너뜨렸습니다. 이후 아시카가노 다카우지足利尊氏[38]와 닛타 사이에 전쟁이 일어나 결국 다카우지가 닛타를 쓰러뜨렸습니다. 다카우지는 자신의 셋째 아들인 요시노리義詮[39]를 교토의 구보

당했다.

30_ 가마쿠라에 있는 겐지(源氏) 가문의 씨족 신을 모시는 신사로 막부의 의식이나 행사에 사용되었다.

31_ 요리이에의 삼남. 아버지의 죽음이 숙부인 3대 쇼군 사네토모의 음모라고 의심하여 1219년 1월 27일, 쓰루가오카 하치만구에서 사네토모를 암살하고 곧 붙잡혀 죽임을 당했다(1200-19).

32_ 현재 가나가와현(神奈川県)인 사가미 지방(相模国)의 미우라(三浦) 지역의 무장인 와다 요시모리(和田義盛, 1147-1213).

33_ 오늘날 동경 및 부근 지역인 무사시 지방(武蔵国) 무장인 하타케야마 시게타다(畠山重忠, 1164-1205).

34_ 사가미 지방 무장인 가지와라 카게도키(梶原景時, ?-1200), 카게스에(景季).

35_ 가마쿠라 막부 제2대 싯켄(執権)으로 호조 도키마사(北条時政)의 차남. 싯켄은 쇼군을 보좌하고 정무를 통괄한 최고직으로 가마쿠라 막부에서는 대대로 호조(北条) 가문이 세습하였다. 쇼군인 요리토모의 신임을 얻어 아버지인 도키마사와 대립하여 그를 실각시킨다. 사네토모의 암살 사건, 조큐의 난(承久の乱, 1221)을 넘기며 호조 가마쿠라 정권의 기반을 다졌다(1163-1224).

36_ 호조 다카토키(北条高時, 1303-33). 가마쿠라 막부 14대 싯켄. 소칸은 법명.

37_ 가마쿠라 막부를 무너뜨린 후 아시카가 다카우지와 대립한 끝에 자결(1301-38).

38_ 무로마치(室町) 막부의 초대 쇼군(1305-58).

39_ 무로마치 막부 2대 쇼군으로 다카우지의 삼남. 정확한 이름은 '요시아키라'(1330-67).

公方[40]라 칭하고 넷째 아들 모토우지基氏[41]를 가마쿠라의 구보라 칭하여 자리에 앉히자 한 동안 세상은 조용해졌지만 왕도가 땅에 떨어져 유명무실해져 버렸습니다. 무가武家가 득세하니 그 권세가 하늘을 찔렀습니다. 훗날 교토와 가마쿠라의 구보 사이가 나빠지자 가마쿠라의 싯켄執権인 우에스기上杉 일족이 천황을 쫓아내었습니다. 이때부터 교토의 구보도 권위를 잃고 전국 여러 지방의 무사들이 너도나도 들고 일어나 천하는 어지럽고 전란이 끊일 새가 없었지요.

미요시 나가요시三好長慶[42]와 그 가신인 마쓰나가 히사히데松永久秀[43]는 기나이機内와 난카이南海[44]에서 악명을 떨치고 이마가와 요시모토今川義元[45]는 스루가駿河와 엔슈遠州[46]를 다스리고 기타바타케 토모노리北畠具教[47]는 세이슈勢州[48]를 차지했습니다. 다케다 신겐武田信玄[49]은 가이甲斐와 시나노信濃 지방을 거점으로 삼고 호조 우지야스北条氏康[50]는

40_ 쇼군(将軍)의 별칭.

41_ 다카우지의 넷째 아들(1340-67).

42_ 호소가와 하루모토(細川晴元)의 집사로 이즈미(和泉), 가와치(河内), 셋쓰(摂津)를 지배하고 이어 쇼군인 아시카가 요시테루(足利義輝)를 교토에서 추방하였다. 1552년에는 주인인 하루모토를 무찌르고 권력을 장악, 긴키(近畿) 여덟 지방을 지배하였으나 만년에는 가신인 마쓰나가 히사히데(松永久秀)에게 실권을 빼앗겼다(1523-64).

43_ 처음에는 미요시 나가요시를 섬기는 가신이었으나 그가 죽은 후 주군인 미요시 가문을 무너뜨리고 13대 쇼군인 아시카가 요시테루를 자결하게 만들었다. 1568년, 오다 노부나가(織田信長)가 입성하자 항복하였으나 후에 배신하여 시기산(信貴山)에서 패사(敗死)하였다. 미요시 나가요시와 더불어 하극상의 전형적인 인물로 일컬어진다(1510-77).

44_ 기나이(畿内)는 교토 부근의 야마시로(山城), 야마토(大和), 가와치(河内), 이즈미(和泉), 셋쓰(摂津)를 가리키며 난카이(南海)는 오늘날 효고현 아와지 섬(兵庫県淡路島)과 시코쿠(四国) 지방을 가리킨다.

45_ 전국(戦国) 시대 다이묘(大名)로 주로 다케다(武田) 및 호조(北条) 가문과 인척관계를 맺어 세력을 확장하였다(1519-60).

46_ 시즈오카현(静岡県) 중앙과 서부.

47_ 현재 미에현(三重県)에 해당하는 이세 지방의(伊勢国) 수령(1528-76).

48_ 이세의 다른 이름.

49_ 현재 야마나시현(山梨県)인 가이(甲斐)와 나가노현(長野県)인 시나노(信濃)를 통치하던 전국 시대 다이묘(大名, 1521-73).

관동 여덟 개 지방에 걸쳐 세력을 뻗었으며 사다케 요시시게佐竹義重는 히타치常陸[51]를 차지했습니다. 아시나노 모리다카芦名盛高는 아이즈会津[52]를 점령하고 나가오노 카게토라長尾景虎[53]는 에치고越後[54]를 차지했습니다. 아사쿠라노 요시카게朝倉義景는 에치젠越前[55]을 수호하고 하타케야마畠山 일족은 가와치河内에 있었습니다. 스에 하루카타陶晴賢[56]는 스오 나가토周防長門[57]를 빼앗았으며 모리 모토나리毛利元就[58]는 아키安芸[59]에서 세력을 일으키고 아마코노 요시히사尼子義久[60]는 이즈모出雲[61]와 오키隠岐, 이와미岩見,[62] 호키伯耆[63]로 세력을 넓혔습니다. 분고豊後[64]는 오토모大友,[65] 비젠備前[66]은 류조지竜造寺,[67] 그 밖에 고슈江州[68]는 아사이浅井[69]와 사사키佐々木,[70] 비슈尾州[71]는 오다織田, 죠슈濃州[72]는 사

50_ 다케다 및 이마가와와 교전하였으나 후에 평화협정을 맺어 관동 남부를 평정하여 호조 가문의 전성기를 구축하였다(1515-71).

51_ 이바라기현(茨城県).

52_ 후쿠시마현(福島県) 서부.

53_ 처음에는 카게토라, 출가한 후 겐신(謙信)이라 칭함(1530-78).

54_ 니이가타현(新潟県).

55_ 후쿠이현(福井県) 동부.

56_ 오우치 요시타카(大内義隆)의 가신이었으나 1551년, 요시타카를 배신하여 자살하게 만들었다. 모리 모토나리와의 전투에서 패하여 자결하였다(1521-55).

57_ 야마구치현(山口県).

58_ 1555년, 장남인 다카모토(隆元)와 차남인 모토하루(元春)와 협력하여 스에 하루카타를 이쓰쿠시마(厳島)에서 섬멸하였다. 이후 스오 전역을 지배하였다(1497-1571).

59_ 히로시마현(広島県) 서부.

60_ 이즈모 지방(出雲国)의 슈고(守護). 1566년 모리 가문에 항복.

61_ 시마네현(島根県) 동부.

62_ 시마네현(島根県) 서부.

63_ 돗토리현(鳥取県) 서부.

64_ 오이타현(大分県).

65_ 오토모 소린(大友宗麟, 1530-87) 시절, 북규슈(北九州)를 중심으로 최대세력을 확장하였다.

66_ 오카야마현(岡山県) 남동부.

67_ 비젠 지방의 다이묘. 다카노부(隆信, 1529-84) 시절에 세력을 떨쳤다.

68_ 시가현(滋賀県).

69_ 나가마사(長政1545-73) 시절에 아사쿠라 요시카게(朝倉義景)와 협력하여 노부

이토斎藤,[73] 야마토大和[74]는 쓰쓰이筒井[75]가 차지했습니다.

이 외에 여러 지방의 많은 마을에서도 같은 집안 무사들끼리 군사를 결성하여 병사를 모으고 서로 쳐들어가 뺏고 빼앗기를 반복하고 있습니다. 그 옛날 안토쿠安德 천황께서 서해 바다에 몸을 던지신 해인 쥬에이寿永 2년1183 계묘년부터 현재 고지弘治 2년1556 병진년까지 어언 374년 성상이 흘렀습니다. 천황은 26대째이며 가마쿠라 막부는 요리토모를 시작으로 3대, 호조 가문 9대, 아시카가 가문 12대로 교토의 아시카가는 지금 벌써 미나모토노 요시테루源義輝가 13대 쇼군에 올랐습니다."

이야기를 다 들은 삼미주조의 눈에서 어느덧 눈물이 흘렀다. 밤은 이미 이슥하여 산 속은 고요하기만 한데 나뭇가지를 흔드는 바람 소리만이 처마 가까이에서 들려왔다. 이 소리에 나가쓰기는 영혼이 맑아지고 청량한 느낌이 들었다. 집 주인은 이것저것 술을 권하였다.

어느덧 날이 환히 밝아오며 산기슭에 붉은 새벽 구름이 걸리고 맑은 새소리가 들려왔다. 나가쓰기가 "그럼 이만 가보겠습니다."라고 정중히 절을 하고 서 있으니 집주인이 말했다.

"우리는 신선도 아니고 유령도 아니라오. 오랜 세월 살아온 것은 그저 운이 좋았기 때문이오. 모쪼록 고향에 돌아가더라도 세간에 이곳 이야기는 하지 말아주시오."

"깊은 산 속 달은 예전 그대로이건만 세상은 몰라보게 변해 있구

나가와 대전하였다.

70_ 사사기소(佐々木荘)를 거점으로 하는 슈고 다이묘.

71_ 아이치현(愛知県).

72_ 기후현(岐阜県).

73_ 미노[美濃, 현재 기후현(岐阜県) 남부]의 영주인 사이토 도산(斎藤道三, 1494-1556).

74_ 나라현(奈良県).

75_ 쓰쓰이 준케이(筒井順慶, 1549-84). 노부나가와 협력하여 마쓰나가 히사히데를 무찔렀다.

나.”

집주인은 이렇듯 시를 읊어 작별인사를 한 뒤 집 안으로 들어갔다.

나가쓰기는 바위를 깎아 만든 문을 나서며 약 1정町, 109m에 하나씩 대나무 가지를 꽂아 표시를 하면서 도즈강의 숙소로 돌아왔다. 이듬해 봄, 술과 안주를 장만하여 다시 산길로 접어들어 그 마을을 찾았다. 그러나 노송과 홰나무가 가로로 쓰러져 길을 막고 바위가 겹겹이 솟은 곳에 억새만이 무성하였다. 나무꾼이 다니는 길에는 새소리만 희미하게 들리고 꼴 베러 다니는 길에는 계곡물만 흘렀다. 나가쓰기는 표시해둔 대나무 가지를 찾을 길 없어 그저 서성이다 되돌아왔다. 과연 그 마을 사람들은 선경仙境의 도인이었을까, 진실은 알 길이 없다.

진홍색 허리띠*

에치젠越前[1] 쓰루가敦賀 항구에 하마다노 나가하치浜田長八라고 하는 부자가 슬하에 두 딸을 두었다. 이웃에 나가토長門[2] 수령 와카바야시若林의 일족인 히가키노 헤이타檜垣平太라는 사람이 무사 신분을 버리고 상인이 되어 유복하게 살고 있었다. 헤이타에게는 헤이지平次라는 이름의 아들이 하나 있었는데 나가하치의 딸과 같은 또래여서 어릴 때는 곧잘 사이좋게 놀곤 하였다. 이윽고 헤이타는 나가하치의 큰딸을 며느리 삼고자 중매를 넣어 청혼하니 상대편도 흔쾌히 승낙하였다. 혼약의 정표로 술과 안주를 갖추어 보내고 진홍색 허리띠를 하마다의 딸에게 선물하였다.

---

*_ 『전등신화(剪燈新話)』 1-4 「금봉차기(金鳳釵記)」의 번안.
원화는 원나라 대덕(大德, 1297-1307) 연간에 양주(揚州)의 부자인 오방어(吳防禦)의 두 딸인 홍낭(興娘), 경낭(慶娘)과 이웃에 사는 최홍가(崔興哥)의 사랑 이야기가 줄거리이다. 이야기의 제목은 최홍가가 혼약의 증표로 홍낭에게 봉황을 아로새긴 금비녀(金鳳釵)를 준 것에서 연유한다. 홍가가 다른 지방으로 벼슬자리를 떠난 후 15년간 소식이 없는 것을 아사이 료이는 헤이지가 전쟁으로 인해 5년 동안 교토에 머물렀다고 번안하였다. 덧붙여 여동생이 부부의 연을 맺기를 강요하는 장면에서 『전등신화』의 경우는 만약 거절한다면 경낭은 홍가가 자신을 유혹했다고 아버지에게 이르겠다고 하는 데에 반해 이 이야기에서 둘째딸은 스스로 투신하여 목숨을 끊을 것이라 협박한다.

1_ 후쿠이현(福井県).

2_ 야마구치현(山口県) 서부와 북부.

덴쇼天正 3년1575 가을, 아사쿠라朝倉의 잔당들이 봉기하여 이타도리虎杖, 기노메토게木芽峠, 하치후세鉢伏, 이마조今条, 히우치火燧, 스이즈吸津, 료몬사竜門寺 등, 여러 곳을 요새삼아 농성하였다.[3] 그러는 사이에 나가토 수령인 와카바야시는 고노河野[4]의 신시로新城를 점거하고 농성하였다. 노부나가信長와 노부타다信忠 부자는 팔만 여 기騎를 이끌고 쓰루가에 진을 치고 기노시타 도기치로木下藤吉郎[5]에게 고노 성을 포위하도록 명령하였다. 히가키노 헤이타는 와카바야시의 일족이므로 쓰루가에 있다가 봉변을 당할 것을 두려워하여 일가를 이끌고 연고에 의지하여 교토로 상경하였다. 이후 5년 동안 쓰루가 쪽에는 아무런 소식도 전하지 않았다.

나가하치의 큰딸은 어느덧 열아홉 살이 되었다. 아름다운 용모를 지녔기에 청혼을 해오는 곳이 많았지만 딸은 전혀 흔들리지 않았다.

"어렸을 때부터 오로지 헤이지에게만 마음을 허락하여 정혼하였습니다. 설령 버림받는다고 할지라도 이제 와서 다른 사람을 지아비로 섬길 수는 없습니다. 게다가 만약 헤이지가 살아 돌아온다면 또 얼마나 부끄러운 일이겠습니까."

이렇게 말하며 나가하치의 딸은 아침부터 저녁까지 규방 깊은 곳에 머물러 있었다. 잠시도 헤이지를 잊지 못하여서 어쩌다 소일삼아 글을 쓰거나 일을 할 때에도 헤이지가 눈앞에 어른거려 남몰래 눈물 짓기만 할 뿐이었다. 마침내 큰딸은 사모의 정이 한이 되어 병석에 누운 지 반 년 남짓 지나 결국 세상을 뜨고 말았다.

3_ 실제로는 조도신슈(浄土真宗) 혼간사(本願寺) 교단의 신도들이 일으킨 폭동(越前一向一揆)을 말한다. 오다 노부나가(織田信長)의 대승으로 끝남과 동시에 그의 무력을 만천하에 과시하는 계기가 되었다.

4_ 오사카후 히라카다시(枚方市) 및 고노시(河野市)에 있던 평원. 수렵과 뛰어난 경승지로 유명하였으나 남북조(南北朝) 시대에서 전국(戦国) 시대에 걸쳐서는 전장으로 변하였다.

5_ 도요토미 히데요시(豊臣秀吉, 1536-98)의 초창기 이름.

부모는 이루 말할 수 없이 슬퍼하며 오시오小塩[6]라는 곳의 절에 딸을 묻었다. 어머니는 죽은 딸의 이마를 쓰다듬으며 헤이지에게 받은 진홍색 허리띠를 꺼냈다. "이것은 네 지아비가 준 허리띠란다. 이걸 남겨 뭐하겠니. 황천에 가서도 꺼내보며 그리워하려무나." 어머니는 딸의 허리에 진홍색 허리띠를 묶어준 뒤 화장하여 묻었다.

장례를 치른 지 한 달 남짓 지난 어느 날, 헤이지가 찾아왔다. 나가하치가 맞아들이며 그간의 사정을 묻자 헤이지가 대답했다.

"와카바야시 나가토 수령이 고노의 신시로에서 농성하니 노부나가가 팔만 여 기를 이끌고 쓰루가에 진을 쳤지요. 저희는 혹시 와카바야시의 일족이라 붙들려가서 고초를 겪을까봐 제대로 짐도 꾸리지 못한 채 서둘러 교토로 올라가 아는 분에게 신세를 지며 지냈습니다. 그러는 와중에 부모님 모두 차례로 돌아가시고 저는 옛날의 혼약을 잊을 수 없어 이렇게 돌아온 것입니다."

하마다 부부는 눈물을 흘리며 말했다.

"큰딸은 자네 집안이 떠난 후 오직 자네만을 그리워하다 병을 얻어 지난 달 초, 기어이 세상을 떠났다네. 오랫동안 소식 한 번 없는 것에 내심 원망도 많았을 걸세. 자, 이걸 보게나. 벼루 상자 뚜껑에 그 심정을 적어 놓았네."

"매화야, 하다못해 향기만이라도 전해 다오. 산 속 깊이 홀로 피었어도."

헤이지는 이 시를 보고 자신의 박정한 처사를 뉘우치며 슬픔을 가눌 길이 없었다. 지불당持仏堂[7]에 들어가 큰딸의 위패 앞에 꽃을 바치고 향을 피우며 염불을 외웠다. 하마다 부부가 뒤로 다가와서 "네가 그토록 그리워하던 헤이지가 올리는 공양이란다. 모쪼록 잘 받거

6_ 미상.

7_ 집안의 수호 불상이나 조상의 위패를 안치하는 곳(방).

라.”라고 말하며 쓰러져 통곡하니 헤이지는 물론이거니와 집안 사람 모두가 슬피 우는 모습이 보기에도 애달팠다.

하마다 부부가 말했다.

“이제는 부모님도 돌아가시고 혈혈단신이 되었으니 얼마나 외로울 것인가. 큰딸이 죽고 없다고는 해도 어찌 자네를 남으로 여길 수 있겠나. 기왕이면 우리 집에 머물면서 어떻게든 살아갈 방도를 찾아보게나.” 이윽고 부부는 집 뒤에 거처를 마련하여 헤이지를 머물게 하였다.

얼마 후 큰딸의 사십구재를 올리는 날이 되자 집안 식구들은 모두 오시오에 있는 묘소로 사십구재를 지내러 가고 헤이지 혼자 집을 지키고 있었다. 해질녘이 되자 헤이지는 문 밖까지 나가 의식을 마치고 돌아오는 집안 식구들을 맞이하였다. 모두들 각자 처소로 들어가는데 열여섯 살 된 둘째 딸이 가마 밖으로 무언가를 떨어뜨렸다. 헤이지가 조심스레 다가가 떨어진 물건을 주워보니 자신이 큰딸에게 선물한 진홍색 허리띠였다. 이를 주워 품속에 넣고 자신의 거처로 돌아온 헤이지는 등잔불 밑에서 홀로 깊은 상념에 잠겨 앉아 있었다. 밤이 깊어 인적도 잦아들자 여닫이문을 두드리는 소리가 들렸다. 문을 열어보니 둘째 딸이었다.

둘째 딸은 그대로 방안으로 들어와 속삭이듯 말했다.

“소녀 또한 언니를 잃고 슬픔에 잠겨 있어요. 아까 제가 던진 진홍색 허리띠를 도련님께서 주우셨지요? 전생에서 맺은 깊은 인연을 잊을 길 없어 이렇게 몰래 찾아온 것입니다. 우리, 부부의 인연을 맺어 백년해로 하기로 해요.”

헤이지는 둘째 딸의 말을 듣고 펄쩍 뛰며 말했다.

“가당치도 않은 말씀이시오. 부모님께서 인정을 베푸셔서 저를 거두어주셨소. 그런데 허락도 없이 도리에 어긋나는 짓을 저질러 들키기라도 하면 그 뒷일을 어떻게 감당하겠소? 어서 빨리 돌아가시오.”

_ 하마다 일가를 기다리는 헤이지와 가마 밖으로 허리띠를 떨어뜨리는 둘째 딸

둘째 딸이 몹시 원망스러운 듯 화를 내며 말했다.

"우리 아버님은 처음부터 도련님을 사위로 생각하시고 거두신 것입니다. 여기까지 찾아온 제 마음을 뿌리치신다면 물에 빠져 목숨을 끊을 것이며 다시 태어나도 한을 품고 원망할 것입니다."

헤이지는 하는 수 없이 둘째 딸의 뜻에 따랐다. 새벽녘이 되자 둘째 딸은 잠자리에서 일어나 돌아갔다. 그 날 이후 둘째 딸은 매일같이 저녁에 헤이지를 찾아와 아침에 돌아갔다. 두 사람은 밤마다 밀회를 방해하는 문지기를 원망할 정도로 정이 들고 깊이 사랑하는 사이가 되었다.[8]

한 달 정도 지난 어느 날 밤, 둘째 딸이 헤이지에게 말했다.

8_ 「아무도 모르는 내 다니는 사랑길 지키는 이는 내 지나는 밤마다 잠들어 버렸으면(人知れぬ我が通ひ路の関守はよひよひごとにうちも寝なむ)」(『伊勢物語』 5段)이라는 시에 빗댄 표현.

"아직까지 아무도 우리 사이를 눈치채지 못했어요. 하지만 이 세상에 비밀이란 없으니 조만간 들통이 날 테고 그러면 우리 두 사람은 곤욕을 치르겠지요? 도련님, 저를 데리고 담장을 넘어[9] 어디로든 도망쳐주세요. 아무도 모르는 곳에서 마음 편히 백년해로하고 싶어요."

헤이지도 더 이상 깊은 정을 끊을 수 없었다. 그는 둘째 딸을 데리고 몰래 집을 빠져나와 옛날 자신의 집에서 부리던 하인이 살고 있는 미쿠니三国 항구[10]로 갔다. 헤이지가 저간의 사정을 말하고 부탁하자 하인도 성심성의껏 도와주어 1년 정도 그곳에서 숨어 지냈다.

어느 날 둘째 딸이 말했다.

"부모님께 혼날 것이 무서워서 도련님을 따라 여기까지 도망쳐왔네요. 어느 덧 1년이 지났으니 부모님도 저를 많이 보고싶어 하시겠지요. 지금쯤이면 분명 저희를 용서해 주실 거예요. 그러니 우리 고향으로 돌아가요."

헤이지는 "당신 뜻이 정 그렇다면."이라 대답하고 둘째 딸을 데리고 쓰루가로 돌아갔다. 그리고 일단 그녀를 배 안에 남겨두고 헤이지 혼자 하마다 부부를 찾아가 대면하고 용서를 구하였다.

"저를 불쌍히 여기시어 크나큰 은혜로 돌보아주셨는데 감히 허락도 얻지 않고 도리에 어긋나는 짓을 저질러 존함에 먹칠을 한 죄, 가볍지 않습니다. 그러나 이미 세월도 흘렀으니 이제는 어느 정도 노여움도 풀리셨을 줄 아옵니다. 이런 연유로 이번에 따님을 데리고 돌아왔으니 부디 용서해 주십시오."

헤이지의 이야기를 들은 하마다는 "도대체 무슨 이야기를 하는 건지 통 모르겠네."라고 대꾸하였다. 헤이지는 그 동안의 일을 있는 그

9_ 도리나 규율을 깨뜨린다는 의미도 포함한다.

10_ 후쿠이현 사카이군 미쿠니초(福井県坂井郡三国町)에 있는 항구.

대로 털어놓고 진홍색 허리띠를 꺼내어 두 사람에게 보여주었다.

그러자 하마다가 소스라치게 놀라며 말했다.

"이건 큰딸이 혼약의 증표로 받은 허리띠가 아닌가. 딸아이가 죽었을 때 관에 함께 넣어준 것일세. 게다가 둘째 딸은 지금 병이 깊어 자리보전하고 누워 있다네. 자네를 따라 다른 지방으로 가다니, 그런 터무니없는 소리 말게."

둘째 딸을 지금 배안에 혼자 남겨두었다는 헤이지의 말에 사람을 보내어 알아보니 배에는 뱃사공 말고는 아무도 없다는 전갈이 돌아왔다. 도무지 영문을 알 수 없는 하마다 부부가 어리둥절해하며 헤이지를 미심쩍어하고 있으려니 둘째 딸이 병석을 박차고 일어나 갑자기 중얼거리기 시작하였다.

"소녀는 헤이지와 혼약하고도 세상을 일찍 하직하고 버려지듯 묻히고 말았습니다. 하오나 헤이지와는 전생의 깊은 인연으로 맺어진 사이이기에 이렇게 다시 이승에 돌아온 것입니다. 부디 바라건대 동생을 헤이지의 부인이 되게 해 주세요. 그러면 그동안의 병도 씻은 듯 나을 것입니다. 이는 제가 진정 바라는 것이옵니다. 만일 이 소원을 저버리신다면 동생의 목숨도 저와 같은 길로 이끌어 황천 가는 길동무로 삼을 것입니다."

집안 사람들이 혼비백산하여 이렇게 말하는 둘째 딸을 살펴보니 겉모양은 그대로이나 행동거지며 목소리, 말투가 큰딸을 빼다 박았다. 아버지가 "너는 이미 이 세상 사람이 아니다. 그럼에도 왜 이토록 죽은 후에도 집착을 버리지 못하느냐."라며 나무랐다.

그러자 둘째 딸의 몸에 쓰인 큰딸의 혼령이 대답했다.

"비록 일찍 세상을 떠났지만 전생의 인연이 깊었기에 염라대왕께 잠시 허락을 얻어 이승으로 돌아와 1년 남짓 헤이지와 부부의 정을 나누었습니다. 하지만 이제는 저승으로 다시 돌아가야만 합니다. 부디 소녀의 소원을 저버리지 말아주세요." 그리고는 헤이지의 손을 잡고 눈물을 흘리며 이별을 고하였다. 그런 다음에는 부모님께 합장하며 절을 올렸다. “정녕 헤이지의 부인이 되어도 아녀자의 도리를 잘 지키고 부모님께 효도를 다할 것입니다. 그럼 이만 물러가옵니다.” 라고 말한 후, 부들부들 떨며 쓰러져 그대로 기절하였다. 놀란 사람들이 얼굴에 물을 뿌리자 둘째 딸은 정신을 차리더니 그 길로 병이 말끔히 나았다. 그러나 지금까지 일어난 것에 대해 물어도 하나도 기억하지 못했다.

결국 큰딸의 바람대로 둘째 딸과 헤이지를 맺어주고 정성을 다해 불공을 올려 큰딸의 명복을 빌었다. 이 이야기를 듣는 사람 모두가 신기하게 여겼다.

여우의 둔갑 *

고슈江州 무사武左[1]의 여관 주인으로 와리타케노 고야타割竹小弥太라는 사람이 있었다. 원래는 고가甲賀[2] 사람으로 씨름을 좋아하고 힘도 세고 용감하였다. 중년이 된 후에 무사에 정착하여 나그네에게 방을 빌려주고 밥을 해주면서 생계를 잇고 있었다.

어느 날, 볼일이 있어 시노하라篠原 제방을 지나는데 이미 해가 저물기 시작하여 주위에 인적도 끊어졌다. 혼자 서둘러 발걸음을 재촉하고 있자니 길가에 여우 한 마리가 나타났다. 여우는 사람의 해골바가지를 머리에 쓰고 두 발로 서서 북쪽을 향해 절을 하다가 해골이 떨어지면 주워 쓰고 절을 하고 다시 떨어뜨리기를 반복하였다. 이렇게 일고여덟 번을 계속하여 더 이상 해골이 떨어지지 않자 이제는 안심하고 북쪽을 향해 백 번 정도 절을 하였다. 이 모습을 이상히 여긴 고야타가 멈추어 서서 보고 있노라니 여우는 어느 사이엔가 열일고

---

*_ 『전등여화(剪燈余話)』 3-5 「호미랑전(胡媚娘傳)」의 번안.
　『전등여화』의 줄거리는 다음과 같다. 하남(河南) 신정(新鄭)의 역졸인 황홍(黃興)은 우연히 해골을 뒤집어쓰고 달을 향해 절을 한 뒤 열예닐곱의 아리따운 여자로 변한 여우 호미랑(狐媚娘)을 집으로 데려온다. 얼마 후 신정은 거액을 받고 관인인 소유(蕭裕)에게 호미랑을 판다. 여우에게 정기를 빼앗겨가는 소유의 상태를 간파한 도사 윤담연(尹澹然)은 부적과 격문으로 이를 퇴치한다.

1_ 시가현 오미하치만시 무사초(滋賀県近江八幡市武佐町).

2_ 시가현 고가군(滋賀県甲賀郡).

_ 해골을 쓴 여우와 이를 지켜보는 고야타

여덟 살 정도의 여자로 변신하였는데 세상에 둘도 없을 만큼 아름다운 모습이었다. 해는 이미 완전히 져서 어두운데 여자는 고야타 앞에서 처량하게 울며 걸어갔다.

원래 고야타는 담력이 큰 사람이기에 조금도 겁내지 않고 여자 옆으로 다가가 말을 걸었다.

"대체 뉘시기에 해 저문 길을 혼자 서글피 울며 어디로 가시오?"

여자가 울면서 대답하였다.

"소녀는 이곳에서 북쪽에 있는 요고余五[3]라는 곳의 사람입니다. 일전에 기노시타 도키치로木下藤吉郎[4]인가 하는 장군이 야마모토야마山本山 성에 쳐들어왔다가 퇴각하면서 요고와 기노모토木下 주변에 모두 불을 질렀습니다. 그 바람에 아버님과 남자 형제들은 야마모토야마에서 전사하고 어머님께서는 겁에 질려 몸져 누우셨지요. 그러던 중 병사들이 집안에 들이닥쳐 재물을 하나도 남김없이 모조리 약탈해 갔습니다. 게다가 소리 높여 이를 나무라는 어머니마저 칼로 베어버렸습니다. 저는 무서워 풀숲에 숨어 있었기에 간신히 목숨만은 건졌지만 부모형제도 없는 몸이 되었습니다. 천애고아가 되어 딱히 의탁할 곳도 없기에 이제는 몸을 던져 죽는 수밖에 없다고 생각하니 서러움이 복받쳐 남의 눈도 생각지 못하고 울고 있는 것입니다."

이야기를 들은 고야타는 '아니나 다를까, 여우가 사람으로 둔갑해

3_ 시가현 이카군 요고초(滋賀県伊香郡余呉町). 비와호(琵琶湖)의 북쪽.

4_ 도요토미 히데요시(豊臣秀吉, 1536-98)의 초창기 이름.

서 나를 속이려고 하는구나. 그렇다면 나야말로 여우를 속여 돈 좀 벌어봐야겠다.'고 마음먹고 여자에게 말했다.

"쯧쯧, 사정이 딱하게 되시었소. 부모형제도 잃고 의지할 곳도 없다니. 다행히 내 집이 참으로 궁색하지만 한 사람 정도야 그럭저럭 못 먹여 살리겠소? 우리 집 일을 성심성의껏 거들어준다면 내 낭자를 든든히 보살펴 주리다."

_ 여인으로 변신한 여우를 집으로 데려가는 고야타

여자는 무척 기뻐하며 대답하였다.

"저를 불쌍히 여겨 거두어주신다면 부모님이 다시 살아 돌아오신 것으로 알고 모시겠습니다."

고야타는 여자를 데리고 무사의 여관으로 돌아왔다. 여자는 고야타의 부인과 대면하자 고야타에게 그랬던 것처럼 자신의 애달픈 처지를 눈물로 하소연하였다. 부인도 가뜩이나 아름다운 모습의 여자를 더욱 애처롭게 여기며 돌보아주었다. 고야타는 부인에게 여우에 대한 이야기는 일언반구 전하지 않았다.

덴쇼天正, 1573-93에 접어들어 차츰 고슈가 조용해지고 북쪽 지방은 기노시타 도기치로의 영지가 되었다. 이시다石田라는 이름의 시장을 감독하는 벼슬아치[5]가 서울에서 귀성하던 중, 고야타의 여관에 묵게 되었다. 마침 여자를 보고 한눈에 반한 이시다는 "불문곡직하고 이

5_ 원문은 '市令助'. 시장 교역을 관리하고 도량형 등을 조정하여 바로잡는 관리로 장관인 '市正' 다음인 차관에 해당되는 벼슬이다.

여인을 내게 주게나."라며 막무가내로 부탁하였다.

고야타가 "내로라하는 다이묘大名[6]들께서도 모두 원하셨지만 지금껏 아무에게도 보내지 않았습니다. 대가를 섭섭지 않게 쳐주신다면 생각해 보지요."라고 대답하였다. 이 말에 이시다는 몸값으로 금화 백 냥을 고야타에게 건네고 여자를 데리고 기후岐阜로 돌아갔다.

여자는 무척 총명하였다. 매사에 민첩하고 영리하였으며 남의 마음을 먼저 헤아려 일처리를 하는 것이 마치 이시다의 마음속에 들어갔다 나온 듯했기에 이시다는 본처를 제쳐두고 오직 이 여자만을 총애하였다. 하지만 여자는 조금도 우쭐대지 않고 본처의 비위도 잘 맞추었다. "저는 한낱 첩에 지나지 않거늘 어찌 정처의 뜻을 거스를 수 있겠습니까."라며 밤낮을 가리지 않고 한결같이 정성껏 모시니 과연 본처도 여자를 미워하지 않고 진심으로 아꼈다. 여자는 집안에 출입하는 사람들에게도 각각 알맞은 선물을 하였다. 비단 옷, 다기茶器, 바늘, 분첩 같은 물건들을 따로 구한 것 같지도 않은데 때때로 꺼내어 나누어주곤 하였다. 게다가 솔선하여 삼실 잣기, 물레, 바느질, 그림, 매듭까지 솜씨 좋게 해내었다. 사람들은 "이시다 집안에 현숙한 여인이 들어왔다."고 칭찬하였다.

반년이 지났을 무렵, 이시다가 다시 상경하게 되었다. 여자는 "부디 충의忠義만을 따르시며 사사로운 마음을 버리십시오. 천금보다 귀한 서방님의 몸을 하찮은 것과 바꾸지 마십시오. 집안일은 제게 맡겨 주세요."라고 당부하며 서울로 올려 보냈다.

서울에서 이시다는 다카오高雄[7]의 승려인 유가쿠祐覚 소즈僧都[8]를 만났다. 유가쿠가 이시다를 유심히 살펴본 후 말했다.

6_ 무로마치(室町) 시대에는 몇 개 고을을 다스리던 격식 높은 영주를 가리키고 에도(江戸) 시대에는 만석 이상을 영유(領有)한 막부 직속 무사를 일컫는다.

7_ 다카오산 진고사(高雄山神護寺)를 모델로 한 것으로 추측된다.

8_ 미상, 소즈는 승관(僧官)의 두 번째 계급으로 소조(僧正) 다음에 위치하는 자리.

"이시다님께서는 요괴에 홀려 정기를 빼앗기고 계십니다. 빨리 치료하지 않으면 목숨을 잃으실 것입니다. 소승이 그 정도 안목은 있습니다."

이시다는 이 말을 귓등으로 들으며 "나를 속이려는 돌팔이 중의 거짓말은 이번이 처음도 아니지."라며 웃어 넘겼다.

그러나 얼마 지나지 않아 이시다는 병에 걸렸다. 얼굴색이 누렇게 변하고 마르기 시작하여 몸에 살점이 하나도 없이 푸석푸석해져 버렸다. 그저 몽롱한 채로 사물을 제대로 분간하지도 못했다. 부하들이 놀라 백방으로 치료해 보았지만 전혀 차도가 없었다. 그 때 마침 다카오의 승려가 한 말을 생각해내고 유가쿠를 모셔와 이시다의 상태를 보여주었다.

유가쿠가 말했다.

"역시 소승이 잘못 본 게 아니었습니다. 처음에 제 말을 믿지 않아 이렇게 병이 도진 것이지요. 불법의 길은 자비가 최우선이니 기도로써 병을 치료해야 합니다. 서둘러 고향으로 돌아가 기다리십시오. 소승 역시 함께 내려가서 효험을 보이겠습니다."

이 말에 놀란 부하들은 유가쿠와 함께 밤을 낮 삼아 서둘러 기후로 돌아왔다. 단을 쌓고 스물네 가지의 공양물과 스물네 개의 등불, 열두 개의 폐幣[9]를 세우고 네 종류의 귀한 향을 피우며 부정을 몰아내기 위해 제문을 읽었다.

"유세차 덴쇼天正 2년1574 갑술년 금월 금일, 이시다 가문의 아무개가 요괴 여우로 인해 병을 얻었다. 대저 천지가 열려 비로소 음양이 나뉘고 인간과 비인간이 갈렸다. 사물과 사람이 각각 본연에 따라 성질과 외형을 받은 이래, 품위品位가 서로 같음이 없도다.

여기에 인간으로 둔갑한 여우가 있어 제멋대로 요술을 부린다. 나

9_ 신전에 바치는 베와 비단을 꿴 막대기.

뭇잎을 엮어 옷을 만들고 머리에 쓴 해골을 가발삼아 여인으로 둔갑하여 갖은 교태를 부리는구나. 여우는 항상 얼음 소리를 듣고 가늠한 연후에 물을 건넌다는 말도 있듯이 한시도 의심을 늦추지 않는다. 꼬리를 쳐서 불을 피우고 재앙을 일으키는 일을 잠시도 멈추지 않는다. 이런 연유로 대안大安 스님은 마음을 아라한지阿羅漢地로 달리고 백장회해百丈懷海 선사는 불매인과不昧因果의 가르침으로 오백생 동안 여우 몸에 갇혀 있던 중생을 구제하셨다.[10] 천 년 동안의 요술로 두 발을 만들고 두 손으로 범부凡夫의 배를 가르려 한다. 여기 이시다 아무개는 무가의 장수이며 무문武門의 명사이거늘 어찌 너 같은 미물이 함부로 더러운 부정不淨을 씌워 정기를 빼앗느냐. 몸은 무사武左의 여관에 두고 교태는 양가의 침실에서 부리려고 하는구나. 배우자를 찾아 헤매는 네 몸과 이름은 여우이니, 나는 그 추악함을 드러내고 경經을 외움으로써 너의 본성을 들추는 자이다. 여우는 수구초심首丘初心이라, 죽을 때 머리를 제 살던 굴 쪽으로 두어 근본을 잊지 않는다고 하

10_ 본문의 내용은 아사이 료이의 또 다른 작품인 『무량수경고취(無量寿経鼓吹)』 10 「狐魅知人心 大安問詰」에도 실린 일화로 여인으로 둔갑한 여우 이야기를 소재로 한다. '대안(大安)'은 당나라 때 승려로 독심술에 뛰어나 측천무후(則天武后)가 총애하고 있던 여인과 대결하여 여인의 정체가 여우인 것을 간파하였다.

한편 백장회해(百丈懷海, 720-814) 선사의 일화는 다음과 같다. 백장선사가 백장산에서 설법을 하면 항상 한 노인이 경청하였다. 하루는 다른 사람들이 다 돌아간 뒤에도 혼자 남아 있는 노인에게 백장선사가 "서 있는 사람은 누구인가?"라고 물었다. 노인이 대답하기를 "나도 과거 가섭 부처님 시대에 이 산에 살았는데 어느 날 학인이 나에게 '크게 수행한 사람도 인과에 떨어집니까? 떨어지지 않습니까?'라고 묻기에 나는 '인과에 떨어지지 않는다(不落因果).'라고 대답했습니다. 그 과보로 인해 500년 동안 여우의 몸을 받아 벗어날 길이 없습니다. 청컨대 스님께서 자비심으로 제도하여 주십시오."

이 말을 들은 백장선사가 "그대가 나에게 다시 물어보라."고 말하였다. 노인이 다시 묻기를 "스님께 묻겠습니다. 크게 수행한 사람도 인과에 떨어집니까? 떨어지지 않습니까?" 선사가 대답하였다. "인과에 어둡지 않느니라(不昧因果)." 노인이 이 말에 크게 깨달음을 얻고는 "이제 스님의 말씀을 듣고 비로소 여우의 몸을 벗게 되었습니다. 제가 여우의 몸을 벗어 뒷산 바위 아래에 둘 것이니 불가의 법도에 따라 장례를 치러 주십시오."라고 말하며 하직인사를 하였다.

_ 이시다를 구하기 위해 의식을 치루는 사람들과 정체가 들통난 여우

나 호가호위狐假虎威라, 호랑이의 위세를 빌어 간악한 일을 행하는 것을 감출 수는 없다.

썩 물렀어라, 당장 떠나거라. 너는 구미호의 죄가 천 년 동안 용서받지 못한다는 사실을 모르느냐. 누가 있어 너를 불쌍히 여길 것이며 미워하지 않을 자 누구이겠느냐. 만일 당장 물러가지 않는다면 방방곡곡 크고 작은 신사神社를 위협하고 너를 갈기갈기 찢어 죽여 바다에 던져버리리라."

제문을 다 읽자 갑자기 먹구름이 끼고 폭우와 천둥번개가 쉴새없이 치니 여자는 몹시 두려워하며 그대로 쓰러져 죽어버렸다. 집안 사람들이 놀라 뛰어와 보니 커다란 늙은 여우였다. 머리에 쓴 해골은 떨어지지 않은 채 그대로 있었다. 이 여자에게 받은 물건들을 꺼내어 보니 비단 옷으로 보였던 것은 모두 파초 잎이었고, 분이라고 한 것은 쌀겨와 먼지였다. 바늘로 보인 것은 솔잎이었다.

이시다는 마음이 곧 맑아져서 금세 병이 다 나았는데 이 모든 사실이 그저 어리둥절할 뿐이었다. 여우 시체는 먼 산 깊은 곳에 묻고 부적을 붙여 액막이를 했다. 이시다는 단사丹砂[11]와 게장 등을 조합한 약을 먹으며 원기를 보충했다. 이후 무사의 고야타를 찾아가보니 그는 여자를 팔아 돈을 챙긴 뒤, 이사를 해서 행방을 알 도리가 없었다. 과연 여우는 간계한 요술로 사람을 홀리니 유가쿠 스님의 법력은 탄복할 만하다.

11_ 붉은 빛이 도는 광물. 수은과 황의 화합물로 정제하여 물감이나 한방약으로 쓰인다.

伽婢子

卷三

부인의 꿈을 본 남편*

스오周防 야마구치山口[1] 성주인 오우치 요시타카大内義隆[2]의 가신인 하마다노 요베浜田与兵衛의 처는 원래 무로室 항구[3]의 유녀였다. 하마다가 첫눈에 반해 극진히 사랑하여 깊은 정을 나눈 끝에 드디어 본처로 맞아들였다. 하마다의 부인은 용모가 아름답고 풍류를 알며 심성도 고운데다가 시도 잘 짓고 서체도 뛰어났다. 전생의 인연일까, 하마다의 부인이 되었는데 부부 금실 좋기가 이만저만이 아니었다.

주군인 요시타카가 교토의 쇼군의 명을 받들어 상경하여 정삼위正三位의 시종侍從 겸 다자이후太宰府[4]의 차관으로 임명되어 한동안 교토에 머물게 되었다. 하마다도 주군을 따라 서울에 머물게 되자 부인은 늘 남편을 그리워하며 외로이 기다렸다. 마침 8월 보름 밤, 흐린 하늘에 달이 보이지 않자, 부인은

---

* 오조소설(五朝小說)인 『몽유록(夢遊錄)』 「장생(張生)」을 밑바탕으로 하여 일부를 개작한 작품.

1_ 야마구치현 야마구치시(山口県山口市).

2_ 스오의 슈고다이묘(守護大名). 교토 문화를 애호하고 귀족 및 승려를 보호하였으나 가신인 스에 하루카다(陶晴賢)의 반역으로 자살하였다(1507-51).

3_ 효고현 이보군(兵庫県揖保郡)에 있는 항구. 근세에는 유녀의 발상지로 유명하다(『色道大鏡』 1).

4_ 율령제에서 규슈(九州)에 두었던 관청. 규슈, 이키(壱岐), 쓰시마(対馬)를 관할하고 외교, 국방을 맡았다.

"그리워 바라보는 서울 하늘, 달빛은 먹구름에 가려 보이지 않고."
라고 시를 읊으며 잠 못 이루고 홀로 뒤척이면서 새벽이 더딘 기나긴 밤을 원망하며 누워 있었다. 그런데 그 날은 마침 요시타카가 귀성한 날로 하마다도 밤늦게까지 성안에 머물다 이윽고 집으로 돌아가던 참이었다. 하마다의 집은 성문 밖에 있었다.

구름 낀 탓에 달빛마저 흐려 분간조차 힘든 길을 얼마간 걷고 있으려니 풀숲에 휘장을 두르고 횃불을 밝힌 채, 남녀 십여 명이 달구경이라도 하는 듯 주연酒宴을 열고 있었다. 하마다는 속으로 '성주께서 돌아오시니 집집마다 기뻐하는구나. 오늘밤은 누가 여기서 여흥을 즐기는 걸까?'라 생각하며 궁금한 마음에 몰래 다가가 버드나무 뒤에 숨어 엿보니 자신의 부인이 사람들 틈에 끼어 웃으며 이야기를 나누고 있었다. '아니 정숙치 못하게 이 무슨 짓이란 말인가.' 하마다는 부인에 대한 원망스러운 마음을 억누르며 조금 더 유심히 지켜보았다.

상좌에 앉은 남자가 말했다.

"오늘 밤의 달빛은 아쉽구려, 무정한 구름일세. 어찌 시 한 구절도 읊지 않으시오."

하마다의 부인은 사양하였지만 사람들이 계속 권하는 바람에 마지못해 한 수 읊었다.

"목 쉰 귀뚜라미 마른 숲에 우는 오늘 밤은 달빛도 흐리나니, 그 소리 더욱 애달프구나."

버드나무 그늘에 숨어 듣고 있던 하마다도 부인의 마음이 애처로워 눈물을 흘렸다. 좌중의 사람들도 더한층 흥에 겨워 술잔을 돌렸다. 그러던 중, 열일고여덟 정도 되어 보이는 소년 앞에 술잔이 놓였는데도 술을 마시지 않자 사람들이 모두 재촉하였다. 소년은 "이 여인이 시 한 수 읊는다면 마시지요."라고 대꾸하였다. 하마다의 부인이 "한 수도 간신히 상념에 젖어 지은 것이니 이번에는 면해 주세요."라고 부탁해도 사람들은 들어주지 않았다. 부인은 하는 수 없이 다시

_ 풍류를 즐기는 사람들과 버드나무 뒤에 숨어서 이를 엿보는 하마다

한 수를 읊었다.

"한번 흘러가면 되돌아오지 않는 물처럼 오늘을 중히 여기시오, 제아무리 젊다한들 세월이야 멈추겠소."

다시 술잔이 어느 한 사람에게 돌아가자 하마다의 부인에게 "또 시 한 수를."이라고 권하였다. 부인은 이번에는 이마요今様[5]의 한 구절을 불렀다.

"쓸쓸한 규방에 홀로 누우니 바람이 몸에 스미기가 억새밭이어라. 살랑대는 바람과 함께 찾아오시던 임, 발길 끊어도 원망은 없으나 그리운 하늘을 나는 기러기에게 소식만이라도 전해주오."

그러자 그 자리에 있던 유학자儒學者로 보이는 남자가 감동하였는

5_ 헤이안(平安) 시대 중기에서 가마쿠라(鎌倉) 시대 초기에 유행한 새로운 양식의 노래를 말한다. 7·5조 4구의 형식이 대표적으로 주로 시라뵤시(白拍子)나 유녀 등이 읊었는데 점차 궁정에서도 애송되었다.

지 눈물을 흘리며 한시를 읊었다.

"반딧불은 버드나무 사이로 날고 마른 풀 숲에 바람이 서글피 스미니 이 모두 꿈속의 풍류인지 못미더워 근심하며 술 한 잔을 마시네.
(螢火穿白楊 悲風入荒草 疑是夢中遊 愁斟一盃酒)"

하마다의 부인이 "어찌 오늘 밤만 꿈이겠는지요. 사람 사는 세상이 모두 꿈인 것을요."라고 말하며 절로 눈물을 흘렸다. 그러자 상좌에 앉아 있던 남자가 몹시 역정을 냈다. "이 자리에서 눈물을 흘리다니, 불길하게스리."라며 하마다의 부인을 향해 술잔을 던지니 이마에 맞고 말았다. 하마다의 부인도 화를 내며 땅바닥에서 돌을 집어 들어 던지자 상좌에 앉아 있던 남자의 머리에 맞아 마치 폭포처럼 피가 흘러내렸다. 좌중의 사람들이 놀라 우왕좌왕하는가 싶더니 횃불도 꺼지고 사람도 사라져버린 채 그저 풀숲의 벌레 소리만이 들려왔다.

하마다는 너무나도 놀라 '혹시 부인이 죽어 유령이 되어 나타난 것인가.'라는 생각에 슬퍼하며 서둘러 집에 돌아와 보니 부인은 자고 있었다.

"여보, 나 왔소."라고 깨우자 부인이 일어나 기뻐하며 말했다.

"너무나도 기다림에 지쳐 깜빡 잠이 들었답니다. 꿈속에서 열 명 정도 되는 사람들과 풀숲에서 술을 마시며 놀았어요. 사람들이 시를 지으라고 권하기에 그 와중에도 서방님을 그리워하며 시를 지었지요. 그런데 상좌에 앉은 사람이 제가 눈물을 흘린다며 술잔을 던지지 않겠어요? 그래서 저도 맞받아 돌을 던지는 바람에 모두 허둥지둥하는가 싶었는데 꿈에서 깼어요. 술잔에 이마를 맞은 것 같은데 지금도 머리가 아픈 것 같아요."라며 자신이 지은 시와 노래를 들려주었다. 부인의 꿈은 하마다가 버드나무 그늘에 숨어서 본 것과 똑같았다. 그제야 하마다는 자신이 버드나무 그늘에 숨어서 본 것이 부인의 꿈속에서 일어난 일이라는 것을 알아차렸다.

귀신 계곡에 떨어진 마고타로*

자쿠슈若州[1] 오니후遠敷 고을의 구마가와熊川라는 곳에 하치야 마고타로蜂屋孫太郎라는 사람이 살고 있었다. 집이 부자여서 아쉬울 것이 하나도 없었다. 그런 까닭에 농사나 장사는 안중에도 없이 오로지 유학儒學에 심취하여 지냈다. 겨우 책 나부랭이 몇 권을 읽고는 이보다 훌륭한 가르침은 없다고 확신하여 글을 깨우치지 못한 이를 업신여기고 글을 알고 배운 사람도 저보다는 못하다며 교만하였다. 게다가 불법을 비방하고 선악인과善惡因果의 이치와 삼세유전三世流轉의 가르침[2]을 반박하였다. 또한 지옥, 천당, 사바娑波 등에 대해 설법하는 정

*_ 『전등신화(剪燈新話)』 4-2 「태허사법전(太虛司法傳)」의 번안.
『전등신화』의 주인공 풍대이(馮大異) 역시 귀신이나 미신 따위를 믿지 않았다. 그러나 1337년, 위 이야기와 비슷한 공포 체험을 한다. 풍대이는 '자신의 재주를 믿고 귀신을 믿지 않는 사람'이었지만 '담력이 강한 사람'으로 묘사된다. 그렇기에 죽음을 맞이해서도 관에 종이와 붓을 관속에 넣어줄 것을 당부하고 죽은 후 천제에게 소송을 하여 모든 귀신을 멸족시킨다. 그 덕에 곧은 사람이라 평가받아 저승의 태허전(太虛殿)의 사법 일을 맡게 된다. 즉 풍대이는 일관되게 귀신이나 미신 따위를 부정하는 강인한 인물인 것이다. 반면 이 이야기는 주인공인 마고타로의 그릇된 성품과 오만함을 강조하여 교훈적 색채를 가미하였다.

1_ 후쿠이현(福井県).

2_ 불교의 가르침. 선악인과(善惡因果)란 착한 일을 하면 그로 말미암아 반드시 좋은 과보를 얻게 된다는 선인선과(善因善果)와 나쁜 짓을 하면 반드시 나쁜 결과가 따르게 된다는 악인악과(惡因惡果)의 진리를 말한다. 삼세유전(三世流轉)이란 어리석은 미망으로 인해 과거, 현재, 미래를 떠도는 일, 즉 윤회를 말한다.

토종淨土宗의 가르침을 비웃으며 귀신이나 유령 이야기를 전혀 믿지 않았다.

"사람이 죽으면 혼魂은 양陽으로 돌아가고 백魄은 음陰으로 돌아가며 시신은 흙이 되니 하나도 남는 게 없다. 좋은 음식을 배불리 먹고 비단 옷을 입으며 처자식을 호강시키고 복락을 누리면 그게 바로 부처이지 다른 게 부처일까. 피죽도 제대로 못 먹어 배를 곯고 삼베옷 한 벌도 변변히 걸치고 못하고 죽도록 일만 하며 처자식을 팔아먹을 만큼 고생하면 아귀도餓鬼道[3]이지. 남의 집 대문 앞에서 큰소리로 구걸하여 얻은 허접한 음식조차 더러운 줄 모르고, 돌을 베개 삼아 풀숲에 누워 눈은 내리는데 헐벗고 있다면 그 곳이 바로 축생도畜生道[4]인 것을. 죄를 지어 감옥에 갇혀 포승줄로 묶이고 목이 베이며 칼에 찔리고 뼈가 으스러지거나 물고문과 화형, 교수형을 당하면 그곳이 바로 지옥이고 형리刑吏는 지옥의 옥졸인 것이야. 이 밖에는 모두 헛것이고말고. 눈에도 안 보이는 내세來世나 있지도 않은 유령 나부랭이, 승려나 법사, 무당, 무녀 따위가 하는 말을 믿는 것이야말로 어리석기 짝이 없는 일이지."

마고타로는 늘 이렇게 비아냥거렸다. 어쩌다 이를 타이르는 사람이 있으면 사서四書,[5] 육경六經[6]의 문장을 끄집어내서 말도 안 되는 해석을 유창하게 떠들어대는 방약무인한 태도는 그야말로 하늘을 찔렀다. 이런 그를 사람들은 '귀신 마고타로'라 부르며 상대하지 않고 따돌렸다.

3_ 불교에서 중생이 악업의 결과로 죽어서 가게 된다는 세 가지 괴로운 세계, 곧 삼악도(三惡道)의 하나로 이승에서 저지른 탐욕의 죄로 인해 늘 굶주림과 목마름으로 괴로움을 겪는다.

4_ 아귀도와 더불어 삼악도의 하나로 죄업으로 인해 죽은 뒤 짐승이 되어 괴로움을 겪는 곳이다.

5_ 유교의 경전인 논어(論語), 맹자(孟子), 중용(中庸), 대학(大學)의 네 가지 책.

6_ 중국의 여섯 가지 경서(經書). 역경(易經), 시경(詩經), 서경(書經), 춘추(春秋), 주례(周禮), 예기(禮記).

_ 이마즈 강가의 시체에게 봉변을 당하는 마고타로

어느 날, 마고타로는 쓰루가敦賀[7]에 볼일이 있어 혼자 걷고 있었다. 해가 중천에 있을 때 집을 나선 때문인지 이마즈今津 강가에 다다르자 벌써 날이 저물었다. 고슈江州에서도 이 일대는 기타노쇼北の庄[8]에서 전란[9]이 일어난 후라서 그런지 사람의 왕래도 드물고 선뜻 방을 빌려주는 집도 없었다. 강가로 나와 둘러보니 사람의 백골이 여기저기 굴러다니고 강물만 쓸쓸히 흘렀다. 해는 완전히 기울고 사방의 산들은 구름으로 뒤덮이고 머물 만한 여관도 보이지 않았다. 어찌해야 좋을지 몰라 난감해하고 있는데 북쪽 산기슭에 약간 우거진 소나무 숲이 보였다. 그리로 들어가 나무 밑동에 기대어 잠시 쉬고 있자 부

7_ 후쿠이현(福井県) 남부.

8_ 후쿠이시(福井市) 의 옛이름.

9_ 1583년, 히데요시(秀吉) 군사가 기타노쇼의 성을 함락했을 당시의 전란을 일컫는 듯.

엉이 소리는 을씨년스럽게 들리고 도깨비불도 번쩍거렸다. 나뭇잎을 흔드는 거친 밤바람 소리가 몸에 사무쳐 왠지 불안한 마음이 들었다. 좌우를 살펴보니 사람 시체 일고여덟 구가 여기저기 나뒹굴고 있었다. 스산한 바람 소리와 함께 가랑비가 한 차례 내리고 번개가 치고 천둥이 울렸다.

바로 그때 누워 있던 시체들이 한꺼번에 벌떡 일어나더니 마고타로를 향해 비틀거리며 모여들었다. 너무나도 무서워 소나무 위로 올라가자 시체들은 나무 밑으로 다가와 "오늘 밤엔 이놈을 먹어버리자."라며 아우성쳤다. 어느덧 비가 그치고 하늘이 개이며 가을 달이 훤히 비쳤다. 그 순간 어디선가 야차夜叉[10] 하나가 달려왔다. 몸은 파랗고 뿔이 났으며 입이 크게 찢어지고 머리는 봉두난발이었다. 야차는 두 손으로 시체를 집더니 목을 잡아 빼고 손발을 비틀어 떼내어 마치 참외라도 베어 먹듯이 순식간에 먹어치웠다. 배불리 먹고 난 야차는 마고타로가 올라간 소나무 밑동을 베고 누웠는데 코고는 소리에 땅이 울렸다. 마고타로는 '야차가 잠에서 깨면 분명히 나를 끌어내려 죽여서 잡아먹어 버릴 게 분명해. 깊게 잠든 사이에 도망쳐야겠다.'고 마음먹고 조용히 나무에서 내려와 걸음아 나 살려라 도망쳤다. 그 찰나 야차가 잠에서 깨어 순식간에 뒤좇아왔다.

_ 돌부리에 걸려 부서져버린 불상

10_ 불교에서 얼굴모습이나 몸의 생김새가 괴상하고 사나우며 신통력을 지닌 귀신을 이르는 말. 두억시니.

산기슭에 오래 된 절이 하나 있었다. 처마는 내려앉고 불단은 무너졌는데 주승主僧도 보이지 않았다. 불당 안에는 크고 오래 된 불상이 하나 있었다. 불당으로 뛰어든 마고타로가 "살려주세요."라며 부처님께 빈 다음 뒤로 돌아가니 불상의 등에 커다란 구멍이 나 있었다. 마고타로는 구멍 안으로 들어가 불상의 뱃속에서 숨죽이며 숨어 있었다. 뒤쫓아온 야차가 불당 안을 뒤졌지만 불상의 뱃속까지 찾아볼 생각은 못했는지 그대로 나가버렸다. 이제 살았다고 한 숨 돌리고 있자니 불상이 발을 구르고 배를 두들기며 노래하는 것이었다. "야차는 먹잇감을 구하려다 놓치고 나는 먹잇감이 저절로 굴러들어 왔다네. 오늘 밤 간식을 얻었다네." 불상은 껄껄 웃으면서 법당 밖으로 걸어나갔다. 그러나 몇 걸음 가지 않아 돌부리에 걸려 푹 쓰러졌고 그 바람에 불상의 손발이 부서져버렸다.

마고타로는 구멍에서 나와 불상을 향해 윽박질렀다. "나를 잡아먹으려 했기 때문에 화를 당한 것이다. 사람을 구하는 것이 부처의 도리가 아니냐!" 이윽고 불당에서 동쪽으로 가자 들판에 횃불을 밝히고 여러 사람들이 둘러앉아 있는 것이 보였다. 이 모습에 힘을 얻어 달려가서 가까이 보니 목이 없거나 손발이 없는 사람들이 모두 벌거벗은 채로 나란히 앉아 있었다. 마고타로는 기겁을 하며 도망치려 하였다. 그러자 귀신들이 마구 화를 내며 "한창 술판이 무르익었는데 흥을 깨다니 괘씸하구나. 잡아서 안주나 해야겠다."라며 모두들 일어나 뒤쫓아왔

_ 들판의 시체에게 쫓기는 마고타로

다. 마고타로가 산기슭을 따라 도망치자 강이 나왔다. 천신만고 끝에 강을 가로질러 간신히 건너편 강둑에 기어오르자 그제야 귀신들은 되돌아갔다.

마고타로는 발길 닿는 대로 걸었다. 귓가에는 여전히 귀신들이 내지르던 소리가 맴돌아 온몸의 털이 곤두서며 정신을 차릴 수 없었다. 한 150보 정도 걸으니 달은 이미 서편으로 기울고 하늘에 구름이 가득하였다. 풀이 무성히 자란 산골짜기에 접어들자마자 돌부리에 걸려 넘어지며 어떤 구멍 속으로 떨어졌다. 구멍의 깊이는 천 길이나 되는 것 같았다. 이윽고 바닥에 닿자 비린내 섞인 바람이 일고 섬뜩한 기운이 뼈에 사무쳤다. 갑자기 환해져서 주위를 둘러보니 도깨비가 사는 곳이었다. 어떤 것은 머리가 붉고 뿔 두 개가 마치 불을 밝힌 듯했으며 어떤 것은 푸른 털이 나 있었다. 날개가 달려 있거나 새 주둥이처럼 생겨서 송곳니를 드러낸 것도 있었다. 또 다른 놈은 소 대가리 같이 짐승의 얼굴을 하고 피부색은 입술연지처럼 새빨갛기도 하고 쪽빛처럼 새파랗기도 하였다. 눈빛은 마치 번개를 닮았고 입에서는 불을 뿜어댔다.

도깨비들은 마고타로를 보고 서로 이야기하였다.

"이놈은 이곳에서 거추장스러운 놈이 될 것이니 놓치지 말고 단단히 묶자."

도깨비들은 마고타로에게 쇠로 된 목칼과 구리 수갑을 채워 도깨비 대왕이 있는 뜰로 끌고 갔다.

도깨비 대왕은 불같이 화를 내며 말했다.

"네놈은 사바세계에 있을 때 함부로 세 치 혀를 놀려 도깨비나 유령 따위는 없다고 비방하며 사사건건 우리를 업신여기고 욕보인 되먹지 못한 놈이다. 네놈은 공부깨나 했으렷다. 중용中庸에는 '귀신의 덕은 매우 성대하다'고 하였으며 논어論語에 이르기를 '귀신을 공경하되 멀리하면 가히 지知라 이를 만하다.'고 하였다. 또한 주역周易의 궤

_ 도깨비 대왕에게 끌려온 마고타로

에 이르기를 '도깨비가 수레 한가득 탄다'고 하였다. 시경詩經의 소아小雅에는 '귀신이 되거나 물여우가 된다'라는 구절도 있지.[11] 이 밖에도 춘추좌씨전春秋左氏傳에는 진晉나라 경공景公의 신기한 꿈 이야기와 정鄭나라 백유伯有의 고사[12]가 적혀 있으니 이 모든 것은 귀신이 존재하고 있음을 말해주는 것이 아니고 무엇이더냐. 그저 "괴력난신怪力亂

11_ 중용(中庸) 5장 '자왈, 귀신지위덕, 기성의호(子曰, 鬼神之爲德, 其盛矣乎)'—공자께서 말씀하시길 "귀신의 덕은 매우 많기도 하다."

논어(論語) 옹야(雍也) 제6장 '번지문지. 자왈, 무민지의, 경귀신이원지, 가위지의(樊遲問知. 子曰, 務民之義, 敬鬼神而遠之, 可謂知矣)'—번지가 지혜로움에 대해 묻자 공자께서 말씀하시길 "백성의 의로움에 힘쓰고 귀신을 공경하되 멀리하면 가히 知라 이를 만하다."

시경(詩經) 소아(小雅) '위귀위역, 칙불가득(爲鬼爲域, 則不可得)'—귀신이 되거나 물여우가 되면 볼 수 없도다.

12_ 춘추좌씨전(春秋左氏傳) 성공(成公) 13년조와 소공(昭公) 7년조의 일화로 폭군인 진나라 경공의 이상한 꿈이야기 및 포악하여 모두들 두려움에 떨게 하여 죽은 뒤 악귀가 되었다는 백유의 이야기를 말한다.

神에 대하여 거론하지 않는다."[13]는 구절만을 제 멋대로 해석하여 함부로 귀신을 업신여기다니 있을 법한 이야기더냐?"

도깨비 대왕은 곧장 부하들을 시켜 마고타로를 흠씬 두들겨 패도록 하였다. 그리고 "저 놈의 키를 늘려라."라고 명령하였다. 도깨비들이 달려들어 목부터 손발까지 잡아 늘이니 갑자기 마고타로의 키가 30척약 9m이나 되어 대나무 장대처럼 보였다. 도깨비들은 큰소리로 웃고 떠들며 마고타로를 일으켜 세워 걷게 하니 휘청거리다 쓰러지고 말았다. 도깨비 대왕은 다시 "저놈의 키를 줄여라."라고 명령하였다. 그러자 또다시 도깨비들이 달려들어 마고타로를 경단처럼 뭉쳐서는 눌러버리자 순식간에 양다리가 옆으로 벌어져 조그맣게 되었다. 걷게 하니 바동바동하는 꼴이 영락없는 게걸음이었다. 이 모습을 보고 도깨비들은 박장대소하였다.

나이 많은 도깨비가 말했다.

"네놈은 늘 도깨비는 없다고 입방아를 찧었겠다. 지금 네 모습을 늘이기도 하고 줄이기도 하며 온갖 희롱으로 욕보이니 네놈은 우리에게 크게 수치를 당한 것이다. 한편으로는 불쌍하기도 하니 죄를 용서해주마."

도깨비가 마고타로를 손에 들고 던지니 원래의 모습으로 되돌아왔다. "자, 이제는 사바세계로 돌려보내주마." 그러자 도깨비들이 한 마디씩 했다.

"이 놈을 그대로 돌려보낼 수는 없지. 이별의 정표라도 주어야겠다."

어떤 도깨비는 "나는 구름을 가르는 뿔을 줘야지."라며 뿔 두 개를 마고타로의 이마에 붙였다. 다른 도깨비는 "나는 바람에게 지저귀는 새 주둥이를 줄 테다."라며 쇠로 된 주둥이를 마고타로의 입술에 덧붙였다. 또 다른 도깨비는 "나는 봉두난발 붉은 머리를 물려줘야지."

13_ 논어(論語) 술이(述而) "자불어괴력난신(子不語怪力亂神)"—공자께서는 괴이함과 힘으로 하는 일, 어지러운 일, 귀신에 관한 것은 말씀하지 않았다.

라며 선홍색 물로 마고타로의 머리를 물들였다. 어떤 도깨비는 "나는 파랗게 빛나는 눈을 줘야지."라며 푸른 구슬 두 개를 눈 안에 넣어주었다.

_ 마고타로를 멀리하는 가족들

도깨비들에게 이끌려 구멍 밖으로 나온 마고타로는 집으로 돌아가려고 이마즈 강변에서 길로 접어들었다. 솟은 두 뿔은 구름을 가르고 바람에게 지저귄다는 주둥이는 뾰족하며 선홍색의 봉두난발한 머리는 하늘로 뻗쳐 있었다. 섬광을 뿜는 두 눈은 마치 불처럼 빛나니 마고타로는 말 그대로 도깨비의 형상이 되어 있었다. 구마가와로 돌아와 집으로 들어가니 부인도 하인들도 모두 놀라고 무서워하였다. 마고타로는 눈물을 흘리며 여차저차한 일을 겪어서 모습이 이렇게 되었지만 마음만은 조금도 변하지 않았다고 하소연하였다. 부인이 "정녕 그 꼴을 눈앞에서 바로 보니 정나미 떨어지고 속상해요."라며 마고타로의 머리에 겉옷을 씌워두니 마고타로는 그저 서러움에 눈물만 흘릴 뿐이었다.

귀여운 자식들은 무서워서 울면서 도망치고 주변 사람들은 모여들어 손뼉을 치며 신기한듯 기웃거렸다. 마고타로도 자신의 몰골에 주눅이 들어 문을 걸어 닫고 사람도 만나지 않고 음식도 입에 대지 않았다. 그저 틀어박혀서 이런저런 비참한 생각만으로 날을 보낸 끝에 결국 병을 얻어 세상을 뜨고 말았다. 그 후 마고타로는 때때로 예전의 모습으로 나타나서 허깨비처럼 집안을 돌아다니곤 했는데 불공을 드리자 두 번 다시 나타나지 않았다.

모란 초롱牡丹灯籠*

해마다 칠월 보름부터 스무나흘[1]까지는 집집마다 조상님의 혼령을 모셔놓은 제단에 공물을 올리고 제를 지낸다. 그리고 갖가지 모양의 초롱[2]을 만들어 제단을 밝히거나 상점 처마에 매달기도 하고, 때로는

---

*_『전등신화(剪燈新話)』 2-4 「모란등기(牡丹燈記)」의 번안.

『전등신화』의 시간적 배경은 정월 보름으로 절강성(浙江省) 남쪽, 진명령(鎭明嶺)에 사는 교생(喬生)이라는 남자와 혼령인 부여경(符麗卿)의 기이한 사랑 이야기는 이 이야기와 대동소이하다. 단 『전등신화』는 죽은 후의 후일담을 다음과 같이 기술한다. 세 사람의 혼령을 만난 마을 사람들이 중병에 걸리는 등 액운이 잦자 사람들은 사명산(四明山)에 은거하는 철관도인(鐵冠道人)에게 물리쳐 줄 것을 부탁한다. 철관도인이 부적을 써서 불에 태워 날려 보내자 수많은 신장(神將)이 나타나 교생과 부여경, 그리고 하녀인 금련(金蓮)을 압송해왔다. 세 사람을 심문하여 자백을 받아낸 철관도인은 쌍두 모란등을 불태우고 이들을 구천지옥으로 보내도록 지시한다. 이후 마을은 다시 평온을 되찾았다.

아사이 료이는 이러한 『전등신화』의 후반부를 생략하고 원래 이야기에는 없는 두 주인공의 증답시 장면을 추가하는 등의 각색을 통해 일본적인 서정을 부각시키려고 노력하였다. 특히 일본에서 「모란등기(牡丹燈記)」는 『전등신화』의 여러 이야기 중에서 제일 많은 인기를 얻어 근세에는 이를 소재로 한 다양한 작품들이 탄생하였다.

1_ 우란분(盂蘭盆), 즉 일본 명절인 오봉(お盆) 시기. 7월 13일 내지 15일에 죽은 이의 영혼을 맞이하는 혼맞이(魂迎え)를 행하는데 보통 16일에 끝을 맺지만 시대나 지역에 따라 20일, 24일, 8월 3일 등, 다소 차이를 보인다. 참고로 이 이야기의 원전으로 거론되는 『전등신화(剪燈新話)』 2-4화의 「모란등기(牡丹燈記)」의 시간적 배경은 1월 15일, 『금오신화(金鰲新話)』의 「만복사저포기(萬福寺樗蒲記)」는 3월 24일로 되어 있다.

2_ 오봉에 초롱을 밝혀 공양하는 것은 예로부터 전해 내려온 세시풍속이었다. 「지

조상님 묘소의 석탑 앞에 놓아두기도 한다. 초롱 장식도 가지가지여서 꽃이나 새, 풀이나 나무 모양으로 예쁘게 만들고 그 안에 불을 밝힌 후 밤새도록 걸어둔다. 사람들은 아름다운 초롱을 구경하느라 그냥 지나치지 못한다. 또한 이 기간 동안에 장안 곳곳에서 아이들은 한데 어울려 신나게 춤을 추기도 하고[3] 어른들은 신분의 고하를 막론하고 목청 좋은 사람의 선창에 맞추어 찬불가[4]를 부르며 덩실덩실 춤을 추곤 하였다.

덴분天文 17년1548, 고조 교고쿠五条京極라는 곳에 오기하라 신노조荻原新之丞라는 사람이 살고 있었다. 상처喪妻한 지 얼마 되지 않았기에 못다한 정을 생각하며 눈물로 소매가 마를 날이 없이 그리움에 애끓는 심정으로 하루하루를 보내고 있었다. 홀로 처량하게 창가에 기대어 지난 날을 되새기니 서글픈 마음 이루 말로 다할 수 없었다. '올 백중날에는 그 사람도 귀적鬼籍[5]에 올라있겠지.' 오기하라는 불경을 읽고 공양만 올릴 뿐, 일체 바깥출입은 하지 않았다. 친구들이 찾아와 바람 쏘이기를 권해도 마음이 내키지 않아 그저 하릴없이 문 앞을 서성이며 멍하니 시간을 보냈다. 때때로 눈시울을 적시며 시 한 수를 읊기도 하였다.

"그 사람 자취 아직 또렷이 남아 있거늘 허전한 마음은 어인 까닭이런가."

이윽고 보름날 밤도 꽤 이슥해지니 여흥객의 발걸음도 잦아들어

난밤부터 17일까지 가게마다 문밖에 초롱을 밝혀둔다. 다양한 모양의 초롱을 만들어 사람들의 눈길을 끈다[일본세시기(日本歳時記, 7월 15일)].

3_ 1532-58년에 걸쳐서 오봉 전후에 초롱을 들고 풍류를 즐기며 춤추는 풍속이 유행하였다. 원래는 귀족층에서 시작하여 서민층으로 퍼진 것으로 거리의 만등회(萬燈會)라고 불리며 융성하였다.

4_ 부처님의 덕을 기리고 칭송하는 노래.

5_ 염라대왕전에 있다고 하는 죽은 이의 이름을 기록해 두는 장부, 점귀부(点鬼簿)라고도 한다.

_ 모란 초롱의 여인과 오기하라

주변이 고요해질 무렵이었다. 스무 살 남짓 되어 보이는 아리따운 처녀가 열너덧 살쯤으로 보이는 몸종에게 모란이 그려진 예쁜 초롱[6]을 들려 앞세우고 오기하라의 대문 앞을 사뿐히 지나가고 있었다. 눈매는 연꽃같이 그윽하고 자태는 버들가지처럼 낭창거렸다. 초승달 같은 눈썹하며 칠흑 같은 머릿결 등, 이루 형언할 수 없을 만큼 고왔다. 달빛 아래에서 이처럼 아름다운 여인을 보게 된 오기하라는 넋을 잃고 말았다.

'하늘나라 선녀가 속세에 내려와 노니는 것일까, 아니면 바다 속 용궁[7]의 공주님이 바람을 쐬러 뭍으로 나온 것일까. 분명 속세의 여인은 아닐 것이야.'

오기하라는 아리따운 처녀의 모습에 반해 정신이 아득해지고 설레는 마음을 주체할 길 없어 그만 저도 모르게 뒤를 좇아갔다. 요염한 자태를 보이며 앞서거니 뒤서거니 1정町, 109m 정도 서편으로 갔을 무렵, 여인이 미소지으며 뒤를 돌아보았다.

"소녀는 딱히 정인情人을 애타게 기다리는 것도 아니옵니다. 그저 오늘밤 달빛에 이끌려 발길 닿는 대로 걷다보니 이렇게 밤이 늦은 줄도 몰랐답니다. 밤길이 무서우니 소녀를 바래다주실 수 없으신지

6_ 『전등신화(剪燈新話)』에는 '쌍두 모란등(雙頭牡丹燈)', 즉 끝부분이 둘로 갈라진 등으로 되어 있다.

7_ 우리시마(浦島) 전설에 나타난 용궁의 공주는 신녀(神女)가 거북이로 변한 것으로 믿어졌으며(『故事談』 1 「浦島子傳」) 설화에서도 선녀로 전승되었다.

요?"

그러자 오기하라가 천천히 여인에게 다가서며 말했다.

"밤도 이슥하고 갈 길이 머니 오늘 밤 안으로 당도하시기는 어렵지 않겠습니까? 비록 제 집이 먼지투성이의 누추한 곳이기는 하지만 그럭저럭 하룻밤 마음 붙이고 쉬어 가신다면 기꺼이 모시겠소이다."

오기하라의 제안에 여인은 미소지으며 대답하였다.

"창가에 스미는 달빛을 바라보며 홀로 밤을 지새우는 처량한 심정을 헤아리시는 말씀, 기쁘기 그지없군요. 베풀어주시는 성의를 마다하면 사람의 도리가 아니지요."

여인이 발걸음을 되돌리자 오기하라는 기쁜 마음에 여인의 손을 잡고 집으로 돌아왔다. 술상을 차려 여인의 몸종에게 술시중을 들게 하며 두 사람은 주거니 받거니 술잔을 기울였다. 이윽고 술기운이 돌자 오기하라는 기우는 달을 핑계삼아 넌지시 여인의 속내를 떠보았다. 그러자 여인은 "오늘 스러질 목숨이기를"[8]이라는 시구에 빗대어 마음을 허락한다는 뜻을 비쳤다. 오기하라는 헤어질 일을 염려하는 마음을 담아 시 한 수를 읊었다.

"오늘 밤 나란히 하는 베갯머리가 마지막이런가, 앞날을 기약할 수 없기에."

이를 받아 여인이 한 수 읊었다.

"기다린다 하시면 어찌 밤마다 오지 않으리. 이별의 말씀 앞서니 약속하여라."

여인의 대답에 기쁨에 들뜬 오기하라는 주체할 수 없는 사모의 정을 느꼈다. 두 사람은 허리춤을 풀러[9] 깊은 정을 나누며 만리장성을

8_ 「잊지 않겠다는 언약 끝까지 지키기 어렵다면 오늘 스러질 목숨이기를(わすれじのゆくすゑまではかたければけふをかぎりの命ともがな)」(『新古今和歌集』恋3)을 바탕으로 함.

9_ 남녀가 잠자리를 같이 한다는 의미.

쌓았다.

이윽고 사랑의 속삭임도 미처 다하지 못한 사이에 날이 밝아왔다.

"낭자의 거처는 어디인지, 함부로 입에 담지 못한다는 기노마루 궁木の丸殿[10]이 아니라면 일러주시오."

"소녀는 후지藤 가문의 후예로 니카이도 마사유키二階堂 政行의 후손이옵니다. 한때는 위세를 떨치며 가문이 융성하던 시절도 있었지만 이제는 세상이 바뀌어 있는 듯 없는 듯 근근이 명맥만을 유지하고 있지요. 아버님 존함은 마사노부政宣이신데 교토에서 일어난 난리[11] 통에 전사하셨지요. 오라버니와 남동생도 모두 죽어 집안의 대가 끊어졌습니다. 소녀 혼자 겨우 살아 남아 몸종과 단둘이 만주사万寿寺[12] 부근에서 살고 있습니다. 이렇게 제 처지를 밝히는 것도 그저 부끄럽고 슬플 따름입니다."

얌전한 목소리와 단아한 몸가짐, 그리고 애교가 깃든 표정이 아름다웠다. 이미 동녘에 새벽 구름이 옅게 깔리고 달은 산등성이 너머로 기울었다. 초롱불이 희미하게 남아 흔들리는 가운데 못 다한 정을 남긴 채 아쉬운 마음을 안고 여인은 돌아갔다.

그 날 이후 여인은 날이 저물면 오기하라의 집을 찾아와서 새벽녘에 돌아갔는데 하루도 거르지 않고 매일 밤 찾아왔다. 오기하라는 제정신을 차리지 못하여 다른 일은 건성이고 오로지 이 여인과의 사랑에만 마음을 빼앗겼다. 천 년이 지나도 변하지 않을 사랑을 맹세하며

10_ 통나무로 지은 궁전. 치쿠젠(筑前)의 아사쿠라[朝倉, 오늘날 후쿠시마현 아사쿠라(福島県朝倉)]에 있던 사이메이 천황(斉明天皇, 재위: 655-661)의 행궁으로 출입하는 사람들의 신분을 일일이 확인하고서 통과시킬 만큼 경계가 삼엄했던 궁전인 것을 빗댄 말이다.

11_ 특정할 수 없지만 이 이야기의 시간적 배경보다 약 20년 앞선 1527년, 교토의 가쓰라가와(桂川)에서 호소카와 다카구니(細川高国)가 야나기모토 겐지(柳本賢治)에게 패하여 쇼군인 아시카가 요시하루(足利義晴)를 모시고 오미[近江, 오늘날의 시가현(滋賀県)]로 도망간 큰 전란이 있었다. 이후 교토 부근에서는 전쟁이 계속되었는데 이를 배경으로 삼은 것으로 추측된다.

12_ 교토 히가시야마구(東山区)에 있는 임제종(臨済宗) 사찰.

찾아오는 여인을 맞이하는 기쁨에 취하여 낮에도 다른 사람을 만나려 하지 않았다. 이렇게 스무날 남짓이 흘렀다.

_ 갈라진 벽 틈으로 오기하라를 엿보는 노인

오기하라의 이웃에 사리분별이 밝은 노인이 살았다. 그는 오기하라의 집에서 이상하게도 젊은 여인의 목소리가 들리고 밤마다 노래를 부르며 웃고 즐기는 듯한 낌새를 미심쩍게 여겼다. 어느 날, 노인이 갈라진 벽 틈으로 엿보니 오기하라가 등잔불 밑에서 해골의 형상과 마주앉아 있는 것이 아닌가. 오기하라가 말을 건네면 해골은 손발을 움직이고 고개를 끄덕이며 입 언저리에서 소리가 나와 대꾸를 하고 있었다.

소스라치게 놀란 노인은 날이 밝기가 무섭게 오기하라를 불러내어 다그쳐 물었다.

"요즈음 밤마다 손님이 드나드는 듯하던데 대체 누구인가?"

머뭇거리며 대답하지 못하는 오기하라에게 노인이 재차 말했다.

"자네 이러다간 필경 화를 입을 걸세. 내가 솔직히 말함세. 지난 밤에 벽 틈으로 엿보니 자네가 해골과 마주앉아 이야기를 나누고 있지 뭐겠나. 무릇 사람이 살아 있을 때는 양기陽氣가 성해서 맑은 기운이 샘솟지만 죽어서 유령이 되면 음기陰氣가 충천해서 부정한 기가 고이게 되는 법일세. 그렇기에 죽은 자는 멀리해야만 하는 법이야. 그런데 지금 자네는 음기 충천한 혼령과 마주앉아 있으면서도 깨닫지 못하고, 부정타고 더러운 요괴와 잠자리를 하면서도 눈치채지 못하고

_ 여인의 정체를 알아챈 오기하라

있지 않은가? 이러다가 곧 정기精氣가 소진되고 기력을 잃어 해코지를 당하여 병이라도 얻는다면 백약이 무효하며 뜸도 아무런 소용이 없을 걸세. 폐병 같은 악질에 걸려 고생하다가 앞길이 구만 리 같은 청춘 피어보지도 못한 채 덜컥 황천객이 되어 무덤 속에 눕는다면 이보다 억울한 일이 또 어디 있겠는가."

이 말에 그제야 기겁을 한 오기하라는 두려워하며 비로소 노인에게 사실대로 털어놓았다. 노인이 방도를 일렀다.

"만주사万寿寺 근처에 살고 있다고 하니 일단 그 곳에 가서 여인을 수소문해보게나."

오기하라는 그길로 곧장 고조의 서편과 마데노코지万里小路[13] 주변 여기저기를 돌아다니고 둑 위의 버드나무 숲을 헤매면서 만나는 사람마다 붙잡고 물어보았지만 여인의 거처를 알아내지 못하였다. 이윽고 날이 어둑어둑해져 오자 오기하라는 잠시 다리도 쉴 겸 만주사万寿寺에 들렀다. 절의 욕실[14] 뒤꼍으로 돌아가보니 북쪽에 오래 된 사당 하나가 눈에 띄었다. 가까이 다가가보니 관 뚜껑에 '니카이도 사에몬죠 마사노부二階堂左衛門尉政宣의 딸, 이야코 긴쇼인 레이게쓰 젠죠니弥子吟松院冷月禪定尼'[15]라고 쓰여 있었다. 그 옆에는 오래 된 인형[16]이

13_ 현재의 야나기바바(柳馬場).

14_ 옛날 선종(禪宗) 계통의 사찰 등에서는 욕실을 만들어 일반인들에게 목욕 공양을 하였다.

15_ '젠죠니(禅定尼)'는 불교용어로 '젠죠몬니(禅定門尼)'의 줄임말. 원래는 불문에 들어가 비구니가 된 여성을 일컫는 말이나 여기서는 죽은 이에게 붙여주는 계명

놓여 있었는데 인형의 등에는 '아사지浅茅'라는 이름이 적혀 있었다. 관 앞에는 낡은 모란 초롱이 걸려 있었다.

오기하라는 바로 이곳이 여인의 무덤임에 틀림없음을 알아차렸다. 그 순간 온몸의 털이 곤두설 만큼 두려움에 사로잡혀 뒤도 돌아보지 않고 절을 뛰쳐나왔다. 그동안 애태우며 한시도 잊지 못하던 연모의 정도 순식간에 달아나고 해가 지기만을 초조하게 기다리며 날이 새는 것을 원망하던 마음도 씻은 듯 사라졌다. 게다가 자신의 집마저 무서워진 오기하라는 '오늘 밤 여인이 찾아오면 어쩌나.' 전전긍긍하여 옆집 노인의 집에서 잠자리를 빌어 밤을 보냈다. 더욱이 앞으로의 일을 생각하니 눈앞이 깜깜하였다.

노인이 일러주었다.

"도사東寺[17]에 계신 교노 키미卿公는 학문과 수행이 높으신 분이라네. 게다가 나쁜 기운을 몰아내는 기도도 효험이 있다고 하니 어서 가서 도움을 청해보게나."

오기하라가 찾아가 대면하자 교노 키미가 말했다.

"자네는 귀신에게 정기를 모두 빼앗겨 넋이 혼미해졌으니 앞으로 열흘을 넘기지 못하고 죽을 걸세."

오기하라가 그동안의 일을 사실대로 이야기하자 교노 키미는 부적을 써 주며 문에 붙이라고 일렀다. 시키는 대로 하자 과연 그 날 이후로 여인은 두 번 다시 찾아오지 않았다.

(戒名)으로 쓰였다.

16_ 『전등신화(剪燈新話)』 원전은 '맹기비자(盟器婢子)'로 되어있는데 이는 무덤에 함께 넣는 부장품 인형을 의미한다. 아사이 료이는 이를 '오토기보코(伽婢子)'로 번역하였는데 이는 '늘 곁에 두어 아이를 재앙에서 지켜주는 작은 인형'을 뜻한다. '오토기보코(伽婢子)'라는 책 제목도 이 단어에서 연유한다.

17_ 교토의 남쪽에 있는 진언종(眞言宗) 사찰로 에도(江戸) 시대에는 막부의 든든한 보호를 받았다.

_ 오기하라를 끌어들이는 여인

오십일 정도 지난 어느 날, 오기하라가 도사東寺에 찾아가 교노 키미에게 인사를 드리고 술에 취해 집으로 돌아가고 있었다. 아직 여인에 대한 미련이 남아 있었던지 오기하라는 만주사万寿寺 앞에 이르자 가까이 다가가 문 안을 들여다보았다. 그 순간 갑자기 여인이 나타나 원망 가득한 목소리로 말했다.

"그동안 나누었던 언약이 벌써 거짓이 되고 사랑도 식은 듯 보이십니다. 처음 뵈었을 때 낭군님의 마음이 깊다고 느꼈기에 비로소 모든 것을 의탁하기로 결심하였던 것입니다. 저녁에 찾아가 새벽녘에 돌아오면서도 우리 둘의 인연은 영원하리라 믿었습니다. 그런데 낭군님께서는 교노 키미인가 하는 허황된 자의 말만 듣고 변심을 하시다니요. 하지만 다행히 지금 이렇게 만났으니 기쁘기 그지없사옵니다. 어서 이리로 들어오시지요."

이렇게 말하며 여인은 오기하라의 손을 잡고 문 안으로 데려갔다. 오기하라를 뒤따르던 하인은 이 모습을 보고 혼비백산하여 그 길로 도망쳐와 집안 사람들에게 이 사실을 전하였다. 놀란 사람들이 서둘러 만주사万寿寺에 가보니 오기하라는 이미 무덤에 끌려들어가 백골이 된 여인 곁에 죽어 있었다. 절의 승려들도 참으로 이상히 여기며 여인의 무덤을 도리베야마鳥部山[18]로 이장하였다.

18_ 기요미즈사(清水寺)에서 니시오타니(西大谷)로 이어지는 부근의 지명. 헤이안(平安) 시대부터 화장터로 유명하다.

이 일이 있은 후부터 비가 내리고 하늘이 흐린 밤이면 오기하라와 여인이 손을 맞잡고 여종에게 모란 초롱을 들려 앞세운 채 거리를 거니는 모습이 종종 사람들의 눈에 뜨이곤 하였다. 이들과 마주친 사람들은 중병에 걸린다는 소문이 돌자 주위 사람들은 두려움에 떨었다. 이를 안타깝게 여긴 오기하라의 친척들이 법화경法華經을 천 번 독경하고 수많은 사람들이 동시에 하루 동안 필사한 법화경을 무덤에 넣는 등, 추선공양追善供養을 올렸더니 이들은 두 번 다시 나타나지 않았다고 한다.

매화병풍*

덴분天文 말엽1532-55 교토京都에 전란이 잇달아 일어나고 미요시三好 가문과 호소카와細川 가문이 몇 년째 교전하고 있었다. 당시 쇼군将軍인 미나모토노 요시테루源義輝[1]가 때때로 중재에 나서 교전을 잠재우려했지만 힘도 없고 권위도 약해 두 가문 모두 쇼군의 말을 듣지 않았다. 그 무렵 스오周防 야마구치山口 성의 성주인 오우치 요시타카大内義隆[2]는 다자이후大宰府의 차관이었다. 종이위従二位의 시종侍従으로 임명되고 효부쿄兵部卿[3]를 겸임하여 그 권세가 서해西海[4]에 떨쳤다. 교토의 여러 공경公卿과 당상관殿上人들은 요시타카를 의지하여 어지러운 세상을 피해 스오 지방에 내려와 야마구치 성에 은신하며 서울의

*_ 『전등여화(剪燈余話)』 4-4 「부용병기(芙蓉屛記)」의 번안.
『전등여화』는 원나라 때(1351년) 강소성(江蘇省)의 부자 최영(崔英)이 벼슬에 올라 아내인 왕씨(王氏)와 절강성으로 가는 도중의 비극을 주제로 한다. 이 이야기와 대동소이하지만 『전등여화』에서는 병풍의 그림이 부용(芙蓉)이며 훗날 뱃사공인 고아수(顧阿秀)가 극형에 처해지고 재물은 다시 최영에게 돌아온다는 줄거리를 갖는다. 또한 아사이 료이는 도입부가 비교적 간단한 『전등여화』와는 달리 전국(戦国) 시대의 어지러운 시대상황에서 몰락한 귀족 부부의 비극적 운명을 묘사하여 일본적인 정서로 재창조하였다.

1_ 무로마치(室町) 막부 제13대 쇼군(재위: 1546-65).

2_ 스오의 슈고다이묘(守護大名). 교토 문화를 애호하고 귀족 및 승려를 보호하였으나 가신인 스에 하루카다(陶晴賢)의 반역으로 자살하였다(1507-51).

3_ 군정(軍政)을 담당하던 행정기관의 장관.

4_ 규슈(九州).

난리를 벗어나고자 하였다.

그런데 요시타카는 오랫동안 무사의 본분을 잊고 시를 짓거나 읊으며 풍류를 즐기고, 아첨하는 사람만을 가까이하며 국정을 돌보지 않았다. 재주에 뛰어난 자라면 분야를 가리지 않고 불러 모아 세월 가는 줄 모르고 향락만을 일삼으며 권세를 뽐냈다. 마침내 가신인 오와리尾張[5] 수령 스에 하루카타陶晴賢[6]가 모반을 일으켜 요시타카를 밀어내고 다이네이사大寧寺[7]에 가두자 요시타카는 끝내 자결하였다. 오와리 수령은 분고豊後[8]의 다이묘인 오토모 소린大友宗麟의 동생인 사부로 요시나가三郎義長[9]를 야마구치 성으로 불러 주군으로 맞이하여 올바른 정치를 폈다. 이때 전 간파쿠関白[10]이었던 후지와라 타다후사藤原尹房와 전 사다이진左大臣인 후지와라 킨요리藤原公頼는 미처 야마구치 성을 빠져나오지 못하고 빗나간 화살에 맞아 죽었다. 종이위従二位인 후지와라 치카요藤原親世는 머리를 깎고 변장하여 도망쳐 나올 수 있었다.

그 중에서도 주나곤中納言[11]인 후지와라 모토요리藤原基頼[12]는 책략이 뛰어나고 모든 기예를 섭렵하였으며 그림과 글씨, 시가詩歌에도 뛰어

5_ 아이치현(愛知県).

6_ 오우치 요시타카(大内義隆)의 가신이었으나 1551년, 요시타카를 배신하여 자살하게 만들었다. 모리 모토나리와의 전투에서 패하여 자결하였다(1521-55).

7_ 본문은 「大亭寺」라고 되어 있지만 바른 이름은 「大寧寺」. 야마구치현 나가토시 후카가와 유모토(山口県長門市深河湯本)에 있는 조동종(曹洞宗)의 사찰로 대대로 오우치 가문의 위패를 안치하는 절.

8_ 오이타현(大分県).

9_ 분고의 20대 당주인 오토모 요시아키(大友義鑑)의 차남으로 태어나 1544년, 후사가 없는 외숙부인 오우치 요시타카의 후계자가 된다. 그러나 이듬해 요시타카의 장남인 요시타카(義尊)가 태어나자 파양된다. 이후 스에 하루카타는 오토모 소린과 결탁하여 오우치 부자를 살해하고 오우치 요시나가를 주군으로 옹립한다(1532-57).

10_ 천황을 보좌하여 정무 전반을 집행하던 관직. 10세기 이후부터 에도(江戸) 시대 말기까지 후지와라(藤原) 가문이 독점하였다.

11_ 중앙 최고 관청인 다조칸(太政官)의 차관.

12_ 미상.

났다. 뿐만 아니라 무예에도 조예가 깊어 말 타기 비술秘術은 따라올 자가 없었다. 수영도 잘해서 반나절 동안 물속에 있어도 끄떡없고 자맥질하는 모습은 마치 물고기 같았다. 모토요리는 다른 귀족들과는 달리 요시타카가 서울에 있을 때 그의 승진을 위해 여러모로 애써주었으며 조정의 일도 여러모로 주선하는 수고를 마다하지 않았다. 때문에 교토에서 난리가 났을 때, 요시타카는 특별히 사람을 보내어 모토요리를 야마구치 성으로 불러들여 정성껏 대접하고 성 밖에 집을 마련하여 머물도록 해주었다. 모토요리는 신세를 지는 김에 처첩과 노비들까지 내려오게 하여 한동안 마음 편하게 지냈다. 그러나 갑자기 스에가 모반을 일으키는 바람에 모토요리는 부인과 부하들, 그리고 귀중한 물건들을 배에 싣고 밤새 야마구치 성을 빠져나와 교토로 향했다. 아키安芸 지방[13]에 접어들어 다카사고高砂의 다다노 우미忠海까지 오자 바람이 거세졌기 때문에 물때를 기다리며 잠시 배를 정박하게 되었다.

주나곤의 부인이 눈물을 흘리며 시 한 수를 읊었다.

"다다노 우미의 고단한 뱃길, 파도 높아 잠 못 이루네."

밤도 이슥하여 달도 기우니 주나곤은 술을 가져오게 하여 부인과 조금씩 나누어 마셨다. 찬합을 꺼내어 뱃사공에게도 음식을 권하였다.

뱃사공은 그 곳에서 십 리 정도 동쪽에 있는 노치能地[14]라는 곳의 사람이었다. 그는 배에 실은 가재도구와 재물들이 모두 금은으로 치장되어 있고 비단 옷가지도 많은 것을 보고 곧장 나쁜 마음을 먹었다. '오늘 밤에 이 사람들을 죽이고 재물을 빼앗아 한몫 단단히 챙겨야지. 요즈음은 세상이 다 어지러우니 누가 나를 탓할 수 있으랴.' 이렇게 생각한 뱃사공은 달도 없는 한밤중 어두운 틈을 타서 부하와 하

13_ 히로시마현(広島県) 서부.

14_ 히로시마현 미하라시 카라사키초 노치(広島県三原市辛崎町能地).

_ 뱃사공에게 봉변을 당하는 모토요리 일행

인 등, 남녀 세 명을 바다에 던져 버렸다. 뒤이어 뱃사공은 그 소리에 잠에서 깬 주나곤을 뒤에서 덮친 다음 바다에 던져버렸다.

주나곤의 부인이 "이게 무슨 짓이오!"라고 외치자 뱃사공은 부인을 꼼짝 못하게 붙잡으며 말했다.

"당신은 죽이지 않을 것이니 안심하시오. 내게는 자식이 둘 있는데 큰아들은 장가를 갔고 둘째가 아직 마누라를 못 얻었지. 그러니 당신을 내 며느리로 삼을 것이오."

뱃사공은 배를 저어 노치의 집으로 돌아와서 주나곤의 재물이며 옷가지 등을 내다팔았다. 주나곤의 부인이 "몸이 그다지 좋지 않으니 기다려주세요. 다 나으면 둘째 아드님과 부부가 되겠어요."라고 말하자 뱃사공은 흡족해하였다.

9월 13일 밤, 뱃사공은 처자식과 며느리를 데리고 뱃놀이를 다녀

_ 비구니에게 도움을 청하는 부인

온 후 모두들 만취하여 세상 모르고 잠이 들었다. 이 틈을 타서 주나곤의 부인은 집을 빠져나와 몰래 강 언덕으로 올라왔다. 그리고는 밤새도록 발길 닿는 대로 도망쳐서 새벽녘에 간신히 기쓰네자키狐崎의 가레이 산かれい山[15] 밑에 당도하였다. 혹시라도 붙잡힐까봐 두려움에 떨며 익숙하지 않은 해변과 산길을 걷느라 부인의 발은 가시와 돌에 찢겨 피투성이가 되었다. 한참을 헤매던 중, 저 멀리 아침 안개 사이로 숲속에 집 한 채가 보였다. 대문 안으로 들어가니 경을 읽고 염불하는 소리가 들려왔다. 비구니 하나가 나와 "이 근방에서는 뵌 적이 없는 분이시군요. 무슨 일이시기에 이 새벽에 맨발로 이곳까지 오시었습니까?"라고 물었다.

주나곤의 부인이 눈물을 흘리며 대답하였다.

"저는 매카리和布苅 항구에 사는 사람입니다. 남편이 작년에 교토에 올라가서 전사한 바람에 과부가 되어 시어머님을 모시고 살고 있었습니다. 시어머님은 매정하고 시누이도 고약하게 굴었지요. 심지어 있지도 않은 누명까지 씌워 야단을 치니 하루도 마음 편할 날이 없었습니다. 오늘 밤, 열사흘 달구경을 위해 식구들 모두 배에서 술을 마시면서 제게 술을 따르라고 했는데 그만 실수로 술잔을 바다에 빠뜨리고 말았습니다. 이 일로 분명히 호되게 야단맞을 것이 무서워 밤을

15_ 미상.

틈타 몰래 도망쳐 나와 이곳까지 오게 된 것입니다."

비구니가 대답하였다.

"웬만하면 다시 집으로 돌아가시지요. 제가 함께 모시고 가서 시어머님께 용서를 구하겠습니다. 만약 이 근방에서 재혼을 하고 싶다면 믿을 만한 중매쟁이에게 부탁하여 알아보아 드리지요. 어찌되었든 보기 드물게 기품 있는 분이시기에 딱해서 드리는 말씀입니다."

하지만 주나곤의 부인은 비구니의 설득에도 아랑곳하지 않고 그저 비구니가 되게 해달라고 간청할 뿐이었다. 그러자 비구니가 다시 말했다.

"그 옛날 준와淳和 천황[16]의 황후께서 출가하여 무코武庫 산에 들어가 여의如意 비구니라는 법명을 얻으셨지요. 이곳은 그분이 수행 중에 잠시 들러 우라시마타로浦嶋太郎[17]가 용궁에서 얻은 상자를 봉납하고 구카이空海[18] 화상으로 하여금 공양토록 한 절입니다. 하지만 세월이 변해 그 옛날의 영화도 스러져 희미한 흔적만이 남았을 뿐이지요. 그때 벚나무로 만들어진 여의륜관음如意輪觀音의 가슴에 우라시마타로의 상자를 넣어두고 영험한 부처님으로 받들어 모셨답니다. 그런데 지방 수령이 가로챈 이후, 그 집에 불이 나서 불상도 몽땅 불에 타버렸습니다. 절이 해변 가까이에 있어 파도 소리가 쉴새없이 들리고 인적도 드물고 쑥 넝쿨만이 무성하지요. 어쩌다 동무 삼는 것은 뒷산 원숭이 울음소리와 앞바다의 새소리, 솔바람 소리, 철썩이는 파도 소리뿐으로 달리 이야기 나눌 사람도 없답니다. 함께 수행하는 비구니

16_ 일본 제53대 천황(재위: 823-833).

17_ 일본 전설 속의 인물. 용왕의 딸인 거북이를 살려준 선행으로 용궁에 가서 행복하게 살았으나 두고 온 부모를 그리워하여 용왕의 딸에게 받은 작은 상자를 안고 육지로 나온다. 그러나 그 사이 세월이 흘러 변해버린 고향의 모습에 실망한 우라시마가 절대 열어보지 말라는 경고를 어기고 상자를 열자 순식간에 노인으로 변하였다.

18_ 헤이안(平安) 시대 초기의 승려로 일본 진언종(眞言宗)의 개조(開祖, 774-835).

세 명은 모두 쉰 살이 넘었고 궂은 일을 하는 행자는 젊은데도 행동거지가 얌전하지요.

꽃처럼 아름다운 부인께서 승복을 걸치고 삼단 같은 머리를 삭발하여 비구니가 되려고 하시니 측은하기 그지없습니다. 그러나 애착과 집착을 떨쳐버리고 진정한 길로 접어든다면 몸은 환영과 같고 생명은 이슬과 같다는 이치를 깨닫게 될 것입니다. 지금 출가를 하시면 좌선을 통해 망념妄念의 구름이 걷히고 등명燈明의 빛은 무명無明의 어둠을 훤히 비출 것입니다. 또한 향 연기로 마음의 때가 씻길 것이며 부처님께 바치는 꽃으로 번뇌의 불길이 사그라질 것입니다. 아침에는 죽을 먹고 점심 공양을 하며 인연 따라 세월을 보내지요. 원망도 시기도 없으니 마음은 고요하고 몸은 편안합니다. 헛되이 세상에 관여하여 괴로워하며 내세의 근심을 자초하기보다는 세상을 멀리하고 출리出離의 도를 행하는 것이 현명한 일인 것입니다."

이윽고 주나곤의 부인은 부처님 앞에서 머리 깎고 출가하여 리슌梨春이라는 법명을 얻었다. 원래 부인은 어릴 때부터 시가와 소설을 읽고 습자를 하며 책을 통해 글을 익혀왔기에 출가한 지 얼마 되지 않아 이미 불경과 경론의 깊은 이치를 깨달았다. 주지인 비구니도 나중에는 리슌에게 물어 불법의 이치나 경론의 뜻을 이해하였다. 리슌은 다음과 같이 시를 읊었다.

"헛된 세상에 잠기지 않았던들 불법의 바다를 만날 수 있었으랴."

정녕 부처님의 깨달음은 인연에 의한 것이라는 것은 리슌을 두고 한 말이었다. 제일 외진 곳에 칩거하며 늘 경전을 탐독하며 사람을 만나는 일도 거의 없었다.

어느 날 한 사람이 찾아와 주지 스님에게 죽은 사람을 위한 추선공양을 부탁하였다. 이에 보시를 하고 공양이라며 한 폭의 매화 그림을 부처님 앞에 내놓았다. 주지 스님은 이 그림을 병풍으로 만들었는데 리슌이 그림을 보니 자신의 상자에 들어 있던 그림이 틀림없었다.

주지 스님에게 그림을 어디서 얻었는지 물어보자 주지 스님이 대답하였다.

"이 그림은 노치能地의 뱃사공으로 우리 절에 시주하는 사람이 준 것일세. 소문으로 이 자는 사람을 죽여 옷과 재물을 빼앗아 살아간다고 하는데 사실인지는 모르겠네."

리슌은 역시 그 뱃사공이 틀림없다고 짐작하였지만 아무런 내색도 하지 않고 붓을 들어 그림 위에 시 한 수를 적어 넣었다.

"우리 집에 핀 매화 가지를 보러 어쩌면 그리운 임이 오실지도."

주지 스님은 시의 숨은 뜻은 모르고 그저 아름다운 글씨체만 칭찬할 뿐이었다. 옛 노래의 구절을 조금 바꾸어 매화가 그리운 임을 불러들이기를 바라는 간절한 마음이 잘 드러나 있었다.

빈고備後 지방[19]의 도모鞆에 사는 혼지 구베品治九兵衛라는 사람이 볼일이 있어 이 절에 들렀다. 그는 범상치 않은 병풍의 그림과 시를 눈여겨 보고는 주지 스님에게 부탁하여 집으로 가지고 돌아와 자신의 거처에 세워두고 감상하였다.

한편 주나곤 모토요리는 불쌍하게도 물에 던져졌지만 원래 수영의 달인이었으므로 파도를 넘고 바닷물살을 가르며 10정町, 약 1.09㎞ 정도 헤엄친 끝에 강가로 올라올 수 있었다. 이후 발길 닿는 대로 걷다가 빈고 지방의 도모 포구까지 오게 되었다. 영락한 모토요리는 야마나 겐바山名玄蕃[20] 수령 집으로 찾아가서 일을 시켜달라고 간청하였다. 사람들이 한낱 범부가 아닌 것을 간파하고 야마나에게 아뢰었다. 야마나가 직접 모토요리를 본 후 안으로 불러들여 자초지종을 묻자 사실대로 털어놓았다.

19_ 히로시마현(広島県) 동부.

20_ 미상.

_ 야마나의 주선으로 재회하는 주나곤 부부

야마나가 말했다.

"참으로 딱한 일을 겪으셨습니다. 교토는 아직 어지러우니 상경하신다고 해도 마땅히 거처하실 곳도 없을 겁니다. 잠시 이곳에 머무르시면서 세상 돌아가는 걸 지켜보시지요."

한편 혼지 구베는 야마나 겐바의 부하였으므로 "절에서 이런 걸 얻었습니다."라고 말하자 병풍을 본 주나곤은 뛰는 가슴을 억누르지 못하고 그만 눈물을 흘리고 말았다. 이 모습을 의아하게 생각한 야마나가 사연을 묻자 주나곤이 대답하였다.

"이 그림은 내가 그린 그림이고 여기에 적힌 글씨체는 내 아내의 필적이 분명하오. 식구들과 하인은 모두 다다노 우미에서 죽임을 당하고 재물은 남김없이 뱃사공이 차지했을 터인데 내 아내가 어떻게 목숨을 부지했을까요? 어떻게 이 그림에 이 노래가 쓰인 걸까요?"

야마나가 즉시 혼지에게 명하여 자세히 알아오게 하였다. 주지 스님은 그림과 글씨에 관해 이야기해 주었다. 그러자 혼지가 리슌을 만나 "사실대로 이야기해 주시지요."라고 청하였다. "이제 무엇을 숨기겠습니까."라며 그간의 경위를 털어놓으니 과연 주나곤의 부인임이 분명하였다. 이윽고 리슌을 도모 포구로 맞이하여 주나곤과 대면하니 두 사람은 그저 꿈을 꾸고 있는 것처럼 느껴졌다. 서로 변하고 나이 들어 초췌해진 모습에 새삼 슬픔이 밀려왔다.

두 사람이 얼마간 도모에 머무는 동안에 교토의 정세도 바뀌어 미요시와 마쓰나가 가문이 망하고 요시아키義昭[21] 쇼군에 의해 전황이 호전되었다. 바야흐로 두 사람이 교토로 돌아가려고 하는 즈음에 주나곤이 갑자기 병이 들어 세상을 뜨고 말았다. 리슌은 다시 비구니가 되고 스무 날쯤 지나 주나곤이 데리러온 꿈을 꾸었는데 그 후 얼마 지나지 않아 뒤따르듯 이승을 하직하였다. 야마나는 두 사람을 같은 곳에 묻어주었다. 사십구 일째 되는 날, 두 무덤에서 흰 구름이 일어서편 하늘로 오르며 신비한 향기가 온 산천에 가득 찼다. 사람들은 이를 기이하게 여겼다.

21_ 무로마치 막부 제15대 쇼군(재위: 1568-73).

伽婢子

卷四

저승구경*

아사하라 신노조浅原新之丞는 소슈相州 지방[1] 가마쿠라鎌倉의 미우라 도슨三浦道寸[2]의 먼 일가가 되는 사람이었다. 총명하고 언변이 뛰어났으며 유학儒學에 심취하여 불법佛法을 믿지 않았다. 저승이나 윤회, 인과因果나 권화權化[3]의 섭리를 들으면 트집을 잡아 사사건건 반박하고 헐뜯었다. 스님과 법사라 해도 공경하지 않고 입에서 나오는 대로 욕하며 이치에도 맞지 않는 억지를 써서 언쟁에서 이기려고 하였다.

이웃에 손페孫平라는 부자가 살고 있었다. 젊을 때부터 욕심 많고

*_ 『전등신화(剪燈新話)』 2-1 「영호생명몽록(令狐生冥夢錄)」의 번안.
『전등신화』의 주인공인 영호선(令狐譔)은 신령 같은 것을 믿지 않고 귀신의 변화나 저승의 인과응보에 관한 일에 대해 말이 나올 때마다 반드시 큰소리로 나서서 말을 끊는 인물로 '강직한 선비'이다. 이웃의 오씨(烏氏) 노인이 죽은 지 사흘 만에 소생하였다는 이야기를 듣고 저승을 비난한 탓에 두 명의 저승사자에게 이끌려 저승에 갔지만 염라대왕의 사면을 받아 저승 구경을 하게 된다. 『전등신화』와 이 이야기는 거의 동일한 줄거리를 가지나 전자는 저승사자에게 납치된 이후의 일들이 모두 하룻밤 꿈으로 설정되어 있다. 그러나 아사이 료이는 저승 구경 및 소생을 아사하라 신노조의 실제 체험으로 설정하고 유교를 버리고 불교에 귀의하는 것으로 끝맺음으로써 불교적 교훈을 강조하고 있는 것이다.

1_ 가나가와현(神奈川県).

2_ 미우라 요시아쓰(三浦義同, 1451-1516). 전국(戦国) 시대 초기 무장으로 흔히 출가 후 법명인 미우라 도슨으로 불린다.

3_ 부처나 보살이 중생을 구하기 위해 모습을 바꾸어 이 세상에 나타나는 일, 또는 그 화신.

매정하며 저밖에 모르는 사람이었다. 게다가 조금도 내세를 두려워하지 않으며 평소에 낚시와 사냥을 낙으로 삼으며 지냈다. 그러던 어느 날, 손페는 병이 나서 갑자기 죽고 말았다. 처자식과 친척들이 놀라 기원하며 불공을 드렸다. 아직 가슴 언저리가 따뜻하였기에 장례를 미루고 우선 스님을 모셔와 불단을 차린 다음 불경을 외웠다. 그러자 사흘째 되는 날 저녁 무렵, 손페가 다시 소생하였다. 그리고는 다음과 같이 말했다.

"내가 죽어서 저승길로 향하는데 무척 어둡고 길을 물어볼 사람도 딱히 없더라고. 약 십 리 정도쯤 갔을까, 문이 하나 있어 안으로 들어가 보니 포도청이더군. 저승의 관원이 층계로 나와 나를 데리고 가더니 '너는 죽어서 여기에 온 것이다. 그러나 처자식들이 한탄하며 금은보화를 아끼지 않고 기도와 불공을 드리니 그 공을 가상히 여겨 다시 사바세계로 돌려보내노라.'라고 말하였지. 너무나 기뻐 문을 나와 돌아오나 싶었는데 다시 살아났구나." 가족들은 진정 기도와 불공을 드린 보람이 헛되지 않았다며 이루 말할 수 없이 기뻐하였다.

아사하라가 이 말을 듣고 무척 비웃으며 말했다.

"세상의 탐욕스럽고 사리사욕에 가득 찬 탐관오리들은 뇌물을 받으면 나쁜 짓도 옳다고 해주고 뇌물을 바치지 않으면 죄 없는 사람에게도 죄를 뒤집어 씌우지. 그렇기 때문에 부자는 도리에 어긋나는 부당한 송사訟事에서도 이기고 가난한 사람은 잘못이 없어도 지게 된단 말씀이야. 거 참, 이런 일은 이승에서나 있는 일이라고 생각했는데 저승의 관원들도 사리사욕이 있군 그래. 재물을 물 쓰듯 써서 불공만 잘 드리면 죽은 사람도 살아나고 잘만 하면 지옥에 떨어져도 성불할 수도 있다지. 가난한 사람은 어쩔 수 없어. 선악에 대한 응보도 재물 따라가니 부처님에게 돈을 많이 뿌린 사람은 내세도 걱정 없겠어. 옛날 한나라의 위현韋賢은 '자식에게 황금 만 냥을 남겨주기보다는 불경 한 권을 가르치라.'고 하셨다는데 지옥도 돈이면 다 되는군. 염라대왕도 돈만 쥐어주면 죄를 용서한다니 위현의 말도 다 헛소리였구먼."
아사하라는 이렇듯 박장대소로 조롱하며 시 한 수를 읊었다.

"무서운 지옥의 심판도 돈이면 면한다하니 염불 삯 마련에 욕심 깊어지고."

집에 돌아온 아사하라가 등잔불 밑에 혼자 앉아 있으려니 어디선가 귀신 두 명이 나타났다. 온몸의 털이 곤두설 정도로 무서운 형상을 한 귀신은 "나는 염라대왕께서 보낸 저승사자이다. 어서 가자."라며 아사하라의 양팔을 붙들고 문 밖으로 나와 달려갔다. 걷는지 나는지 분간도 못하는 사이에 곧 포도청에 이르렀다. 그곳은 이승의 관아와 비슷했다. 전각의 안쪽에는 염라대왕으로 보이는 사람이 옥류관을 쓰고 보료 위에 앉아 있고 관원들은 벼슬에 따라 각각 좌우에 앉아 있었다. 두 명의 귀신이 아사하라를 포도청 앞마당으로 끌고 갔다.

대왕이 성난 목소리로 말했다.

"너는 유학을 신봉하고 불법을 이단이라며 깔보고 깊은 이치도 모르면서 함부로 조롱하고 비웃었겠다. 게다가 저승은 없다고 나불대었지. 이 모두는 입으로 지은 죄이니 이자를 어서 발설拔舌지옥으로 데리고 가서 혀를 빼고 그 위를 쟁기로 가래질 하거라."

아사하라는 머리를 땅에 조아리며 대답하였다.

"저는 도리에 어긋난 죄를 지은 적이 없습니다. 유학의 가르침을 지켜 군신·부자·부부·형제·붕우朋友의 오륜五倫[4]을 거스르지 않도록 수학하였습니다. 천리성분天理性分[5]의 본연을 설파하며 그 덕을

4_ 유교에서 말하는 다섯 가지 실천 덕목. 부자유친(父子有親): 어버이와 자식 사이에는 친함이 있어야 한다. 군신유의(君臣有義): 임금과 신하 사이에는 의로움이 있어야 한다. 부부유별(夫婦有別): 부부 사이에는 구별이 있어야 한다. 장유유서(長幼有序): 어른과 아이 사이에는 차례와 질서가 있어야 한다. 붕우유신(朋友有信): 친구 사이에는 믿음이 있어야 한다.

_ 염라대왕 앞에 끌려온 아사하라

받들었을 뿐입니다. 설령 불도에 수행정진하지는 않았지만 그렇다고 지옥에 떨어질 만한 잘못을 저지른 적은 한 번도 없습니다."

염라대왕이 노여워하며 말했다.

"저승의 관원도 사리사욕이 있고 선악의 응보는 빈부에 따라 달라지니 염불삯 마련에 욕심이 깊어진다고 한 시는 과연 누가 지었더란 말이냐."

아사하라가 대꾸하였다.

"그 옛날, 삼황오제三皇五帝[6] 시절에는 천당이니 귀신이니 하는 말은 논하지 않았습니다. 삼대三代[7] 시절에 이르러 비로소 산천의 신을 받

5_ 하늘로부터 부여받은 순수한 성질.

6_ 중국 고대 전설에 나오는 세 임금과 다섯 성군(聖君). 세 임금은 천황씨(天皇氏)·지황씨(地皇氏)·인황씨(人皇氏)로 보는 설과 여와씨(女媧氏)·복희씨(伏羲氏)·신농씨(神農氏)로 보는 설이 있다. 다섯 성군은 소호(少昊), 전욱(顓頊), 제곡(帝嚳), 요(堯), 순(舜)을 이르는데, 소호 대신 황제(黃帝)를 넣기도 한다.

들어 제사를 지내기 시작했습니다. 후한後漢 시대에 불법佛法이 전해진 이후로 천당, 지옥, 인과因果의 도리를 설파했지요. 이때부터 산천에도 정령精靈이 있으며 신궁神宮에도 주인이 있고 나무로 만든 불상이나 탱화도 기적을 일으킨다고 했습니다. 세상 사람들이 이런 말에 홀려서 인간의 본성을 잃고 악행을 저지르고도 뉘우치지 않으며 죄를 짓고도 뻔뻔하게 제 할 짓은 다 합니다. 강한 자는 약한 자를 짓누르고 부자는 가난한 자를 업신여기지요. 부모에게 효도하지 않고 주군에게 충성하지 않으며 일가는 화목하지 않습니다. 재물에 눈이 멀고 그릇된 욕심을 앞세우며 의義를 모르고 정절을 지키지 않습니다. 이익만을 좇아 은혜를 저버리면서도 오직 금전만 뿌려가며 불공과 공양을 드리면 죄 많은 사람도 허물 많은 사람도 지옥을 면하고 천당에 간다고들 합니다. 만약 이 말이 사실이라면 악인이라도 부자라면 천상계에 태어나고 가난한 사람은 선인일지라도 지옥에 떨어질 것입니다. 염마청閻魔廳[8]에 끌려온 악인이 부자라서 큰 불사佛事를 벌이면 정토로 보낸다고 한다면 가난한 사람들의 원망이 어찌 없겠습니까. 이는 공명정대한 판결이 아니니 사리사욕이라 불러 마땅합니다. 저는 이런 생각으로 교카狂歌[9] 한 수를 읊은 탓에 이렇게 끌려오게 된 것입니다. 대왕께서는 부디 통촉해 주시옵소서."

염라대왕이 아사하라의 말을 듣고 대답하였다.

"듣고 보니 네 말이 일리가 있고 주장하는 바도 옳다. 그런즉 선불리 죄를 추궁하기도 어렵구나. 네가 이런 비방을 하게 된 것은 모두 손페가 불공과 기도에 많은 돈을 쏟아 부어 다시 사바세계로 돌려보낸 판결 탓이다. 서둘러 손페를 다시 잡아오너라."

7_ 중국 고대 하(夏), 은(殷), 주(周) 시대.

8_ 죽은 후 생전에 지은 죄를 문초하는 법정. 염라청이라고도 한다.

9_ 에도(江戶) 시대 중기부터 유행한 시가로 일상의 잡다한 일을 소재로 해학, 익살, 풍자 등을 담은 비속한 단가(短歌)이다.

그러자 잠시 후 손페가 끌려왔다. 염라대왕은 "손페는 수갑과 목칼을 채워 즉시 지옥으로 데리고 가고 아사하라는 사바로 돌려보내거라."라고 명령하였다. 두 명의 저승 관원이 자리에서 일어나 아사하라를 데리고 포도청을 나왔다.

아사하라가 관원에게 부탁했다.

"제가 이승에 있을 때 유학에만 매진하고 불교 경전에서 말하는 지옥에 대해서는 듣고도 믿지 않았습니다. 기왕 저승에 왔으니 바라건대 지옥을 보여주시어 제가 굳게 믿을 수 있도록 해주시면 안 될는지요."

아사하라의 부탁에 관원은 "이는 사록신四錄神[10]에게 허락을 받아야만 한다."라며 서쪽 복도를 지나 한 전각으로 갔다. 전각에는 선과 악의 두 가지 기록이 산더미처럼 쌓여 있었다. 관원이 자초지종을 이야기하자 사록신이 표찰을 건네주었다. 이를 받아든 관원이 아사하라를 데리고 북쪽으로 오 리里, 2㎞ 정도 가자 구리 담장을 높이 두르고 육중한 철문이 있는 성에 이르렀다. 검은 연기가 하늘로 오르고 비명소리가 땅을 울렸다. 우두나찰과 마두나찰[11]의 옥졸 여럿이 쇠방망이와 쇠창살을 들고 문 양쪽에 서 있었다. 두 명의 관원이 좀 전의 표찰을 건네고 아사하라를 데리고 안으로 들어가 둘러보게 하였다. 수많은 죄인을 옥졸들이 잡아 땅에 눕히고는 살갗을 벗겨내고 피를 짜내었다. 또한 배를 가르고 눈알을 도려내며 귀를 자르고 코를 베며 팔다리를 비틀어 떼어내고 살점을 발라내었다. 죄인들이 고통으로 울부짖는 소리가 사방에 가득 찼다. 이 사람들은 살아생전 산과 바다로 돌아다니며 사냥과 낚시로 살생을 일삼은 자들이었다.

10_ 지옥의 여덟 신 가운데 하나. 중생들의 선악을 기록해 두었다가 염라대왕에게 보고하는 임무를 맡는다.

11_ 각각 소대가리와 말대가리 모양을 한 악한 귀신으로 저승을 지키는 문지기.

또 다른 곳에는 나란히 세운 구리 기둥 두 개에 각각 남자와 여자를 묶어놓았다. 옥졸들이 칼로 이들의 배를 가르고 펄펄 끓는 쇳물을 자루가 달린 그릇에 담아 부으니 오장육부가 타들어가면서 녹아 흘러내렸다. 남자와 여자 모두 머리만 기둥에 매달린 채 울부짖었다.

_ 지옥의 구리 기둥에 묶인 남녀

아사하라가 죄인의 사연을 물으니 관원이 대답하였다.

"사바세계에 있을 때 이 남자는 의사였다. 이 여자의 남편이 병이 깊어 병수발을 하다가 의사와 눈이 맞아 밀통을 하게 되자 남편에게 나쁜 약을 먹이고 학대하여 죽인 후 둘이 부부가 되었다. 그래서 둘 다 죽은 후 지금 이러한 고통을 받고 있는 것이다."

또 한편에는 비구니와 법사들 여럿이 발가벗긴 채, 뜨거운 철판 위에 웅크리고 있었다. 옥졸들이 다가와 이들에게 말가죽과 소가죽을 씌우자 모두 그대로 말과 소로 변해버렸다. 이들에게 쇠 채찍을 휘두르며 커다란 돌을 싣고 옮기게 하였는데 찢어진 살갗과 잘려나간 살점 사이로 피가 폭포처럼 뿜어져 나왔다.

아사하라가 이유를 묻자 관원이 설명하였다.

"이들은 인간이었을 때, 비구니가 되고 중이 되어 논밭도 갈지 않으면서 배불리 먹고 베틀질도 안 하면서 따뜻하게 입으며 호강했다. 출가한 몸으로 계율을 지키지 않고 자비심도 품지 않으며 학문에도 정진하지 않고 오로지 사람들의 보시에만 기대어 먹고 산 사람들이

_ 말과 소가 된 죄인과 화염에 휩싸인 지옥 풍경

다. 그런 까닭에 지옥에서는 축생이 되어 받은 보시를 갚는 것이다."

또 다른 곳에서도 많은 일반 사람들이 말과 소가 되어 고통을 받고 있었다.

"이 자들은 이승에서 벼슬아치였던 자들로 세금을 혹독하게 착취하는 통에 입에 풀칠하기도 버거워진 백성들이 마침내 처자식을 팔아 버리게 만든 자들이다. 백성의 고혈을 빨아먹었으니 이렇게 축생이 되어 보시하는 게 맞지 않겠느냐."

마지막으로 들른 곳은 쉴새없이 뜨거운 화염이 치솟는 지옥이었다. 수백 명의 사람들이 수갑과 목 칼이 채워진 채 철판에 앉아 사지 전체가 불길에 휩싸여 훨훨 타고 있었다. 그리고는 독사가 기어와 몸을 휘감고 피를 빨았다. 또한 쇠로 된 부리를 지닌 매가 날아와 죄인의 어깨에 앉아 눈을 쪼아 먹고 살점을 뜯어먹었다. 괴로움에 울부짖으려고 해도 화염 연기로 목이 메니 그 고통이 이루 말할 수 없었다. 살점이 다 뜯기고 뼈가 드러나 숨이 끊어지면 서늘한 바람이 불어와 또다시 원래의 몸으로 소생하였다.

아사하라가 이유를 묻자 관원이 자세히 설명해주었다.

"이들은 살아생전 가마쿠라의 우에스기 노리마사上杉則正[12]의 아들인 다쓰와카竜若의 유모가 낳은 아들들이다. 이름은 매카타 신스케妻鹿田新介와 동생인 조사부로長三郎와 사부로스케三郎助이며 그 밖의 친

12_ 무로마치(室町) 막부의 관동 간레이(管領)를 역임하는 우에스기 가문의 무장(1523-79).

척 나부랭이도 스무 명 있다. 이들은 노리마사가 몰락할 때 주군인 다쓰와카를 적인 호조 우지야스北条氏康[13]에게 넘기고 항복하였다. 주군을 죽인 천벌을 받아 이 스무 명은 모두 우지야스에게 죽임을 당하고 죽어서 지옥에 떨어지니 억만 겁이 지나도 성불할 수 없을 것이다.[14] 그 밖의 무리들도 모두 주군을 죽이거나 불충하여 나라를 망하게 한 자들이다."

이윽고 저승 관원들이 아사하라를 데리고 문 밖으로 나왔나 싶었는데 곧 소생하였다. 아사하라가 이웃인 손페의 안부를 물으니 그날 밤 다시 죽었다고 했다. 이후로 아사하라는 유학을 버리고 겐초사建長寺[15]에 들어가 선종禪宗의 가르침에 매진하여 깨달음을 얻은 도인이 되었다.

13_ 다케다 신겐(武田信玄)과 교전하였으나 후에 평화협정을 맺고 관동 남부를 평정하여 호조 가문의 전성기를 구축한 전국 시대 무장(1515-71).

14_ 1552년, 호조 우지야스(北条氏康)가 히라이성[平井城, 군마현 후지오카시(群馬県藤岡市) 소재]을 침공하자 성주(城主)인 우에스기 노리마사(上杉憲政)는 에치고[越後, 니이가타현(新潟県)]로 달아났다. 노리마사의 아들인 다쓰와카마루(竜若丸)와 가신인 매카타 신스케는 미타케성(御嶽城)에 남아 저항하였으나 신스케는 주군을 배신하고 일족의 안위를 위해 부인 및 동생들과 도모하여 다쓰와카마루를 우지야스에게 넘겨주어 죽게 만들었다(다쓰와카마루, 향년 11세 혹은 13세). 그러나 이후 신스케 일족 역시 우지야스에게 처형당하고 말았다.

15_ 가마쿠라에 있는 임제종(臨濟宗)의 총본산으로 가마쿠라 오산(五山)의 하나.

꿈속의 언약*

다이에大永, 1521-28 무렵, 후나타 사콘舟田左近이라는 사람이 있었다. 그는 무사의 신분을 버리고 서민이 되어 야마시로山城 지방의 요도淀[1]라는 곳에 살고 있었다. 마음씨가 착하고 정이 많은데다가 더할 나위 없는 미남이었다. 집안도 넉넉하니 나쁘게 말하는 사람도 없었다. 후나타는 스물둘이 될 때까지 결혼도 하지 않고 그저 염문艷聞만이 나돌았다. 하시모토橋本라는 곳에 전답을 가지고 있었기에 늦가을 추수를 감독하러 배에 올랐다. 가는 도중 하시모토 북쪽에서 술을 파는 주막을 만났는데 사람들로 붐비고 실내도 정갈해 보였다.

후나타는 술을 마시려고 배를 주막 뒤편 강 언덕에 대었다. 가게 주인이 나와 안내하는 대로 강 언덕에 잇대어 지은 정자로 올라갔다. 정자의 서편에는 능수버들 사이로 바람에 단풍이 떨어지고 있었다.

---

*_ 『전등신화(剪燈新話)』 2-5 「위당기우기(渭塘奇遇記)」의 번안.
『전등신화』의 시간적 배경은 원나라 지순(至順, 1330-32)경으로 남경(南京)에 사는 왕생(王生)이 주인공이다. 스무 살이 되도록 혼처를 정하지 않은 준수한 외모의 왕생은 소작료를 받으러 송강(松江)에 갔다. 배를 타고 돌아오는 길에 위당(渭塘) 근처의 주막에 들른 왕생은 그 집의 딸을 보고 사랑에 빠진다. 이렇듯 이 이야기는 『전등신화』와 거의 흡사한 줄거리를 갖는다. 송강의 농어와 요도의 잉어를 대응시켜 요도의 경승지를 부각시키고 있다.

1_ 교토시 후시미구(京都市伏見区) 남단. 요도(淀)강을 이용하는 수운(水運)의 요충지.

아래 잎부터 물들기 시작한 싸릿가지는 이슬이 맺혀 무거운 듯 고개를 떨구고 있었다. 지는 가을을 아쉬워하는 풀벌레 소리는 억새 아래에서 잦아들고 울타리 옆 만개한 국화 향기가 옛 사람을 떠올리게 하는 고즈넉한 풍경이었다. 정자의 북쪽을 바라보니 요도강의 잔잔한 파도 위로 이따금 노니는 갈매기 소리가 들려왔다. 요지楊枝섬[2]도 아주 가깝게 보이니 물가의 별궁別宮이 따로 없었다. 미즈노水野를 지나 야마자키山崎, 우도노鵜殿로 이어진 미시마에三島江까지 한눈에 다 들어왔다.

주인이 술잔을 권하며

"이는 송강松江의 농어[3]는 아니지만 일찍이 겐애玄恵 스님께서 『정원의 가르침庭の訓』[4]이라는 글에서 칭찬하신 요도의 잉어회입니다." 라며 안주를 곁들여 내놓았다.

또 "이는 오군吳郡의 순채蓴菜[5]는 아니지만 쓰라유키貫之[6]가 읊은 미즈노 못의 미나리입니다."라며 정성껏 대접하자 후나타는 주인의 마음 씀씀이에 감동하여 여러 잔을 기울였다.

2_ 수리 전의 우지강(宇治川)이 요도강(淀川)과 합류하는 요도코바시(淀小橋) 근처에 있던 작은 섬.

3_ 송강은 중국 상하이의 남서쪽에 위치하며 저장성(浙江省)에 인접한 지역으로 양쯔강(揚子江) 삼각주 평원인 이곳은 벼 이모작과 담수어 양어, 채소 재배 등이 활발하며 특히 양식 농어인 쑹루(松鱸)와 쑹장미(松江米)가 유명하다.

4_ 겐애(玄恵)는 일본 남북조(南北朝, 1336-92) 시대, 천태종(天台宗)의 승려이자 유학자(儒學者)로 생몰연대 미상. 본문의 『정원의 가르침(庭の訓)』은 그의 저작으로 알려진 『庭訓往来』를 가리키는 것으로 추측된다. 서간(書簡) 형식으로 이루어진 이 책자는 보통 서당에서 습자나 독본으로 사용되던 초급 교과서의 하나이다.

5_ 오군(吳郡)은 지금의 소주(蘇州) 지역. 진(晉)나라의 문장가인 장한(張翰)은 고향이 오군이었는데 가을바람이 불자 갑자기 고향의 명물인 순채국과 농어회(鱸膾)가 생각나자 '인생이란 자기 뜻에 맞게 사는 것이 좋으니, 무엇 때문에 벼슬에 얽매여 타향에 있겠는가.'하고는 벼슬을 버리고 고향으로 돌아갔다는 고사가 전해온다(『晉書』 卷92 「文苑列傳 張翰」).

6_ 기노 쓰라유키(紀貫之, 866?-945?), 헤이안(平安) 시대 전기에 활약한 가인(歌人)으로 『古今和歌集』의 선자(選者) 가운데 한 명이다.

집 주인에게는 딸이 하나 있었다. 아직 딱히 혼처도 정해진 곳 없이 정자에 이어진 방 한 칸에서 지내고 있었다. 집안이 넉넉하기에 시가집과 소설책 등을 많이 구해 읽히고 필체는 그리 뛰어나지 않아도 문장이 물 흐르듯 자연스러울 정도의 교양은 익혔다. 마음씨도 곱고 인정도 많았다. 이 아가씨가 정자에 있는 후나타의 모습에 반하고 말았다. 설레는 마음으로 가리개 틈새로 엿보았다가 고개를 내밀기도 하고 가리개 밖으로 나오나 싶으면 안으로 숨다가 다시 나오는 등, 부끄러움도 잊고 좋아하는 모습이 어여뻤다. 후나타도 아가씨를 보니 빼어나게 아름다운 얼굴에서 마치 빛이 나는 듯하였기에 그만 자신도 모르게 그녀에게 빠져드는 것을 느꼈다. 그러나 서로 마음이 통하여 눈빛만 나누었을 뿐, 한 마디 말도 나누지 못하였다. 날이 저물자 후나타는 작별인사를 하고 배를 타고 집으로 돌아왔다. 하지만 아가씨 모습이 눈앞에 어른거려 가을 찬바람이 몸속으로 스며들어 옷을 입은 채 홀로 누워 남몰래 눈물만 흘릴 뿐이었다.

그날 밤 꿈에 후나타는 하시모토의 주막에 갔다. 뒤편 강 언덕에서 문으로 들어가 곧장 아가씨의 방 앞에 이르렀다. 방 앞에는 작은 정원이 있었는데 각양각색으로 겹쳐 있는 바위와 봉우리 사이로 흐르는 계곡, 산기슭에 이어지는 길 등이 아기자기하게 꾸며져 있었다. 산에서 산으로 이어진 정원의 연못 맑은 물속에는 작은 물고기가 떼지어 노닐었다. 물가에는 원추리가 피어 있고 창가에는 반딧불이가 어른거리는 늦가을 해질녘에 어디선가 방울벌레 소리가 아스라이 들려왔다. 처마의 새장에는 작은 새가 들어 있고 어디선가 은은히 배어 나오는 향내는 마음을 설레게 하였다. 책상에는 국화 몇 송이가 꽂혀 있는 아름다운 화병과 벼루집이 놓여 있었다. 방바닥에는 『겐지 이야기源氏物語』[7]나 『이세 이야기伊勢物語』[8] 등의 이야기책과 그 밖에 재미있는 이야기책들이 쌓여 있고, 벽에는 시름을 달래려는 듯 거문고가 세워져 있었다. 거문고에 눈길을 주며 서 있으려니 후나타를 본 아가씨가 반갑게 다가와 미소지으며 그의 손을 잡고 침실로 들어갔다. 마음에 가득 쌓인 말은 백 날 밤을 지새워도 다할 수 없으리라 원망하며 두 사람은 운우雲雨의 정을 깊이 나누었다. 가와시마川島의 갈라진 물길이 흐르고 흘러 마침내 한 곳에서 만나듯 언젠가 하나가 되기를 기약하지만 당분간은 남의 눈을 피해야 하는 두 사람의 처지와 여의치 못한 만남을 야속해 하며 정담을 나누었다. 그러는 사이에 이별을 알리듯 새벽닭이 무정하게 울어대고 등잔불도 사그라졌다. 그때 불현듯 꿈에서 깨어난 후나타가 주위를 둘러보자 자신의 방안 창가였다.

그날 이후로 후나타는 하루도 거르지 않고 매일 밤 꿈 속에서 아가씨를 만나 정을 나누었다. 어느 날 밤 꿈에 아가씨가 거문고로 상부련想夫戀[9]을 연주하였다. 거문고 타는 솜씨도 절묘하여 그 소리가 구름길에 이르는 듯하여 더욱 깊은 정을 느꼈다. 다른 날 밤 꿈에는 그 집을 찾아가니 아가씨가 흰 옷을 바느질하고 있었는데 후나타가 등잔불의 심지를 돋우려다 그만 심지 끝의 불똥이 튀어 바느질하던 옷감에 그 흔적을 남기기도 하였다. 또 어느 날 꿈에서는 아가씨가 은으로 된 향합을 선물하고 후나타가 수정 구슬을 선물하기도 하였다. 꿈에서 깨니 머리맡에 향합이 있고 가지고 있던 수정 구슬은 간 곳이 없었다. 너무나도 신기하여,

"그대와 만리장성을 쌓으니 꿈인 줄 알건만 깨지 말았으면 좋겠네."

7_ 헤이안(平安) 중기에 나온 장편 소설로 여류작가인 무라사키 시키부(紫式部)의 작품. 당시 궁중생활을 중심으로 주인공인 히카루 겐지(光源氏)의 애정편력과 영화, 고뇌를 묘사하였다. 전 54첩(帖) 구성.

8_ 헤이안 시대, 작자 미상의 작품. 시를 중심으로 125화의 일화로 이루어져 있으며 아리와라노 나리히라(在原業平)라는 남성의 사랑과 풍류를 소재로 하였다.

9_ 아악(雅樂)의 곡명으로 사모하는 임을 그리는 여성의 연정을 노래하는 내용.

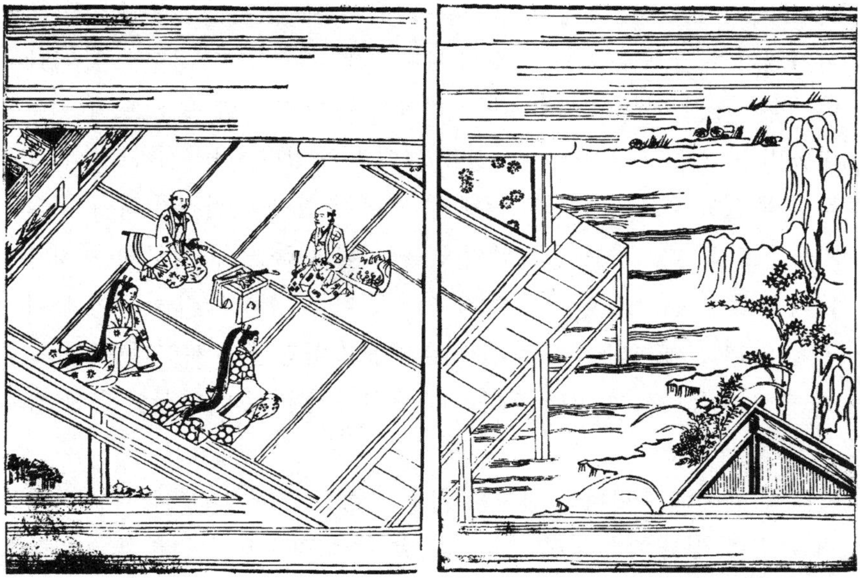

_ 아름다운 정원을 앞에 두고 혼례를 올리는 두 사람

이렇게 시를 읊어보았지만 그리움은 견딜 수 없었다. 후나타는 그 길로 노를 저어 하시모토의 주막에 당도하여 술을 청하였다. 주인이 나와 반색을 하며 후나타를 안으로 안내하고는 극진히 대접하였다.

잠시 후 주인이 입을 열었다.

"제게는 아직 스물이 안 된 여식이 하나 있습니다. 작년 늦가을, 선비께서 여기에 들르셨을 때 제 딸이 선비님을 보고 연모하게 되어 그만 상사병이 들었습니다. 이후로 맥없이 몸져눕는가 싶더니 혼잣말을 중얼거리는 것이 마치 술 취한 사람 같습니다. 의사를 불러 치료도 해보았지만 조금도 차도를 보이지 않습니다. 점쟁이를 불러 굿도 해보았지만 증상이 더 심해지고 정신도 혼미해졌습니다. 가끔씩 후나타 사콘이라는 이름을 부를 때도 있습니다. 게다가 어제는 '내일은 선비님께서 꼭 여기 오실 거예요.'라고 하더군요. 또 헛소리를 하는 거라고 생각했는데 선비님께서 이렇게 오셨지 뭐겠습니까. 이 모두가 신령님의 계시라 생각합니다. 바라건대 제발 우리 딸을 아내로 맞이해 주십시오. 그렇게만 해주신다면 보잘 것 없는 재산이지만 남김없이 선비님께 물려드리겠습니다."

이리하여 주인장과 후나타는 서로 통성명을 하고 이윽고 아가씨의 방으로 들어갔다. 방의 모양, 정원의 풍경 모두 꿈속에서 본 것과 조금도 다르지 않았다. 아가씨는 그 길로 병상을 털고 일어나 제정신으로 돌아왔다. 모습과 목소리도 꿈에서 본 그대로였다.

아가씨가 말했다.

"지난 가을 무렵, 선비님을 뵙고 첫눈에 반한 이후, 연모하는 마음으로 가슴이 미어지고 그 모습이 한시도 눈앞에서 떠나지 않았습니다. 밤마다 선비님과 정을 나누는 꿈을 꾸니 어찌된 영문인지 모르겠어요."

아가씨의 꿈 이야기는 후나타의 꿈과 똑같았으며 심지어 옷에 튄 불똥 자국도 남아 있었다. 거문고로 연주한 곡 이름과 향합의 일도 모두 꿈에서 본 그대로였다. 이 이야기를 들은 사람들은 모두 신기한 일이라고 놀라워하였다. 과연 영혼이 다니며 정을 맺었으니 더욱 깊고 애틋한 사랑이라는 평판이 자자하였다.

낮꿈 속의 30년*

교로쿠享禄 4년1531 6월에 호소카와 다카쿠니細川高国와 호소카와 하레모토細川晴元가 셋슈摂州 지방의 덴노사天王寺에서 교전하였다.[1] 이 전투에서 패한 다카쿠니는 아마가자키尼崎까지 후퇴하다가 더 이상 물러날 곳이 없자 자결하였다. 다카쿠니의 가신인 유사노 시치로遊佐七郎는 주군을 잃고 아쿠다가와芥川의 마을에 숨어 지냈다. 이윽고 서울로 올라가서 새로운 주군을 찾아서 섬기려고 마음먹은 유사는 시

---

*– 오조소설(五朝小說)인 『몽유록(夢遊錄)』「앵도청의(櫻桃青衣)」의 번안.
『몽유록』은 당나라 천보(天宝, 742-755) 연간에 하북성(河北省)에 사는 노자(盧子)가 체험한 이야기이다. 관리등용 시험에 낙방한 노자가 저녁 무렵 어느 절에서 열리는 설법을 듣던 중 잠들어 버린다. 꿈속에서 푸른 옷을 입고 버찌 바구니를 든 여인이 나타나서 성이 노(盧)가이며 최씨 집안에 시집을 갔으나 지금은 과부라고 자신을 소개하였다. 이야기를 나누던 중 노자는 이 여인과 자신이 육촌지간임을 알게 되고 여인을 따라 간 집에서 60세 정도의 아주머니를 만나 아주머니의 친정 조카를 소개받아 결혼하여 영화를 누린다. 이윽고 꿈에서 깬 노자는 인생무상을 느껴 벼슬길을 단념하고 도를 닦기 위해 종적을 감춘다.

1– 8대 쇼군인 아시카가 요시마사(足利義政)의 후계자 문제를 기화로 쇼군 다음 가는 최고 관직인 간레이(管領)를 독점하던 호소카와(細川) 가문과 야마나(山名) 가문이 교토를 중심으로 11년간 전쟁을 치뤘는데 이를 오닌의 난(応仁の乱, 1467-77)이라고 한다. 오닌의 난 이후, 호소카와 가문은 다카쿠니(高国)파와 하레모토(晴元)파로 나뉘어 내분이 일어나고 이로 인해 기나이[畿内, 京都 부근] 전체가 전란에 휩싸이게 되었다. 1531년, 마침내 양측은 오늘날 오사카에 있는 덴노사(天王寺)에서 격돌하고 패배한 다카쿠니는 아마가자키(尼崎)에서 자결하였다.

종 한 명을 거느리고 교토로 향하였다. 야마자키山崎의 다카라사宝寺에 참배하고 잠시 쉬고 있으려니 졸음이 밀려와서 동쪽 복도에 잠시 몸을 눕혔다.

_ 절문 앞의 유사와 머슴

꿈속에서 절 문 앞에 나가니 남의 집살이를 하는 듯 보이는 사내 하나가 산복숭아를 담은 바구니를 옆에 두고 쉬고 있었다.

유사가 다가가 "뉘 댁에서 일하시오?"라고 말을 걸자 사내가 대답하였다.

"소인은 야마자키에 사시는 가타노노 지자에몬交野次左衛門댁 머슴입니다. 가타노 주인님께서는 쇼군 집안将軍家 편에서 싸우시다 전사하시고 따님 한 분이 남으셨지요. 따님은 니시노오카西の郊의 이시오노 겐고石尾源五님[2]에게 시집을 가셨는데 겐고님께서 미요시三好에게 죽임을 당하는 바람에 과부가 되어 친정에 돌아와 계십니다. 아씨 나이는 아직 스물하나밖에 안 되셨어요. 아씨 어머님 되시는 마님께서는 예순이 넘으셨는데 여전히 총기가 뛰어나시지요. '먼 친척이라도 있으면 다시 사위로 맞아 집안을 물려주면 좋을 텐데.'라고 말씀하시곤 합니다."

유사는 사내의 말을 듣고 문득 기억이 났다.

'가만있자, 가타노의 마님은 바로 내 아주머니뻘이 되지. 오랫동안 연락도 끊겨서 어디에 사시는지도 몰랐는데 야마자키에 계셨구나.

2_ 미상.

_ 절에서 낮잠 자는 유사

찾아뵙고 문안이라도 드려야지.'

이렇게 마음먹은 유사는 머슴을 앞세워 그 집을 방문해보니 자신의 아주머니가 틀림없었다. 서로 신원을 확인하자 아주머니는 너무나도 기쁜 나머지 눈물을 흘리며 유사를 안으로 들였다. 일족의 근황을 물었지만 대부분의 친척들은 거의 전사하고 겨우 유사만 살아 남아 있었다.

아주머니가 말했다.

"나는 오로지 딸 하나에 의지하며 산다네. 또한 자네는 내 조카가 아닌가. 어떤가, 내 딸과 부부의 연을 맺지 않으려나? 교토에는 군이 올라갈 필요도 없지 않은가. 자네를 사위삼아 안부를 염려하지 않고 함께 살고 싶다네."

유사도 흔쾌히 아주머니의 제안을 받아들여 이윽고 언약을 하였다. 마침 다음 날이 길일이라며 친한 친구들을 불러 모으고 여러 가지 구색을 갖추어 혼인을 했다. 부인 될 아가씨를 보니 용모와 자태가 우아하고 아름다워 더욱 기쁘기 그지없었다. 혼례 준비는 몹시 성대하였다. 날마다 손님을 초대하여 잔치를 열었다. 유사는 행복에 겨워 더 이상 바랄 것이 없었다.

그러던 어느 날, 교토에서 사신使臣 두 명이 내려와 상경하라는 쇼군의 어명을 전했다. 서둘러 상경하여 배알하자 쇼군은 몹시 흡족해하며 유사에게 선뜻 만관万貫의 영지領地를 하사하고 가와치河内[3]의 수령으로 임명하였다. 이후 2년 동안 교토에 머물며 쇼군을 가까이 모시는 동안 쇼반슈相伴衆[4]라는 벼슬을 얻은 유사는 권세가 하늘을 찔러 견줄 자가 없었다.

이윽고 교토에서 야마자키로 돌아온 유사는 적을 방어하기에 안성맞춤인 요새를 골라 으리으리한 저택을 지었다. 거느리는 상하 무사와 출입하는 사람들이 헤아릴 수 없을 정도였다. 대문 밖에는 고삐를 매놓은 말들이 끊일 새가 없을 만큼 여러 곳에서 앞다투어 찾아오는 자들이 늘어만 갔다.

어느덧 30년의 세월이 흘러 유사는 슬하에 아들 일곱과 딸 셋을 두었다. 아들 넷은 교토로 올려 보내 쇼군 가문을 섬기도록 하였다. 딸 둘은 셋슈와 가와치의 뼈대 있는 무사 가문인 호소카와細川 아무개라는 집안으로 시집을 보내어 그 집 형제들을 사위로 삼았다. 친손자와 외손자를 합쳐서 모두 여덟 명의 손자를 보고 일가는 나날이 번창해 갔다.

그러던 어느 날, 적군 삼천 기騎가 쳐들어와 저택의 사방에 불을 놓고 함성을 지르며 공격하였다. 가족들은 놀라 울부짖고 하인들은 무서워서 벌벌 떨고 있기만 하였다. 적을 막을 힘도 없어 할복하려는 찰나에 적이 눈 깜짝할 사이에 들이닥쳤다. 그리고는 유사를 산 채로 잡아가려고 하기에 이를 물리치려고 몸부림치는 순간, 진땀을 흘리며 꿈에서 깨어났다.

유사가 일어나 시종에게 "지금 몇 시나 되었느냐?"고 묻자 "아직 미시未時, 오후 2시 전후입니다."라는 대답이 돌아왔다. 불과 한 시간 동안 30년의 세월을 산 셈이었다. 생각해보면 세상은 좋은 일도 나쁜 일도 한낱 한단지몽邯鄲之夢[5]임을 유사는 깨달았다. 이후 유사는 시종

3_ 오사카후(大阪府).

4_ 무로마치(室町) 막부의 관직명. 쇼군이 연회를 베풀거나 다이묘(大名)가 주최하는 연회에 참석할 때 함께 배석하는 등의 중요한 요직이었다.

을 종의 신분에서 해방시켜준 뒤, 자신은 곧 발심發心하여 고야산高野山[6]에 들어가 불도 수행에 매진하는 수행자가 되었다.

5_ 한단에서 꾼 꿈이라는 뜻으로, 인생의 덧없음과 영화(榮華)의 헛됨의 비유.

당나라 현종(玄宗)때, 도사인 여옹이 한단[邯鄲, 하북성(河北省)의 한 지역]의 한 주막에서 쉬고 있는데 행색이 초라한 젊은이가 옆에 와 앉더니 자신을 산동(山東)에 사는 노생(盧生)이라고 소개하며 신세 한탄을 하고는 졸기 시작했다. 여옹이 보따리 속에서 양쪽에 구멍이 뚫린 도자기 베개를 꺼내 주자 노생은 그것을 베고 잠이 들었다. 노생이 꿈속에서 점점 커지는 베개의 구멍 속으로 들어가 보니 고래등 같은 기와집이 있었다.

노생은 최씨(崔氏)로서 명문가의 딸과 결혼하고 과거에 급제한 뒤 벼슬길에 나아가 순조롭게 승진했다. 경조윤(京兆尹, 서울을 다스리는 으뜸 벼슬)을 거쳐 어사대부(御史大夫) 겸 이부시랑(吏部侍郎)에 올랐으나 재상이 투기하는 바람에 단주자사(端州刺史)로 좌천되었다. 3년 후 호부상서(戶部尙書)로 조정에 복귀한 지 얼마 안 되어 마침내 재상이 되었다. 그 후 10년간 노생은 황제를 잘 보필하여 태평성대를 이룩한 명재상으로 이름이 높았으나 어느 날, 갑자기 역적으로 몰렸다. 변방의 장군과 모반을 꾀했다는 것이다. 노생은 포박당하는 자리에서 탄식하여 말했다.

"내 고향 산동에서 땅뙈기나 부쳐 먹고 살았더라면 이런 억울한 누명은 쓰지 않았을 텐데, 무엇 때문에 애써 벼슬길에 나갔는지 모르겠다. 그 옛날 누더기를 걸치고 한단의 거리를 걷던 때가 그립구나. 하지만 이제 와서 후회한들 무슨 소용이 있겠는가."

그는 칼을 들어 자결하려 했지만 아내와 아들이 말리는 바람에 미수에 그쳤다. 노생과 함께 잡힌 사람들은 모두 처형당했으나 그는 환관(宦官)이 힘써 준 덕분에 사형을 면하고 변방으로 유배되었다. 수 년 후 억울한 누명임이 밝혀지자 황제는 노생을 소환하여 중서령(中書令)을 제수(除授)한 뒤 연국공(燕國公)에 책봉하고 많은 은총을 내렸다. 그 후 노생은 모두 권문세가(權門勢家)와 혼인하고 고관이 된 다섯 아들과 열 손자를 거느리고 행복한 만년을 보내다가 황제의 어의(御醫)가 지켜보는 가운데 80년의 생애를 마쳤다.

노생이 깨어 보니 꿈이었다. 옆에는 여전히 여옹이 앉아 있었고 주막집 주인이 짓고 있는 기장밥도 아직 다 되지 않았다. 노생을 바라보고 있던 여옹은 웃으며 "인생이란 다 그런 것이라네."라고 말했다. 노생은 여옹에게 공손히 작별 인사를 고하고 한단을 떠났다.

6_ 와카야마현(和歌山県) 북동부에 있는 해발 1,000m 전후의 산들로 둘러싸인 진언종(真言宗)의 영지(靈地).

시신이 소생하는 이야기*

옛날부터 지금까지 세상에 전하는 이야기 가운데는 사람이 죽어 입관하여 장지로 보낸 직후, 혹은 파놓은 무덤 앞에서 소생하거나 화장하는 불길 속에서 다시 살아나는 이야기가 있다. 이런 사람들은 다시 집으로 돌려보내지 않고 그 자리에서 죽이는데 보통 병이 깊어 죽거나 숨이 갑자기 막혀 죽은 사람, 혹은 특별한 사연이 있어 저승에 다녀온 사람도 있다. 이들은 전세의 업보로 인해 자신의 수명을 다하지 않았기 때문에 아직 귀적鬼籍[1]에도 오르지 않은 사람들이다. 그러나 일본의 풍습으로는 죽은 것으로 간주하여 시신을 수습해서 입관하여 장례를 서두르기 때문에 설령 소생한다고 해도 장지葬地에서 집으로 다시 돌려보내지 않고 죽여 버린다. 이는 참으로 안타까운 일이다.

---

*_ 오조소설(五朝小說)인 『집이전(集異傳)』의 안기(顔幾) 설화를 원전으로 한다.
　278년, 산동성(山東省) 낭사(琅邪)에 사는 안기(顔幾)가 병사한 후 꿈에 나타나서 소생하겠다는 뜻을 밝혀 주위 사람들이 관을 열자 정말 되살아났다. 안기는 음식을 먹고 몸을 구부리거나 펴기는 했지만 걷거나 말하지는 못한 채 2년 후에 다시 죽었다. 이 이야기는 『집이전』과 마찬가지로 경방의 『역전』을 인용하였으나 원래 짧은 이야기를 하극상에 관한 예화 등을 삽입하여 늘린 것은 아사이 료이의 창작이다.

1_ 염라대왕전에 있다고 하는 죽은 이의 이름을 기록해 두는 장부, 점귀부(点鬼簿)라고도 한다.

_ 장지에서 소생한 요시타카 집안의 시녀

다른 나라에서는 사람이 죽으면 먼저 빈소를 차려 시신을 안치하며 곧바로 시신을 장지로 보내지 않는다. 때문에 전해 내려오는 서적에도 죽은 지 삼일, 칠일, 열흘 정도 지난 후에 소생하여 저승 이야기를 들려주었다는 사례가 많이 기록되어 있다. 그러나 열흘 이후에 되살아난 이야기는 없다. 급사하거나 놀라서 죽는 경우는 주의를 해야만 한다. 하기야 장지에서 소생한 사람을 집으로 돌려보내지 않고 죽이는 것도 나름대로 이유가 있다고 한다.

경방京房[2]이 『역전易傳』에서 이르기를 "음陰이 극에 달하면 양陽이 되는데 이렇게 되면 아래가 위를 치받으며 요괴가 죽어 다시 되살아나는 일이 생긴다."고 한다. 사람이 죽은 지 한참 되어 다시 살아나는 일은 하극상下剋上의 전조라고 한다. 이런 까닭에 되살아난 사람을 죽이는 것이라고 들었다.

오우치 요시타카大內義隆[3] 집안에서 시녀가 죽어 장지로 보내 묻으려 하는데 갑자기 소생하였다. 그대로 다시 죽이자니 너무나 불쌍하여 집으로 데려와 머리를 삭발시켰다. 시녀는 어쩔 수 없이 비구니가 되었지만 가사적삼을 입은 지 반 년 만에 다시 죽었다. 그러자 과연 그 해에 요시타카는 가신인 오와리尾張 수령, 스에 하루카타陶晴賢에게

2_ 중국 전한(前漢) 때의 사상가로 역학의 대가이다. 저서로는 『경씨역전(京氏易傳)』 3권이 있다(B.C. 77-37).

3_ 전국(戦国) 시대의 무장. 교토 문화를 애호하고 귀족 및 승려를 보호하였으나 가신인 스에 하루카타(陶晴賢)의 반역으로 자살하였다(1507-51).

자신의 영지에서 추방당했다.

에로쿠永禄, 1558-70 시절에 고겐인光源院[4]님 댁의 하인이 급사하였다. 이틀을 기다려도 소생하지 않았으므로 젊은 하인들이 시신을 치모토千本로 가져가 매장하려고 하자 별안간 되살아났다. 이를 다시 죽여서 묻으려고 하니 두 손을 모아 울며불며 살려달라고 애원하였다. 애처로운 마음에 집으로 데려와 방에 넣어두니 사오일이 지나자 예전 모습으로 되돌아왔다. 그 해 5월에 미요시三好, 마쓰나가松永가 반역을 일으켰다.[5]

시체는 음기陰氣이나 소생하면 양기陽氣가 되는 것이다. 이는 곧 하극상의 전조라고 하므로 장지에서 되살아난 자는 다시 집으로 돌려보내지 않고 죽이는 것이다. 이 이치가 맞는 것인지 틀린 것인지는 모르겠으나 죽은 사람의 가족은 아쉬움이 많이 남을 터이다.

4_ 무로마치(室町) 막부의 제13대 쇼군인 아시카가 요시테루(足利義輝, 1536-65).

5_ 1565년 양력 6월 17일, 세 명의 미요시(三好) 가문 무사와 마쓰나가 히사히데(松永久秀)가 도모하여 교토의 아시카가 요시테루(足利義輝)를 급습하여 살해한 에로쿠의 변(永禄の変)을 말한다.

유령, 남편을 만나다*

노지노 주타野路忠太는 고슈江州[1] 사람이고 부인도 같은 지방인 야스고을野洲郡 서민의 딸이었다. 부부 사이에 딸이 하나 있었는데 생후 6개월 만에 죽고 이후로 아이가 생기지 않았다. 에로쿠永禄 말년1570에 주타는 장사를 하기 위해 가마쿠라鎌倉로 내려갔다. 그러나 때마침 나라 이곳저곳에서 난리가 일어나 귀향길이 끊긴 바람에 주타는 3년 동안 집에 돌아가지 못하고 있었다. 그러던 어느 날 밤, 꿈에 아내가 나타났다. 벚나무 그늘에 서서 꽃잎이 지는 것을 보며 슬피 우는가 싶더니 갑자기 우물을 들여다보며 웃고 있는 모습이었다. 이상한 꿈이라고 생각한 주타는 점쟁이에게 해몽을 부탁하였다.

점쟁이가 말했다.

"꽃은 바람 때문에 지고 우물은 저승길을 뜻하니 불길한 꿈이구려."

---

*_ 오조소설(五朝小說)인 『영귀지(靈鬼志)』「당훤(唐晅)」의 번안.
『영귀지』에서 산서성(山西省) 사람 당훤은 당나라 개원(開元) 18년(730년), 볼일이 있어 낙양에 간다. 꿈속에서 꽃을 보며 울고 우물 안을 들여다보며 미소 짓는 부인의 모습을 보고 귀국하여 이 이야기와 같은 체험을 한다. 비교적 원화에 충실한 번안이나 단, 『영귀지』에서 주인공은 재혼하는 것으로 되어 있으나 이 이야기에서는 출가하는 것으로 변형되었다. 아사이 료이가 부부의 지고지순한 사랑을 부각시키고 있음을 알 수 있는 대목이다.

1_ 시가현 구사쓰시 노지초(滋賀県草津市野路町).

사흘 후, 인편으로 아내가 감기가 도져서 죽었다는 전갈이 당도하였다. 주타의 슬픔은 이루 말로 다할 수 없었다. 고생 끝에 간신히 고향으로 돌아온 주타는 아내의 극락왕생을 빌고 그녀의 손때가 묻은 물건들을 보며 새삼 그리운 마음에 눈물이 그칠 줄 몰랐다. '평소에도 금슬이 좋았는데 죽음을 앞두고는 얼마나 나를 보고싶어 했을까.' 이런 생각만으로 주타는 깊은 슬픔에 잠겼다. 무엇을 하든 슬픔은 점점 깊어만 가고 자나 깨나 부인의 모습이 눈앞에 아른거려 시를 읊었다.

"그리움에 지쳐 잠든 꿈길에 임 만났건만, 부질없어라 눈뜨니 모습 간 데 없어."

주타는 "당신을 그리워하는 내 마음을 헤아린다면 하다못해 꿈에라도 다녀가시오."라고 혼잣말을 되뇌며 세월을 보냈다.

마침 때는 가을로 달은 휘영청 밝고 바람은 서늘하였다. 담장 밑에서 귀뚜라미가 울고 풀숲에서 벌레 소리가 들렸다. 만사에 이슬과 경쟁하듯 눈물로 흥건한 베갯머리 고쳐 베며 돌아누워도 잠은 오지 않았다. 어느덧 밤도 이슥한 무렵, 어디선가 희미하게 여인의 울음소리가 들리는가 싶더니 점점 가까이 다가왔다. 주타가 가만히 귀를 기울이니 그 울음소리는 부인의 목소리를 닮아있었다.

'아내의 유령이라면 한 번쯤은 나를 찾지 않겠는가. 설령 이승과 저승에 경계가 있다고 해도 깊은 옛정을 죽은들 어찌 잊으리.'

그 때 부인이 창가에 다가와서 말했다.

"서방님, 저예요. 서방님께서 너무나 슬퍼하시는 모습을 황천에서 보다 못해 오늘밤 이렇게 찾아왔습니다."

주타가 눈물을 흘리면서 말하였다.

"내 마음을 어찌 다 필설로 형언할 수 있겠소. 노래를 읊조리고 시를 지어도 못다한 말이 산처럼 쌓였다오. 소원이니 단 한 번만이라도 당신 모습을 볼 수만 있다면 여한이 없겠소."

_ 유령이 되어 주타 앞에 나타난 부인

거듭되는 주타의 청에 부인이 울면서 대답하였다.

"이승과 저승은 그 길이 달라 서로 얼굴을 대면하기 어렵습니다. 설령 제가 모습을 드러낸다고 할지라도 아마 서방님께서는 의심하며 이상히 여기실 겁니다."

주타가 더욱 슬퍼하자 요시코余志子라는 이름의 어린 여종을 거느린 아내의 모습이 희미하게 눈앞에 나타났다. 주타가 이상히 여기며 물었다.

"요시코는 3년 전에 고향으로 돌아간 후 얼마 되지 않아 죽었다고 풍문으로 들었는데 어떻게 지금 여기에 있는 거요?"

요시코가 대답하였다.

"자나 깨나 주인님의 신변을 걱정하던 중 뜻하지 않게 병을 얻어 고향으로 돌아가게 되었습니다. 하지만 이후에도 병이 낫기는커녕 점점 깊어져 그만 이승을 하직하고 말았지요. 그러던 중, 마침 마님께서 황천으로 오셨기에 계속 모셔오다가 오늘도 이렇게 함께 오게 되었습니다."

주타가 초롱불을 밝혀 이들을 안으로 들이자 노파 한 명이 뒤따라 들어왔다. 누구인지를 묻는 주타의 물음에 부인이 대답하였다.

"이 노파는 제 유모입니다. 제가 죽은 것을 슬퍼하다가 '이제는 의지할 곳도 없다.'며 몸을 던져 목숨을 끊어서 오늘 밤도 저를 따라 오게 된 것이지요. 살아 있을 때는 양陽에 속해 있다가 죽으면 음陰으로 돌아가 이승과 저승의 길은 막히고 사는 곳도 바뀌지만 생각하는 마음만은 변하지 않습니다. 저승의 관원이 서방님의 진심에 감동하여 제게 잠시 동안의 시간을 허락하였습니다. 천 년에 단 한 번 뵙는 기쁨은 이루 말할 수 없사오나 다시 이별할 것을 생각하니 가슴이 찢어질 것만 같습니다." 이렇게 말하는 부인의 눈에서 눈물이 비 오듯 흘렀다.

주타가 물었다.

"부인, 저승에서는 무엇을 맛난 음식이라고 하오?"

"저승에서는 냄새나고 비린 것[2]을 꺼린답니다. 단지 모두가 좋아하는 음식은 죽입니다."

이 말을 들은 주타가 죽을 준비하여 대접하였다. 아내와 요시코, 노파 세 명이 입으로 가져가 먹는 듯이 보였으나 날이 밝은 후 보니 죽의 양은 조금도 줄지 않고 그대로 남아 있었다.

부인이 물었다.

"서방님, 6년 전 강보에 싸인 채로 저 세상으로 간 우리 아기를 보고 싶지 않으신지요? 지금은 많이 컸답니다."

"겨우 두 살에 세상 떠난 아이였는데, 저승에서도 세월에 따라 나이를 먹는단 말이오?"[3]

"세월이 지나 나이를 먹는 것은 이승과 저승이 다르지 않습니다. 그렇기에 죽은 후 49일 동안의 중음中陰[4]과 1주기를 비롯해서 50주기 모두 이승의 세월로 따져 기리는 것이지요."

잠시 후 죽은 딸이 나타나 아버지 앞에 무릎을 꿇고 절을 하였다.

2_ 생선이나 어패류 요리를 말한다.

3_ 이야기 첫머리에서 생후 6개월 만에 죽었다는 서술과 차이가 있다(본문 그대로 번역).

4_ 불교에서 사람이 죽은 후 다음 생을 받을 연(緣)이 정해지는 중간 단계인 49일 동안을 말한다. 이 기간 동안 유족들이 정성을 다해 7일마다 경을 읽고 부처님께 공양을 드리면 망자(亡者)가 좋은 곳에 환생한다고 한다. 비슷한 말로는 '중유(中有)'가 있다.

_ 죽은 부인과 딸을 만나는 주타

일곱 살 정도로 용모가 단정하며 천성이 영리하고 똑똑한 것처럼 보였는데 행동거지가 제법 의젓하였다.

주타는 눈물을 흘리며 딸의 머리를 쓰다듬으면서 말했다.

"네가 살아만 있다면 네 어미를 보는 듯 위안을 받을 텐데. 네가 저세상으로 가고 난 후에 두 번 다시 자식을 얻지 못했구나. 네가 살아 있다면 얼마나 의젓할 것이며 나 또한 든든할 터이거늘. 오늘 밤이 지나면 다시는 보지 못할 것이라 하니 그저 한스러울 뿐이다." 이렇게 말하며 애틋한 마음에 품에 안으려 하자 딸의 모습은 구름인 듯 연기인 듯 손에도 잡히지 않은 채 사라져 버렸다.

주타가 다시 물었다.

"황천에서는 어디에 거처하시오?"

"서방님의 선조로 노지野路라는 성의 제1대 조상님께서는 황천黃泉 안에서도 가장 높은 자리에 계시는데 마치 염라대왕의 모습과 같으십니다. 그 다음 대의 여러 조상님들께서는 천지사방에 가득하시므로 정해진 자리가 없습니다. 서방님의 조부모님과 부모님, 그리고 누님과 동생께서는 모두 한 곳에 계십니다. 저는 시어머님의 오른편에 자리하고 있습니다."

주타가 거듭 물었다.

"그렇게 사는 곳도 정해져 있고 신령스러운 일도 알 수 있다면 어째서 원래의 육신으로 돌아가 환생하지 않는 것이오?"

"사람이 죽으면 혼魂은 양陽으로 돌아가고 백魄은 음陰으로 돌아가게 됩니다. 중생의 선악을 살펴 복과 수명을 정하는 관원과 이를 염라대왕께 아뢰는 관원이 따로 있어 모두 표식을 해두고 육신은 흙이 되지요. 게다가 죽으면 모두 귀적鬼籍[5]에 오르게 되니 함부로 이승으로 돌려보내지 않습니다. 이는 마치 꿈속에서는 본인이 있는 장소도 모르고 혼백만이 여러 일들을 보는 것과 마찬가지입니다. 따라서 죽은 후에는 죽은 장소도 기억하지 못하고 장례를 치른 곳도 모르며 살던 곳마저 잊어버리게 됩니다."

슬픔을 억누르며 이야기를 나누는 사이에 어느덧 밤은 점점 깊어져갔다. 주타가 다시 입을 열었다.

"죽은 후 저승에서 만난 남녀가 다시 부부가 되는 일도 있소?"

"그런 일도 있기는 합니다만 사람의 도리를 아는 남자는 두 번 다시 부인을 맞이하지 않은 채 지내다가 원래 부인이 황천에 오면 그때 다시 만나 부부의 연을 이어가지요. 절개가 굳은 여인도 수절하다가 사바세계의 남편이 죽은 다음 다시 만나 부부가 됩니다. 개중에 비뚤어진 마음으로 함부로 악행을 저지른 사람은 죽은 후에 남녀를 막론하고 모두 지옥에 떨어져 부부가 되지 못합니다. 이는 마치 이승에서 죄를 지어 옥에 갇혀 있으면 부부가 따로 떨어져 지내는 것과 같은 이치이지요. 저 역시 서쪽 지방의 지체 높은 권세가에서 저를 부인으로 삼으려고 했으나 끝까지 정조를 지키려는 굳은 결심으로 마침내 그 획책에서 벗어나 이렇게 혼자 지내고 있습니다."

주타는 애달픈 마음 가눌 길 없어 오늘 밤만은 부디 천 일 밤을 합친 것만큼 길게 이어지기를 간절히 바랐다. 그러나 어느덧 첫닭 울음소리와 종소리가 들려왔다.[6] 새벽 구름 사이로 여기저기 사람들의 소

5_ 염라대왕전에 있다고 하는 죽은 이의 이름을 기록해 두는 장부, 점귀부(点鬼簿)라고도 한다.

6_ 「가을 밤, 천 날을 합쳐도 하고픈 말 다 못했건만 어느새 새벽닭이 우는구나(秋

맷자락이 보이기 시작하자 부인은 눈물을 흘리며 겉옷의 동정을 떼어 내어 시 한 수를 적었다.

"염주 구슬 같은 눈물, 상복에 싸서 남기니 이별의 정표로 받아주세요."

주타 역시 눈물을 흘리며 이를 받아들고 "저승에 가서도 잊지 않는다면 부디 이것을 날 본 듯 여기시구려."라며 은으로 된 향로를 부인에게 건넸다.

"스러진 넋이여, 길은 다를지언정 부디 잊지 마시오. 오늘밤 소매끝의 향내를."

마지막으로 주타가 간절히 물었다.

"세월이 지나면 언젠가 다시 만날 수도 있겠소?"

"앞으로 40년이 지나면 다시 오랜 가약을 맺을 수 있을 겁니다, 서방님."

목 놓아 울며 떠나가는 부인의 모습은 새벽 안개에 가려 어느 사이엔가 사라지고 말았다.

그 날 이후 주타는 세상살이가 속절없이 느껴져 상투를 자르고 승복을 걸쳐 입고 정처 없이 전국을 떠도는 행각승行脚僧이 되었다. 훗날 주타는 고야산高野山[7]에 들어가 오로지 독경과 염불을 외우며 죽은 아내의 극락왕생을 빌며 저승에서 해후하여 함께 연좌蓮座[8]에 앉기를 기원하였다.

の夜の千夜を一夜になせりともことば残りて鳥や鳴きなむ)」『伊勢物語22段』.

7_ 와카야마현(和歌山県) 북동부에 있는 해발 1,000m 전후의 산들로 둘러싸인 진언종(真言宗)의 영지(霊地).

8_ 서방정토에서 부처와 보살들이 앉는 흰 연꽃 모양의 대좌.

伽婢子

卷五

와도和銅의 엽전*

교토 시조四条의 북쪽, 오미야大宮의 서편에는 그 옛날 준와淳和 천황[1]의 별궁이 있었다. 이곳을 사이인西院이라고 부르는데 훗날 다치바나橘 황태후께서 이곳에 사셨다고 한다.[2] 세월이 흘러 궁전은 자취가 사라지고 그저 이름만 남았으며 지금은 농민들이 살고 있다.

분메文明, 1469-87 시절에 나가라노 쇼카이長柄昌快라는 이름의 학문과 수행이 뛰어난 소즈僧都[3]가 있었다. 세상을 등지고 사이인 마을에 암자를 지어 칩거하며 조용히 수행하고 있었다. 어느 날, 낯선 사람이 찾아왔다. 쉰 살 정도 되어 보이는데 그 모습이 여느 사람들과 달랐

---

*_ 오조소설(五朝小說)인 『박이지(博異志)』「영문본(岑文本)」의 번안.
『박이지』는 당나라 정관(貞觀, 627-649) 시절, 영문본(岑文本)이라는 관리가 공무를 마치고 산속 정자에서 낮잠을 자던 중, 꿈속에서 '상청동자(上淸童子)'라고 이름을 밝힌 자가 찾아와 이야기를 나눈다는 줄거리이다. 이 이야기는 『박이지』와 대동소이하다. 단, 원화에서는 동자가 사라진 자리에 오래 된 무덤이 있고 그 안에서 엽전 한 닢이 나온다. 10년 후, 영문본이 중서령(中書令)이란 관직에 올랐을 때 이 엽전을 잃어버리고 그 후 얼마 지나지 않아 사망한다.

1_ 헤이안(平安) 초기, 제53대 천황(재위: 823-833). 사이인(西院) 천황이라고도 한다.

2_ 사이인은 준와 천황이 죽은 뒤, 그의 황후인 마사코 내친왕(正子內親王)이 출가하여 머무른 곳이다. 다치바나 황태후란 마사코 내친왕의 어머니이자 사가(嵯峨) 천황의 황후인 다치바나 가치코(橘嘉智子)를 일컫는 것으로 본문의 내용은 역사적 사실과 거리가 있다.

3_ 승관(僧官)의 두 번째 계급으로 소조(僧正) 다음에 위치하는 자리.

다. 정수리 부분은 둥글고 그 아래쪽은 각이 진 모자를 쓰고 옅은 주황색의 평상복을 입었다. 아주 가는 실로 짠 옷감은 마치 매미날개처럼 가볍고 얇았다. 자신의 이름을 지치부 카즈미치秩父和通라고 밝힌 남자는 소즈와 마주앉아 이런저런 이야기를 하였다.

"저는 원래 무사시武蔵 지방, 지치부秩父 고을[4] 사람입니다. 중년이 되어 서울로 상경한 이후 방방곡곡 안 다녀본 곳이 없고 안 본 곳이 없지요."

소즈는 이 자가 사람이 아님을 간파하고 적당히 문답을 나누며 시간을 보냈다. 남자는 진언종眞言宗의 삼부경三部經,[5] 금강계金剛界와 태장계胎蔵界인 양부 만다라兩部曼茶羅,[6] 인명 다라니印明陀羅尼,[7] 관정灌頂[8]에 이르기까지 심오한 이치를 설명하였는데 소즈가 미처 깨닫지 못한 것도 많았다. 또한 세상이 변해가는 양상, 과거와 현재의 일도 눈앞에서 본 듯이 이야기하였다.

소즈가 물었다.

"댁이 쓰고 계신 모자는 여느 일본의 모자와 다르군요. 바깥은 둥글고 안쪽은 각진 모양에 무슨 연유라도 있습니까?"

카즈미치가 대답하였다.

"무릇 천지만물의 형태는 가지가지이지만 결국 둥글지 않으면 모

4_ 사이타마현 지치부(埼玉県秩父).

5_ 진언종의 중요한 세 가지 경전으로 대일경(大日經), 금강정경(金剛頂經), 소실지경(蘇悉地經)을 말한다.

6_ 만다라는 밀교(密教)에서 우주의 진리, 부처의 개달음의 경지를 표현한 그림으로 금강계(金剛界)는 금강정경(金剛頂經)을, 태장계(胎蔵界)는 대일경(大日經)의 가르침을 바탕으로 한 만다라이다.

7_ '인(印)'은 진언 밀교에서 모든 부처와 보살의 본서(本誓)를 표시하는 수상(手相)이며 '명(明)'은 입으로 외우는 진언(眞言)을 말한다. 한편 다라니(陀羅尼)란 수행자를 지켜주는 신비한 힘을 갖는다고 믿어지는 주문으로 비교적 긴 구절로 이루어진 것을 말한다.

8_ 불교에서 수계(受戒)하여 불문에 들어갈 때 여래(如來)의 오지(五智)를 상징하는 물을 정수리에 끼얹는 의식.

난 것, 이 두 가지 외에는 없지요. 나는 외형은 둥글지만 마음은 모가 나 있다오. 하늘은 둥글지만 땅은 모가 나 있지. 둥글다는 것은 한쪽에 치우치지 않은 것을 말하며 모나다는 것은 성정이 바르다는 것이오. 그러니 나의 도는 만물 어느 한 곳에 쏠리지도 않을뿐더러 부족하지도 않다오. 바르고 구부러지지 않소. 이런 것을 나타내려고 쓴 모자라오."

_ 소즈를 찾아온 카즈미치

"입고계신 옷이 무척 가볍고 가는 실로 짠 듯 얇은데 이는 어느 나라에서 짠 옷감인지요?"

"이 옷은 오수의五銖衣[9]라는 것이라오. 천상의 옷은 삼수三銖이나 하계下界[10]의 옷은 모두 무거워서 오수, 육수이지."

소즈는 역시 상대가 인간이 아님이 분명하다고 생각하며 재차 물었다.

"댁은 정녕 어떤 분입니까? 이름을 밝혀주시지요."

이 말에 카즈미치가 껄껄 웃으며 대답하였다.

"소즈께서 도심이 깊기에 이렇게 와서 이야기를 나누지만 내 이름을 밝힐 수는 없소. 이름을 밝히지 않아도 머지않아 자연히 알게 될 것이오. 오늘은 해도 졌으니 이만 실례하겠소." 이렇게 말한 나그네는 자리에서 일어나 나갔다. 그가 사라진 곳을 뒤쫓았지만 암자 동쪽

9_ '수(銖)'는 무게의 단위로 1냥의 1/24, 즉 약 0.15g. 따라서 '오수의'란 약 0.75g 정도 무게의 가벼운 옷이라는 의미이다.

10_ 인간 세계.

_ 땅 속에 묻혀 있던 엽전

으로 20칸약 1.8m 정도 떨어진 대숲 앞에서 행방을 놓쳐버렸다.

다음 날 소즈가 마을사람들에게 부탁하여 그 곳을 파보니 3척약 90㎝ 정도 깊이에서 상자 하나가 나왔다. 상자 안에는 엽전 백 푼[11]이 있고 그 밖에는 아무것도 없었다. 소즈가 엽전을 꺼내보니 와도통보和銅通宝라는 오래 된 엽전이었다. 곰곰이 생각해보니 지치부 카즈미치秩父和通는 이 엽전의 정령精靈인 게 분명하였다.

소즈는 땅을 판 사람들을 불러놓고 이야기를 들려주었다.

"처음부터 그 사람 행색이 예사롭지 않았거든. 지금 와 생각해보니 그 옛날 우리나라 43대 겐메이元明 천황[12] 시절, 7월에 무사시武蔵 지방의 지치부 고을에서 처음 구리銅를 헌상했다네. 그 때 도읍은 셋쓰摂津 지방[13]의 나니와難波 궁이었고. 이를 기념하여 게이운慶雲 5년의 연호를 와도和銅 원년으로 고쳤거든. 그리고 이 해에 처음으로 헌상된 동으로 엽전을 주조시켰지.[14] 그러니 지금 이 와도통보라는 오래된 엽전은 필시 그 당시의 엽전임이 분명해.

그 사람의 모자가 밖이 둥글고 안이 모가 난 것도 엽전의 모양을

11_ 엽전의 단위. 한 돈의 1/10.

12_ 나라(奈良) 시대의 여제(女帝)로 덴치(天智) 천황의 네 번째 황녀(661-721).

13_ 오사카후(大阪府).

14_ 겐메이 천황이 재위하던 708년, 정월에 처음으로 구리가 헌상되어 그 해 5월 은전(銀錢)인 '와도가이호(和同開珎)'가 발행되고 8월에 동전(銅錢)이 발행되어 유통되었다.

본뜬 것이지. 푸른 색 겉옷은 동에 녹이 슨 것을 본뜬 것일 테고, 오수의 옷 무게는 곧 엽전의 무게를 나타내며 카즈미치和通라는 이름도 와도통보和銅通宝를 줄인 것일 게야. 지치부 사람이라는 건 원래 동이 처음 나온 곳이라는 의미일터. 거기서 서울로 올라가 여러 지방을 구석구석 돌아다니며 구경했다는 것은 엽전이 되어 여러 곳에서 쓰이고 유통된 것을 의미하는 것이 분명할 터.

원래 엽전의 바깥이 둥근 것은 하늘을 본뜬 것이고 안쪽의 네모난 구멍은 땅을 상징하며 앞뒷면은 음양을 나타낸다네. 네 개의 문자는 사방을 의미하며 만든 연호를 표시하여 천하를 풍요롭게 만드는 보물로 삼거든. 엽전은 발이 없어도 멀리 가며 날개가 없어도 높이 날아오르는 법. 인상이 험악한 사람도 엽전 앞에서는 미소짓고 말수 적은 사람도 엽전을 보면 입을 벌리지. 두예杜預는 좌전左傳을 집필하는 낙으로 살았고, 낙천樂天에게 시가 있었다면 번광樊光은 돈에 목숨을 걸었지.[15] 하지만 사람 모두 엽전에 울고 웃는 법, 엽전만 있다면 귀신도 부리고 군사도 부리니 이것만큼 신통한 요술은 없을 걸. 욕심 많은 사람이 엽전을 보면 굶주린 자가 먹을 것을 본 것과 같고 탐욕스러운 사람이 엽전을 얻으면 병자가 의사를 만난 것과 같으니 진정한 보물이고말고."

소즈는 이렇게 말하며 껄껄 웃고는 백 푼의 엽전을 마을 사람들에게 나누어주고 자신은 진언종의 다라니를 외우며 공양을 마쳤다. 이

15_ 두예(杜預, 222-284)는 진나라 장군이 되어 오나라를 정벌하고 중국 재통일에 기여한 인물로 『춘추(春秋)』의 문장을 『좌전(左傳)』과 묶고 주석을 달아 오늘날의 『춘추좌씨전(春秋左氏傳)』의 형태를 만들었다. 그는 이 서적에 심취하여 '좌전벽(左傳癖)'이라는 별명으로 불렸는데 『춘추좌씨전』의 가장 오래 된 주석서인 『춘추좌전집해(春秋左傳集解)』를 저술하였다. 한편 낙천(樂天)은 중국 중당 시대(766-826)의 시인으로 문학 창작을 삶의 보람으로 여겨 3,840편의 작품을 남겼다. 한편의 시가 완성될 때마다 노파에게 읽어주고 어려워하는 곳을 찾아 고치기까지 할 정도로 퇴고(推敲)에 열심이었다고 한다. 번광(樊光)은 송(宋) 나라의 관리로 탐욕스러운 인물의 전형으로 일컬어진다.

후로 마을사람들은 대대로 부유하였기에 모두 소즈를 공경하고 받들어 모셨다. 그러나 훗날 야마나山名의 난[16]을 만나 마을 사람들이 뿔뿔이 흩어지고 소즈의 행방도 알 수 없었으며 오래 된 엽전도 모두 없어졌다고 한다.

16_ 오닌의 난(応仁の乱, 1467-77)에서 서군(西軍)의 지휘관이었던 야마나 모치토요(山名持豊)를 일컫는 것으로 짐작되나 본문과의 시대적 배경에서는 차이가 난다. 오닌의 난은 8대 쇼군인 아시카가 요시마사(足利義政)의 후계 계승 문제를 기화로 쇼군 다음 가는 최고 관직인 간레이(管領)를 독점하던 호소카와(細川) 가문과 야마나(山名) 가문을 중심으로 11년간 지속된 내란이다.

유령, 장수를 평하다*

고슈甲州의 군나이郡内[1]라는 곳에 쓰루세 안자에몬鶴瀨安左衛門이라는 사람이 살았다. 원래는 에린사惠林寺[2]의 행자였다가 나중에 안조스安藏主라는 이름이 되었다. 착하고 총명하므로 다케다 신겐武田信玄[3]이 거두

---

*- 전등신화(剪燈新話)』 4-1 「용당영회록(龍堂靈會錄)」의 번안.

원나라 원통 연간(元統, 1334-34)에 시를 잘 짓기로 소주(蘇州) 일대에서 유명한 문인자술(聞人子述)이라는 사람이 살았다. 하루는 오강(吳江)에 있는 용왕당(龍王堂)을 지나다 흰 용이 하늘을 향해 걸려 있는 신기한 모습을 보고 시를 지었다. 이에 용왕이 감복하여 그를 용궁으로 맞이하고 그 곳에서 월나라 정승인 범려(范蠡), 진나라 사군(使君)인 장한(長翰), 당나라 처사 육구몽(陸龜蒙)을 소개받는다. 그런데 뒤늦게 오나라의 오자서(伍子胥)가 나타나 범려의 허물을 꾸짖는다.

이 이야기의 후반부가 바로 이러한 원화를 배경으로 꾸며진 것을 알 수 있다. 그러나 원화에서 용궁이라는 비현실의 세계를 독자들의 기억에도 생생한 전국(戰國) 시대라는 현실 세계로 번안한 점, 그리고 다케다 신겐, 나가오노 겐신, 호조 우지야스 세 장수의 비평을 덧붙인 점에 독창성이 인정된다. 더욱이 아사이 료이는 세 장수들의 장단점 및 노부나가의 기량을 언급하는 부분은 1653년 간행된 『甲陽軍鑑評判』을 그대로 인용하고 있다. 『甲陽軍鑑評判』은 주로 다케다 신겐 및 그의 아들인 가쓰요리 시기를 중심으로 다케다 가문의 전력, 전술을 기록한 군학서(軍學書)이다. 즉 이 이야기는 죽은 영혼을 맞이하는 날 밤, 전사한 장수가 나타나 노부나가가 대업을 이루기까지의 역사를 예고한다는 줄거리로 근세 초기의 독자들이 더욱 생생히 다가오는 이야기로 재탄생된 것이다.

1- 야마나시현 쓰루군(山梨県都留郡) 일대.

2- 야마나시현 고슈시에 있는 임제종(臨濟宗) 사찰로 다케다 신겐(武田信玄)의 묘가 있다.

3- 가이[甲斐, 야마나시현(山梨県)]와 시나노[信濃, 나가노현(長野県)]를 통치하던

어 환속시켜 얼마간의 녹봉을 내리고 쓰루세 안자에몬이라고 불렀다.

에로쿠永禄 9년1566 7월 15일, 쓰루세는 우란분盂蘭盆[4] 공양을 위해 고후甲府로 나와 일가와 차례를 지냈다. 해질녘이 되어 에린사의 가이센快川 스님을 만나뵙기 위하여 마을 서쪽으로 향하였다. 그런데 어찌된 셈인가 뒤따르던 부하와 하인들은 길을 잃었는지 한 명도 보이지 않았다. 이윽고 홀로 에린사에 당도한 쓰루세는 산문山門 밖에서 아와지淡路[5] 수령인 다다多田[6]와 마주쳤다.

'이 사람은 신겐 공이 아끼던 아시가루足軽[7]의 대장 아닌가? 무용武勇과 역량을 인정받아 이름을 이웃 지방의 여러 장수들에게도 널리 떨치고 신슈 도가쿠시산信州戸隠山[8]에 들어가 귀신을 베어버릴 정도로 용맹한 자이지. 하지만 3년 전, 섣달 스무이튿 날 분명히 병사病死하였는데 이렇게 만나다니 혹시 내가 꿈을 꾸고 있는 게 아닐까?'

쓰루세가 이렇게 생각하고 이상한 마음에 다가가자 상대편이 말을 걸어왔다.

"마침 잘 오셨소. 지금 절 앞마당에 몇 명이 모여 정령精靈들이 다시 저세상으로 돌아가는 것을 배웅하고 있는데 들어가셔서 같이 즐기시지요."

다다가 쓰루세를 데리고 절 안으로 들어서니 마당에 자리를 깔아 두고 다른 한 편에는 부하와 하인들 여럿이 주인을 기다리는 듯 옹기종기 앉아 있었다. 잠시 후, 에치고越後 나가오노 겐신長尾謙信[9]의 가신

전국 시대 다이묘(大名, 1521-73).

4_ 일본 명절인 오봉(お盆) 시기. 7월 13일 내지 15일에 죽은 이의 영혼을 맞이하는 혼맞이(魂迎え)를 행하는데 보통 16일에 끝을 맺지만, 시대나 지역에 따라 20일, 24일, 8월 3일 등, 다소 차이를 보인다.

5_ 효고현 아와지시마(兵庫県淡路島).

6_ 다다 산파치로(多田三八郎, ?-1563), 전국(戦国) 시대 무장으로 2대에 걸쳐 다케다 신겐을 모신 가신이다.

7_ 평상시에는 막일에 종사하고 전시에는 도보로 뛰던 졸병으로 무사 계급의 최하위.

8_ 나가노현(長野県) 북부의 신에쓰(信越) 국경 근처에 솟은 표고 1,904m의 산으로 예로부터 산악신앙의 터전이 되었다.

인 나오에直江 야마시로山城 수령[10], 호조 우지야스北条氏康[11]의 가신인 호조 사에몬노스케北条左衛門佐[12], 다케다 신겐武田信玄의 병법兵法 스승으로, 출가한 후 도기道鬼라는 법명을 가진 야마모토 간스케山本勘介[13]가 나왔다. 야마모토가 상좌에 앉고 나오에가 그 다음에 자리잡았다. 그 아래에 호조 사에몬이 앉아 여러 가지 병법에 대해 서로 이야기를 나누었다.

먼저 호조 사에몬이 말문을 열었다.

"원래 다케다 신겐은 지략과 무용을 겸비하였지요. 사려가 깊고 군사를 지휘하는 데에도 항상 빈틈이 없어 병사의 사기도 떨어지지 않고 기세도 잃지 않습니다. 적과 맞서 싸울 때는 마치 물이 흐르는 듯하고 싸워 이겼을 때는 맑은 하늘에 별들이 찬란히 빛나는 듯합니다. 단 늠름한 기상은 수정구슬에 견줄 만하나 스스로 무용을 뽐내기만 할 뿐, 다른 장수들과 화합을 도모하지 않습니다. 홀로 어지러운 전국戰國의 틈바구니에 끼어 일생을 적으로 인해 괴로움을 당할 것입니다.

군사를 움직임에 있어 아군과 적군의 실상을 잘 파악하여 세력 안배에 능합니다. 하지만 기습 작전과 정면 공격의 전술을 겸비하지 못하였기에 소소한 승리는 얻지만 크게 이기지는 못합니다. 위험한 전투를 감행하지 않기에 크게 잃는 것도 없지요. 위세가 드높이 빛나지만 대업은 이루지 못하고 단지 자신의 영지를 지키는 정도에 머물러 끝내 천하를 수중에 넣지는 못할 것입니다."

9_ 우에스기 겐신(上杉謙信, 1530-78), 전국 시대 에치고 지방[越後国, 니이가타현(新潟県)]의 다이묘(大名)로 '에치고의 용'으로 불렸다. 내란이 지속되던 에치고를 통일하고 산업을 진흥하여 번영시켰다.

10_ 나오에 카게쓰나(直江影綱, 1509-77), 전국 시대 및 아즈치 모모야마(安土桃山) 시대의 장수로 3대에 걸친 나가오 가문의 가신.

11_ 다케다와 교전하였으나 후에 평화협정을 맺어 관동 남부를 평정하여 호조 가문의 전성기를 구축한 전국 시대 무장(1515-71).

12_ 호조 쓰나나리(北条綱成, 1515-87), 전국 시대 호조 가문의 가신.

13_ 다케다의 다섯 명신(名臣) 가운데 하나로 손꼽히는 다케다의 전설적인 군사(軍師, 1493-1561?).

이번에는 야마모토 간스케가 말했다.

“무릇 모든 장수는 한 가지 덕 정도는 갖추고 있게 마련입니다. 단지 하나의 전술에만 치우쳐 변화무쌍한 병법兵法을 쓰지 못하니 큰 공을 이루지 못하는 거지요. 반면에 나가오노 겐신은 에치고越後[14]에서는 둘도 없는 맹장猛將입니다. 성품이 우직하고 늠름한 것은 견줄 자가 없습니다. 몸은 에치고에 두었지만 위세는 도카이東海[15]와 호쿠리쿠北陸[16]까지 떨치고 적과 싸워 무찌르지 않은 적이 없습니다. 민첩하게 전쟁에 임하여 기습과 정면 공격 등의 변화무쌍한 전술을 자유자재로 구사하니 대군을 다루는 일을 마치 자신의 수족을 움직이듯 하지요. 큰 적을 앞에 두고도 벌레 정도로 여기며 급습하고 신속히 빠지는 일을 모래를 뿌리는 듯 해치웁니다. 누가 감히 그 창 앞에 나설 수 있겠습니까.

하지만 오직 용맹만을 앞세워 하찮은 작은 전투에 노련한 군사를 내보내 허비해 버리는 게 흠입니다. 훗날을 도모하여 내실을 다지는 일을 소홀히하고 스스로 용맹한 기상만을 앞세우니 충성을 다하는 군사가 있어도 끝내 대업을 이루기 어려울 겁니다.”

잠자코 이야기를 듣고 있던 나오에 야마시로 수령이 입을 열었다.

“듣고 있자니 그 어떤 장수도 칭찬할 때는 그 덕이 드러나 마치 청천에라도 닿을 듯하고 비난할 때는 흠이 드러나 심연에라도 잠길 듯하외다. 장점도 단점도 한 마디로 단정지을 수 없으며 이도 저도 다 한때인 거지요. 한 가지 확실한 것은 천명 없이는 대업[17]을 이룰 수 없다는 것입니다.

장수 가운데 호조 우지야스는 천성이 온화하여 사람들이 잘 따르

14_ 니이가타현(新潟県).

15_ 태평양 연안 지역.

16_ 니이가타현을 제외한 후쿠이(福井), 이시카와(石川), 도야마(富山)의 세현.

17_ 일본 천하를 통일하는 일.

_ 에린사의 뜰에 둘러앉아 여러 장수의 장단점을 평하는 유령들

고 착실히 학문과 무예를 연마하지요. 군사를 움직임에 있어도 침착하고 기본을 굳건히 지켜 적을 이기는 데 칼을 쓰지 않아요. 자신의 군세를 익히 알기에 군사를 헛되이 잃지 않고 오직 천운을 기다리며 섣부르게 위험을 자초하지 않습니다. 이런 까닭에 이득을 얻기까지 더디지만 일단 얻은 후에는 잃는 일이 없습니다.

그러나 항상 권위를 안으로 숨기고 겸손을 앞세운다고 하지만 이는 때에 따라서 무능한 장수만도 못하게 되는 법이지요. 우지야스는 화평을 좋아하고 군사들을 아끼는 탓에 용맹스러움에서는 신겐과 겐신에 뒤처지는 듯 보이나 덕치德治의 공은 뛰어납니다. 하지만 천하대업을 위한 노력은 소홀하여 끝내 대업을 이루지 못하니 그 명성이 조금 떨어지지요."

그 때 아와지 수령인 다다가 앞으로 나서며 말했다.

"여러 장수들의 품평이 나름대로 일리는 있지만 우리들이 어찌 명장名將의 심오한 마음을 헤아릴 수 있겠습니까? 분명 깊은 뜻이 있을 것입니다. 천길 둑도 개미구멍을 시작으로 무너진다고 합니다. 신겐, 겐신, 우지야스는 지금 전국戰國 시대의 여러 장수들 가운데 가장 뛰어난 명장으로 명성을 떨치고 있지만 또 한편에서는 여러 지방에서 동족同族 무사들끼리 군사를 일으켜 권력을 도모하는 무리들이 상당히 많습니다. 만약 이들이 뜻밖에 발흥한다면 명장도 이러한 신분이 낮은 장수에게 무릎을 꿇는 일이 없다고도 할 수 없는 시절입니다.

신겐, 겐신, 우지야스 이 세 사람은 마치 세발솥의 다리처럼 버티고 서서 서로 위세를 떨친다고는 하나 한편으로는 신분이 낮은 신진 장수들을 두려워하지 않을 수 없을 겁니다. 최근에 비슈尾州[18]의 오다 노부나가織田信長[19]는 일찍이 천하 대업의 뜻을 품고 오미近江[20]를 손에 넣으며 점점 대군이 되어가고 있습니다. 고지弘治 2년1556, 맹장으로서 자부심이 대단한 스루가駿河의 이마가와 요시모토今川義元[21] 대군을 하루아침에 무찔렀지요.

노부나가는 책략이 깊고 멀리 내다보기에 강건, 무용, 지략을 겸비한 신겐에게 접근하는 한편 끈끈한 인연을 만들고자 자신의 고모를 호키伯耆 수령인 아키야마秋山[22]의 부인으로 만들고 조카딸을 다케다

18_ 아이치현(愛知県) 서부.

19_ 전국 시대 세 영웅 가운데 하나. 오와리 성주인 아버지 오다 노부히데(織田信秀)의 뒤를 이어 탁월한 수완을 발휘하여 집안을 전국 최대 세력으로 키웠다. 천하통일을 목전에 두고 가신인 아케치 미쓰히데(明智光秀)의 모반으로 혼노사(本能寺)에서 횡사하였다(1534-82).

20_ 시가현(滋賀県).

21_ 스루가 후추[駿河府中, 시즈오카현(静岡県)]에 본거지를 둔 다이묘. 아시카가 가문에서 분가한 이마가와(今川) 가문 출신으로 혼인 관계를 통해 다케다 신겐이나 호조 우지야스와는 의형제가 되었다. 군사 개혁 등의 경영 및 외교에도 재능을 발휘하여 전국 시대에 이마가와 가문의 최전성기를 구축하였으나 1560년, 오케하자마(桶狭間) 전투에서 오다 노부나가에게 기습당하여 전사하였다(1519-60).

22_ 다케다 신겐의 가신. 무용과 지략을 겸비하여 1568년, 오다 노부나가의 아들과 신겐의 딸의 혼약시에도 공을 세워 노부나가의 신임을 받았다. 1573년, 이와무

가쓰요리武田勝頼[23]에게 시집보냈습니다. 그리고는 쉴새없이 고후로 사절을 보내어 갖은 선물을 바치며 오로지 신하가 군주를 떠받들듯 신겐의 비위를 맞추고 아첨을 하였어요. 이는 잠시 신겐의 무용을 잠재우고 경계를 늦추게 만든 후, 정면 공격하기 위한 것이었습니다.

노부나가의 책략 가운데 첫 번째는 고겐인光源院 요시테루義輝[24] 공의 동생인 요시아키義昭[25] 공을 내세워 의병을 일으킨다는 명목하에 군사를 모아 적을 친 것입니다. 두 번째는 먼저 나라를 다스린 연후에 적을 공격하고 군을 완성한 다음, 적을 물리치는 정치입니다. 이에 따라 먼저 기나이機内 다섯 지방[26] 가운데 약한 곳을 공격하여 세력을 늘리고 도카이와 호쿠리쿠의 강적들의 환심을 사서 안심시킨 후에 치려고 하는 것입니다. 세 번째는 주고쿠中国와 사이카이西海[27]의 약한 적에게는 위세를 과시하여 크게 겁을 주고 도호쿠東北의 강적에게는 납작 엎드려 비위를 맞추는 것입니다. 이미 가신을 늘리고 많은 군사를 모아 남보다 앞서 교토를 점령하였지요. 지금 세상에서는 기필코 노부나가가 천하를 수중에 넣을 것입니다. 신겐, 겐신, 우지야스는 하릴없이 자신의 영지를 지키려고 애쓰다 죽을 것이구요."

이 이야기에 좌중이 모두 동조하고 있으려니 조슈上州[28] 미노와箕輪의 성주이자 시나노信濃 수령인 나가노長野[29]가 들어왔다. 나가노는

라성(岩村城)을 함락시키고 성주인 도야마 카게토(遠山景任)의 미망인이자 노부나가의 고모인 오쓰야(おつや)를 정실로 맞이하였다(1527-73).

23_ 다케다 신겐의 넷째 아들. 1565년, 오다 노부나가의 조카딸이자 양녀인 도야마(遠山)부인과 혼인하였다(1546-82).

24_ 무로마치(室町) 막부의 제13대 쇼군인 아시카가 요시테루(足利義輝, 1536-65).

25_ 무로마치(室町) 막부의 제15대 쇼군. 1565년, 요시테루가 마쓰나가 히사히데(松永久秀)에게 죽임을 당하자 환속, 1568년, 오다 노부나가에 의해 입경하여 쇼군이 되었다(1537-97).

26_ 야마토(大和), 야마시로(山城), 가와치(河内), 이즈미(和泉), 셋쓰(摂津)의 다섯 지역으로 주고쿠(中国) 지방을 말한다.

27_ 규슈(九州).

28_ 군마현(群馬県).

29_ 나가노 나리마사(長野業正), 다케다 신겐이 두려워할 정도의 맹장(猛將)이었다

관동關東의 우에스기 노리마사上杉憲政[30]의 가신이자 대대로 우에스기 가문을 섬기는 무사로 지략에 있어 따라올 자가 없었다. 다케다 신겐에 맞서 7년 동안 싸우다가 결국 병사한 후, 아들인 나가노 나리모리長野業盛가 곧 신겐에게 미노와 성을 함락당해 일가가 몰락하였다. 이런 나가노가 자리에 나타나 좌우를 둘러보니 야마모토 간스케가 제일 상좌에 앉은 채로 방약무인하게 굴고 있던 것이었다.

나가노는 사람들에게 눈길도 주지 않고 곧장 야마모토가 앉아 있는 자리로 올라가 칼집에 손을 얹으며 말했다.

"야마모토의 방약무인한 행동이야말로 용서할 수 없다. 너는 무슨 큰 공을 세웠기에 지금 이렇게 거만하게 구는 것이냐? 무릇 너는 세 가지 대죄를 저질렀다. 하지만 세상 사람들은 이를 모르기에 천 년의 이끼가 낀 무덤 밑 저승에서까지 제멋대로 병법의 달인인 냥 행세하고 있구나. 나는 이 자리에서 이를 알리고 네 죄를 숨김없이 낱낱이 밝힐 것이다."

그러자 야마모토 간스케는 얼굴색 하나 바뀌지 않고 대꾸하였다.

"그렇다면 어서 말씀하시오. 소상히 한번 들어봅시다."

나가노가 말을 이었다.

"그 옛날 신겐이 아직 젊어 여색에 빠져서 나라를 돌보지 않았을 때, 이타가키노 노부카타板垣信形[31]가 이를 잘 타이르자 마음을 고쳐먹은 신겐은 적을 무찌르고 나라를 넓히는 일에 전념하였다. 그 무렵 신슈信州의 스와 요리시게諏訪頼重[32]가 항복하여 부하가 되어 고후에 왔었지. 네가 신겐에게 '이 자를 치고 성을 빼앗지 않으면 전진기지

(1491-1561).

30_ 무로마치(室町) 막부의 관동 간레이(管領)를 역임하는 우에스기 가문의 무장(1523-79).

31_ 다케다 신겐의 부친인 노부토라(信虎)와 신겐 2대에 걸친 가신(1489-1548).

32_ 시나노 지방의 다이묘로 다케다 가쓰요리(武田勝頼)의 외조부(1516-42).

를 얻을 수 없으며 신슈는 끝내 손에 넣지 못할 것입니다. 요리시게를 속여 제거한 후에 신슈를 칠 궁리를 하십시오.'라고 간언한 탓에 어이없게도 투항한 사람을 죽였다.

사냥꾼도 궁지에 몰려 품안에 들어온 새는 죽이지 않는다고 한다. 하물며 순순히 항복한 요리시게를 죽인 것은 인간의 도리가 아니며 몰인정한 처사가 아니고 무엇이겠느냐. 설마 이를 두고 전술이라느니 지략의 하나라고 말할 수 있겠느냐. 매정한 처사는 원래 무사도의 본연이 아니며 호랑이와 늑대의 마음과 같다고 할 수 있을 것이다.

더욱이 요리시게의 딸이 용모가 고운 것을 본 신겐은 사심을 품어 자신의 첩으로 삼고자 네게 은밀히 의논하였지. 이에 네놈은 '무엇을 망설이십니까.'라고 신겐을 부추겨 끝내 그녀를 첩으로 삼게 하였으니 그 간계가 너무나 교활하구나. 사람의 본성을 버리고 올바른 도리를 잃었다. 눈앞에서 시퍼런 칼날로 목을 베어버린 적장의 딸을 데려와 첩으로 삼고 상대의 슬픔은 아랑곳하지 않은 채 자신의 욕정만을 채우는 것은 인자仁者가 할 짓이 아니다. 그런데 너는 어째서 바른 도리를 내세워 신겐을 훈계하지 않았더냐?

이 첩에게서 가쓰요리勝頼가 태어났다. 장남인 요시노부義信[33]의 계모가 된 이 여인은 사욕이 많고 언변이 뛰어나 의붓자식인 요시노부를 미워해서 여러 가지로 없는 말을 꾸며 이간질을 했다. 신겐이 제아무리 지혜로운 사람이라고는 하지만 여색에 빠져 총기가 흐려졌기에 첩의 말만을 믿고 요시노부를 죽이고 말았지. 그 밖에 대대로 충성을 바친 가신인 오부飯富[34]를 비롯하여 80여 명의 무사와 다년간 공을 세운 아군 등, 죄 없는 사람들도 죽게 만들었다. 이 모든 원인은

33_ 다케다 신겐의 적자(嫡子). 1561년, 가와나카지마 전투를 치룬 후, 아버지인 신겐과 불화를 겪었다. 이윽고 1567년 반역죄로 유폐되어 할복을 명령받아 일생을 마감하였다(1538-67).

34_ 오부 토라마사(飯富虎昌, 1504-65), 노부토라(信虎)와 신겐 2대에 걸친 가신.

모두 네가 간계만을 꾸미고 직언하여 말리지 않고, 도리에 어긋나는 일을 좇아 입을 다물었기 때문이니 이것이 너의 첫 번째 대죄이다.

신겐의 부친인 노부토라信虎[35]는 고집불통에다가 괴팍한 성질이지. 노부토라는 신겐이 아직 하루노부晴信라고 불리던 시절에 신겐을 추방하고 차남인 노부시게信繁에게 집안을 물려주려고 하였어. 신겐은 장인[36]인 이마가와 요시모토今川義元와 공모하여 노부토라를 쫓아내고 상속을 가로챘다. 노부토라는 스루가駿河에 유폐되어 우지자네氏真[37]의 수발을 받으며 겨우 목숨만 부지한 채 세월을 보내고 있었지. 훗날 신겐이 스스로의 불효를 깨닫고 노부토라를 고후로 다시 모셔와서 못 다한 효도를 하려고 했지. 그런데 네가 이를 가로막으며 '노부토라님께서 돌아오시면 또 나쁜 마음을 먹고 집안을 어지럽게 하실 것입니다. 그냥 이대로 버려두시지요.'라며 말리지 않았더냐. 그 바람에 아직까지도 슨뿌駿府[38]에서 떠돌게 만들어 후대에도 신겐을 불효자로 남게 만드니 이 모두가 너의 간교한 불의不義 때문인바, 이것이 두 번째 대죄이다.

가와나카지마川中嶋 전투[39] 때, '오늘 군사 배치는 간스케가 맡아서

35_ 다케다 노부토라(武田信虎, 1494-1574), 가이[甲斐, 오늘날 야마나시현(山梨県)] 지방의 슈고 다이묘. 1507년, 집안의 대를 이을 상속자가 되어 어지러운 가이 지방을 통일하였다. 1541년, 적자인 신겐의 쿠데타로 인해 사위인 이마가와 요시모토가 있는 곳으로 추방당하였다. 이후 여러 곳을 전전하다 1574년 시나노(信濃)로 돌아와 81세로 생을 마감하였다.

36_ 본문에는 이마가와 요시모토를 신겐의 장인이라고 적고 있지만 실제로 요시모토는 신겐의 자형이자 사돈 관계에 해당한다. 즉 신겐의 누이이자 노부토라의 딸인 조케인(定恵院)이 요시모토의 정실이었으며 훗날 조케인이 죽자 요시모토는 자신의 딸을 신겐의 아들인 요시노부(義信)에게 시집보냄으로써 두 집안의 혼인관계를 이어나갔다.

37_ 이마가와 요시모토의 아들(1538-1614).

38_ 시즈오카현(静岡県).

39_ 다케다 신겐과 우에스기 겐신이 북부 시나노(信濃)의 지배권을 둘러싸고 벌인 전투. 1553-64년에 걸쳐 수 차례 행해진 전투 가운데 가장 치열했던 제4차 전투가 현재 나가노현 나가노시(長野県長野市) 남부의 가와나카지마(川中島)에서 치러진 데서 붙여진 이름이다.

하라.'며 군의 작전권을 부여받은 적이 있지. 그 때 네놈은 섣불리 겐신의 진영을 사이조산西条山[40] 너머에 있다고 판단하여 강가에 군사를 배치하지 않았어. 그로 인해 야간에 겐신의 군대가 강을 넘어오는 것을 전혀 눈치채지 못하였다. 놀라 허둥지둥 작전을 세우면서 다케다 진영의 오른쪽은 겐신 진영의 왼쪽에 해당되어 공격받기 쉬운 곳임에도 불구하고 요시노부義信와 모치즈키望月와 같이 위약한 대장에게 오른쪽 진영을 맡기는 바람에 순식간에 무너져버렸던 것이다.

겐신은 기세를 몰아 적을 섬멸하겠다며 스스로 선두에 서서 신겐의 본진을 무너뜨렸다. 신겐은 그나마 사이조산으로 보냈던 군사를 되돌려 간신히 위기에서 벗어나 구사일생으로 목숨을 구했으나 덴큐노부시게典廐信繁[41], 모로즈미 토라사다諸角虎定[42], 하지카 겐고로初鹿源五郎[43]를 비롯하여 수많은 장수들이 목숨을 잃었다. 결국 전장에서 이기기는 했지만 많은 사람을 잃고 너 역시 부끄럽게도 이 전투에서 죽었으니 이 모든 것이 상황을 잘못 판단하여 작전에 실패한 너의 실책 때문이다. 무엇을 두고 병법의 달인이라 할 것인가. 이것이 세 번째 대죄이다.

일찍이 너는 산슈三州의 우시쿠보牛窪[44]에서 태어나 무도 수행을 한답시고 여러 나라를 전전하였다지? 그러다가 시코쿠四国의 오가타尾形[45]를 만나 병법을 전수받고 축성築城 기술로 큰일을 이루었다고 들

40_ 제4차 가와나카지마 전투 당시 우에스기 겐신의 군대가 진을 친 곳으로 해발 411m.

41_ 신겐의 동생. 다케다 군의 부장(副将)으로 말(馬)을 관리하는 최고책임자였으나 1561년, 가와나카지마 전투에서 전사하였다.

42_ 노부토라(信虎)와 신겐 2대에 걸친 가신. 1561년, 가와나카지마 전투에 81세의 최고참으로 출전하였다. 노부시게가 죽임을 당하자 격분한 나머지 불과 몇 명의 부하만을 거느린 채 적진으로 돌진하여 분투하였으나 전사하였다(?-1561).

43_ 신겐의 손자로 16세부터 무사로서 이름을 알렸으나 1561년, 가와나카지마 전투에서 28세의 젊은 나이로 전사하였다.

44_ 아이치현 도요가와시 구보초(愛知県豊川市久保町).

45_ 미상.

었다. 그런데 오늘날 네가 축성한 성은 어느 지방에 있느냐? 이마가와今川 가문에서 쫓겨나 고후甲府를 떠돌다 신겐의 눈에 들어 영지를 받은 것을 뽐내며 스루가로 간 것은 소인배의 소행으로 세상의 비웃음거리가 되었다. 다행히 다케다 집안에서 거두어 병법의 스승이라는 미명하에 세월을 보냈지만 신겐은 딱히 대업의 공이 없다. 그러니 너 역시 무슨 공훈이 있다고 하겠느냐. 너는 나의 원수이다. 눈앞에 두고서도 참는 것은 명부전의 염라대왕께서 살생을 허락하시지 않기 때문이니 어쩔 도리가 없구나."

야마모토 간스케는 한 마디도 못하고 물러나 나가노에게 자리를 양보하였다. 나가노가 다시 말을 이었다.

"여러 가문의 뛰어난 신하들이 당당히 계시지만 그 중에서도 나는 성 하나를 하사받은 사람이오. 그렇기에 이렇게 상좌를 차지한 것이니 결례된 행동을 부디 용서하시오."

아와지 수령인 다다가

"이제는 조금도 원한이 남아 있을 리 없습니다. 모든 것이 끝났으니 그저 한낱 꿈만 같지요. 그러니 술이나 드시면서 즐기십시다."라며 술과 안주를 내놓으니 모두들 술잔을 권하며 기울였다.

나가노가 시 한 수를 읊었다.

의義는 무겁고 목숨이 가볍기는 기러기 깃털과도 같네.
육신은 스러져 풀숲에 숨었네.
산이 허물어져 깊은 바다가 될지언정
혼은 남아 높은 기개 떨치리.
義重命輕如鴻毛 肌骨今銷沒艾蒿
山宜平重淵宜塞 殘魂尙誓節操高

호조 사에몬이 뒤를 이어,

저승길은 끝없이 생사를 가르고
떠도는 혼백은 헛된 무명武名을 남기네.
예나 지금이나 모든 것이 헛된 꿈이니
저승의 바람 소리에나 귀기울여볼까.
泉路茫茫隔死生　落魂何索胎武名
古往今來凡是夢　黃泉峙耳聞風聲

나오에 야마시로 수령도 읊기를,

천지만물은 변화무쌍하니
몇 번의 가을이 지났으랴.
새는 울고 꽃은 지며 물도 무심히 흐르네.
사람은 슬픔에 시달리며 귀천없이 흙으로 돌아갈 뿐이어라.
物換星移幾度秋　鳥啼花落水空流
人間何事堪惆悵　貴賤同歸土一丘

야마모토가 "일자무식인 자가 그저 병법에만 매달려 다른 것은 모르나 지금 이 자리에 앉아 있으니 어찌 미천한 생각이나마 읊지 않을 수 있겠소."라며 한 수 읊었다.

지략은 늘 흉중에 넘치고
검은 날카로워 사기가 드높아라.
죽은 후 부질없는 홍망논의 접어두고
원혼이 풀숲에서 읊조리는 소리에 귀기울여 보세.
平生智略滿胸中　劍拂秋霜氣吐虹

身後何謾論興廢　可憐怨魂嘯深叢

아와지 수령인 다다가 읊기를,

혼은 하늘로 백은 땅으로 돌아가니
그저 인간 세상의 헛된 명성만을 원망할 뿐,
초라한 무덤에는 이끼만 자라니
에린사에서 논객으로 만난 것도 꿈이었으리.
魂歸冥漠魄歸泉　却恨人世各聞權
三尺孤墳苔累累　暫會幽客惠林辺

쓰루세는 듣고 본 이 모든 것이 신기하기만 하였다.

'애당초 꿈이었나, 꿈이 아닌가? 뜰은 에린사의 뜰이 분명한데 사람들은 모두 옛 사람들이구나. 그렇다면 혹시 내가 죽어 저승에 온 것인가, 어떻게 된 일인지 알아보아야지.'

이런 생각에 빠져 있는데 나팔과 북소리가 들려오자 뜰에 있던 사람들이 각오를 한 듯 옆에 둔 긴 칼과 단도를 서둘러 챙기며 달려나가는가 싶더니 어느새 한 사람도 남지 않고 흔적 없이 사라졌다. 쓰루세 혼자 앉은 에린사의 뜰에는 어느덧 날이 서서히 밝아오고 있었다.

너무나도 이상한 일을 겪은 쓰루세는 서둘러 고후로 되돌아가 신겐을 만나 은밀히 그날 밤 이야기를 전하였다. 신겐은 껄껄 웃으며 "자네가 여우에게 홀려 그런 헛것을 본 게야."라며 대수롭지 않게 여겼다. 쓰루세는 자신이 겪은 일이 범상치 않다고 여기며 군나이로 돌아와 직접 이 일을 기록하여 상자 안에 고이 넣어 두었다고 한다.

자비심으로 재난을 면하다*

교토의 서쪽에 돈다노 구나이富田久内라고 하는 사람이 살았다. 젊어서부터 정이 많고 자비심이 깊은 사람이었다. 어느 날 기타노 덴만구北野天満宮[1]에 참배하고 돌아오는 길에 찻집에 앉아 차를 마시고 있는데 열두세 살 정도 되어 보이는 동자승이 들어왔다. 안색이 창백하고 마른데다가 몹시 피곤해 보였다.

구나이가 동자승에게 말을 걸었다.

"스님은 어디에 사십니까?"

동자승이 대답했다.

"저는 히가시야마東山[2] 부근에 살고 있습니다. 오늘 아침부터 심부름으로 여기저기 돌아다니느라 아직 아무것도 못 먹었어요. 스승이신 큰스님의 분부에 따르느라 몸도 마음도 고단하기가 이루 말할 수

---

*_ 오조소설(五朝小說)인 『집이지(集異志)』「한말미축운운(漢末糜竺云云)」의 번안.
이 이야기는 원화에서 여성인 화신의 사자를 동자승으로 바꾸고 에도기에 간행된『将軍記』에 실린 교토의 주조업자들의 분쟁 및 그로 인한 기타노 덴만구 소실 등을 재구성하였다.

1_ 10세기 중반에 창건된 신사(神社)로 스가와라노 미치자네(菅原道真)를 학문의 신으로 모신다. 교토시 가미쿄구(京都市上京区) 소재.

2_ 교토 동쪽에 잇달은 산들의 총칭. 이곳은 귀족의 별장이 많고 경승지로 유명하였다.

없답니다."

구나이는 동자승이 애처로워 떡을 사 주었다. 이윽고 동자승과 구나이가 함께 찻집을 나와 우치노内野 쪽으로 걸어갔다.

_ 찻집에서 이야기를 나누는 구나이와 동자승

우콘노바바右近の馬場쯤에 다다르자 동자승이 말했다.

"실은 저는 사람이 아닙니다. 화신火神의 사자로서 화재소실火災燒失을 주관하고 있지요. 당신은 정이 많고 자비심도 깊은 분이기에 사실대로 말하는 겁니다. 내일 기타노北野, 우치노, 교토의 서쪽 모두 완전히 불타버릴 겁니다. 당신 집은 불태우고 싶지 않지만 이는 제 소관이 아니라 어쩔 도리가 없습니다. 이미 불이 나기로 예정된 지역에 속해 있으니까요. 그러니 빨리 집으로 돌아가 재산과 가재도구를 챙겨 다른 곳으로 피난하세요. 그 정도 여유는 드릴게요."

말을 마치자 동자승은 어디론가 사라져버렸다. 구나이는 이상하게 여기면서 서둘러 집으로 돌아와 재산과 가재도구를 꾸려 다른 곳으로 옮겼다. 사람들이 궁금해하며 그 까닭을 물어도 대답하지 않았다. 거듭되는 질문에 하는 수 없이 사실대로 이야기하자 사람들은 놀리며 비웃었다.

"나 원 참 세상에 별일을 다 보겠구먼. 여우에게 홀려서 허무맹랑한 소리를 듣고 와서는 허둥지둥 가재도구를 들어내고 재물이며 잡동사니를 몽땅 실어 나르느라고 난리를 치다니. 분명 다시 집 짓는 데 돈을 탕진하고 싶은 모양이야."

분안文安 원년1444 3월 무렵, 교토 서쪽의 주민[3]과 동쪽에 사는 주민[4] 사이에 누룩 매매를 둘러싸고 분쟁이 일어났다. 그동안 누룩 판매는 서쪽이 조합을 결성하여 독점해왔다. 이에 반발한 동쪽 상인들이 이를 무시하고 누룩 매매에 나서자 서쪽 업자들이 막부에 소송을 낸 것이었다.[5] 막부의 간레이管領[6]인 하타케야마畠山[7]가 이 진정을 살펴본 결과, 동쪽 상인들의 주장에 일리가 있다고 판단하였다. 결국 법정 공방 끝에 도리에 어긋난 행위를 저질렀다는 판결을 받고 서쪽 업자들이 패소하였다.

_ 동자승의 조언대로 피난을 서두르는 구나이

그러자 재판 결과에 앙심을 품은 서쪽 누룩 판매업자들이 분을 이기지 못하고 건달들과 대거 합세하여 기타노 덴만구에 몰려들어 농

3_ 여기서는 기타노 덴만구에 예속되어 제사나 잡역을 맡던 하급 고용자를 말한다. 보통 수공업에 종사하며 조합을 결성하여 움직였다.

4_ 술집과 고리대금업을 겸하던 상인으로 기타노 덴만구에 예속된 사람들의 거주지로부터 동쪽 지역에 살았다.

5_ 가마쿠라(鎌倉) 시대부터 교토에는 술집 영업이 성행하였다. 그러나 당시 주조용 누룩 제조는 술집의 권한이 아니었으며 누룩 제조 및 판매를 담당하는 조직은 따로 있었다. 1419년 이후 누룩 제조 및 매매는 줄곧 교토의 서쪽 지역 업자들이 기타노 덴만구의 권위를 등에 업고 조합을 결성하여 독점해온 것이다. 이윽고 동쪽 지역 술집 상인들이 이에 반발하여 자본력을 바탕으로 그동안의 독점 관행을 무너뜨리기 시작하자 양측은 막부에 진정하여 소송을 하기에 이른다.

6_ 무로마치(室町) 시대의 관직으로 쇼군을 보좌하여 막부의 정무를 총괄하였다.

7_ 하타케야마 모치쿠니(畠山持国, 1398-1455), 무로마치 시대의 무장. 1441년, 불문에 귀의하여 入道徳本이라는 법명을 얻는다. 재가 출가자의 신분으로 1442-45년까지 간레이를 역임하였다.

성하였다. 간레이가 여러 모로 이들을 설득했지만 끝내 듣지 않고 오로지 동쪽 상인들을 무너뜨리려고만 하였다. 하는 수 없이 막부측은 치안을 담당하는 교고쿠京極 아무개에게 명령을 내려 무사들을 기타노 텐만구에 투입, 농성자들을 포박하고 감옥에 가두려고 하자 이들은 거세게 저항하였다. 마침내 농성자들은 분안文安 원년1444 4월 12일, 텐만구에 불을 질러 자해하였다. 때마침 기이한 바람이 불어 닥쳐서 신전神殿 주변과 승방, 보탑寶塔, 회랑 등이 순식간에 잿더미가 되었다. 남은 불길은 민가에 옮겨 붙어 교토 서쪽이 모두 불길에 휩싸여 황량한 들판으로 변해 버렸다.

출생의 비밀*

고슈 지방甲州国 다케다 신겐武田信玄의 가신인 하라하야토노스케 마사가쓰原隼人佐昌勝[1]는 가가加賀[2] 수령인 마사토시昌俊[3]의 아들이다. 아버지는 가가의 다카하타케高畠라는 곳에서 태어나서 신겐을 섬기며 여러 공훈을 세웠다.

마사토시는 아들인 마사가쓰에게 늘 다음과 같이 이르고 유언을 남겼다고 한다.

"새나 짐승, 기어다니는 벌레에 이르기까지 제각각 한 가지 재주는 가지고 있다. 재주가 하나도 없는 것은 없다. 하물며 사람으로 태어나고 그 중에서도 무사가 된 자는 궁술弓術에 있어 한 가지 재주를 부단히 연마하여 주군에게 쓸모 있는 사람이 됨으로써 그 은혜에 보답해야만 한다. 하릴없이 봉록만 축내고 배불리 먹고 따뜻하게 입으며 사욕을 채우고 의리를 저버리며 한 가지 재주와 재능도 없는 자는 짐승만도 못한 자이며 천하의 대도적인 것이다. 해와 달, 구름과 안개,

---

*- 오조소설(五朝小說)인 중조고사(重朝故事) 「대설정략운운(代說鄭略云云)」의 귀태설화(鬼胎說話)를 번안한 작품.

1- 신겐의 가신으로 120기(騎)를 지닌 무장(?-1575).

2- 이시카와현(石川県).

3- 노부토라(信虎)와 신겐 2대에 걸친 가신. 탁월한 지리파악 능력을 지닌 무장으로 이를 아들인 마사가쓰에게 전수하였다(?-1549).

_ 노승의 주선으로 재회하는 가가 수령 부부

풀과 나무마저도 각각 좋은 점을 지닌다. 재주와 재능이 없어 남을 위해 아무런 도움도 되지 못한다면 오히려 해를 끼치는 자인 것이다. 모쪼록 이 점을 늘 명심하거라."

마사가쓰는 아버지의 뒤를 이어 신겐을 섬기며 스스로를 돌보지않고 충절忠節을 다하여 공훈이 드높았다. 특히 그는 언제나 다른 사람보다 한 발 앞서 적지에 깊숙이 들어가 싸우며 때로는 진영을 설치한 곳의 지형을 잘 살펴 전투할 곳을 가늠하였다. 또한 산 설고 물 선 낯선 곳에서도 그곳 토박이의 안내도 없이 지형을 꿰뚫고 큰길과 좁은 길마저도 모두 파악한 뒤 제일 먼저 적진에 쳐들어갔다. 그럼에도 끝내 한 치의 실수도 없으므로 모든 무사들이 신기하게 여기지 않을 수 없었다. 타지일지라도 진영과 전장을 잘 가늠하여 샛길이나 수로를 만들어내는 데 한 치의 실수도 없었다. 때문에 사람들은 마사가쓰가 신통력을 가진 게 분명하다고 미심쩍게 여겼다.

옛날, 가가加賀 수령인 마사토시의 부인은 헨미逸見[4] 아무개의 딸이었다. 가가 수령은 이곳저곳의 전장터로 동분서주하며 진영에서 세월을 보내느라 집에 머문 적이 드물었다. 그의 집은 가미조上条의 지장당地藏堂[5] 근처에 있었다. 어느 날, 부인이 출산이 임박하여 진통으

4_ 다케다 가문의 시조로 명가(名家)의 하나.

5_ 지장보살을 모신 불당. 오늘날 고후시 고쿠보초(甲府市国母町)에 있는 이나즈미고쿠보 지장(稲積国母地蔵)이 이에 해당한다.

로 몹시 괴로움을 겪다 끝내 이승을 하직하였다. 가가 수령은 크게 낙담하였지만 어쩔 도리 없이 호조사法成寺[6] 뒤편에 부인을 묻었다. 부인은 임종을 맞이하자 호조사의 지장당을 향하여 합장하였다. "오랜 세월동안 기원하였나이다. 부디 소원을 들어주세요."라고 기원드리며 지장보살을 되뇌었다. 가가 수령도 부인을 따라 지장보살에 귀의하여 "부디 아내의 저승길을 인도하여 주소서."라며 기도하였다.

_ 남편과 아이를 남기고 저승으로 돌아가는 부인

부인이 죽은 지 백 일째 되던 날 밤, 팔순 정도 되어 보이는 노승老僧이 하얀 팔자 눈썹을 휘날리며 지팡이에 의지한 채 수정 염주를 돌리며 가가 수령 집 문을 두드렸다. 문을 열어보니 죽은 부인이 소생하여 노승을 따라 와 있었다.

가가 수령이 몹시 놀라며 두 사람을 안으로 들어오게 한 뒤 물었다.

"노승께서는 어떤 분이시기에 이렇게 고마운 일을 해 주시는지요?"

노승이 대답하였다.

"소승은 호조사에 사는 사람입니다. 오늘 밤 잠깐 불당 밖으로 나와 보니 무덤이 갑자기 허물어지면서 그 안에서 부인이 나왔습니다. 누구냐고 묻자 가가 수령의 아내라고 대답하더이다. 그래서 이렇게

6_ 현재 고후시 도코지초(甲府市東光寺町)에 절터가 남아 있다. '法城寺'로도 표기한다.

모시고 왔습니다. 몸조리 잘 시키시지요."

말을 마친 뒤 노승은 연기처럼 사라졌다.

이상한 생각에 사람을 시켜 살펴보게 하니 과연 무덤이 허물어져 있었다. 하는 수 없이 죽을 장만하여 부인에게 먹이니 한동안 의식이 몽롱하여 사리분별을 못하는 듯하였다. 이윽고 칠일 정도 지나자 원래의 모습은 되찾았지만 밝은 곳을 꺼렸다. 이듬 해, 아들을 낳았다.

아이가 세 살이 된 어느 날 해질 녘, 부인이 눈물을 흘리며 말했다.

"실은 소첩은 사람이 아닙니다. 서방님과 깊은 부부의 인연을 못다 한 까닭에 가미조의 지장보살께서 저승의 명관冥官에게 일러 제 혼魂을 다시 허락하여 3년 동안 부부의 연을 마저 맺도록 해 주셨습니다. 이제 기약한 인연이 다 되었으니 하직인사를 하고 저승으로 돌아가야만 합니다. 외람되오나 서방님께 부탁드리오니 부디 제 무덤을 버려두지 마시고 소첩의 극락왕생을 빌어주옵소서."

말을 마친 부인은 아이를 남겨두고 어디론가 사라져버렸다. 무덤을 살펴보니 허물어진 것으로 보였던 것은 헛것이었고 어느새 무덤에는 풀만 무성히 자라 있었다. 지장보살님이 중생을 구제하시는 방편方便[7]은 이루 다 말로 할 수 없다.

신겐이 이 이야기를 전해 듣고 호조사의 지장당을 새로 짓고 공양하였다. 이후로 가가 수령은 다시 부인을 맞이하지 않았다. 그 때 태어난 아이가 바로 하라하야토노스케 마사가쓰이다. 열여덟살에 첫 출정한 이래 여러 가지로 신통력을 발휘하여 기적을 이룬 것도 다 그럴 만한 사연이 있었던 것이다.

7_ 좋은 방법을 써서 중생을 바른 길로 인도하는 것, 또는 미혹한 중생들 각각의 성품에 맞추어서 제도하는 지혜를 말한다. 일반적으로 불법을 닦는 이가 다른 이로 하여금 깨닫게 하기 위한 일체의 수단을 방편이라 한다.

伽婢子

卷六

창랑국滄浪國*

이즈伊豆 지방의 호조 우지야스北条氏康[1]는 관동의 여덟 개 지방[2]을 손에 넣어 크게 위세를 떨치고 무용武勇의 명예 또한 높았다.

어느 날, 우지야스가 포구에 나가 멀리 남쪽 먼 바다를 바라보며 말했다.

"옛날 이즈로 유배당한 진제이 하치로 타메토모鎮西八郎為朝[3]가 저녁

---

*- 오조소설(五朝小說)인 『두양잡편, 하(杜陽雜編,下)』「처사원장기운운(處士元藏幾云云)」의 번안.

원화는 후위(後魏, 386-534) 시대, 청하왕(淸河王)의 손자라고 자처하는 원장기(元藏幾)가 수양제(隋煬帝) 원년(605)에 도해사판관(渡海使判官)이 되어 풍랑을 만나 혼자만 간신히 살아 남아 보름동안 표류한 끝에 수만 리 떨어진 창랑주(滄浪州)에 상륙하여 이 이야기와 동일한 경험을 한다는 이야기이다. 원장기가 귀국해보니 시대는 당나라로 200여 년의 세월이 흐른 뒤였다고 한다. 이 이야기에서는 견문 부분을 늘려 상세히 묘사하고 있어 이상향(理想鄕) 방문담으로 재창작하려 한 아사이 료이의 의도를 엿볼 수 있다. 원화에서는 원장기가 귀국 후에도 10여 년간 풍류를 즐기며 여러 곳을 유람하였던 것에 비해 이 이야기에서는 이세가 다시 현실 세계로 돌아오기까지의 기간을 단축시키고 주군이 죽은 것을 슬퍼하며 할복한다는 설정으로 바꾸어 충직한 무사상을 강조하였다.

1- 관동 남부를 평정하여 호조 가문의 전성기를 구축한 전국 시대 무장(1515-71).

2- 사가미(相模), 아와(安房), 무사시(武蔵), 히타치(常陸), 가즈사(上総), 시모후사(下総), 고즈케(上野), 시모쓰케(下野).

3- 미나모토노 타메토모(源為朝, 1139-70?), 호겐의 난(保元の乱) 때 스토쿠(崇德) 천황측에 가담한 결과, 패하여 이즈로 유배되었다. 그러나 이후 조정의 명령을 무시하고 이즈의 여러 섬들을 사실상 지배하였기에 관군에게 토벌당하여 할복으로 생을 마감하였다. 미나모토노 타메요시(源為義)의 8남.

_ 주군의 명을 받고 하치조지마로 출항하는 두 사람. 왼쪽 그림 중앙이 우지야스

나절 새들이 먼 바다를 향해 날아가는 것을 보고 '분명 바다 가운데 섬이 있을 거야. 그렇지 않으면 새들이 저녁 나절에 먼 바다를 향해 날아갈 리가 없지.'라고 생각하며 새들이 날아가는 방향으로 배를 저어가 보니 도깨비가 사는 섬에 당도했다지. 이 섬이 지금의 하치조지마八丈島[4]일거야. 그 이후로 아직까지 아무도 그 섬에 갔다는 이야기를 못 들었다. 누군가 하치조지마에 가서 섬 사정을 둘러보고 올 만한 사람 없겠느냐?"

그러자 사카미오카 고세쓰坂見岡江雪[5]와 효고兵庫 수령인 이세伊勢[6]가

4_ 동경에서 남쪽으로 해상 287km 떨어져 있으며 북위 33도, 동경 39도에 위치한 섬. 면적 62.52㎢.

5_ 이타베오카 고세쓰사이(板部岡江雪斎, 1537-1609). 전국(戦国) 시대 무장으로 호조(北条), 도요토미(豊臣), 도쿠가와(徳川)를 섬긴 가신.

6_ 이세 가문은 대대로 효고의 수령직을 역임하였으므로 성씨만으로는 본문에서 거론된 특정 인물을 추정하기 어렵다.

선뜻 "저희들이 그 섬에 가서 자세히 둘러보고 오겠습니다."라고 자청하였다. 이윽고 큰 배 두 척을 마련하여 고세쓰와 이세가 대장이 되어 그 밑에 부하 스무 명씩을 거느리고 길일을 택해 바다를 향해 나가니 마음은 아득하기만 하였다.

이즈의 먼 바다에 일곱 개의 섬[7]이 있다고들 했다. 이 중 어느 섬인지 모르지만 섬 가까이 다가가자 갑자기 풍향이 바뀌며 파도가 성나게 일어 마치 눈 덮인 산처럼 밀려왔다. 고세쓰가 간신히 상륙한 섬은 바로 오랫동안 말로만 전해 듣던 하치조지마였다. 고세쓰는 섬 지형이나 주민들의 모습 등을 자세히 둘러본 후 이즈로 돌아왔다.

이세는 바람에 떠밀려 남쪽으로 향했다. 밤낮 구분조차 못한 채, 열흘 정도 지나자 바람도 잦아들어 이윽고 낯선 섬에 닿았다. 해안가로 올라가니 암석이 병풍처럼 솟아있었는데 푸른 것은 마치 푸른 유리와도 같고 흰 것은 백옥과 눈 같았다. 노란 것은 마치 삶은 좁쌀을 닮았고 붉은 것은 홍화꽃 같았다. 그 밖에 일본에서 보지 못한 기암괴석들이 많이 있었고 풀과 나무들도 낯선 꽃을 피우며 어우러져 있었다.

때마침 낯선 사람이 해안가 가까이로 다가오고 있었다. 머리에 얇은 천으로 된 모자를 쓰고 여러 가지 해초 문양의 윗옷을 입었으며 꽃 장식을 단 신발을 신고 있었다. 나이는 스무 살 정도 되어 보였다. 매우 흰 피부에 기품 있는 눈매를 하고 이를 검게 물들인 모습이 마치 중국사람 같았지만 말은 일본어를 쓰고 있었다. 이 사람은 이세를 보고 몹시 놀라며 "어디서 온 분이십니까?"라고 물었다. 이세는 사실대로 대답했다.

그러자 그 사람이 말하였다.

7_ 오시마(大島), 도시마(利島), 니지마(新島), 고즈지마(神津島), 미야케지마(三宅島), 미쿠라지마(御蔵島), 하치조지마(八丈島).

_ 창랑국에 표류한 이세

"이곳은 창랑국滄浪國[8]이라고 합니다. 일본에서 남쪽으로 삼천 리 떨어진 곳이지요. 여기서 관음보살의 정토인 보타락普陀落[9]도 가깝습니다. 그 옛날, 준와淳和 천황[10] 치세 때 다치바나 황후[11]의 명에 의해 에가쿠惠萼 소즈僧都[12]만이 저 보타락 세계에 건너가셨지요. 가시는 길에 이 섬에 들러 좋은 말씀도 해 주셨다고 들었습니다. 그토록 아득히 먼 바닷길을 견디며 이곳까지 오시느라 무척 지치셨을 터이니 이리로 오시어 쉬시지요."

젊은이는 이세를 자신의 집으로 안내하였다. 잠시 후 주인은 구절九節 창포로 빚은 술과 벽도화碧桃花[13]의 꽃술로 빚은 술을 내와 옥잔에 따르며 권하였다. 이세는 술을 몇 잔 비우자 정신이 맑아지는 듯하였다. 집주인은 호겐保元과 헤이지平治 연간에 일어난 일[14]을 마치 눈앞에서 본 듯이 이야기하였다.

8_ '창랑(滄浪)'은 푸른 물결이라는 뜻.

9_ 불교에서 남인도에 위치한다고 전해 내려오는 관세음보살의 영지(靈地).

10_ 헤이안(平安) 초기, 제53대 천황(재위: 823-833). 율령정치를 개혁했고, 한학에 조예가 깊었다.

11_ 제52대 사가(嵯峨) 천황의 황후인 다치바나 가치코(橘嘉智子). 사가 천황은 준와 천황의 형.

12_ 헤이안(平安) 전기의 승려로 생몰연대 미상. 9세기 초, 다치바나 황후의 명을 받고 당나라로 건너가 오대산(五台山)에 가사(袈裟) 등을 기진하였다. 847년, 일본에 선(禪)을 알리기 위해 귀국하였으나 다시 대륙으로 건너가 절강성(浙江省) 주산(舟山)열도에 위치한 보타산(補陀山)에 보제사(普済寺)를 창건하여 머물렀다. 소즈는 승관의 두 번째 계급으로 소조(僧正) 다음에 위치하는 자리.

13_ 천상 세계에 있다는 전설상의 복숭아 꽃.

14_ 호겐・헤이지의 난(保元・平治の乱)을 말한다. 헤이안(平安) 말기, 천황의 황

집안은 온통 금으로 아로새기고 옥으로 치장되어 있었다. 가재도구나 소소한 물건에 이르기까지 모두 이 세상 것이 아닌 것처럼 느껴졌다. 바닥에는 사방 두 자약 60cm 정도 되는 돌이 있었다. 이름이 송풍석松風石이라고 했다. 안과 밖이 모두 투명하여 마치 옥과 같았으며 청황색을 띠고 있었다. 이 돌을 칠보로 된 화분 위에 올려 놓았는데 그 위에도 역시 칠보 모래 가루가 깔려 있었다. 이 돌에는 계곡처럼 골이 패여 그 사이로 마치 폭포수가 백옥처럼 떨어지는 듯하니 단지 물소리가 들리지 않아 돌무늬인 걸 알 정도였다. 실로 세상에 보기 드문 수석이었다. 돌 중간쯤에는 높이가 한 자 하고도 일고여덟 치51-54cm나 될 정도의 소나무가 자라나 있었다. 몇천 년의 세월을 묵었는지 모를 만큼 오래 된 노송老松이기에 불현듯 옛일을 묻고 싶어질 정도였다. 나뭇가지 사이로 서늘한 바람이 불어와 주변을 감도니 가지가 기울고 잎

_ 화려한 집안 풍경

위 계승을 둘러싸고 형제간인 고시라카와(後白河) 천황과 스토쿠(崇德) 상황이 대립하였다. 더불어 셋칸(摂関)의 지위를 두고 후지와라노 다다미치(藤原忠通)와 후지와라노 요리나가(藤原頼長) 두 형제가 대립하고 있었다. 호겐 1년(保元, 1156), 스토쿠 상황은 후지와라노 요리나가 및 미나모토노 타메토모(源為朝) 등과 힘을 합쳐 거병하였으나 고시라카와 천황이 이끄는 후지와라노 다다미치, 미나모토노 요시토모(源義朝), 다이라노 기요모리(平清盛) 등의 군에게 패한다(호겐의 난).

호겐의 난 이후, 고시라카와 천황측에 가담했던 미나모토노 요시토모와 다이라노 기요모리가 대립하여 전투를 벌이게 되고 그 결과 미나모토노 요시토모가 패배한다(平治の乱, 1159). 이 두 전란은 일본 역사상 귀족 정치가 무너지고 무사 계급이 정치의 전면에 등장하게 되는 계기가 되었다.

_ 아름다운 새들과 화초

이 살랑이며 쏴한 바람 소리에 삼복 더위도 저절로 식혀졌다.

대모玳瑁[15] 껍질로 만든 침상이 있는 침실에는 마노瑪瑙[16]로 된 궤가 있었다. 크기는 3척90㎝ 정도로 암적색을 띠며 새, 동물, 초목 등을 새겨 넣은 것이 사람의 솜씨라고는 생각되지 않았다. 한 편에는 항아리 하나가 놓여 있었다. 보랏빛 윤이 나는 것이 수정을 닮았고 쌀 한 섬 정도 들어갈 만한 크기인데 두께가 한 치3㎝ 정도로 깃털처럼 가벼웠다. 그 안에는 명주名酒를 가득 채우고 '상청진환예上淸珍歡禮'[17]라는 표식을 붙여 두었다. 그 옆에 두 되들이 항아리가 하얗게 빛나고 있었다. 안에는 이름난 향을 넣어두고 '용화강진향龍火降眞香'[18]이라는 표식을 붙여 놓았다. 또한 여러 보석의 자투리를 채로 걸러 벽에 칠하였다. 옥으로 된 기둥에 황금 장막을 두르고 은으로 된 난간이 있는 누각이 높이 솟아 있었다. 현판에는 '강진대降眞臺'[19]라고 적혀 있었다.

앞뜰에는 이제껏 한 번도 본 적 없는 풀과 나무에 꽃들이 만발하여

15_ 바다 거북이과에 속하는 거북이. 메부리 바다 거북이라고도 한다.

16_ 화산암의 빈 구멍 내에서 석영, 단백석, 옥수 등이 차례로 침전하여 구 모양에 평행한 줄무늬가 생긴 광물. 보석의 하나로 장식품이나 공예품으로 이용된다.

17_ '상청(上淸)'은 옥청(玉淸), 태청(太淸)과 더불어 도교(道敎)에서 신선이 산다는 최고 이상향을 말한다. '예(禮)'는 술을 의미하므로 '손님을 접대하는 진귀한 하늘의 술'이란 뜻.

18_ '강진향(降眞香)'이란 향의 하나로 중국, 태국, 일본의 오키나와(沖繩) 등지에서 나는 향나무로 만든다.

19_ '강진(降眞)'이란 신선이 강림한다는 뜻으로 '신선이 내려오는 누각'이라는 뜻.

마치 춘삼월 같았다. 공작과 앵무새, 그 밖에 소리도 어여쁜 이름 모를 많은 새들이 나뭇가지와 꽃 사이에서 지저귀고 있었다. 열다섯 칸 27m이나 되는 마구간에는 말들이 가득하였다. 털 색깔도 푸른 빛이 감도는 것에서부터 감청색, 흰색과 재색 점박이, 흰색, 검은 색 등 다양한데 키도 훤칠한 것이 모두 용마龍馬[20]였다. 말여물로는 다른 풀은 섞지 않고 띠처럼 생긴 흰 꽃만을 주었다. 푸른 유리구슬과도 같이 선명한 대추와 산호 빛을 띤 밤 등이 모두 배만한 크기로 가지에 알알이 열려 있었다.

_ 진귀한 말들이 가득한 마굿간

담장 밖을 보니 금궐金闕, 은대銀臺, 옥루玉樓, 자각紫閣, 봉황의 용마루, 무지개 들보가 구름을 뚫고 나란히 늘어서 있었다. 음악소리가 하늘에 은은히 퍼지고 향기가 뜰에 가득했다. 산등성이에 오르니 봉우리에서 떨어지는 폭포의 옥빛 물줄기가 흘러내리는 여울목 곁에 사방 2정町, 218m 정도나 되는 연못이 있었다. 연못의 수면이 워낙 탱탱하여 금은도 가라앉지 않고 돌을 던져도 수면 위로 떠올랐다. 그렇기에 이 나라 사람들은 무쇠로 배를 만들어 이 연못에서 뱃놀이를 하며 마음을 달랬다. 연못 바닥의 모래는 모두 금색이었다. 이데井出[21]

20_ 용의 머리에 말의 몸을 하고 있다는 신령스러운 전설상의 짐승. 중국 복희씨 때 황허 강(黃河江)에서 팔괘(八卦)를 등에 싣고 나왔다는 준마로 매우 잘 달리는 훌륭한 말을 일컫는다.

21_ 교토의 쓰즈키군 이데초(綴喜郡井手町)에 있는 강. 황매화와 개구리의 명소로 예로부터 와카의 소재가 된 명승지(歌枕)이다.

_ 창랑국에서 폭포와 연못을 구경하는 이세

의 황매화 나무가 물에 비쳐 황금이 그대로 꽃이 되었다는 이야기가 새삼 생각났다. 연못 안에는 물고기도 있었다. 붉기가 마치 황금 같았는데 모두 다리가 네 개였다.

연못 주변은 너른 들판이었다. 금색 줄기에 감청색 잎이 난 풀들이 많았다. 잎사귀모양은 국화와 비슷했는데 모란처럼 생긴 꽃은 겉이 노랗고 안은 붉었다. 꽃술이 마치 흰 실타래를 뭉쳐 놓은 것 같았다. 바람에 꽃이 흔들리는 것이 흡사 나비가 춤추는 것 같았다. 여인들은 이 꽃을 꺾어 머리에 장식하는데 열흘이 지나도 시들지 않는다고 한다. 이 나라 사람들은 남녀 모두 스무 살 남짓 되어 보이고 노인은 한 사람도 눈에 띄지 않았다. 모두 일본에서는 찾아보기 드문 아름다운 용모를 지녔다.

이세는 기왕이면 이런 곳에서 살고 싶은 마음이 들었지만 마음을 고쳐 먹었다.

'주군의 명을 받들어 배를 타고 바람에 실려 이곳까지 왔구나. 그 덕분에 세상에 없는 진귀한 것을 보고 이대로 돌아가지 않는다면 불충과 불의라는 오명이 후대까지 수치로 남을 것이니 어찌 억울하지 않으리. 어떻게 해서든 고향에 돌아가야겠다.'

집주인에게 이런 심정을 털어놓자 집주인은 크게 감동하며 말했다.

"그러시다면 능파凌波[22]의 바람을 일으켜 배웅해 드리겠습니다. 이곳에 다녀오셨다는 증표로 말 한 필, 앵무새 한 마리를 배에 실어 드리지요."

이윽고 이세는 작별인사를 나누고 배에 올랐다. 사람들이 밤, 대추 등과 같은 것들을 청자 사발에 듬뿍 담아 건네주고 배의 밧줄을 풀어 밀어주니 순풍이 서서히 불어왔다. 돛을 넓게 펼치자 하루 정도 만에 이즈의 포구에 도착하였다.

배에서 내려 제일 먼저 성안으로 들어가자 우지야스는 이미 병사病死하고 우지마사氏政[23]가 뒤를 이어 다스리고 있었다.

이세가 크게 낙심하며 눈물로 그 섬 이야기를 보고하였다.

"옛날 수이닌垂仁 천황[24]은 다지 마모리田道間守[25]에게 명령하여 불로

22_ 파도를 헤침.

23_ 호조 우지마사(北条氏政, 1538-90). 아버지인 호조 우지야스의 뒤를 이어 호조 가문의 세력 확대에 힘썼으나 도요토미 히데요시(豊臣秀吉)가 대두하자 외교 정책에 실패하여 항복, 할복한다. 다케다 신겐의 사위이기도 하였다.

24_ 8세기 역사서인 『고지키(古事記)』 및 『니혼쇼키(日本書紀)』의 전승에 등장하는 일본 제11대 천황.

25_ 일본 고분 시대의 인물로 신라에서 건너온 왕자인 아메노 히보코(アメノヒボコ)의 증손자이다. 수이닌 천황의 명을 받들어 불로불사(不老不死)의 약을 구하러 떠났다. 10년 후, 향과(귤)를 구하여 일본으로 돌아왔으나 이미 수이닌 천황은 죽은 후였다. 하는 수 없이 다지는 향과의 반을 황후에게 헌상하고 나머지 반을 천황의 무덤에 바친 후 슬픔에 겨워 죽었다고 한다. 그가 불로불사를 구한 이상향이 신라일 것으로 추측하기도 한다.

불사不老不死의 나라에 가서 향과香果를 구해오도록 했는데 이것이 바로 지금의 귤나무이다. 향과를 손에 넣고 돌아와 보니 천황께서는 이미 승하하셨기에 마모리가 크게 슬퍼하며 '내 부덕의 소치이다.'라며 울다 죽었다고 한다. 우지야 스님이 병사하신 뒤에 돌아왔으니 더 이상 살아 무엇하리."

말을 마친 이세는 할복으로 세상을 마감하였다.

이러한 효고 수령의 일은 기록으로 남아 후세에 널리 전해졌다.

장생長生의 도사*

아와安房 지방[1]의 사토미노 요시히로里見義広[2]는 무용으로 영지를 다스리니 바야흐로 그 위세가 절정에 이르려고 하였다. 그 무렵, 아사이나朝夷 고을로부터 노인이 하인 하나를 거느리고 성 안으로 들어왔다. 나이를 물으니 정확한 나이는 기억을 못하되 수백 살은 족히 넘었다고 대답하였다. 머리와 수염은 흰색을 넘어 황금실과도 같고 눈은 푸른빛을 띠고 귀가 길었다. 안색으로 보아서는 아직 쉰 남짓 되어 보였는데 머리는 길게 늘어뜨려 자리에 앉으면 땅에 닿았다. 이름을 물으니 이와타노 토지岩田刀自라고 하였다. 고토바인後鳥羽院[3] 시절, 신슈 나스信州奈須[4] 들판의 사냥에 미우라노 오스케三浦大輔[5]를 수행하

---

*_ 오조소설(五朝小說)인 『두양잡편, 하(杜陽雜編, 下)』「나부선생헌원집운운(羅浮先生軒轅集云云)」의 번안.

원화는 용모가 예사롭지 않은 나부 선생이 황제를 알현하여 다양한 신기한 기술을 보여주는 이야기이다. 이 이야기는 원화와 거의 동일한 내용이다. 단지 원화는 소매에서 두세 되들이 술병을 꺼내 사람들과 나누어 마시는데 술이 마르지 않는다거나 수건으로 아픈 부분을 닦아주면 금새 병이 낫거나 주머니에서 돈을 꺼내 가난한 사람에게 나누어 주는 등, 이른바 호의적인 선인담(仙人譚)의 형식을 취한다.

1_ 치바(千葉).

2_ 전국(戰國) 시대 다이묘로 원래 이름의 표기는 「義弘」이다. 사토미 가문의 6대로 우에스기 겐신(上杉謙)과 동맹하여 호조(北条) 가문과 대립하였으나 끝내 버티지 못하고 1577년, 우지마사(氏正)와 화친하였다(1525-78).

3_ 제82대 천황(재위: 1183-98).

여 사냥터에 나갔다고 하였다. 구미호를 잡은 일과 비상砒霜[6]이 든 살생석殺生石[7]을 부수는 바람에 많은 사람이 독에 중독되어 고열과 광란을 일으키며 죽은 일 등을 마치 눈앞에서 본듯이 이야기하였다.

노인은 말을 이었다.

"그 때 제 나이 열여덟이었지요. 사냥터에서 부모형제를 모두 잃고 세상살이가 허무하게 느껴져 산에 들어가 도를 닦으며 수행하였습니다. 어느 날 어디선가 신선인 듯한 사람이 와서 약을 주었어요. 푸른 환약을 한 알 먹고 나서 몸이 가벼워지고 마음도 맑아지자 신선은 나를 데리고 구름을 가르고 하늘을 날아 어딘지도 모르는 깊은 산속의 봉우리로 가더이다. 칠보로 된 바닥에 나를 앉히고 붉은 밤栗과 안개를 달인 진액을 먹였습니다. 내가 이 선약에 취해 인사불성이 되자, 이번에는 천상의 감로甘露를 반 홉 정도 먹이니 취기가 가시며 마음이 맑아졌지요.

그 때 신선이 이렇게 말했습니다.

'너는 학과 거북이를 보지도 못했느냐? 기를 가다듬고 호흡을 고르거라. 그러면 정신을 소모하지 않고 오래 살 것이니라. 또한 병을 앓는 일도 없을 것이다. 지금부터 90년 후에는 두 눈이 푸른 빛을 띠고 빛날 것이니 어둠 속에서도 사물을 보게 될 것이다. 천 년이 지나면

4_ 신슈(信州)는 야슈(野州)의 오자(誤字)이며 나스(奈須) 평원은 도치기현 나스군(栃木県奈須郡)에 위치한다.

5_ 미우라 요시아키(三浦義明, 1092-1180), 헤이안(平安) 시대 말기, 사가미 지방[相模国, 오늘날 가나가와현(神奈川県)]의 무장.

6_ 비소를 화합한 독극물.

7_ 도치기현 나스초(栃木県那須町)에 있는 용암. 살생석에는 다음과 같은 전설이 전해 내려온다. 헤이안 시대, 도바(鳥羽, 재위: 1107-23) 천황은 다마모노 마에(玉藻前)라는 여인을 총애하였는데 그녀는 구미호의 변신이었다. 이윽고 자신의 정체가 탄로난 다마모노 마에는 수만 명의 군사에게 쫓기다 결국 나스 평원에서 죽임을 당하고 돌로 변해 버렸다. 1385년, 겐노(玄翁) 스님이 이 돌을 부수자 그 파편이 전국에 다카다(高田)라는 지명을 가진 세 군데로 튀어 날아갔다. 예로부터 이 돌 부근에는 황화수소, 아황산가스 등 유독 가스가 끊임없이 분출되어 '새나 짐승이 가까이 다가가면 목숨을 잃는 살생석'으로 전해 내려온다.

뼈가 바뀌고 이천 년이 지나면 피부도 탈피하고 털갈이도 할 것이다. 그때부터는 다시 용모가 변하지 않으며 나이도 먹지 않고 영원히 살 것이다.

무릇 세상 사람들은 안으로 칠정七情[8]의 기운이 쌓여 막히고 밖으로는 바람과 추위, 더위와 습기에 시달리면서 색정色情을 자제하지 않고 음식도 마구 먹어대지. 마음의 화를 북돋아 심장을 어지럽히니 몸 안의 오장육부가 타들어가서 9백 푼약 303g의 살점을 썩히지. 밖으로는 49겹의 피부와 8만 개의 모공을 아깝게 닳게 만들고 14개의 경經과 15개의 낙絡[9]을 모조리 비틀어 헐겁게 하며 360개의 골절이 온통 어긋나 버리거든. 이로 인해 모든 병이 생기고 수명이 줄어드니 백 살을 사는 사람이 드문 것이다.

이외에도 여러 근심걱정이 번갈아가며 사람의 마음을 어지럽히는 것이 마치 여름 밤, 날벌레가 등불로 몰려드는 것과도 같구나. 명리名利를 좇아 근심걱정이 끊일 새가 없으니 마치 헤엄치던 물고기가 독이 든 미끼에 걸려든 것과 같도다. 하릴없이 혼을 지치게 만들고 정기精氣를 소진하여 한낱 좁디좁은 가슴 속에 망념妄念의 파도만 거세니 서로 시기 질투하는 모양은 거친 짐승보다 더하지. 그렇기에 불경에서는 이승을 화택火宅[10]이라 하고 도교道敎에서는 사람 몸을 큰 근심의 근원이라고 하였다. 이 모든 것에서 벗어나 인간 세상을 바라보면 마치 펄펄 끓는 열탕熱湯처럼 무시무시하게 느껴지지.

도대체 왜 이런 곳에 몸을 내던진 채 살아가야만 하는가? 3척약 90㎝의 몸을 단련하고 한 치3㎝ 마음을 닦는다면 하늘을 날고 땅에 들어갈

8_ 유학(儒學)에서 인간의 여러 가지 감정을 통틀어 일컫는 말로 기쁨(喜), 노여움(怒), 슬픔(哀), 두려움(懼), 사랑(愛), 싫어함(惡), 바람(欲)을 말한다.

9_ 한의학에서 전신의 기혈(氣血)을 운행하고 각 부분을 조절하는 통로인 경맥과 낙맥을 아울러 경락(經絡)이라 한다.

10_ 불타고 있는 집이라는 뜻으로 불교에서 번뇌와 고통이 가득한 이 세상을 이르는 말.

_ 자신을 비웃은 뇨보들을 노파로 변신시키는 토지

수 있다. 구름을 타고 물위를 달리며 천변만화千變萬化[11]에 거침이 없고 자유자재로 비행하니 설령 천자天子라고 해도 부럽지 않다. 하물며 범인凡人 중에 나보다 나을 자 누구이겠느냐?'

이 신선에게 약의 제조법을 전수받아 고향의 산 속으로 돌아와 칩거하며 수행하였습니다. 솔잎과 복령茯笭[12]을 먹으며 약으로는 토사자免絲子[13]와 모근茅根[14]을 구하였지요. 돌을 짓이겨 기름을 짜고 서리를 달여 엿을 만들며 백화百花의 이슬을 고아서 반죽하여 수시로 먹

11_ 끝없이 변화함.

12_ 구멍장이버섯과의 버섯. 이뇨의 효과가 있어 한방에서 수종(水腫), 설사 따위에 약재로 쓰인다.

13_ 말린 새삼의 씨. 허리와 무릎이 시리고 아픈 데나 설사, 눈이 어두워지는 증상 등에 쓴다.

14_ 한방에서 띠의 뿌리를 이르는 말. 성질은 차고 맛은 쓰며 열병으로 인한 황달 등에 쓰인다.

으니 오랫동안 곡기를 끊어도 전혀 배고픔을 느끼지 않았습니다. 송풍낭월松風朗月[15]을 즐기며 시가를 읊조리고 휘파람을 불고 폭포수에 마음을 달래니 욕심도 없고 노여움도 사라졌지요."

노인의 말을 듣고 요시히로가 물었다.

"나도 선술仙術[16]에 힘쓰면 능히 배울 수 있겠소?"

노인이 대답하였다.

"마음을 고요히 하여 내 것으로 만들고 색을 멀리하시며 욕심을 버리고 산해진미를 물리치십시오. 즐거움도 슬픔도 매한가지로 마음에 담아두지 말고 덕을 두루 베푼다면 자연히 천지의 은혜를 받아 해와 달처럼 언제까지나 장수하실 것입니다. 함부로 보지 말며 함부로 듣지 말고 함부로 말하지 않으며 함부로 행동하지 마십시오. 움직일 때도 멈출 때도 일어서거나 누울 때도 함부로 몸을 움직이지 마시고 항상 이 모든 것을 잘 지키셔야 합니다."

"그렇다면 사람과 어울리는 것이 도를 닦는 데 장애가 되는 것이군. 장애를 피하려고 애쓴다면 사슴이나 원숭이와 다를 게 뭐겠소. 그렇게까지 하면서 오래 산다한들 무슨 소용이란 말인가."

이렇게 대꾸한 후, 요시히로는 이것저것 음식을 권했지만 토지는 아무것도 입에 대지 않았다. 단지 술은 많이 마셨는데 전혀 취한 기색이 없었다. 이런 토지의 모습이 이상하고 볼썽사납다고 여긴 젊은 뇨보女房[17]들이 큰소리로 비웃었다. 토지도 되받아 웃으며 "그대들께서는 제 원망은 마십시오."라고 말한 후 손가락질하니 열일고여덟, 스물네다섯 살 정도의 뇨보들 열대여섯 명이 순식간에 노파로 변하여 피부는 닭살이 되고 등은 상어 비늘처럼 변했다. 게다가 머리가 하얗게 새고 피부는 검게 변했으며 허리가 구부러졌다. 뇨보들이 너

15_ 소나무 숲에 이는 바람과 맑고 밝은 달.
16_ 신선이 행하는 술법.
17_ 황실이나 귀족, 혹은 무사 가문에서 주군을 섬기는 여관(女官).

무 놀라 한탄하고 눈물을 비 오듯 쏟으며 "용서해주세요."라며 두 손 모아 빌었다. 토지가 "그럼 다시는 그러지 마십시오."라며 다시 손가락질을 하니 원래의 모습으로 되돌아왔다.

요시히로가 크게 역정을 내며 토지를 죽이려고 마음먹자 토지가 미리 이를 간파하였다. 그는 "주군의 마음 씀씀이가 이러하니 국운國運도 오래 가지 못할 것이오. 오늘부터 500개월 후, 필경 뜻하지 않은 화를 입을 것이오."라는 말을 종이에 적고 자리에서 일어나는가 싶었는데 어디론가 사라져버렸다. 노인의 행방을 쫓아 전국의 산천을 샅샅이 뒤졌지만 끝내 찾지 못하였다.

요시히로가 '500개월이면 40여 년인데 내가 그때까지 살아있을 리 만무하지.'라고 생각하였다. 그러나 다시 종이를 자세히 들여다보니 '백百'자가 아니라 '개箇'자였다.

아니나 다를까 그로부터 5개월 후, 요시히로는 고노다이鵠野台 전투[18]에서 호조 우지야스北条氏康에게 크게 패하고 말았다. 이와타노 토지岩田刀自의 고향이 어디인지, 누구의 자손인지 아무도 아는 사람이 없었다. 또한 그의 마지막을 아는 사람도 없다고 한다.

18_ 1564년, 현재 치바현 이치카와시(千葉県市川市)에서 일어난 전투로 호조측 군사가 침공하여 사토미측이 위기에 빠졌다.

유녀 미야기노宮木野*

미야기노宮城野는 스루가駿河 지방, 후추府中[1]의 한 여관에 있는 유명한 유녀였다. 용모가 아름답고 필체도 뛰어났으며 시를 잘 짓는데다 마음씨마저 고와서 주변 사람들 모두 미야기노를 흠모하였다. 풍류를 함께하는 주변 유녀들은 그녀의 재능을 질투하고 한량閑良들은 모두 그녀와 정을 나누지 못하는 것을 부끄러워하였다. 그런 까닭에 근자에 가장 뛰어난 유녀라는 평판을 얻었다. 그 옛날 도라 고젠虎御前[2]

---

*_ 『전등신화(剪燈新話)』 3-4 「애경전(愛卿傳)」의 번안.

원화는 절강성(浙江省) 가흥(嘉興) 땅의 명기인 나애애(羅愛愛)와 그녀를 사모하여 부인으로 맞은 조생(趙生)의 슬픈 사랑 이야기이다. 남편이 집을 떠나게 된 이유 정도에 약간의 차이만 보일 뿐, 이 이야기는 대체로 원화에 충실하게 번안되었다. 원화에서 남자 주인공인 조생은 이부상서(吏部尙書)가 된 부친의 옛 동료로부터 강남의 벼슬자리를 주려 한다는 편지를 받고 상경한다. 이 때 망설이는 남편에게 애경은 구구한 은혜와 사사로운 정에 얽매어 공명의 기약을 헛되이 놓치지 말라고 충고한다.

이 이야기가 신겐의 후추 함락에 맞추어진 대목에서 아사이 료이의 의도를 짐작해 볼 수 있을 것이다. 즉 후추는 『오토기보코』 5-2 「유령, 장수를 평하다」에도 언급되었듯이 다케다 신겐의 자형인 이마가와 요시모토(今川義元)의 영지이자 신겐의 아버지인 노부토라를 거두어준 곳이다. 그럼에도 불구하고 다케다 신겐은 이 성을 함락시키고 마는 것이다. 요컨대 아사이 료이는 효와 정절을 다한 미야기노가 몰인정한 침략자인 다케다 신겐의 병사들에 의해 희롱당해 죽었다고 설정, 이러한 도덕적 대비를 통해 극적 효과를 꾀한 것으로 보인다

1_ 시즈오카현 시즈오카시(静岡県静岡市).

2_ 가마쿠라(鎌倉) 시대, 사가미 지방[相模国, 가나가와현(神奈川県)] 오이소(大磯)

과 리키쥬力寿[3]에 버금가는 인물이라며 신분의 고하를 막론하고 한마음으로 미야기노를 칭찬하였다.

8월 보름날 밤, 젊은 사람 몇몇이 여관에 찾아와 달구경을 하며 시를 짓고 노닐었는데 미야기노도 한 수 읊었다.

"바라보면 하염없이 임 그리워지나니 차라리 구름아 가려다오, 가을밤 저 달을."

"새벽 달빛 아래 하룻밤 풋사랑의 이별, 몇 번인가 헤아려보네."

이 시를 두고 진정 유녀인 본인의 처지를 잘도 읊었다며 가볍게 웃어넘기는 사람도 있었고 감동하는 사람도 있었다. 이 자리에 후지이 세이로쿠藤井清六라는 사람이 있었다. 선조는 수령을 지낸 무사 가문으로 원래는 교토 사람이었지만 이리로 옮겨와 살면서 농민이 되어 꽤 많은 전답을 지니며 부를 쌓았고 자손들도 근방에서 부농으로 손꼽혔다. 그 중에서도 세이로쿠는 풍류를 알고 정이 많은 사람이었다. 아버지는 돌아가시고 홀어머니가 계셨다. 아직 홀몸인 세이로쿠는 서글픈 가을 달을 바라보며 시를 읊으며 지내던 중, 오늘 밤 이 자리에 오게 된 것이었다. 그는 미야기노의 시를 듣고 그녀의 아름다운 자태와 교양에 매료되었다. 이윽고 세이로쿠는 여관 주인에게 거액의 몸값을 치루고 미야기노를 부인으로 맞이하였다.

세이로쿠의 어머니는 이 소식을 듣고 한탄하였다.

"후추에서는 남부럽지 않은 가산도 있으니 이름 있는 집안의 딸을 며느리로 삼았으면 싶었는데 하필이면 유녀를 며느리로 맞이하게 되다니 참으로 기가 막히는구나. 유녀를 부인으로 삼아 얼마나 골치 아

의 유녀. 『소가 이야기(曾我物語)』에 등장하는 소가 형제 가운데 형인 소가 스케나리(曾我祐成)의 애인이었다. 용모가 곱고 시에 재능이 있었으나 1193년, 22세의 나이에 스케나리가 아버지의 원수를 갚고 죽임을 당하자 19세인 도라 고젠은 출가하여 비구니가 되었다(1175?-1245?).

3_ 미나모토노 요시쓰네(源義経)의 가신인 사토 다타노부(佐藤忠信)의 애인이었던 유녀. 교토 아와타구치(粟田口)의 유녀로 생몰연대 미상.

픈 일이 생길지 불 보듯 뻔하다. 하지만 이제는 어쩔 도리도 없으니 어서 집으로 데리고 들어오너라."

그러나 미야기노를 며느리로 맞이하고 보니 자태는 물론, 마음씨도 여간 고운 것이 아니어서 어머니는 무척 기뻐하였다.

"설령 고관대작의 딸일지라도 사람 됨됨이가 부족하면 어디에 쓰겠소. 우리 며느리는 친정이 어떤 집안인지는 몰라도 보기 드물게 아녀자의 도리가 몸에 밴 아이라오. 우리 아들이 마음이 뺏긴 것도 다 이유가 있었던 게지."

시어머니는 크게 흡족해하며 미야기노를 더없이 아끼고 소중히 여겼다. 미야기노 역시 마치 친어머니에게 대하듯 시어머니를 봉양하며 극진히 정성껏 효행을 다하였다.

한편, 교토에는 세이로쿠의 외숙부가 살고 있었다. 어머니의 동생으로 병치레가 잦았는데 임종이 가깝다고 여겼는지 사람을 보내어 유언할 것이 있으니 세이로쿠를 올려 보내달라는 전갈을 넣었다.

어머니는 몹시 슬퍼하며 말했다.

"서둘러 올라가 보렴. 내 당장 한달음에 달려가서 만나보고 싶지만 아녀자의 몸이라 그럴 수도 없구나. 너는 남자이니 걸릴 것이 뭐 있겠느냐. 부디 외숙부의 마지막 가는 길을 잘 보살펴드리려무나."

어떻게 해야 좋을지 망설이는 세이로쿠에게 미야기노가 말했다.

"이번에 교토에 올라가지 않으면 늙으신 어머님께서 서방님이 제게 마음을 빼앗겨서 외숙부의 일 따위는 안중에도 없다고 생각하시지 않겠어요? 또한 어머님 뜻을 거스르는 불효자가 됩니다. 그러니 어서 상경하세요. 하지만 어머님이 이미 연로하시어 많이 편찮으십니다. 옛말에도 일할 날은 많지만 부모에게 효도할 날은 적다고 하지 않았습니까. 서산에 지는 달처럼 스러져가는 어머님이시니 모처럼 교토에 가셨다고는 해도 한시라도 빨리 돌아와 주세요."

_ 시어머니의 병수발을 하는 미야기노

부부는 이별의 술잔을 나누었다. 또다시 만난다고는 해도 금실 좋은 두 사람인지라 잠시 동안의 이별도 아쉬워하며 미야기노가 먼저 시 한 수를 읊었다.

"잠시 동안의 여행인줄 알건만 이별이 왜 이리 서러울까요."

세이로쿠도 화답하며 눈물지었다.

"그대도 유난히 이별을 안타까워하니 혹여 이것이 마지막이런가."

이 소리를 들은 어머니가 "이렇게 한심할 데가 다 있나. 곧 돌아올 것을 그토록 아쉬워하다니."라며 서둘러 채비하여 교토로 올려 보냈다.

교토에 당도하니 외숙부는 이미 병이 깊어질 대로 깊어져 결국 돌아가셨다. 슬하에 자녀가 있지만 아직 너무 어린 탓에 외숙모 일가에게 재산을 전부 맡기고 대를 이을 아이의 장래와 뒷일을 당부한 후, 세이로쿠는 고향으로 돌아갈 준비를 하였다. 그러나 때마침 여기저기에서 전란이 일어나는 바람에 곳곳에 관문關門을 설치하여 오가는 사람의 통행을 막고 매일같이 이웃 지방과 고을끼리 서로 전쟁을 치렀다. 세이로쿠 역시 뜻대로 길을 통과하지 못하고 이 여관에서 저 여관으로 옮겨 다니던 중, 일 년 남짓의 세월이 흘렀다. 사람의 왕래가 자유롭지 못한 탓에 고향과의 안부도 끊겨 가족은 서로 생사 여부도 알 수 없었다.

후추의 어머니는 오랫동안 아들이 돌아오지 않자 아침저녁으로 그리워하며 마음을 졸였다.

"이럴 줄 알았다면 교토에 보내지 말 것을. 굳이 올려 보내놓고 죽었는지 살았는지 생사조차 알 길이 없으니 억장이 무너지는구나."

이렇듯 눈물로 세월을 보내던 어머니는 기어이 깊은 병을 얻어 몸져눕고 말았다. 미야기노는 밤낮으로 정성을 다해 시어머니의 병수발을 하였다. 약도 자신이 먼저 맛을 본 후 드리고 죽도 손수 끓여 올리며 신불에게 "제가 대신 받겠으니 부디 어머님의 병을 낫게 해주세요."라고 기원드렸지만 전혀 차도가 없었다.

반 년이 지난 어느 날, 이제 이승의 마지막이라고 생각한 시어머니가 미야기노를 불러 말했다.

"세이로쿠가 교토에 올라간 후, 세상이 어지러워지고 길이 막히는 바람에 소식이 끊긴 지 오래 되었구나. 내가 힘든 병치레를 하는 동안 네가 며느리로서 지성으로 수발을 드니 친자식이라도 그렇게 하지는 못했을 거다. 너야말로 세상에 다시없는 효부이다. 이제는 아무런 여한도 없다만 네 은혜를 갚지도 못하고 세상을 뜨고 마는구나. 며늘아기야, 너는 장차 아이도 낳을 텐데 손자를 보지도 못하고 죽는구나. 네가 나를 지극정성으로 섬긴 것처럼 네 아이도 네게 효행을 다할 것이야. 입에 올리기도 황송하지만 하늘도 무심하지 않다면 내가 한 말을 이루어 주실 게다."

이 말을 마지막으로 시어머니는 그대로 숨을 거두고 다시 깨어나지 않았다. 미야기노는 슬픔에 복받쳐 눈물을 비오듯 흘렸다. 장례를 치루고 사십구재를 정성껏 올리는 동안, 슬픔에 겨워 머릿결이 광채를 잃고 야윈 미야기노의 모습에 주위 사람들은 무척 애처로워했다.

에로쿠永禄 11년1568, 다케다 신겐武田信玄[4]이 스루가 지방, 후추 성에

4_ 가이[甲斐, 야마나시현(山梨県)]와 시나노[信濃, 나가노현(長野県)]를 통치하던 전국 시대 다이묘(大名, 1521-73).

_ 집집마다 약탈을 일삼는 병사들

들이닥쳐 민가에 불을 지르니 마침내 이마가와 우지자네今川氏真[5]는 어디론가 도망치고 말았다. 다케다의 병사들이 집집마다 쳐들어가 함부로 약탈을 하는 등, 이루 말할 수 없이 행패를 부렸다. 병사들은 용모가 빼어난 미야기노를 붙잡아 욕보이려고 하였지만 미야기노는 집안 깊숙한 곳으로 도망쳐 들어가 스스로 목을 매어 자결하였다. 병사들은 그녀의 절개를 기리며 시신을 뒤뜰 감나무 아래에 묻었다.

이윽고 후추가 다케다의 수중에 들어가자 세상이 조용해지고 길이 열려 사람들의 왕래도 자유로워졌다. 도카이도東海道[6]의 여러 쇼군들도 화친和親을 맺은 덕분에 후지이 세이로쿠는 간신히 고향으로 돌아올 수 있었다. 그러나 후추의 모습은 너무나도 달라지고 집은 텅 비어 있었다. 기둥은 기울고 처마는 내려앉았으며 풀만 무성할 뿐, 노모와 미야기노가 어디로 갔는지 아는 사람은 아무도 없었다. 문 밖에 나가보니 마침 예전에 부리던 하인이 오고 있었다.

불러세워 자초지종을 물어보니 하인이 대답하였다.

"큰마님께서 중병을 앓자 미야기노 아씨가 마님의 병을 대신하겠

5_ 스루가의 다이묘로 이마가와 가문의 10대. 아버지인 요시모토(義元)가 오케하자마(桶狭間) 전투에서 오다 노부나가(織田信長)에게 기습당하여 전사한 후 대를 이었으나 다케다 신겐과 도쿠가와 이에야스(徳川家康)에게 침략당하여 이마가와 가문은 멸망하였다(1538-1615).

6_ 태평양 연안에 접해 있는 지역.

다며 신불에게 기원드리며 밤낮으로 곁에서 병수발을 드셨습니다. 하지만 그 보람도 없이 큰마님께서는 돌아가시고 말았습니다. 그 후 다케다 신겐에게 후추가 함락당하자 이마가와 우지자네는 행방을 감추었지요. 미야기노 아씨는 적군에게 몸을 더럽히지 않으려고 목을 매어 자결하셨어요. 군사들이 그 정절에 감복하여 아씨의 시신을 뒤뜰 감나무 아래에 묻었습니다."

_ 미야기노를 욕보이려는 병사들

세이로쿠는 하늘이 무너지는 슬픔에 피눈물을 흘리며 미야기노가 묻힌 곳을 파헤쳐보니 마야기노는 얼굴이 살아 있는 듯하고 피부색도 변하지 않았다. 세이로쿠가 발버둥을 치며 숨이 끊어질듯이 울부짖었지만 아무 소용이 없었다.

이후 미야기노의 시신을 어머니의 무덤에 합장하고 향을 피우며 말했다.

"당신은 평소에 지혜롭고 마음씨가 착했소. 다른 사람과 달리 몸가짐도 단정하고 법도에 어긋나지 않았지. 설령 죽었다 할지라도 보통 사람과 같지는 않을 것이오. 오랫동안 소식이 끊긴 건 내 탓이 아니라 뜻대로 되지 않는 허무한 세상 탓이라오. 황천의 저 밑바닥에 있다 하여도 당신은 지혜로우니 내 말을 알아들었다면 단 한 번만이라도 내게 모습을 보여주시오."

세이로쿠는 해가 뜨면 무덤에 가고 해가 지면 집으로 돌아와 슬퍼하며 스무 날 정도를 보냈다.

_ 유령이 되어 남편을 찾아온 미야기노

달빛이 어둡고 별빛이 초롱한 어느 날 밤, 세이로쿠가 홀로 등불 아래 앉아 있으려니 미야기노의 모습이 그림자처럼 나타났다.

"서방님의 간절한 마음에 감복하여 사록신四錄神[7]에게 잠시 허락을 얻어 이렇게 찾아왔습니다."

미야기노는 조용히 서서 그동안의 일들을 이야기하였다. 세이로쿠는 더욱 슬픔에 잠겨 노모에게 효행을 다한 일, 자결로써 정절을 지킨 일 등, 고마움에 눈물을 흘렸다.

미야기노가 말했다.

"소첩은 본디 양가집 규수가 아니었습니다. 어쩌다 정처 없이 떠도는 유녀가 되어 몸은 맺어도 마음은 주지 못하고 새벽에 헤어져도 이별의 아쉬움을 몰랐습니다. 분을 바르고 꽃단장하여 나그네에게 웃음을 팔았답니다. 마치 길가의 버드나무, 담장 밑의 꽃처럼 오가는 사람들이 꺾어주기만을 바랐지요. 아름다운 용모와 세련된 말솜씨로 손님을 보내고 맞이하며 지냈습니다. 서쪽에서 내려온 사람과 하룻밤을 같이하면 서쪽 사람의 부인이 되고 동쪽에서 올라온 사람과 정을 나누면 동쪽 사람의 부인이 되어 망망대해에 떠도는 조각배처럼 서글피 하룻밤 정을 나누고 부질없는 풋사랑으로 세월을 보냈습니다.

하지만 서방님을 만나 진정 한 남자의 아내가 되어 옛 행실을 버리고 바른 길을 가고자 애썼습니다. 이렇듯 뜻하지 않은 재난을 당한

7_ 지옥의 여덟 신 가운데 하나. 중생들의 선악을 기록해 두었다가 염라대왕에게 보고하는 임무를 맡는다.

것도 전세의 업이겠지요. 그러나 정절과 효행의 덕으로 인해 옥황상제님과 염라대왕님께서 소첩을 남자로 다시 태어나게 해주셨습니다. 가마쿠라鎌倉의 기리도오시切通路[8]에 부잣집이 있는데 주인의 이름은 다카쿠라高座 아무개라고 합니다. 서방님, 제가 다시 생을 얻어 내일 이 집에 태어날 것이니 이리로 찾아오세요. 서방님을 보면 아기가 웃을 것이니 이를 증표로 알아주세요."

말을 마친 미야기노는 눈[9]처럼 사라져버렸다.

세이로쿠는 여전히 슬픔에 잠겨 지내다가 7일 후, 가마쿠라에 있는 다카쿠라 아무개의 집을 찾아가 주인 만나기를 청하였다.

"요 근자에 이 집에 아기가 태어났는지요? 사연이 있어서 그러니 아기를 한번만 보여주십시오."

그러자 집안 사람이 "뱃속에서 20개월을 있었지요. 태어나서 지금까지 밤낮없이 울기만 하고 그치지 않습니다."라며 아기를 보여주었다. 아기는 세이로쿠를 보자마자 방긋 웃으며 울음을 그치고 기쁜 듯 옹알이를 하였다. 세이로쿠가 그간의 사정을 설명하자 집안 사람들은 세이로쿠와 친척이 되기로 약속한 후 서로 끊이지 않고 왕래하였다고 한다.

8_ '기리도오시'란 산이나 언덕을 깎아 넓힌 길을 말한다.
9_ 안개를 잘못 쓴 듯.

거미 거울*

에이쇼永正 연간1504-20의 일이던가, 엣추越中 지방의 도나미산砺並山[1] 근처에 사는 사람이 있었다. 평소에는 나무를 하거나 산비탈에 밭을 일구고 봄이면 누에를 치며 살아갔다. 누에를 칠 무렵에는 산 속 마을로 들어가 뽕잎을 사들이고 여름이 되면 다시 산 속 마을을 돌아다니며 명주실과 목화를 사들여 대처에 내다 팔아 돈을 벌었다.

산 능선을 타고 이 산에서 저 산으로 깊이 들어가다 보면 골짜기도 험하고 계곡물도 깊어 건너기 힘든 곳도 많았다. 어떤 곳은 등나무 밧줄이 건너편 계곡의 이끼 낀 언덕 바위나 큰 나무 밑동에 매어져 있어 사람들은 이 밧줄에 매달려 건넌다. 이렇게 하지 않으면 넘실대는 빠른 물살에 순식간에 휩쓸려 떠내려가다 바위 모서리에 부딪혀 죽고 만다. 혹은 동쪽 언덕에서 서쪽 언덕까지 포도나무 줄기로 만든

---

*- 오조소설(五朝小說)인 『낙고기(諾皐記)』「원화중소담운운(元和中蘇湛云云)」의 번안.

원화는 당나라 원화 연간(806-820)에 소담(蘇湛)이라는 사람이 봉작산(蓬鵲山) 유람을 하던 중, 거울처럼 빛나는 물건을 발견하고 이를 차지하려다가 목숨을 잃는 이야기이다. 원화의 마지막 대목에는 거미줄을 하인의 상처부위에 갖다대니 금새 지혈이 되었다는 내용이 있으나 이 이야기에는 생략되어 있다.

1- 도야마현 오야베시(富山県小矢部市)와 이시카와현 가호쿠군 쓰바타마치(石川県河北郡津幡町)에 걸쳐 있는 산. 1183년, 기소노 요시나카(木曾義仲)와 다이라노 고레모리(平維盛)가 전투를 치룬 곳으로 유명하며 교통과 군사의 요충지이다.

밧줄을 치고 여기에 걸어놓은 대나무 바구니에 사람이 타면 건너편에서 바구니를 잡아당긴다. 바구니에 탄 사람도 밧줄을 끌어당기며 건너는데 만약 바구니를 건 밧줄이 끊어지기라도 하면 소용돌이치는 계곡 물살에 떠내려가 바위에 부딪혀 목숨을 잃기도 한다.

5월 중순 경, 도나미 상인이 명주실과 목화를 사기 위해 깊은 산 속으로 들어갔다가 상당히 험한 계곡을 만났다. 바위 언덕은 마치 병풍을 쳐놓은 듯하고 물은 짙은 쪽빛이었다. 큰 나무들이 빽빽이 들어차 햇볕도 들지 않은 곳이었는데 계곡 옆에 지름이 석 자약 90㎝ 정도 되는 거울 하나가 보였다. 거울 빛은 환하게 반사되어 물에 어른거렸다.

이를 본 상인이 생각했다.

'말로만 듣던 중국의 양귀비가 지녔다던 명왕경明王鏡[2]이나 장기張琦의 신괴경神怪鏡[3]도 저 거울보다는 못할 거야. 백낙천白樂天이 읊은 백련경百練鏡[4]인가, 아니면 하늘나라의 거울이 떨어졌나. 어찌 되었든 영험한 거울인 것만은 틀림없어. 바위틈을 타고 건너가서 거울을 가지고 돌아가 팔아 한 밑천 건져야지.'

이렇게 마음먹은 상인은 거울이 있는 곳을 눈여겨 본 후 집으로 돌아와 부인에게 이야기하자 부인이 말했다.

"어찌 깊은 산속 계곡 그늘에 그런 거울이 있을 리 있겠어요? 설령 있다 해도 목숨과 바꿔 재물을 얻어 남겨 놓은들 무슨 소용입니까?

2_ 당나라 현종 황제는 총애하는 양귀비(楊貴妃)가 병이 들어 근심하였다. 어느 날 현종에게 종규(鍾馗)의 영혼이 나타나 생전에 진사 시험에 낙제하여 자살한 자신에게 관직을 내리고 정성껏 장례를 치러준 보답으로 양귀비를 낫게 해주겠다고 약속하며 명왕경(明王鏡)을 양귀비 머리맡에 놓아두라고 말한 뒤 사라졌다. 종규의 말대로 거울을 두자 병귀(病鬼)의 모습이 비춰졌고 현종이 검을 빼어들고 이 귀신을 베어버리려 하는 찰나, 귀신은 사라지고 말았다. 그때 어디선가 종규가 나타나서는 귀신을 간단히 해치우자 양귀비의 병은 씻은 듯이 나았다.

3_ 출전 미상.

4_ 백낙천(白樂天)이 신악부(新楽府)에서 읊은 거울로 당나라 현종 때, 양주(楊州)에서 나는 동(銅)으로 배 안에서 수십 번이나 담금질을 하며 만들었다는 거울.

_ 거대한 거미에게 죽임을 당한 상인

만약 발을 헛디뎌 물에 빠진다면 뒤늦게 후회해도 소용없잖아요. 제발 그만두세요."

그러자 상인이 말했다.

"발을 헛딛지 않을 자신이 있소. 다른 사람들이 발견하기 전에 빨리 손에 넣어 팔아다가 돈을 벌어야겠소."

상인은 날이 밝기가 무섭게 칼을 차고 집을 나섰다. 부인은 불안한 마음에 부리던 하인 하나와 아들과 함께 녹슨 창과 큰 도끼를 가지고 남편의 뒤를 좇아갔다.

산 속 깊이 들어가 골짜기에 다다르자 과연 하얗게 빛나는 둥글고 큰 거울이 있었다. 상인이 계곡의 바위 사이를 타고 건너 빛나는 거울 근처로 다가가는가 싶더니 갑자기 크게 외마디 비명소리가 들리고 이내 조용해졌다. 부인과 아들이 놀라 서둘러 계곡으로 내려가 보니 누에고치처럼 온몸이 실에 칭칭 감겨 있는 상인에게 커다란 검은 거미가 착 달라붙어 있었다. 세 사람이 달려들어 창으로 거미를 떼어내고 큰 도끼로 잘라낸 다음, 칼로 실을 끊어내고 보니 상인은 머리가 깨져 피를 흘린 채 죽어 있었다. 거미가 발을 벌린 모양은 마치 수레바퀴처럼 보였다. 부인과 아들은 울며 나무를 모아 불을 지펴 거미를 태우니 악취가 산천에 진동하였다. 가족은 남편의 시체를 수습하여 마을로 내려와 장례를 치렀다. 옛날부터 거미가 거울로 둔갑하여 종종 사람을 홀리는 일이 있다고 한다.

백골 요괴*

나가마노 사타長間佐太는 노슈濃州[1] 사람이었다. 분키文亀 연간, 병인년丙寅年[2]에 쇼군의 군역軍役을 치루기 위해 교토로 올라와 군역을 마친 후에도 고향으로 돌아가지 않고 있었다.

"쏜 화살이 다시 돌아오지 않듯 한번 떠난 고향 두 번 다시 돌아가지 않으리."

이런 시를 읊은 후, 그는 불교에 귀의하여 교토 북쪽 가시와노柏野[3] 근처에 초막을 짓고 살았다. 늘 걸식만 할 수도 없어 기타야마北山[4]에 가서 땔감을 사다가 장안에 내다팔며 생계를 이어갔다. 약간의 돈이 생기면 술과 떡을 사먹고 엉덩이를 두드려가며 노랫가락을 흥얼거리

---

*_ 오조소설(五朝小說)인 『규차지(睽車志)』「유선생자하삭인운운(劉先生者河朔人云云)」의 번안.

원화는 황허 강 이북인 하삭(河朔) 사람으로 60여 세가 된 유선생(劉先生)이 형산(衡山)에서 마을로 나와 살 때의 체험담 형식을 취한다. 원화도 두 가지의 내용으로 나뉜다. 먼저 생계를 위해 크고 작은 붓과 종려나무 털로 만든 빗자루를 가지고 다니며 절이나 사당에 모셔 놓은 신불상을 청소하며 사례비를 받으며 한 부자에게서 받은 솜옷을 돌려주는 내용, 다음으로 이 이야기와 같이 해골과 조우하는 내용이 들어 있다.

1_ 기후현(岐阜県).

2_ 분키(文亀, 1501-04) 연간에 병인년은 없으며 가장 가까운 병인년은 에이쇼 3년(永正3, 1506)이다.

3_ 교토시 기타구 시바노(京都市北区柴野)에 있는 들판.

4_ 교토 북쪽을 감싸고 있는 여러 산과 그 부근.

면서 초막으로 돌아오곤 하였다. 어느 때는 절에 가서 마당을 쓸거나 부처님 전의 먼지를 털어내다가 해가 저물어 갈 길이 멀면 불당 처마 밑에서 하룻밤을 지새우고 날이 새면 다시 땔감을 짊어졌다. 감물 들인 홑겹 웃옷 한 벌마저 솔기가 터졌어도 전혀 개의치 않았다.

도키 나리요리土岐成頼[5]의 부하 가운데 이시즈石津 아무개[6]라는 사람이 있었다. 그는 같은 고향 사람이라는 인연을 생각해서 나가마노 사타에게 웃옷 한 벌과 300푼을 주며 "가끔 이곳에 들러 밥이라도 드시게나."라고 권하였다.

이를 받아들고 초막으로 돌아간 사타는 4, 5일이 지나 다시 이시즈를 찾아와서 옷과 돈을 돌려주었다.

"물건을 쟁여두는 건 처자식을 거느린 사람들이나 할 일인가 봅니다. 나는 속세에 미련이 없으며 처자식도 없습니다. 홀몸이라 발길 닿는 곳이 집이오, 먹을 때가 끼니때이니 얽매일 게 없어 무척이나 마음이 홀가분했지요. 그런데 초막에 옷과 돈을 놓아 두니 밖에 나와서도 빨리 돌아가려는 마음이 들지 뭐겠습니까. 초막을 나설 때마다 문단속을 하고 도둑이 들지 않을까 전전긍긍하게 되니 그동안 누렸던 행복이 온데간데없이 사라져버렸답니다. 고작 이 정도 물건 때문에 마음 고생을 하다니 한심하기 짝이 없는 일 아니겠습니까."

어느 날, 사타가 기타야마에 다녀오던 길에 시간이 늦어져 렌다이노蓮台野[7]에 접어들 무렵에는 한밤중이 되어 버렸다. 길가에 있던 오래 된 무덤 하나가 갑자기 양쪽으로 갈라지며 허물어졌다. 원래 담력도 세고 힘도 좋은 사타는 조금도 놀라지 않고 멈추어 서서는 보고

5_ 무로마치(室町) 시대에서 전국(戦国) 시대의 무장(1442-97). 노슈의 슈고다이묘(守護大名).

6_ 미상.

7_ 교토시 기타구(京都市 北区) 후나오카산(船岡山) 서쪽 기슭에 있는 공동묘지.

_ 백골 요괴를 물리친 사타

있었다. 그러자 무덤 안에서 밝은 불빛이 새어나와 순식간에 횃불처럼 주변을 훤하게 밝혔다. 무덤 안에는 머리에서 발끝까지 온전한 한 구의 백골이 살과 힘줄이 하나도 없이 그저 머리와 팔다리가 붙은 채 누워 있을 뿐, 그 이외에는 아무것도 없었다. 그런데 갑자기 백골이 벌떡 일어나서는 사타에게 척하고 들러붙는 것이었다. 힘세고 용감한 사타가 있는 힘껏 백골을 밀쳐내자 백골이 벌렁 나자빠지며 머리와 팔다리가 산산조각이 난 채, 두 번 다시 움직이지 않았다. 불빛도 사라져 주변은 다시 어두워졌는데 누구의 무덤인지도 알 수 없었다. 다음날 가서 보니 부서진 백골과 무너진 무덤이 그대로 남아 있었다. 그 후 어떻게 되었는지는 사타도 몰랐다.

횡사横死의 흉몽凶夢*

교토쿠亨徳 연간1452-55에 호소카와 가쓰모토細川勝元[1]의 부하인 이소노야 진시치磯谷甚七[2]라는 사람이 어느 날, 낮잠을 자고 있었다. 그 사이 부인이 밖에 나가보니 낯선 사람이 오른손에 큰 칼을 빼어들고 왼손에는 이소노야의 머리를 든 채 달려 나가더니 어디론가 사라졌다. 너무 놀란 부인이 두려움에 떨며 방 안으로 들어와 보니 그때까지 이소노야는 곤한 낮잠에 빠져있었다. 부인은 가슴이 철렁 내려앉고 손발마저 얼어붙은 듯

_ 낯선 자가 이소노야의 머리를 들고 사라지다.

*_ 오조소설(五朝小說)인 『집이지(集異志)』「북제이주세륭운운(北齊爾朱世隆云云)」의 번안.

원화는 북제(550-577) 시대, 상서령(尙書令)이 된 주세륭(朱世隆)이 당한 화를 소재로 하며 이 이야기와 동일한 내용이다.

1_ 무로마치(室町) 시대 무장. 1443년 이후 세 번에 걸쳐 간레이(管領)를 맡았다(1430-73).

2_ 미상.

말을 듣지 않는 것이 마치 꿈을 꾼 것만 같았다.

잠시 후 부인이 남편을 흔들어 깨우자 잠에서 깬 이소노야가 일어나 앉으며 꿈 이야기를 꺼냈다.

"꿈에 어떤 사람이 내 목을 치고 머리를 가져가는 꿈을 꾸었소. 왠지 꺼림칙하구려."

이소노야는 야마부시山伏[3]를 불러다 악몽을 길몽으로 바꾸는 주술을 행하였다.

그 달 하순, 주군인 가쓰모토가 쇼군의 미움을 사게 된 일이 일어났다. 가쓰모토는 자신의 실책을 모면하기 위해 부하에게 죄를 뒤집어 씌웠고 결국 무고한 이소노야의 목을 베어 버렸다. 부하를 죽여 자신의 죄를 덮은 것이다.

3_ 산에 거주하며 깨달음을 얻기 위해 엄격한 수행을 하는 슈겐도(修驗道)의 행자. 슈겐도란 전통적인 산악(山岳) 신앙과 불교가 혼합된 일본 특유의 종교를 말한다.

伽婢子

卷七

에마絵馬의 질투*

교토 후시미伏見의 고코노미야御香の宮는 진구황후神功皇后[1]를 모신 신사神社이다. 원래 큰 신사에서 모시는 신이기에 많은 사람들이 찾아와 우러러 받든다. 기원을 드리는 사람들이 에마絵馬[2]를 걸고 따뜻한 물을 올리면 소원성취에 영험이 있었다. 따라서 신전에 걸어둔 에마도 많아서 고삐를 묶어둔 말, 아름다운 안장을 얹은 말, 돛단배, 꽃과 새, 풀과 나무, 또는 미인이 노니는 모습 등 그림의 종류도 다양하였다.

분키文亀 연간1501-04에 교토 시치조七条 근처의 한 상인이 나라奈良에 드나들며 장사를 하고 있었다. 9월 말경, 상인은 나라에서 교토로 돌아오는 길이었다. 가을이라 해가 일찍 저물어 오구라 제방小椋堤을 넘어 후시미에 도착하자 이미 인적도 끊어졌다. 산기슭에 도깨비불이 번쩍이며 승냥이 소리도 들려오자 몹시 무서워진 상인은 고코노미야에 들러 밤을 새우기로 마음 먹었다. 배례전拝禮殿에 팔베개를 하고

---

*- 오조소설(五朝小說)인 『영귀지(靈鬼志)』「승아(勝兒)」의 번안.

1- 주아이(仲哀) 천황의 황후이자 오진(応神) 천황의 어머니(170-269). 『日本書紀』에 의하면 남편인 주아이 천황이 갑자기 죽은 후 스미요시 오카미(住吉大神)의 신탁에 의해 임신한 몸으로 바다를 건너 조선반도에 출병, 신라를 항복시켜 조공을 약속받고 고구려와 백제도 조공을 서약했다고 한다.

2- 기원을 하거나 소원이 이루어졌을 때, 사례로 신사나 절에 봉납하는 그림 액자.

누워 소나무 사이로 부는 서늘한 바람 소리를 벗 삼아 희미한 등잔불에 의지하여 잠시 눈을 부쳤다. 잠시 후 한 사람이 머리맡으로 다가와 상인을 깨웠다.

상인이 일어나 앉자 푸른색 도포에 갓을 쓴 사람이 말했다.

"지금 귀한 분께서 오셨으니 조금 한쪽으로 비켜서 쉬시지요."

상인은 선뜻 마음이 내키지 않았지만 한쪽 구석으로 자리를 옮겨 지켜보고 있자 아름다운 여인이 여종을 데리고 배례전으로 올라왔다. 여인은 돗자리 위에 비단 깔개를 깔고 등잔을 밝힌 후, 술과 안주를 꺼낸 다음 주위를 둘러보았다. 그리고는 상인이 웅크리고 있는 것을 보고는 미소지으며 말했다.

"그쪽에 계신 분은 나그네이신가요? 길 위에서 해가 저물어 낯선 곳에서 밤을 지새우는 것만큼 처량한 일은 없다지요? 어려워하지 마시고 이리로 와 즐기시지요."

상인은 기뻐하며 염치불구하고 무릎걸음으로 다가와 앉았다.

"좀 더 가까이 오셔서 편안히 한잔 드세요."라며 깔개 위로 상인을 맞이하는 여인의 모습은 진정 '태액太液의 부용芙蓉이요, 미앙궁未央宮의 버들'[3]이었다. 얼굴은 부용 같고 눈썹은 버들 같다던 양귀비는 옛날이야기에나 전해오니 알 길이 없고 '한 번 돌아보면 나라가 기울고 두 번 돌아보면 성이 기운다.'던 이부인李夫人[4]도 본적이 없어 모르겠지만 이 두 사람 모두 이 여인보다 못하리라 여겨질 만큼 아름다웠다. 대체 누구기에 여기 있는 걸까, 어떤 인연이 있어 이렇게 한자리에 앉게 된 걸까. 상인은 넋이 나가 도무지 꿈인지 생시인지 분간할 수 없었다.

3_ 미인의 형용. 백거이(白居易)의 『장한가(長恨歌)』의 한 구절. '태액부용미앙류 부용여면류여미(太液芙蓉未央柳 芙蓉如面柳如眉)—태액지의 부용도 미앙궁의 버들도, 부용은 양귀비 얼굴, 버들은 눈썹'.

4_ 전한(前漢)의 7대 황제인 한무제(漢武帝, B.C. 156-87)의 애첩.

_ 고코노미야의 배례전에서 우연히 만난 미인들과 풍류를 즐기는 상인

열일고여덟쯤 되어 보이는 여종도 자색이 빼어났다. 눈썹 색깔은 먼 산의 무성한 숲처럼 푸르고 부드러우며 고른 치아는 눈처럼 희었다. 허리는 실타래 같고 손은 죽순처럼 가지런히 뻗었는데 목소리도 낭랑하고 우아하였다. 주인인 여인이 술잔을 들어 건네자 상인은 얼떨결에 석 잔을 비웠다. 여종이 비파를 꺼내어 타기 시작하였다. 여인도 거문고를 가져오게 하여 기러기발을 조절한 뒤 나지막이 노래를 부르며 연주하였다. 상인은 분위기에 취하여 몇 잔을 더 비우고 나서 당시 세간에 유행하던 '나미마쿠라波枕'라는 노래를 불렀다. 목소리를 가다듬고 구성지게 뽑아내는 곡조에 거문고와 비파가 가락을 맞추는 소리가 하늘에 울려 퍼져 신사 주변에 가득 차니 대들보의 먼지마저 날릴 정도였다.

거나하게 취기가 오른 상인은 품속을 더듬어 은으로 만든 꽃문양의 작은 상자를 꺼내어 여인에게 주었다. 그리고는 바다 거북이 껍질인 대모玳瑁로 만든 가조각假爪角[5] 하나를 싸서 여종에게 건네며 슬며시 손을 잡자 여종도 방긋 웃으며 상인의 손을 마주잡았다. 이 광경을 본 여인이 질투하는 빛을 역력히 드러내며 시 한 수를 읊었다.

"얄미운 소나무 바람, 세차게 불지 말거라,

애써 표시해 둔 내 국화 울타리이란다."

뒤이어 여인은 옆에 있던 잔 받침을 들어 여종의 얼굴을 향해 던졌다. 여종의 얼굴이 찢어져 피가 흘러 소매와 깃이 모두 붉게 물들었다. 상인이 놀라 일어나려고 하는 찰나, 꿈에서 깨어났다.

날이 밝은 후 상인은 신전에 걸려 있는 에마를 살펴보았다. 그 중에 비단 깔개 위에 아름다운 여인이 거문고를 뜯고 그 앞에는 여종이 비파를 타고 있으며 이들 옆에 푸른 도포에 갓을 쓴 남자가 앉아 있는 그림이 있었다. 여종의 얼굴에는 크게 찢어진 상처가 있었는데 꿈속에서 본 얼굴과 똑같았다. 그림 속의 여인이 꿈속에 나타나 함께 즐긴 것이 분명하였다. 여인은 정이 들면 질투한다는 사실은 그림을 보고도 알 수 있는 것이다. 본래 이 그림을 누가 그렸는지는 알 수 없었다.

5_ 비파를 탈 때 손가락 끝에 끼우는 소도구. 뿔을 골무 모양으로 깎아 만든 것으로 손톱을 보호하기 위하여 사용한다.

죽은 후 관직을 얻은 청백리*

아시누마노 지로 우에몬 시게토키芦沼次郎右衛門重辰는 우에스기 노리마사上杉憲政[1]가 가마쿠라의 간레이管領[2]로 있던 시절, 소슈相州 후지사와藤沢[3]의 다이칸代官[4]으로 있다가 병사하였다. 그의 뒤를 이어 조카인 미호노 쇼하치三保庄八가 다이칸이 되었다. 아시누마는 평생 독신으로 살면서 정인情人도 두지 않고 오로지 청렴결백을 목숨처럼 여기며 지냈다. 딱히 학문에 전념하거나 불교에 귀의한 것도 아니었다. 천성이 정직하고 올바른 도리를 지켜 백성을 불쌍히 여기며 조금도 물욕物慾이 없었다. 그와는 반대로 쇼하치는 백성들을 몰아붙이고 지나치게 탐욕을 부려서 사람들은 쇼하치가 분명 오래 가지 못할 거라고 손가락질하며 미워하고 싫어하였다.

---

*_ 오조소설(五朝小說)인 『영귀지(靈鬼志)』「소소(蘇韶)」의 번안.
원화는 춘추전국 시대, 제(齊)나라 사람인 소소(蘇韶)가 죽어 사촌인 절(節)의 꿈에 나타나 훈계하는 내용이다. 삭발당하는 이유가 원화는 천자의 행렬을 침범한 죄임에 비해 이 이야기에서는 백성들을 착취한 죄로 설정하여 보다 교훈적인 색채를 더하고 있다.

1_ 무로마치(室町) 말기와 전국(戦国) 시대에 걸친 무장으로 1530년, 관동(関東) 간레이가 되었다(1523-79).

2_ 가마쿠라 시대의 싯켄(執権)에 해당하는 무로마치 시대의 관직명. 쇼군 다음 가는 최고 관직으로 쇼군을 보좌하여 막부의 정무를 총괄하였다.

3_ 가나가와현 후지사와시(神奈川県藤沢市).

4_ 장원(莊園) 관리, 조세 징수, 치안유지를 담당하는 관리.

_ 꿈속에 나타난 사람들에게 삭발 당하는 쇼하치

어느 날 밤, 쇼하치의 꿈에 낯선 사람이 나타났는데 무척 성난 표정이었다. 그를 뒤따르는 십여 명의 사람들은 저마다 활, 도끼, 긴 칼 등을 들고 있었다.

무리 가운데 대장으로 보이는 그 사람이 돌아보며 명령하였다.

"미호노 쇼하치의 악행이 쌓일 대로 쌓였다. 팔을 뒤로 결박하고 목을 베어라."

그 때 마침 백부伯父인 아시누마가 그에게 다가가서 말했다.

"쇼하치의 소행은 진정 도리를 저버린 것으로 그 죄가 가볍지 않사오나 제발 한번만 용서해주십시오. 목숨만 살려주신다면 대신 쇼하치의 머리를 깎겠습니다."

대장이 코웃음을 치며 물었다.

"조카라서 불쌍히 여기는 것을 내 모르는 바가 아니다. 정녕 지금 이후부터 평소의 악행을 뉘우치고 좋은 일에 힘쓸 테냐?"

쇼하치가 황송해하며 그동안 지은 죄를 빌자 대장이 명령하였다.

"그렇다면 내가 보는 앞에서 머리를 밀어라."

사람들은 면도칼을 꺼내어 쇼하치를 꼼짝 못하게 붙잡은 다음, 그의 머리를 삭발하였다.

꿈에서 깬 쇼하치가 머리를 만져보니 머리카락이 모두 잘려 베개 머리맡에 떨어져 있고 영락없는 스님의 몰골이 되어 있었다. 이런 모습에 처자식들은 울며 슬퍼하였지만 어쩔 도리가 없었다. 쇼하치는 가족들과 작별하고 마음에도 없는 출가자가 되어 고묘사光明寺[5]에 틀어박혀 염불을 외며 지냈다.

어느 날 밤, 아시누마가 찾아왔다. 쇼하치는 꿈만 같아 "어떻게 오셨어요?"라고 물으니 아시누마가 대답하였다.

"네가 스님이 되어 불문에 귀의했으면서도 한 번도 내 무덤에 찾아온 적이 없구나. 내일은 반드시 찾아와서 소토바率堵婆[6]를 세워라."

"소토바에는 뭐라고 적을까요?"

쇼하치의 물음에 아시누마는 벼루를 가져오게 하여 글씨를 썼는데 모두 범자梵字여서 읽을 수가 없었다.

아시누마가 꾸짖으며 말했다.

"이승과 저승의 글자는 다르니 이것은 광명진언光明眞言[7]이다. 뒤에는 나의 법명을 적어 넣어라. 나는 죽어 명부冥府의 관원이 되었다. 너는 평소에 악행을 일삼아 사욕을 채우고 백성을 착취하여 세금을 무겁게 매기며 볏짚에서 나무에 이르기까지 탐욕스럽게 거두어들여 제 것으로 삼는 등, 엄청난 비행을 저질렀다. 이로 인해 민심을 잃고

5_ 가나가와현 가마쿠라시(神奈川県鎌倉市)에 위치한 정토종(浄土宗)의 대본산으로 본존은 아미타삼존.

6_ 추선공양을 위하여 무덤 뒤에 세우는 끝이 탑 모양으로 뾰족한 좁고 긴 판자. 범자(梵字), 경문(經文), 계명(戒名) 등을 적는다.

7_ 다라니의 이름. 부처의 광명을 얻어서 모든 죄업을 없애는 공덕을 성취하게 되는 진언.

백성들의 기대를 저버렸기에 옥황상제님께서 괘씸히 여기시고 너의 복분福分의 표찰을 부수셨으며 염라대왕께서 크게 노하셔서 너의 복수福壽의 표찰[8]을 지우셨으니 악귀들이 이를 알고 네게 화를 입히려고 달려든 것이다. 그냥 놔두었더라면 너는 필경 검은 포승줄에 묶여 시퍼런 칼날에 몸뚱이가 날아가 목숨을 잃었을 게야. 더욱이 그 여파가 너 하나만이 아니라 처자식에게도 미쳐 재앙을 피하지 못했을 것이다. 그렇기에 내 이를 불쌍히 여겨 출가와 재앙을 맞바꾼 것이다. 그럼에도 너는 나의 은혜도 모르고 성묘 한 번 오지 않는구나."

이러한 아사누마의 꾸짖음에 쇼하치는 변명 한 마디 할 수 없었다. 이윽고 술상을 내와 권하자 아시누마는 마시는 듯 보였지만 술은 처음과 다름없이 고스란히 남아 있었다.

쇼하치가 물었다.

"아저씨께서는 저승의 관원이 되셨다고 하셨는데 어떤 일을 하시는지요?"

"이승에서 한 가지 덕이나 재주를 지닌 사람, 마음이 올바르고 자비심이 깊으며 사욕이 없는 사람은 죽은 후 모두 저승의 관원이 된다. 설령 뛰어난 재주를 지녔어도 그릇된 욕심과 비뚤어진 성정으로 사심邪心이 많고 주군에게 불충하고 부모에게 불효하며 바르게 살지 않은 자는 죽은 후 지옥에 떨어지지.

출가하여 내세를 위해 열심히 기원한들 자신의 종파만을 앞세우고 다른 종파를 업신여긴 자는 곧 불법佛法을 비방한 죄를 진 것이기에 비록 열심히 수행한다고 해도 죽은 다음에는 지옥에 떨어지는 것이란다.

나는 살아생전 늘 널리 자비를 베풀고 백성을 긍휼히 여기며 주군에게 충성을 다하고 사리사욕을 버리고 자신을 돌보지 않으며 정직하게 정도를 행하였다. 그 덕에 지금은 명부에서 수문랑修文郎[9]이라는

8_ 복분(福分)의 표찰과 더불어 명부(冥府)에서 중생들의 행실을 따져 각각 복과 수명을 정하여 이를 기록해두는 책.

벼슬을 맡아 천지 사해팔극四海八極[10]의 인간들의 선악을 적고 있지. 아오토 사에몬 후지타카青砥左衛門藤孝,[11] 나가오 사에몬 마사카타長尾左衛門昌賢[12]를 비롯하여 나를 포함해 여덟 명의 수문랑이 있다. 구스노키 마사시게楠正成,[13] 호소카와 요리유키細川頼之[14]는 무관이고 사가미相模의 수령인 야스토키泰時[15]와 사이묘사西明寺의 도키요리時頼 스님[16]은 문관이란다. 그 이전에 문무관직을 맡던 동료들은 모두 수문랑을 사퇴하고 성불成佛하였지. 지금은 문관이고 무관이고 될 만한 사람이 없구나. 매일같이 저승 관아에는 방방곡곡에서 온 사람들로 장마당을 이루지만 모두 불충불효한 간사한 자들 뿐이지. 그 중에는 내가 아는 사람들도 있지만 사정을 봐줄 수도 없기에 지옥으로 보낸다. 지옥 표찰을 내주기도 딱하지만 어쩔 수 없는 일이야."

쇼하치가 다시 물었다.

"살아 있을 때와 죽은 후에는 무엇이 다른가요?"

"별로 달라지는 건 없단다. 단지 죽으면 허虛인 것이며 살아 있을 때는 실實한 것뿐이지."

그러자 쇼하치가 재차 물었다.

9_ 문서나 문장을 다루는 명부의 관인.

10_ '사해'는 불교에서 세계의 중앙에 있다는 수미산(須彌山) 사방에 있는 바다를 일컬으며 '팔극'은 여덟 방위의 멀고 너른 범위라는 뜻으로 온 세상을 이르는 말.

11_ '아오토 후지쓰나(青砥藤綱)'의 잘못된 표기. 후지쓰나는 가마쿠라(鎌倉) 후기의 무사. 권문 세도가를 두려워하지 않는 청백리로 유명하며 막부와 관련된 일에는 금전을 아끼지 않았다. 11세 때 출가하였으나 21세에 환속, 학문에 뛰어나고 유교 및 불교에도 해박한 지식을 갖추었다고 전한다. 생몰연대 미상.

12_ 우에스기 노리타다(上杉憲忠)의 가로(家老)로 문무 겸비의 무장(1388-1413).

13_ 가마쿠라(鎌倉) 말기에서 남북조(南北朝) 시대에 활약한 무장으로 고다이고(後醍醐) 천황의 가마쿠라 막부 토벌에 참가하였다(?-1336).

14_ 남북조(南北朝) 시대의 무장. 무로마치 막부의 기반 강화에 힘썼으며 3대 쇼군 아시가카 요시미쓰(足利義満를 옹립하여 간레이가 되었다(1329-92).

15_ 가마쿠라 3대 싯켄(執権, 1183-1242).

16_ 가마쿠라 5대 싯켄(執権, 1227-63).

"그러면 죽은 후, 다시 영혼이 자유로이 몸으로 돌아오지 못하는 이유는 무엇입니까?"

"이는 마치 사람의 팔을 자르면 잘린 팔 자체는 아픔을 느끼지 못하는 것과 같다. 죽은 후 영혼이 몸을 떠나면 그 육체는 마치 흙처럼 여겨져 아무것도 느끼지 못하는 것이지."

"이번 봄에 역병疫病이 돌아 많은 사람들이 죽었는데 왜 이런 일이 일어난 것입니까?"

"미우라노 도슨三浦道寸[17]과 그 아들인 아라지로荒次郎는 정직하고 용맹한 자들이라기에 잠시 명부에 머물게 하여 무관의 직을 맡게 하였지. 그런데 이들이 역모를 꾀하여 사람을 잡아다가 자신의 군사로 삼기 위하여 제멋대로 역신疫神을 꼬드겨 역병을 창궐시켰던 것이다. 이 일이 발각되어 북제北帝[18]께서 이들을 잡아다가 지옥으로 보내셨지."

"살아 있을 때의 원수를 죽은 다음에 해칠 수 있나요?"

"명도의 관아는 생명을 지키고 죽음을 불쌍히 여기며 살생을 꺼리는 까닭에 이승의 적일지라도 죽은 후에 제 멋대로 죽일 수는 없다. 개중에 죽은 원수의 혼령을 보고 지레 겁에 질려 죽은 사람도 있지. 이런 자는 원래 악한 자이기 때문에 저승에서는 그가 저지른 죗값을 치르게 하기위해 원수의 망령을 보내어 목숨을 빼앗은 것이다.

이제 날도 밝아오는구나. 모쪼록 도심道心을 굳건히 하여 잘못된 길로 빠져들어 지옥에 떨어지는 일이 없도록 하거라."

아시누마는 이렇게 말을 마치자마자 나가는가 싶었는데 곧 모습이 사라졌다.

이후 쇼하치는 더 이상 헛된 세상에 미련을 버리고 염불을 게을리하지 않은 덕에 아미타불의 마중을 받으며 극락왕생을 이루었다고 한다.

17_ 미우라 요시아쓰(三浦義同, 1451-1516), 전국(戦国) 시대 초기 무장으로 흔히 출가 후 법명인 미우라 도슨으로 불린다.

18_ 미상.

닌자 가토*

에치고越後 지방의 나가오 겐신長尾謙信[1]이 가스가산春日山[2]의 성에서 지내며 주변에 맹위를 떨치던 무렵, 히타치常陸 지방의 아키쓰秋津[3] 고을에서 유명한 닌자忍者[4]가 찾아왔다. 이 사람은 마술 실력도 뛰어나 사람들이 경탄해 마지않았다.

어느 날 여러 가지 마술을 보여주던 중, 닌자는 소 한 마리를 장내 한가운데로 끌고나와 이를 삼켜버렸다. 구경꾼들은 아연실색하며 신기한 일이라고 한 마디씩 하였는데 그 자리 옆 소나무 위에 올라가 이를 지켜보던 사람이 "방금 소를 삼킨 것처럼 보였지만 실은 소등에 올라탄 것이야."라고 큰 소리로 외쳤다. 이 소리를 들은 닌자가 화를 내며 그 자리에서 곧 박꽃을 만들었다. 두 잎에서 서서히 넝쿨이 생

---

*_ 오조소설(五朝小說)인 『검협전(劒俠傳)』「곤륜노(崑崙奴)」의 번안.
원화는 당나라 대력(大曆) 연간(766-779)에 고위관리의 아들인 최생(崔生)이 아버지와 막역한 사이인 고관 집에 심부름을 갔다가 그곳의 기녀를 연모하게 된다. 이에 최생이 부리던 마륵(磨勒)이라는 이름의 흑인 노예가 주인을 위해 비술을 써서 기녀를 훔쳐낸다.

1_ 우에스기 겐신(上杉謙信), 전국 시대 에치고 지방[越後国, 니이가타현(新潟県)]의 다이묘(大名). '에치고의 용'으로 불렸다. 내란이 지속되던 에치고를 통일하고 산업을 진흥하여 번영시켰다(1530-78).

2_ 에치고 지방의 구비키군(頸城郡)에 위치한 해발 180m의 산.

3_ 이바라기현 이키즈(茨城県秋津).

4_ 둔갑술을 써서 은밀히 정탐 행위 등을 하는 사람.

기고 부채질을 하니 꽃이 피어나 순식간에 열매가 맺었다. 많은 사람들이 모여들어 까치발을 하고 구경하는 동안에 닌자가 작은 칼로 두 자60cm 정도 자란 박꽃의 꼭지를 자르자 소나무에 올라가 구경하던 사람의 목이 잘려나가 죽어버리고 말았다. 구경꾼들은 신기해하면서도 미심쩍은 일이라며 눈살을 찌푸렸다.

이 이야기를 전해 들은 겐신이 닌자를 불러들여 자초지종을 묻자 닌자가 대답하였다.

"마술이라면 완전히 통달했습니다. 손에 한 자30cm 남짓 되는 칼만 있으면 쥐도 새도 모르게 그 어떤 해자垓字나 담장이라도 뛰어넘어 성 안으로 들어갈 수 있습니다. 그래서 모두들 소인을 날아다니는 가토加藤라고 부르지요."

그러자 겐신이 명령하였다.

"그렇다면 시험 삼아 자네 실력을 보여주게나. 오늘 밤, 야마시로山城 수령인 나오에直江[5] 집에 가서 침실에 걸려 있는 긴 칼을 가져오너라."

한편, 나오에 집에서는 사방 물샐 틈 없이 감시를 게을리하지 않았다. 방마다 불을 밝힌 채 안채와 바깥채의 모든 남녀 하인들은 눈도 깜빡이지 않고 보초를 서고 있었다. 집에는 '소나기'라는 이름의 뛰어난 명견名犬이 있었다. 평소에 수상한 사람을 보면 사납게 짖어대고 영리해서 밤에는 잠도 안자고 집안을 돌아다니며 지켰는데 멧돼지라고 해도 거뜬히 해치울 만한 녀석이었다. 집안 사람들은 이런 '소나기'를 풀어 철저히 집안 단속을 하였다.

가토는 한밤중이 되어서야 나오에 집으로 향했다. 구운 주먹밥 한두 개를 가지고 가나 싶었는데 집을 지키던 '소나기'가 갑자기 쓰러져

5_ 나오에 카게쓰나(直江影綱, 1509-77), 전국 시대 및 아즈치 모모야마(安土桃山) 시대의 장수로 3대에 걸친 나가오 가문의 가신.

_ 나오에의 집에서 칼과 몸종을 훔쳐내는 가토

죽어버렸다. 가토가 벽을 타고 담장을 넘어 안으로 들어갔지만 보초를 서던 사람들은 거의 조느라고 눈치채지 못했다. 가토는 새벽녘에 돌아왔다. 침실에 있던 긴 칼은 물론이거니와 나오에 부인이 부리던 열한 살 된 몸종을 들쳐 업고 겐신의 성으로 돌아왔지만 몸종은 깊게 잠이 들어 이를 알지 못했다. 잠들지 않았던 사람들도 가토의 소행을 전혀 눈치 채지 못하였다.

이를 보고 겐신이 명령하였다.

"적을 물리치기 위해서는 꼭 필요한 소중한 사람이지만 만약 적과 내통한다면 엄청난 변을 당할 것이다. 이 자는 믿고 부릴 자가 못된다. 마치 늑대를 키웠다가 화를 자초하는 것과 같으니 당장 죽여 버려라."

가토는 나오에가 자신을 불러들여 붙잡아 죽이려는 것을 눈치챘지만 여러 사람들이 지키고 있어 도망칠 수도 없었다. 이윽고 가토가

"무료함도 달랠 겸, 재미있는 걸 보여드리지요."라며 술병 한 쌍을 꺼내어 앞에 놓자 술병 입구에서 키가 세 치9㎝ 정도 되는 인형 스무 개 정도가 나와 나란히 서서는 흥겹게 춤을 추었다. 그 자리에 있던 사람들 모두 여기에 정신이 팔려 들여다보고 있는 사이에 가토는 순식간에 사라져버리고 말았다.

훗날 들리는 얘기로 가토는 고후甲府의 다케다 신겐武田信玄[6]을 찾아가 그의 가신인 아토베 오이노스케跡部大炊助[7] 밑에서 봉공하기를 청하였지만 다케다 신겐은 이전에 『고킨슈古今集』[8]를 훔쳐 달아난 닌자에게 질린 터라 은밀히 죽임을 당했다고 한다.

6_ 가이[甲斐, 야마나시현(山梨県)]와 시나노[信濃, 나가노현(長野県)]를 통치하던 전국(戦国) 시대 다이묘(大名, 1521-73).

7_ 아토베 가쓰스케(跡部勝資, 1547-82), 다케다 신겐의 가신.

8_ 『고킨와카슈(古今和歌集)』. 다이고(醍醐) 천황의 명에 의해 905년(혹은 914년) 기노 쓰라유키(紀の貫之) 등이 찬(撰)한 최초의 칙찬 와카집(勅撰和歌集)으로 전 20권, 1,100수가 수록되어 있다.

혼령과 나눈 사랑*

오슈尾州의 기요스清洲[1]라는 곳에 오야마다 기나이小山田記内라는 사람이 살고 있었다. 어느 해질녘, 문 앞에 서서 밖을 내다보고 있으려니 열일고여덟 살쯤 되어 보이는 여인이 홀로 서쪽에서 동쪽으로 걸어가고 있었다. 이 세상 사람이라고 생각되지 않을 만큼 보기 드문 미인이었다. 다음 날 저녁 나절에 문 밖에 나가보니 어제 본 여인이 또 서쪽에서 동쪽으로 지나갔다. 기나이도 근방에서는 미남이란 소리를 듣는지라 여인도 기나이에게 관심이 있는 듯 유심히 뒤돌아보며 지나갔다. 이런 일이 네다섯 번 거듭된 후 어느 날 저녁, 기나이가 문 밖에 서 있자 여인이 다가왔다.

---

*_ 오조소설(五朝小說)인『영귀지(靈鬼志)』「왕현지(王玄之)」의 번안.
원화는 산동성(山東省) 고밀현(高密縣)에 사는 미남 왕현지(王玄之)와 그 고장 관리의 죽은 딸과의 기이한 인연에 관한 내용으로, 결말 부분을 제외하고는 이 이야기와 유사하다. 즉 원화의 결말은 두 남녀가 정을 나눈 지 1년 후, 여인이 병사한 후 임시로 시신을 안치해둔 매장 기간이 끝나 고향에 돌아가야만 된다는 사실을 밝힌다. 여인은 이별의 정표로 금빛 테두리를 두른 옥잔과 옥가락지를 건네고 왕현지는 답례로 자수가 놓인 옷 한 벌을 준다. 한편 여인의 탈상을 맞이한 가족들이 여인의 관을 열어보자 관에 함께 넣어두었던 옥잔과 옥가락지가 수놓인 옷으로 바뀐 것을 발견하게 된다. 이윽고 저간의 사정을 밝힌 왕현지는 이후 병을 얻었으나 얼마 후 회복되는 것으로 이야기는 마무리된다. 이 이야기는 마지막 부분에 기나이가 여인을 향한 사모의 정이 깊어 숨을 거둔다는 설정으로 원화보다 서정성이 짙은 순애보를 강조하였다.

1_ 아이치현 니시카스가이군 기요스초(愛知県西春日井郡清洲町).

기나이는 여인에게 다가가 슬쩍 손을 잡으며 "낭자는 어디에 사시기에 해질녘이면 이곳을 지나 어디로 가시는 게요?"라고 물었다. 여인은 별반 놀라는 기색도 없이 미소지으며 "우리 집은 여기에서 서쪽에 있습니다. 볼일이 있어 동쪽 마을에 가는 것입니다."라고 대답하였다.

기나이가 여인의 마음을 떠 볼 심산으로 손을 잡고 짐짓 집안으로 끌어들이려 하자 여인도 굳이 싫은 내색을 보이지 않았다. 이윽고 친해지자 여인은 그날 밤 기나이의 집에 머물며 정을 나누고 새벽녘에 이별을 아쉬워하며 돌아갔다. 언제 또 올 것인가 묻는 말에 여인은 "남의 눈을 꺼리는 처지인지라 딱히 만날 날을 약조하기는 어렵습니다."라고 말한 후 시 한 수를 읊었다.

"약속을 얼버무린 후, 오히려 그대의 진심을 떠 볼까요."

기나이는 뜻밖에 받은 시에 여인이 더욱 애틋하게 생각되어 화답하였다.

"기약하고 마음 변한다면 차라리 기약 없던 옛날이 그리워지겠지요."

이렇듯 새벽녘의 이별은 눈물에 젖은 소매에 아침 이슬마저 맺혀 더욱 아쉬움을 남겼다.

사오일이 지난 어느 저녁 나절에 여인이 다시 찾아왔다. 한층 가까워진 두 사람은 운우雲雨의 정도 깊어만 가서 새벽을 알리는 첫닭 소리를 원망하였다. 그날 이후 여인은 밤이면 기나이를 찾아왔다.

하루는 기나이가 물었다.

"이토록 정이 깊어졌으니 거리낄 것이 뭐 있겠소. 낭자의 집이 여기서 가까우면 내가 낭자의 집으로 가도 되지 않겠소?"

여인이 대답하였다.

"저희 집은 너무나 비좁아 불편하실 거예요. 게다가 손님이 하룻밤 묵어갈 정도의 채비도 되어 있지 않습니다. 더욱이 제 오라비가 죽고 난 후 올케언니가 혼자 안채에서 지내는데 올케언니에게 눈치가 보여 낭군님과 함께 지내기가 무척 거북할 겁니다."

기나이도 이 말에 일리가 있다고 생각하여 다른 사람에게 여인에 관한 이야기를 하지 않고 남몰래 사랑을 키워나갔다. 여인은 바느질 솜씨가 뛰어났다. 해질녘에 찾아와서 밤새도록 기나이의 옷가지를 빨아 다시 바느질하여 입혔다. 어느 때는 베틀에 앉아 아름답고 가는 실로 된 천을 짜서 기나이의 옷을 지었다. 이를 본 사람들은 "세상에 다시 없는 옷감이야. 쓰쿠시筑紫의 나미노하나波の花,[2] 에치고越後의 유키 사라시雪曝[3]라 해도 여기에는 댈 것도 아니군."이라며 입을 모아 칭찬하였다. 여인은 나중에 예쁘장한 몸종 하나를 데리고 드나들었는데 몸종 역시 손재주가 좋았다. 반 년 정도 지나자 여인은 낮에도 알뜰히 머물며 몸종과 함께 비단을 짜 옷을 지어 기나이에게 입히고 집안 곳곳을 두루 살피며 살림을 하였다.

_ 열심히 비단 옷을 짜는 여인과 몸종

하루는 기나이가 물었다.

"밤에도 남의 눈을 피하며 드나들었는데 하물며 낮에도 돌아가지 않으면 올케 언니가 이상하게 여기고 뭐라 하지 않겠소?"

여인이 대답하였다.

"제가 언제까지 애써 집안일을 돌볼 수 있겠어요? 게다가 서방님 마

2_ '나미노 하나(波の花)'는 소금을 뜻하므로 소금같이 새하얀 천의 이름으로 추정된다.

3_ 눈으로 표백한 에치고 특산의 마직물(麻織物).

음 또한 어떻게 바뀌실지 모르지요. 앞일은 장담하기 어려우나 오로지 제 한 몸을 서방님께 바칠 심정으로 이렇게 찾아오는 것입니다."

여인의 마음 씀씀이에 기나이가 한없이 기뻐하며 더욱 사랑하게 되는 것도 무리가 아니었다.

어느 날 밤, 찾아온 여인은 평소와 달리 근심 가득한 낯빛으로 줄곧 눈물을 흘리며 흐느꼈다. 까닭을 묻자 여인이 대답하였다.

"지금까지 서방님께서 소녀를 사랑해주시고 소녀 역시 서방님과 정이 들어 의지하며 지내왔는데 이제는 헤어져야만 되니 슬퍼서 눈물이 납니다."

기나이가 너무나도 놀라 반문하였다.

"당신과 나는 천 년이 지나도 마음만은 변치말자고 언약한 사이가 아니오? 무슨 연유로 헤어져야만 한단 말이오."

여인이 대답하였다.

"이제 와서 무엇을 감추겠습니까. 실은 소녀는 이오 신시치飯尾新七[4]의 딸입니다. 열일곱에 병들어 죽었는데 내일이면 죽은 지 3년이 되는 날입니다. 죽은 후 중유中有[5]에는 3년 간만 머물 수 있습니다. 3년이 지나면 각자의 업業에 따라 어디가 되었든 다시 생명을 얻어 환생하지요. 오늘 밤이 서방님과 마지막이라 생각하니 서럽기 그지없습니다."

하염없이 눈물을 흘리는 여인이 유령이라고 해도 기나이는 그동안

4_ 이오(飯尾) 가문은 오다 노부나가(織田信長)와 노부오(信雄)를 섬기던 가신으로 이야기의 배경이 되는 연대는 알 수 없지만 아마도 이오 사다무네(飯尾定宗, ?-1560)나 혹은 그의 아들인 히사키요(尙淸, 1528-91)로 추정된다.

5_ 불교에서 이르는 사유(四有) 중의 한 기간으로 중음(中陰), 혹은 중온(中蘊)이라고도 한다. 중생이 세상에 태어난 최초의 존재를 생유(生有), 태어나서 죽기까지의 생애를 본유(本有), 죽는 찰나를 사유(死有), 죽은 후에 다음의 세상에 태어날 때까지를 중유(中有)라 한다.

정이 깊이 들었기에 무섭다는 생각보다는 그저 헤어짐이 슬플 따름이었다. 밤새도록 잠 못 이루던 여인은 은으로 된 술잔 하나와 옥이 아로새겨진 작은 화병을 꺼내어 건네며 "서방님, 저를 잊지 않으신다면 이것을 보며 저를 기억해 주시어요." 그리고는 시 한 수를 남겼다.

"변함없는 달빛 보며 떠올려 주세요, 설령 오늘밤 달빛 속 언약이 구름 저편에 가릴지라도."

울면서 정표를 건네는 여인에게 기나이도 고운 빛깔의 겉옷에 흰 띠를 얹어 건네며 시 한 수를 읊었다.

"밤마다 달뜨기를 기다리며 나누었던 맹세는 나 죽은 후에도 잊지 않고 남아 있기를."

두 사람은 눈물로 밤을 지새웠다. 이윽고 저 멀리 새벽 종소리가 울리고 첫닭이 울자 기나이가 일어나 가려는 여인의 소매를 부여잡고 물었다.

"죽은 후 묻힌 곳이 어디인지라도 알려주시오."

"진모쿠사甚目寺[6] 근처입니다."

이 한 마디를 남기고 여인이 일어나 나가는 듯싶었는데 순식간에 사라져버렸다. 기나이는 슬픔에 겨워 진모쿠사 근처를 헤매었지만 짐작이 가는 무덤도 없었다. '좀 더 자세히 물어둘 것을.'이라며 후회했지만 소용이 없었다.

"다시 만나려나 찾아온 무덤이건만 당신은 여름 날 무성한 풀숲에 숨어 자취마저 감추고."

기나이는 이렇게 시를 읊으며 해가 저물자 울면서 집으로 돌아왔다.

기나이는 이후 여인의 모습만을 떠올리며 그리워하다 마침내 병이 들었다. 그러나 오래도록 약도 먹지 않고 오로지 "얼른 죽어 그 사람과 다시 만나야지."라는 말만 되뇌다 머지않아 세상을 떠났다.

6_ 아이치현 아마시(愛知県あま市)에 위치한 사원.

이세에 걸친 인연*

야마토大和 지방의 나라奈良에 사쿠라다 겐고桜田源五라는 사람이 살고 있었다. 나이는 스물다섯으로 부모를 모두 여의고 아직 결혼을 하지 않은 채 혼자 지내고 있었다. 겐고의 외숙부인 쓰다 초베津田長兵衛에게도 스물네다섯 살 정도의 아들이 하나 있었는데 이름은 히코하치彦八라고 하였다. 겐고와 히코하치는 서로 사촌지간으로 친하게 지냈다.

어느 날, 겐고가 도다이사東大寺[1]에 참배하고 돌아오는 길에 사루사

---

*- 오조소설(五朝小說)인 『영귀지(靈鬼志)』「유삼군(柳参軍)」의 번안.
원화의 줄거리는 다음과 같다. 명문가의 자제로 관직에서 물러나 장안(長安)에서 쉬고 있던 유삼군(柳参軍)은 명문가인 최씨 가문의 딸을 사모하게 된다. 유삼군은 아씨의 시녀인 경홍(經紅)에게 선물을 보내어 회유하려하지만 거절당한다. 한편 아씨의 외삼촌인 왕씨는 자신의 아들과 아씨의 혼담을 제안하여 허락받는다. 그러나 아씨의 마음이 유삼군에게 있다는 사실을 안 아씨의 홀어머니가 시녀 경홍을 통해 유씨의 의향을 타진한다. 이에 유삼군은 고액의 납채를 보내어 아씨와 결혼에 성공하고 두 사람은 강소성(江蘇省)으로 몸을 숨긴다. 이후의 과정은 이 이야기와 비슷하다. 즉 대노한 왕씨가 유삼군을 관아에 고소하고 그 결과, 유삼군은 2년간 귀양살이를 한다. 그 사이에 아씨와 경홍은 죽음을 맞이하고 영혼이 된 두 사람은 유배지로 유삼군을 찾아온다. 왕씨의 하인이 우연히 경홍을 만나게 되어 진상이 밝혀지자 왕씨와 유삼군은 나란히 출가한다. 원화에서는 외사촌끼리의 혼인이라는 설정을 이 이야기에서는 한 여자를 두고 외사촌끼리의 경쟁관계로 번안하였다.

1- 나라현(奈良県)에 있는 화엄종(華嚴宗)의 총본산.

_ 연못가에서 여인 일행과 마주친 겐고

와猿沢 근처에서 아름다운 가마를 탄 여인 일행과 마주쳤다. 여인은 하인 하나와 하녀 둘을 거느리고 연못가에 가마를 세워 두고는 전병을 쪼개어 물고기에게 나누어주며 쉬고 있었다. 여인이 내민 하얀 손가락과 붉은 손톱은 죽순처럼 예쁘고 가녀린 팔이 아름다웠다. 겐고가 멈추어 서자 가마 안에서 여인이 문을 열고 물끄러미 겐고의 얼굴을 바라보더니 이내 가버렸다. 겐고가 일행을 뒤따라 가보니 가마는 산조三条 거리 끝에 있는 쓰쓰이筒井 아무개라고 하는 사람의 집으로 들어갔다.

이날 이후 여인을 사모하게 된 겐고가 백방으로 수소문 끝에 알아낸 바에 의하면 여인의 아버지는 쓰쓰이 준쇼筒井順昭[2]측에 종군하였다가 가와치河内 전투에서 전사하고 홀로 된 어머니가 오직 이 딸 하

2_ 야마토 지방의 다이묘(1523-50).

나만을 의지하며 산다고 하였다. 마침 여인의 유모와는 안면이 있는 사이였기에 겐고는 유모에게 접근하여 여러 가지로 도움을 청하였다. 유모도 겐고가 미남인데다가 유복하므로 아씨를 겐고와 만나게 해주려고 마음먹었다. 겐고는 우선 편지로 사랑을 전하려 마음먹고 배색이 우아한 고급 종이에 구구절절한 말은 생략하고 다음과 같이 간단히 적어 보냈다.

"고깃배의 횃불처럼 그대를 어렴풋이 본 이후, 소매 깃은 쉴새없는 해안가 파도처럼 마를 날이 없다오."

유모가 이 편지를 아씨에게 전해 주니 수줍어서 얼굴을 붉히며 소매 속에 편지를 넣고 그 자리를 떠났다.

한편 누가 알려주었는지 겐고의 외숙부인 쓰다가 이 아씨의 일을 전해 듣고는 히코하치의 부인으로 삼으려고 중매쟁이를 넣어 아씨의 어머니에게 청혼하였다. 쓰다 역시 무사 가문인데다 살림도 넉넉하였으므로 어머니는 청혼을 승낙하고 약혼의 정표로 납채納采[3]를 받았다. 그러자 아씨는 마음의 병을 얻어 물 한 모금도 넘기지 못하였다.

어머니가 말했다.

"쓰다 히코하치라는 사람과 정혼하였으니 그리 알고 마음의 준비를 하거라. 가까운 시일 안에 그 댁으로 시집보내고자 한단다."

이 말에 아씨는 어머니를 원망하는 빛이 역력하였다.

유모가 어머니에게 귀띔하였다.

"아씨는 '겐고님에게 시집가고 싶어. 히코하치라는 사람 따위가 무슨 소용이람. 차라리 죽어버리는 편이 나을 거야.'라며 약도 드시지 않습니다."

3_ 정혼이 이루어진 증거로 신랑 집에서 신부 집으로 보내는 예물.

딸의 속마음을 알게 된 어머니는 딸이 애처로워 고민 끝에 유모와 짜고 겐고에게 딸을 보쌈해 가도록 귀띔하였다. 겐고는 크게 기뻐하며 유모와 아씨를 데리고 나라를 떠나 고오리야마郡山라는 곳에 숨어 지냈다.

이윽고 쓰다가 찾아와서 "따님을 데리러 왔습니다."라고 말하자 어머니가 울면서 말했다.

"딸아이는 얼마 전에 정체 모를 낯선 사람에게 보쌈을 당했습니다. 유모도 함께 행방불명이 되었답니다."

쓰다는 불같이 화를 냈다.

"내 조카인 겐고가 평소에 따님을 마음에 두고 있다고 들었습니다. 분명 그놈이 보쌈하여 숨겨둔 게 틀림없습니다."

얼마 후 아씨의 어머니가 세상을 뜨자 남겨진 뒷일은 어머니의 남동생이 맡게 되었다. 겐고 부부는 어머니의 시신을 화장하는 곳에 찾아와 남의 눈을 피해 멀찌감치 떨어져 장례를 지켜보고 있었다. 이 모습을 히코하치가 발견하고 두 사람의 뒤를 밟아 고오리야마의 집까지 확인한 후, 돌아와서 아버지에게 사실대로 말했다. 쓰다는 곧장 나라 관아의 우두머리인 마쓰나가松永에게 겐고를 고발하였고 곧 재판이 열렸다.

먼저 겐고가 말했다.

"제가 먼저 혼약을 맺고 선물을 보내어 부인으로 맞이하였습니다."

그러자 쓰다 역시 중매쟁이를 증인으로 내세우며 정혼의 증표로 납채를 보냈다고 주장하였다.

이윽고 관아에서는 다음과 같은 판결을 내렸다.

"아씨의 어머니가 죽었기에 어느 쪽 말이 사실인지 알 길이 없다. 하지만 쓰다가 납채를 보낸 사실은 중매쟁이가 똑똑히 기억하고 있다. 겐고의 주장도 나름대로 일리가 있다고 하나 아씨를 계속 곁에 두는 일은 법에 어긋나는 것이다. 즉시 아씨를 쓰다에게 돌려보내라."

하는 수 없이 아씨는 히코하치에게 보내졌다. 그러자 아씨와 유모는 마음의 병이 깊어져 끝내 두 사람 모두 나란히 세상을 뜨고 말았다. 아씨는 마지막까지도 겐고를 그리워하며 시 한 수를 남겼다.

"어떤 일이 있어도 백년해로하자 했건만 그만 보람 없는 몸이 되고 말았습니다."

크게 상심한 히코하치는 부인과 유모의 무덤을 같은 절에 모시고 극락왕생을 기원하였다.

한편 아씨를 빼앗긴 후 겐고는 만사가 허무하고 슬픔에 겨워 오매불망 아씨를 그리워하며 하루하루를 보냈다.

'하다못해 바람결에라도 아무런 소식도 전해오지 않는 것은 이미 히코하치에게 마음이 옮겨가 나를 잊은 탓일까.'

이렇게 원망도 하면서 시를 읊었다.

"내게로 불어오던 소금 굽는 연기도 사라지고 이제는 갯바람만 덧없이 불어오네."

그러던 어느 날 누군가 문을 두드리기에 열어보니 아씨의 유모가 서 있었다. 빗과 거울이 든 보자기를 품에 안고 "지금 아씨께서 이리로 달려오고 계십니다."라고 말했다. 겐고는 뛸 듯이 기뻐하며 문을 열고 안으로 맞이하고 보니 아씨의 모습은 옛날과 조금도 달라지지 않았다. 두 사람은 두 손을 맞잡고 기쁨의 눈물을 흘렸다.

이윽고 아씨가 그동안의 사연을 말했다.

"서방님을 한 시도 잊지 못하여 히코하치의 집에서는 살아도 사는 게 아니어서 몰래 도망쳐 나왔습니다. 그동안의 소원이 이제야 이루어졌습니다."

겐고는 다시 행복에 젖었고 부부의 정은 더욱 깊어갔다.

어느 날, 히코하치의 하인이 고오리야마에 볼 일을 보러 간 길에 겐고의 집을 지나치다가 대문 안에 유모가 태연히 서 있는 것을 발견하였다. 하인은 곧장 돌아와서 히코하치에게 이 사실을 전했다. 히코하치의 아버지는 지난 달 세상을 뜬 후였다.

이 말을 들은 히코하치가 이상히 여기며 말했다.

"틀림없이 유모는 죽어서 무덤에 묻지 않았나. 세상에는 닮은 사람도 있는 법이지. 자네가 사람을 잘못 본 게야."

그러자 하인은 자신이 틀림없이 보았다고 우겼다. 하는 수 없이 히코하치가 직접 고오리야마에 가서 울타리 사이로 엿보니 아씨는 거울을 세워놓고 화장을 하고 유모는 그 앞에 서 있는 모습이 보였다. 그길로 히코하치가 집안으로 뛰어 들어가 겐고를 붙잡고 말했다.

"부인도 유모도 올 봄에 잇따라 세상을 떠나 같은 절에 함께 묻었는데 지금 이곳에 있으니 괴상한 일이네."

겐고도 미심쩍게 생각되어 방에 가보니 부인과 유모는 온데간데없고 흔적조차 없었다. "그렇다면 유령이 와 있던 것일까. 이렇게 된 마당에 서로 그동안의 원한은 씻어버리세."라며 겐고와 히코하치가 나란히 절에 가서 무덤을 파헤쳐보니 부인과 유모 모두 생전의 모습과 똑같아서 마치 살아 있는 것만 같았다.

이윽고 두 사람의 시신을 원래대로 묻은 다음, 겐고와 히코하치 모두 고야산高野山[4]에 들어가 부처님께 귀의하고 두 번 다시 산을 내려오지 않았다.

4_ 와카야마현(和歌山県) 북동부에 있는 해발 1,000m 전후의 산들로 둘러싸인 진언종(真言宗)의 영지(霊地).

스게노야 큐에몬菅谷九右衛門*

덴쇼天正 연간1573-92에 이세伊勢 지방의 수령인 도모노리具教[1]를 사람들은 다케이노 고쇼武井の御所라고 불렀다. 수령의 조카인 민부 쇼스케 도모토키民部少輔具時[2]는 이세의 남쪽 고즈쿠리木作라는 곳에 살았다. 도모토키의 혈족이 아닌 부하 중에 쓰게노 사부로 자에몬柘植三郎左衛門[3]과 다키가와 사부로베滝河三郎兵衛[4]라는 두 명의 무사가 있었다.

*_ 『전등신화(剪燈新話)』 1-3 「화정봉고인기(華亭逢故人記)」의 번안.
원화의 내용은 다음과 같다. 송강(松江)의 선비 중에 전씨(全氏)와 가씨(賈氏)가 있었는데 두 사람 모두 문재가 뛰어나고 성격이 호탕하며 자신감에 넘쳤다. 두 사람은 원나라 말기에 장사성의 모반에 가담하고 오왕(吳王) 원년(1367)의 전학고(全鶴皐)의 난을 지원하다 전사하였다. 한편 명(明)나라 홍무 4년(洪武 4, 1371)에 화정(華亭)에 사는 선비 석약허(石若虛)는 볼일을 보러 성밖에 나갔다가 길에서 위의 두 사람을 만난다. 석약허는 이들이 이미 죽은 사람이란 사실도 잊은 채 그들과 들판에 싸리나무를 깔고 앉아 오랫동안 이야기를 나눈다. 이후의 경과는 이 이야기와 같다.

1_ 제8대 이세[미에현(三重県)] 수령인 기타바타케 토모노리(北畠具教, 1528-76).

2_ 미상. 토모노리의 조카로는 고즈쿠리 토모마사(木造具政)가 이에 해당된다. 토모마사는 제7대 이세 수령인 기타바타케 하루토모(北畠晴具)의 셋째 아들로 아버지의 명에 의해 고즈쿠리 가문을 이었다(1530-?).

3_ 고즈쿠리 토모마사의 가신. 1569년 토모마사를 설득하여 노부나가에게 항복시켰는데 이로 인해 자신의 아들은 토모노리에게 살해당했다(?-1579).

4_ 다키가와 가쓰토시(滝川雄利, 1543-1610), 승려의 몸으로 고즈쿠리 가문을 섬겼으나 오다 노부나가가 기타바타케를 침공하자 토모마사를 배신하여 오다측의 승리에 공헌하였다. 이때 환속하여 다키가와 가쓰토시라 개명한 후 노부나가의 명령에 의해 기타바타케 가문에 양자로 들어간 오다 노부오(織田信雄)의 가신

두 사람 모두 무용武勇과 지략智略으로 널리 이름을 떨치고 있었다.

수령인 도모노리와 조카인 민부쇼스케 모두 지나치게 호화로운 생활을 하며 백성을 착취하고 겉과 속이 다른 간교한 사람들만 곁에 두고 국정을 돌보지 않았다. 이에 쓰게와 다키가와는 더 이상 희망이 없다고 판단하고 의기투합하여 노부나가信長[5]와 내통한 끝에 마침내 이세를 그의 손아귀에 들어가게 만들고 수령을 끌어내렸다. 이러한 공훈을 인정받은 두 사람은 포상을 받고 입신출세하여 권세를 누렸다.

그 무렵 이가伊賀[6] 지방에서 봉기가 일어나 근방의 건달들과 다케이武井 성에 남은 잔당들이 대거 모여 성을 장악하고 농성하며 백성들을 괴롭히고 가는 곳마다 약탈을 일삼았다. 노부나가는 서둘러 이를 제압하지 않으면 더 큰 화를 자초할 것이며 여러 곳의 군사 출병에도 걸림돌이 될 것이라고 판단하여 토벌을 위해 군사를 보냈다. 하지만 철통같은 성곽 사수로 인해 많은 병력을 잃었는데 쓰게와 다키가와도 이 전투에서 전사하였다. 이 후 제3자의 중재를 통해 결국 농성자들은 노부나가에게 항복하였다.

이 일이 있은 후 1년 정도 지난 어느 날, 노부나가의 가신인 스게노야 큐에몬菅谷九右衛門[7]이라는 사람이 볼일이 있어 야마다山田[8] 고을로 가는 길에 쓰게와 다키가와 두 사람과 마주쳤다. 스게노야는 '이 두 사람은 분명 전사했다고 들었는데 이게 꿈은 아닌가.'라고 이상히 여

이 되었다.

5_ 전국 시대 세 영웅 가운데 하나. 오와리 성주인 아버지 오다 노부히데(織田信秀)의 뒤를 이어 탁월한 수완을 발휘하여 집안을 전국 최대 세력으로 키웠다. 천하통일을 목전에 두고 가신인 아케치 미쓰히데(明智光秀)의 모반으로 혼노사(本能寺)에서 횡사하였다(1534-82).

6_ 미에현(三重県) 서부.

7_ 노부나가 측근의 중신(?-1582).

8_ 미에현 아야마군 오야마다촌(三重県阿山郡大山田村)과 우에노시(上野市) 동부.

_ 길가 풀숲에 앉아 환담을 나누는 무사 세 사람

기며 서서 이야기를 나누는데 쓰게가 말했다.

"오랜만일세. 이리 와 술 한 잔 하세나."라며 데리고 있던 하인에게 겉옷 하나를 내어주며 술집에 맡기고 술을 받아오게 하였다. 그리고 돗자리를 빌려와 길가 풀숲에 깔게 하고 쓰게, 다키가와, 스게노야 세 명이 마주앉아 술잔을 기울였다.

다키가와가 말했다.

"옛날 중국의 제갈장민諸葛長民이라는 사람은 유의劉毅가 살해당하자 이를 빌미삼아 군사를 모아 난을 일으키려고 마음먹었지만 망설이며 이렇게 말했다지.

'가난하면 부귀를 원하나 부귀를 얻으면 반드시 액운이 따르기 마련인 법. 그때는 다시 원래대로 가난해졌으면 하고 바라지만 이 또한 뜻대로 되는 법이 없지. 이는 마치 허리에 십만 관의 엽전을 차고 학을 타고 양주揚洲에 오르려는 것과 같다.'[9]

제 마음대로 되는 일은 없소. 무사로 태어나 이름을 후대에 남길 만큼의 공훈을 세우지 못한 자는 모든 일에 반드시 수치만 남기게 마

9_ 세 가지의 소원이 다 이루어지는 것을 의미한다. 『은예소설(殷芸小說)』에 다음과 같은 이야기가 실려 있다. 함께 있던 네 사람이 각자 자신의 소원을 말하였다. 첫 번째 사람은 양주 자사가 되고 싶다고 하였고 두 번째 사람은 많은 재산을 모으고 싶다고 했으며 세 번째 사람은 학을 타고 하늘로 올라가고 싶다고 했다. 그러자 마지막의 네 번째 사람이 말했다. "저는 허리에 돈 십만 관을 차고 학을 타고 양주로 날아가고 싶어요. 나의 소원은 당신들 세 사람의 소원을 모두 겸하는 것입니다."

련이라오. 예나 지금이나 이런 예는 허다하지. 멀리 다른 집안 이야기를 할 것도 없군 그래. 오다 카몬織田掃部[10]은 그토록 공훈을 세웠어도 끝내는 누명을 쓰고 헤키 다이젠日置大膳[11]에게 죽임을 당했고 사쿠마 에몬佐久間右衛門[12]은 노부나가공이 첫 과업을 이루실 때부터 충성을 다했지만 하루아침에 쫓겨나 치욕을 당했지. 역대 공신이라는 자는 모두 이와 같아. 하물며 그 밖의 사람들의 앞날은 한 치도 내다보기 어렵거든. 지쿠고筑後 수령인 시모쓰마下間[13]는 에치젠越前의 아사쿠라朝倉[14]와 한편이 되어 기노매木目 고개의 성城에서 농성하다가 아사쿠라가 전사한 후 헤이센사平泉寺[15]에 숨어 종적을 감추었지. 이후 크게 깨달음을 얻은 도인이 되어 다음과 같은 시를 남겼다지.

"활을 들지 않고 도망치지 않았던들 어찌 오늘 맑은 달과 같은 깨달음을 얻을 수 있으리."

과연 무명武名을 버리고 도를 얻은 셈이지.

셋쓰摂津[16] 수령 아라키荒木의 부하인 오데라 간페小寺官兵衛[17]는 주군의 역모를 말리다 안 되자 상투를 자르고 스님이 되어

"사십 년간 전공을 세우고자 하니
철갑은 헤어지고 양궁良弓은 꺾였네.

10_ 오다 타다히로(織田忠寛), 오다 노부나가의 가신.
11_ 기타바타케의 측근이었으나 후에 오다 노부오의 가신이 되어 다케이 성 공략에 가담하였다. 생몰연대 미상.
12_ 사쿠마 노부모리(佐久間信盛, 1528-82), 오다 노부나가의 가신.
13_ 시모쓰마 라이쇼(下間頼照, 1516-75), 치쿠고[후쿠오카현(福岡県) 남부] 수령.
14_ 아사쿠라 가문은 에치젠[후쿠이현(福井県)]의 호족으로 훗날 성장하여 전국(戦国) 다이묘가 된다.
15_ 후쿠이현 가쓰야마시(福井県勝山市)에 있는 천태종(天台宗)의 사원.
16_ 오사카(大阪) 일부와 효고현(兵庫県) 일부.
17_ 구로다 요시타카(黒田孝高, 1546-1604), 도요토미 히데요시의 측근으로 다이묘들과의 교섭 등에 뛰어난 재능을 보였다. 가톨릭으로 개종한 기리시탄 다이묘이기도 하다.

가사적삼 알아주는 이 없어도
홀로 독경하며 부처님 뒤를 따르리."
(四十年來謀戰功　鉄冑着盡折良弓
緇衣編衫靡人識　独誦妙経詢梵風)

라고 읊으며 세상을 등졌으니 어찌 훌륭하다 하지 않으리. 이 두 사람은 역모를 꾀한 주군 밑에서 용케도 화를 면했으니 이게 바로 지혜로운 무사가 아니겠는가?"

쓰게가 웃으며 말을 받았다.

"노부나가 편에서는 우리로 인해 창피를 당한 셈이 아닌가? 그토록 하찮은 이가의 봉기도 막아내지 못했으니 말이야."

그러자 다키가와가 대꾸하였다.

"아니 그 이야기는 더 이상 꺼내지 말게나. 생각할수록 아쉬움만 남으니. 그저 술이나 더 하시게나, 스게노야."

서로 술잔을 주고받은 뒤, 스게노야가 두 사람에게 청하였다.

"자아, 두 분 어떠십니까. 평소에도 풍류에 조예가 깊으시니 오늘 같은 날, 시 한 수가 빠져서야 되겠습니까."

그러자 "그럼 어디 한 번 읊어볼거나."라며 잠시 생각하더니 먼저 쓰게노 사부로 자에몬이 시 한 수를 읊었다.

"서리 이슬처럼 헛되이 사라진 뒤
무덤가의 풀만이 나를 반겨주네."

이어 다키가와 사부로베가 읊었다.

"명성은 남았으되 몸은 이곳에 묻혔으니
새벽 달빛 고고하나 찾아오는 이 하나 없네."

시를 읊은 후, 두 사람은 절로 흐르는 눈물을 닦아냈다.

스게노야는 두 사람의 심상치 않은 싯구절와 태도에 어리둥절하여 물었다.

“평소에 그토록 무용과 지략을 떨치시고 모든 면에 늠름한 기상을 보여주시던 분들이 오늘은 이렇게 애달픈 시를 읊으시며 눈물을 보이시다니 이상할 따름입니다.”

그러나 두 사람은 아무런 대답도 없이 묵묵히 크게 한숨만 짓다가 술이 떨어지자

“오늘은 이만해야겠네.”라며 작별 인사를 하고는 몇 걸음 가는가 싶었는데 곧 부리던 하인과 함께 모습이 사라졌다.

해는 서산에 걸리고 새들은 둥지로 날아들고 있었다. 스게노야가 사람을 시켜 술집에 맡긴 겉옷을 가져오게 하여 손에 들자마자 옷은 순식간에 너덜너덜해져 마치 흙먼지처럼 되어 버렸다. 스게노야는 서둘러 돌아와 조용히 승려를 불러 두 사람의 극락왕생을 축원하였다.

유키시로 묘진雪白明神*

조쿄長享 원년1487 9월, 쇼군인 미나모토노 요시테루源義義凞[1]는 직접 군사를 이끌고 고슈江洲[2]로 쳐들어가 사카모토坂本에 진을 치고 사사키 롯카쿠 다카요리佐々木六角高頼[3]를 공격하였다. 이를 막아낼 수 없었던 다카요리는 성에서 도망쳐 나와 고가甲賀 고을의 산속으로 숨었다.

다카요리의 부하 가운데 가타다노 마타고로堅田又五郎라는 사람이 있었다. 무용과 능력이 뛰어난데다 늘 신불神仏을 받들고 내세를 기원하는 신앙심이 깊었다. 그는 매일같이 관음경観音經의 보문품普門品과 아미타경阿弥陀經 한 권을 읽고 염불을 백 번 되뇌는 것을 거르지 않았다. 이미 대장인 다카요리가 성을 빠져나갔으므로 마타고로도 하는 수 없이 적군과 맞서 싸우며 마침내 적의 무리를 빠져나와 안요사 산安養寺山[4] 속 깊은 곳으로 도망쳤다. 이미 해가 저물어 어느 길로

---

*– 오조소설(五朝小說)인 『박이지(博異志)』 「마시중(馬侍中)」의 번안.

1– 아시카가 요시히사(足利 義尚), 무로마치(室町) 막부 제9대 쇼군(재위: 1473-89)으로 만년에 '요시테루'로 개명하였다.

2– 시가현(滋賀県).

3– 미나미 오미(南近江, 시가현)의 전국(戦国) 다이묘. 오닌의 난(応仁の乱) 이후 롯가쿠 가문의 권력 강화를 지향하여 귀족이나 사원 세력을 견제하였는데 이것이 당시 쇼군인 아시카가 요시히사의 반발을 사게 되어 한때는 영지를 버리고 고가(甲賀) 산중으로 도망가기도 하였다(1462-1520).

가야 할지 분간조차 할 수 없었는데 마침 초가집 한 채가 보였다. 골짜기 그늘에 자리한 초가집 안에는 인기척도 없었다. 마타고로는 일단 이 집에 숨어있기로 하였다. 잠시 후 말을 탄 군사 스무 명 정도가 두런거리는 소리가 들려왔다.

_ 마타고로를 뒤쫓는 적군들

"분명히 뒷모습을 보았는데 어디로 사라졌지? 필시 이가伊賀 지방[5]으로 통하는 길로 도망갔을 것이다."

말하는 것을 들어보니 틀림없이 마타고로를 죽이려 쫓아온 적군이었다. 그런데 적군들은 이상하게도 마타고로가 숨어 있는 초가집에는 눈길도 주지 않은 채 서서히 멀어져 갔다.

이제는 살았다고 한숨 돌리고 있으려니 또다시 사람이 다가오는 소리가 들려왔다. 조심스럽게 창문으로 엿보니 나이는 마흔 정도 되어 보이는 호리호리한 여인이 마당에 서 있었다. 적당히 낡은 짙은 쪽빛 옷을 입고 손에는 고운 보자기를 든 여인이 입을 열었다.

"가타다노 마타고로님께서는 여기에 계시나요?"

마타고로가 숨죽이며 아무런 대답도 하지 않자 여인이 미소지으며 다시 말했다.

"무엇이 무서워서 숨어 계십니까? 조금도 겁내실 필요 없어요. 저는 이 구리모토栗太 고을을 다스리시는 신神이신 유키시로미야雪白宮

4_ 시가현 구리타군(滋賀県栗太郡)에 있는 해발 2,341m 높이의 산. 북쪽 기슭에 진언종인 안요사가 있다.

5_ 미에현(三重県) 서부.

_ 마타고로를 위협하는 도깨비

께서 보낸 사람입니다. 가타다노 마타고로님을 안심시켜 드리라는 명을 받고 왔습니다. 그러니 마음을 놓으셔도 됩니다. 평소에 자비심이 깊고 신불을 공경하며 내세를 기원하는 정성을 게을리하지 않으셨기에 유키시로 묘진雪白明神께서 그 마음에 감동하여 지켜주실 겁니다."

말을 마친 여인은 들고 있던 보자기를 풀어 구운 떡과 술을 담은 작은 병을 꺼내어 마타고로에게 건넸다. 배불리 먹은 마타고로는 그저 감사할 따름이었다.

여인이 일러주었다.

"이 창문 앞 뜰에 가로로 금 한 줄을 그어놓았습니다. 오늘 밤이 이슥해지면 수상한 자가 찾아와서 위협할 것입니다. 무사님께서는 모쪼록 겁에 질려 이리저리 몸을 움직이거나 하시면 안 됩니다. 이번만 잘 넘기시면 앞으로 평생 나쁜 일은 없을 겁니다." 여인은 말을 마친 후 돌아가는가 싶더니 어느새 연기처럼 사라졌다.

아니나 다를까 한밤중이 되자 이상한 빛을 휘번득이며 다가오는 자가 있었다. 마타고로가 '드디어 올 것이 왔구나.'라고 단단히 마음먹고 창문으로 엿보니 키가 10자3m 정도나 됨직한 도깨비였다. 도깨비는 붉은 머리를 풀어헤치고 흰 어금니를 드러내고 있었다. 양 뺄은 마치 불을 밝힌 듯하고 입은 귀밑까지 찢어졌으며 번뜩이는 눈빛은 거울에 붉은 색을 칠해 놓은 것 같았다. 뿔 매처럼 생긴 손톱을 하고 호랑이 가죽을 허리에 두른 도깨비는 지금이라도 당장 초가집 안으로 쳐들어올 기세였다. 그러나 곧 낮에 온 여인이 뜰에 그어놓은 금을 발견하고는 불같이 화를 내며 눈알을 번개처럼 휘번득이고 입에서 불을 뿜어대며 버티고 서서 땅을 발로 힘껏 굴러대었다. 마타고로는 이러한 무시무시한 광경에 온몸의 털이 곤두서고 정신이 아득해졌다. 도깨비가 금을 넘을 수 없는 분을 삭이며 한 편에서 서성거리고 있는데 또다시 말을 탄 군사 십여 명이 다가와 "이 집에 마타고로가 숨어 있다고 들었다. 썩 나오너라."라고 다그쳤다. 그러자 도깨비가 말 위의 병사에게 달려들어 낚아채고 말을 짓밟아 죽인 다음 먹어치우니 나머지 병사들은 거미를 풀어놓은 것처럼 혼비백산하여 도망쳐 버렸다.

_ 도깨비들에게 변을 당한 병사들의 흔적

이윽고 날이 새자 도깨비는 간 곳이 없고 주위도 조용해졌다. 마타고로가 밖으로 나가보니 말 머리와 사람의 손발이 피범벅이 된 채 여기저기 널려 있고 갑옷, 투구, 큰칼 등이 흩어져 있었다. 간신히 그곳을 빠져나온 마타고로는 이세伊勢로 내려가 시로코白子라고 하는 곳에서 배를 타고 슨슈駿州[6]로 가서 이마가와 우지치카今川氏親[7]의 비호 아래 몸을 숨겼다. 그러나 마타고로의 말년이 어떻게 되었는지는 알 도리가 없다.

6_ 시즈오카현(静岡県).

7_ 전국(戦国) 시대 무장, 다이묘(1473-1526).

伽婢子

卷八

긴 수염 나라長鬚国*

에치젠越前 지방, 기타노쇼北庄[1]라는 곳에 상인이 살고 있었다. 해마다 홋카이도北海道 마쓰마에松前로 건너가 그 곳의 원주민인 에조蝦夷[2]와 거래를 하였는데 대개는 무명과 삼베를 가지고 가서 다시마와 말린 전복과 바꾸고 고향에 돌아와 이것들을 팔아 생계를 이었다.

어느 해, 배를 타고 마쓰마에로 건너던 중 갑자기 풍향이 바뀌고 거센 풍랑이 일었다. 그 바람에 돛대가 꺾이고 노가 부서진 채 바다에서 표류하다가 가까스로 낯선 섬에 닿았다. 간신히 정신을 차리고 배를 섬에 댄 후, 5정町, 545m 정도 걸어가니 마을이 나타났다. 그곳 사람들은 짧은 머리에 긴 수염을 길렀는데 일본어를 쓰고 있었다. 한 집에 들러서 나라 이름을 묻자 '긴 수염 후소슈長鬚 扶桑州'라고 하였다. 나라의 임금이 누구인가 물으니 "여기에서 십 리4㎞ 정도 가면 동쪽에

---

*_ 오조소설(五朝小說)인 『낙고기(諾皐記)』「대족초유사인운운(大足初有士人云云)」의 번안.

원화는 당나라 대족(大足, 701) 시절에 어느 선비가 신라 사신을 수행하던 중, 풍랑을 만나 부상주 장수국(扶桑州長鬚國)이라는 곳에 상륙하여 이 이야기와 비슷한 체험을 한다는 이야기. 원화에서 선비는 부상주 장수국에서 10년간 머문 것으로 되어 있다.

1_ 후쿠이현 후쿠이시(福井県福井市).

2_ 고대 호쿠리쿠(北陸)와 관동(関東) 북부에서 홋카이도에 걸쳐 살던 주민들로 야마토(大和) 정권은 이들을 이민족으로 치부하고 정벌의 대상으로 삼았다.

_ 긴 수염 후소슈의 대궐로 안내되는 상인

대궐이 있습니다."라고 일러주었다.

일러준 대로 가다보니 큰 문이 나왔다. 이곳을 지나쳐 조금 더 가니 임금님이 사는 대궐인 듯, 높은 돌담이 절벽처럼 서 있는 성이 나타났다. 정문 근처로 다가가자 문을 지키던 문지기들이 모두 나와 매우 공손히 절하며 안으로 안내하였다. 뒤이어 안쪽에서 낯선 의관을 잘 갖추어 입은 사람이 달려나와 상인을 대궐 안으로 모셨다. 대궐은 엄청나게 화려하고 말할 수 없이 으리으리하였다. 건물들은 자단紫檀,[3] 모과나무, 백단白檀[4]으로 되어 있고 침향枕香[5]과 금은을 아로새겨

3_ 목재가 자줏빛이고 박달나무처럼 단단하기 때문에 자단이라고 하며 가구재, 건축재로 쓰인다. 인도 남부에서 스리랑카에 분포한다.

4_ 열매는 지름이 1cm이고 둥글며 육질이 붉은 색이지만 익으면 검게 변한다. 목재는 불상 · 미술 · 조각 · 가구 등의 재료로 이용한다. 중국에서는 단향, 일본에서는 백단(白檀)이라고 한다.

세워져 있었다.

이윽고 상인은 비단 돗자리 위의 임금님을 배알하였다. 임금님이 말하였다.

"대일본국의 귀빈께서 이곳까지 발걸음을 해 주시다니요. 저희 같은 주변 오랑캐 나라를 이렇게 직접 찾아와 주시니 경사가 아니고 뭐겠소이까."

임금님이 일족에게 상인의 방문을 알리니 속속 입궐하였다. 모두들 잘 차려입었지만 키가 작고 머리카락은 없이 수염만 길게 길렀는데 허리가 약간 굽은 것처럼 보였다. 각각 자리를 잡고 앉자 녹색 잎이 붙어 있는 빛 좋은 감, 알이 찬 노란 밤, 보랏빛이 도는 마름,[6] 다홍색 가시연,[7] 파란 배, 붉은 귤 등을 칠보 쟁반과 수정 그릇에 가득 담아 내왔다. 상에는 들판의 첫 기러기, 계곡 연못의 오리, 메추리, 종달새, 생강, 푸른 순채, 산골짜기 죽순, 계곡물의 미나리 등, 없는 것 없이 차려졌다. 포도주, 주애珠崖[8]의 명주名酒를 따른 술잔에 산수유와 노란 국화를 띄워 권하는 등, 만찬 접대는 참으로 성대하고 맛 또한 이 세상 음식이 아닌 듯하였다. 단지 바다나 강의 물고기, 조개 종류 등은 그 어느 것도 안주로 상에 오르지 않은 것이 이상하였다.

임금님이 말하였다.

"짐에게 공주가 하나 있소. 원하건대 그대가 이곳에 머물러 주었으면 하오. 공주와 부부의 연을 맺으면 어떠시겠소? 그리만 된다면 부

5_ 의복이나 물건에 향기가 스며들게 하고 태우면 향기가 나기에 옛부터 귀한 향 중의 하나로 애용되었다.

6_ 연못이나 늪에서 자란다. 뿌리는 진흙 속에 박고 줄기가 길게 자라서 물 위에 뜬다. 잎은 뭉쳐난 것처럼 보이며 잎 몸은 마름모꼴 비슷한 삼각형이며 잔 톱니가 있다.

7_ 연꽃의 한 종류.

8_ 중국 하이난성(海南省), 진주의 산지이기는 하나 술과의 상관관계는 미상.

_ 상인을 대접하기 위해 열린 궁중 연회

귀영화는 가없을 것이오."

상인은 크게 기뻐하며 "모든 일은 분부대로 따르겠나이다."라고 대답하고 술잔을 몇 차례 기울였다.

마침 그날 밤은 보름이어서 달빛이 사방에 두루 비추니 주위는 마치 대낮처럼 밝았다. 사람들이 "이제야말로 술자리의 여흥을 즐길 때가 되었구나."라며 모두 흥겹게 춤추고 노래하였다.

그때 마침 공주가 연회에 모습을 드러냈다. 시중을 드는 스무 명 남짓한 시녀들도 모두 아름답게 꾸미고 옷자락을 끌며 나오니 침향의 향기가 주변에 가득 찼다. 모두 우아하고 아름다운 여인들이었지만 하나같이 얼굴에 수염이 나 있었다. 이렇듯 어색한 모습에 흥이 깨져버린 상인은 불편한 심정을 옛 노래에 빗대어 한 수 읊었다.

"꽃술 없는 꽃보다 수염 난 그대의 얼굴이 차라리 어여쁘다오."

상인의 노래를 들은 임금님이 박장대소하니 자리에 있던 사람들도 모두 배를 잡고 웃었다. 공주와 시녀들은 몹시 부끄러워하였다. 그날 밤, 상인에게는 바람을 관장하는 사풍장司風長이라는 벼슬이 내려졌다. 상인은 한없는 영화를 누리며 행복한 나날을 보내고 나라 안에서 존경과 대접을 받으며 수염 난 공주와 부부가 되고 3년 동안, 1남 2녀의 자녀를 얻었다.

그러던 어느 날, 상인은 집안 사람은 물론 공주마저 울며 탄식하고 있는 모습을 보았다. 성 안도 쥐 죽은 듯이 조용하여 생기를 잃었다.

상인이 놀라 공주에게 까닭을 묻자 공주가 울며 대답하였다.

"어제 용왕님의 명령을 받고 아버님께서 용궁으로 가셨습니다. 두 번 다시 살아 돌아오지는 못하실 겁니다. 그렇기에 모두들 한숨지으며 슬퍼하고 있는 것입니다."

깜짝 놀란 상인이 말했다.

"진정하고 잘 생각해보면 아버님을 살릴 방도가 있을 것이오. 아버님만 살릴 수 있다면 내 한 목숨 잃을지라도 무엇이 아깝겠소."

공주가 울며 간곡히 말했다.

"서방님 도움 없이는 아버님께서 횡액을 면하시고 다시 고향에 돌아오실 수 없으실 거예요. 부디 용궁에 가시어 '동해 세 번째 해협의 일곱 번째 섬인 긴 수염나라가 바야흐로 큰 재난을 당해 풍전등화의 처지에 놓였습니다. 이를 불쌍히 여기시어 그 수장을 풀어 돌려보내 주신다면 이후 태평안온太平安穩의 올바른 길을 펼치겠나이다.'라고 간절히 청해 주세요. 그러면 용왕님께서도 인정을 베푸시어 반드시 한탄을 기쁨으로 바꿔 주실 거예요. 자, 한시라도 지체하지 마시고 어서 용궁으로 떠나시지요."

공주가 목 놓아 울며 사정하자 상인 역시 측은한 마음에 가슴이 메어 서둘러 격식을 갖추어 의관을 차려입은 후, 열 명의 무사와 다섯 명의 하인, 두 명의 길잡이를 거느리고 용궁으로 향하였다. 용궁에 도착하여 해안가에 배를 대고 잠시 해변을 둘러보니 해변 모래는 모두 금은이며 의관정제한 사람들은 마치 중국 사람들처럼 모두 훤칠하게 키가 컸다.

이윽고 용궁의 정문에 당도하니 칠보로 웅장히 꾸며진 누각이 마치 큰 절과 같았다. 옥으로 된 계단을 오르자 용왕이 나와 맞이해 주었다.

황송해하는 상인에게 용왕이 물었다.

"네가 사풍장이라고 하는 자이냐? 그래, 무슨 일로 왔느냐?"

상인이 자세히 저간의 사정을 아뢰자 용왕은 곧 기록관을 불러 알아보게 하였다. 그러나 기록관은 "용궁의 관할 안에 그런 이름의 나라는 없습니다."라고 아뢰었다.

상인이 재차 설명하였다.

"긴 수염 나라長鬚国는 동해 세 번째 해협의 일곱 번째 섬이옵니다."

용왕이 기록관에게 다시 잘 살펴보라고 이르니 잠시 후 기록관이 다른 장부를 펼치며 말하였다.

"그 섬은 새우가 사는 곳입니다. 용왕님께서 드실 이달치 음식 마련을 위해 어제 불러들여 잡아놓았습니다."

이 이야기를 들은 용왕이 웃으며 말하였다.

"사람인 사풍장이 새우에게 속임을 당하였구나. 내가 비록 바다의 왕이라 할지라도 물고기와 새 같이 살아 있는 먹을거리는 모두 옥황상제님의 너그러운 허락을 받아 하루에 정해진 수만큼만 먹는다. 설령 사람이라 할지라도 옥황상제께서 정해주신 수량을 넘어 제멋대로 생명 있는 것들을 먹으면 반드시 천벌을 받아 화를 입을 것이야. 그러니 함부로 정해진 수량보다 많이 먹을 수는 없는 것이다. 어찌되었든 애써 이곳까지 찾아온 사람의 정성을 모른 척할 수야 없지. 오늘 정해진 양을 줄이도록 하마."

_ 용궁의 수라간을 구경하는 상인

말을 마친 용왕은 안으로 들어가 수라간을 맡은 관인에게 일러 상인을 데리고 수라간을 보여주었다. 태내에 있는 노루, 곰 발바닥, 원숭이 팔다리, 토끼, 다섯 종류의 건어물, 일곱 종류의 과일 등을 종이를 깔고 꽃모양의 장식을 곁들여 함께 내놓았다. 그 밖에 봉황의 골, 사자 기름, 꿀 등, 육지와 바다의 온갖 진미가 이루 헤아릴 수 없을 만큼 쌓여 있었다. 황금 가마솥, 은 냄비, 청동으로 만든 삼발이가 나란히 놓여 있는 한편에 바구니 속에 대 여섯 마리의 새우가 들어 있었다. 석 자90㎝ 남짓 되는 크기에 짙은 보라색을 띠고 수염이 무척 길었는데 상인을 보자 비 오듯 눈물을 흘리며 쉴새없이 파닥거리는 것이 마치 살려달라고 외치는 것만 같았다. "이것이 바로 새우의 왕입니다."라는 수라간 관인의 말을 들은 상인은 슬픔의 눈물을 떨어뜨렸다. 용왕은 관인에게 일러 새우의 왕을 풀어주도록 이르고 상인을 일본으로 돌아가게 해주었다.

그날 밤 상인은 노토能登 지방의 스즈노 미사키鈴の御崎[9]에 도착하였다. 해안가에 올라 뒤를 돌아보니 자신을 바래다 준 사자使者는 큰 용이 되어 파도를 가르며 바다 속으로 사라져갔다. 상인은 고향에 돌아와 이러한 일들을 글로 적어 사람들에게 전했다고 한다.

9_ 스즈 미사키(珠洲岬), 이시카와현 노토반도(石川県 能登半島)의 첨단 부분을 총칭하며 약 5㎞의 해안이 이어진다.

사신邪神을 죽이다*

조슈常州의 가사마笠間[1] 고을 들판에 작은 신사가 하나 있었다. 신사 뒤편으로는 쓰쿠바산筑波山 봉우리가 솟아 있어 어두컴컴하고 앞에는 골짜기 깊은 물에 수초가 우거져 있었다. 늘 구름 끼고 이슬비가 오락가락하는 을씨년스러운 곳이기에 사람들은 모두 이 신사의 신이 몹시 거칠고 사납다고 여겨 두려워하였다. 신사 앞을 지날 때는 마을에서 미리 준비해 간 쌀, 공물, 술 등을 신전에 바치고 통과하였다. 만일 그렇게 하지 않으면 순식간에 거친 비바람과 먹구름이 일며 신이 해코지를 하였다.

---

*_『전등신화(剪燈新話)』 3-2 「영주야묘기(永州夜廟記)」의 번안.
원화의 배경은 원나라 대덕(大德, 1297-1307) 연간, 호남성(湖南省)이다. 필응상(畢應祥)이라는 선비가 볼일이 있어 호남성의 영주(永州) 들판을 지나게 되었다. 그 곳에는 공물을 바치지 않으면 사람들을 해코지하는 신령을 모신 낡은 사당이 있었다. 마침 돈이 없어 제물을 마련하지 못한 필응상은 사당에 공손히 절만 올리고 지나갔다. 이후의 전개는 이 이야기와 대동소이하다. 단 원화는 이무기를 퇴치한 후의 후일담이 이어진다. 즉 고향에 돌아온 필응상은 어느 날, 저승의 옥졸들에게 붙들려 저승으로 끌려간다. 염라대왕 앞에는 흰옷을 입고 붉은 두건을 쓴 남자가 우리 안에 갇혀 있었다. 이 남자는 필응상 때문에 죽은 이무기로 자신의 무고함을 염라대왕에게 하소연하였던 것이다. 두 사람은 옥신각신 입씨름을 하고 결국 사자를 이승에 보내어 사실을 확인한 염라대왕은 이무기를 엄벌에 처하고 필응상의 노고를 치하하며 그의 수명을 12년 늘려주었다.

1_ 중세 시대, 히타치[이바라기현(茨城県)]에 있던 니이하리군(新治郡)의 다른 이름. 현재 가사마시(笠間市) 일대.

_ 가사마 고을 들판의 신사 앞에서 봉변을 당하는 쇼카이

메이토쿠明德 연간1390-94에 노슈濃州 다니쿠미사谷汲寺[2]에 쇼카이性海라는 승려가 있었다. 평소에 학문과 불도수행에 깊은 뜻을 품고 있었다. 그는 일찍이 '호쿠리쿠北陸를 다니며 수행하다가 사가미 지방相模国[3]의 아시카가足利 학당[4]에서 수학했으면' 하는 바람을 갖고 절을 떠

2_ 게곤사(華厳寺), 기후현 이비군 이비가와초(岐阜県揖斐郡揖斐川町)에 있는 천태종(天台宗)의 사원으로 본존은 십일면관음(十一面観音).

3_ 가나가와현(神奈川県).

4_ 아시카가 학교(足利学校), 헤이안(平安) 시대 초기, 혹은 가마쿠라(鎌倉) 시대에 창설되었다고 전해지는 고등 교육기관. 중세 시대에는 사실상 관동의 최고 학부였다. 무로마치(室町) 시대 초기에는 쇠퇴하였으나 1432년, 아시카가[도치기현(栃木県)] 영주가 된 우에스기 노리자네(上杉憲実)가 재건에 전력을 기울여 다시 학교를 일으켰다. 교육의 중심은 유학(儒学)이었으나 역학(易学), 병학(兵学), 의학(医学)도 가르쳤다. 학비는 무료이며 학생은 입학과 동시에 승적에 올랐다. 아시카가 학교는 원래 도치기현 아시카가에 있었는데 본문에서 사가미 지방이라고 되어 있는 것은 아마도 우에스기 노리자네가 다시 일으킨 가나자와 문고(金沢文庫)와 혼동한 것으로 추측된다.

나 호쿠리쿠로 향하던 중, 조슈 땅에 접어들어 이 신사 앞에서 쉬게 되었다. 원래 전국을 떠도는 행각승이기에 바랑에는 변변한 물건 하나 들어 있지 않았다. 쇼카이는 그저 엎드려 절하고 염불로써 보시한 후, 신사에서 약 10정町, 약 1㎞ 정도 지나온 곳에서 길을 잃었다. 잠시 이리저리 헤매고 있으려니 갑자기 거센 바람이 일며 모래와 돌멩이가 날리고 먹구름이 몰려와 안개가 자욱하게 꼈다.

그 때 뒤에서 누군가 쫓아오는 기척이 들렸다. 떨리는 마음으로 뒤돌아보니 괴상하게 생긴 괴물 200여 개가 무서운 기세로 덮치려고 하였다. 쇼카이가 '이제는 꼼짝없이 괴물들에게 죽임을 당하게 되었구나. 하는 수 없지.'라고 체념하고 오로지 관음경觀音經의 보문품普門品을 되뇌며 발길 닿는 대로 도망쳤다. 잠시 후 바람이 잦아들고 구름이 걷히며 하늘이 맑아지고 뒤쫓던 괴물들도 보이지 않았다. 이윽고 쇼카이는 가까스로 가시마 묘진鹿島明神[5]을 모신 신사에 다다랐다.

그는 신전에 무릎을 꿇고 반야심경般若心經 일곱 번, 관음경 보문품 세 번을 독송한 뒤 신에게 빌었다.

"아까 지나쳐온 신사에 공양물을 올리지 않아 이렇게 해코지를 당한 것이라면 그 신사의 신은 사신邪神이라는 말씀입니까? 분명 무슨 사연이 있는 것 같습니다. 아니면 소승이 무언가 잘못을 저질러 신께서 노하신 걸까요? 묘진이시여, 바라옵건대 부디 이를 밝혀주시옵소서." 이렇게 기도한 후 쇼카이는 날도 저물고 고단하여 몸을 눕혔다.

그날 밤, 쇼카이의 꿈에 신전의 신체神體를 안치한 곳의 문이 열렸다. 비단 장막을 거두어 올리고 옥으로 된 주렴을 반쯤 말아올린 안쪽에 묘진이 앉아계시고 좌우로는 말사末社의 신들이 지위에 따라 각각 자리잡고 있었다. 커다란 횃불이 신전 안팎을 밝혀 마치 대낮처럼 밝았다. 쇼카이는 황송해하며 신사 앞마당으로 내려가 머리를 땅에

5_ 이바라기현 가시마시(茨城県鹿嶋市)에 위치하며 일본 전국에 약 600곳 정도 존재하는 가시마 신사의 총본사.

대고 절하였다.

그러자 어디선가 붉은 옷을 입고 갓을 깊게 눌러쓴 사람이 계단으로 나와 말했다.

"네가 올린 법시法施[6]를 가시마 묘진께서는 위엄으로써 너그러이 받아주셨다. 그런데 너는 또한 신전에 읍소도 하였으니 이에 대해 서둘러 시시비비를 가릴 것이다." 이 사람은 말을 마치고 안으로 들어갔다.

잠시 후, 수십 명이 하늘을 날아가는 듯하더니 이윽고 백발의 노인 하나를 데리고 돌아왔다. 그리고는 검은 모자에 붉은 바지를 입은 노인을 신사 앞마당에 꿇어앉혔다.

주렴 안에서 목소리가 들려왔다.

"너는 한 지방의 땅과 백성을 맡아 돌보는 신이다. 그러하거늘 어찌하여 고장의 백성을 수호하지 않는 것이냐! 뿐만 아니라 공손히 예를 갖춘 나그네를 괴롭히고 함부로 화를 입혔다. 더욱이 이 승려는 독경으로 신에게 보시했으니 이보다 더한 공물이 어디 있단 말이냐? 그렇거늘 너는 오히려 뒤쫓아 위협하며 죽이려 하였다. 악행의 정도가 과히 도를 넘었구나. 그 죗값을 면치 못하리라."

관인이 나와 이렇게 노인을 추궁하니 노인이 머리를 땅에 대고 하소연하였다.

"소인이 진정 들판에 있는 신사의 신이기는 합니다만 큰 이무기의 힘에 눌려 신전을 빼앗긴 지 오래되어 지금은 간신히 옆에 있는 나무뿌리에서 지내고 있습니다. 제 힘이 미약하여 그 이무기를 이길 수가 없습니다. 이제는 세상을 지키고 사람을 보호해야만 할 직분을 다하기는커녕, 제 한 몸 둘 곳마저 잃어버리고 말았습니다. 그러하온즉 최근에 구름을 일으키고 비를 뿌리며 안개로 뒤덮고 바람을 불러 재

6_ 신불에게 경을 독송하고 법문을 외워 올리는 보시.

난을 일으켜 사람들의 공물을 받아먹는 일은 모두 저 이무기의 소행으로 제가 저지른 죄가 아니옵니다."

그러자 관인이 노인을 책망하며 추궁하였다.

"그런 일이 있다면 그대는 어찌 빨리 이곳에 와서 알리지 않았느냐?"

노인이 대답하였다.

"이무기는 이 세상에 산 지가 아주 오래 되었습니다. 어느 때에는 둔갑하여 나타나 사람을 괴롭히고 어느 때는 모습을 드러내지 않은 채 횡액을 일으킵니다. 자유자재의 신통력은 이루 말로 다할 수 없습니다. 산속의 귀신이나 들판에 머무는 악령들이 모두 이무기와 한통속이며 독사와 수목의 정령 모두 이무기를 따르고 있습지요. 소인이 이곳에 와 사정을 호소하려고 할 때마다 잡아가두고 나무뿌리 밖으로 얼굴조차 내밀 수 없게 하였습니다. 오늘은 관인들에게 붙들려 왔기 때문에 올 수 있었던 것입니다."

묘진께서 명령하셨다.

"너희들은 당장 신사에 가서 이무기를 잡아오너라."

노인이 다시 입을 열었다.

"이무기는 이미 요괴신통력을 갖추고 있으며 그 놈을 뒤따르는 무리가 많습니다. 설령 관인이 잡으러 간다고 해도 눈 하나 꿈쩍하지 않을 것입니다. 오로지 신의 가호를 받은 병사들을 많이 보내어 힘으로 제압하지 않고서는 쉽사리 항복하지 않을 것입니다."

사정이 이러하자 대장인 신에게 병사 5,000명을 주어 그 신사로 향하게 하였다. 세 시각 정도 지난 후에 수십 명의 군병이 큰 나무에 묶인 이무기 머리를 짊어지고 돌아와 신사 마당에 내려놓았다. 그 머리 크기가 자그마치 쌀 다섯 섬 정도는 들어갈 만한 항아리 같았다. 양 뿔은 날카롭고 두 귀는 마치 키처럼 생겨 있었다. 갈기털은 실처럼 엉켜 있고 입은 귀밑까지 찢어졌으며 성난 눈동자는 거울에 붉은 색

_ 머리를 잘린 이무기와 묘진의 뜻을 전해 받는 쇼카이

을 칠해 놓은 듯했는데 눈을 부릅뜬 채 죽어 있었다.

관인이 쇼카이에게 말하였다.

"황공하옵게도 우리 신사의 묘진께서는 이 지방에서 으뜸가는 공명정대한 신으로 네 호소를 듣고 올바른 재판을 열어주신 것이다. 이제 충분할 것이니 어서 돌아가거라."

말을 마친 관인은 그 자리를 정리하였고 쇼카이가 예를 올리고 자리에서 일어나려고 하는 찰나, 잠에서 깨어났다.

날이 밝은 뒤 쇼카이가 길을 되짚어 다시 그 신사를 찾아가보니 신사도 도리이鳥居[7]도 모두 불타버려 잿더미로 변하고 주변의 초목도

7_ 신사 입구에 세운 두 기둥의 문.

모두 꺾여 황폐해져 있었다. 근처 가까운 마을에 들러 어찌된 영문인지 물으니 마을 사람이 자초지종을 설명하였다.

"어제 한밤중에 천둥번개가 심하게 치고 비바람이 거세게 불어 비를 뿌리는 가운데 전투를 치루는 소리가 들려 왔습니다. 무섭기 한이 없었지요. 먹구름 사이로 화염이 보이고 신사와 도리이가 모두 불길에 휩싸여 잿더미가 되었는데 길이가 스무 자6m도 넘는 크고 흰 구렁이가 머리가 잘려나간 채 죽어 있었습니다. 이것 말고도 세 자에서 다섯 자90-150cm 되는 뱀들이 수없이 뒤엉켜 죽어 있는데 역한 냄새가 코를 찔렀지요."

이 말을 듣고 보니 어제 한밤중에 꿈을 꾸던 시각에 일어난 일이었다. 쇼카이는 그 길로 소슈相州[8]의 아시카가에 가서 이 일을 사람들에게 전했다고 한다.

8_ 가나가와현(神奈川県).

시로 맺은 인연*

이치조一条의 모도리바시戻橋[1] 근처에 나가타니 효부 쇼스케永谷兵部少輔[2]라는 사람이 살았다. 나이는 스물한 살로 미남이라는 평판이 자자했다. 풍류를 즐기며 남보다 똑똑하여 항상 학문에 힘써 산조보몬三条坊門의 남쪽, 마데노코지万里小路[3]의 동쪽에 사는 기타바타케 쇼세쓰 호인北畠昌雪法印이라는 유학儒学에 조예가 깊은 사람에게 다니며 학업을 쌓고 강론講論에 참석하였다.

진기칸神祇官 근처에 부잣집이 있었다. 집주인은 옛날에 야마나山

---

*- 『금오신화(金鰲新話)』「이생규장전(李生窺墻傳)」의 번안.
  원화는 고려 시대, 개성을 배경으로 한다. 송도 낙타교(松都 駱駝橋) 옆에 이생(李生)이라는 열여덟의 준수하고 재주가 뛰어난 청년이 국학(國學)에 다니고 있었다. 선죽리(善竹里) 최부잣집에는 열여섯 된 외동딸이 있었다. 이 두 사람이 사랑에 빠진 경과는 이 이야기와 대동소이하다. 그러나 둘의 이별과 결말을 둘러싼 원화의 이야기는 다음과 같다. 즉 공민왕 시절인 1361년, 홍건적이 개성을 점령하자 피난을 떠난 길에 최씨 처녀는 도적에게 겁탈을 당하고 살해되고 만다. 혼자 살아 남아 고향에 돌아온 이생 앞에 최씨 처녀가 살아 돌아오고 이생은 부모님의 유골을 수습하고 부부는 행복한 나날을 보낸다. 몇 해가 지난 어느 날, 최씨 처녀는 이승에서의 인연이 다했음을 고하고 연기처럼 사라진다. 부인을 그리워하던 이생은 몇 달 후 병을 얻어 이승을 하직한다. 이 이야기는 두 사람의 애틋하고 순간적인 재회로 끝맺음으로써 몽환적인 사랑 이야기를 강조하였다.

1- 교토시 가미교구(京都市上京区)의 호리카와(堀川)에 놓인 다리.

2- 군정(軍政)을 담당하던 행정기관인 효부쇼(兵部省)의 3등관.

3- 교토의 야나기바바(柳馬場).

名[4] 일족이었지만 무사신분을 버리고 교토로 옮겨와 이름을 감추고 조용히 칩거하며 다이묘大名나 고관대작과의 교제를 일체 끊고 지냈다. 이 집에는 마키코牧子라는 이름의 외동딸이 있었다. 열예닐곱 살인 마키코는 용모가 빼어날 뿐만 아니라 그림, 꽃꽂이, 바느질 솜씨도 좋았다. 또한 그리 재능이 있는 것은 아니었지만 시도 열심히 지었다. 다정다감하여 꽃을 좋아하고 달을 그리며 단풍지는 가을이나 눈 내리는 밤이면 시흥을 돋우어 시가를 읊조리며 마음을 달랬다.

어느 날, 효부가 책을 품속에 넣고 마데노코지를 향하고 있었다. 가는 길에 마침 마키코가 머무는 곳의 담벼락 아래에서 쉬던 효부는 조금 허물어진 담벼락 사이로 안을 엿보게 되었다. 때는 바야흐로 봄이어서 버드나무 가지가 늘어지고 벚꽃이 꽃봉오리를 터뜨리며 검은 방울새와 박새가 서로 견주듯 지저귀고 있었다. 한편에는 발을 반쯤 걷어 올린 방에서 한 여인이 툇마루 가까이 나와 앉아 바느질을 하고 있었는데 잠시 손길을 멈추고 고개를 갸웃이 기울이더니 시를 읊었다.

"봉오리 터뜨린 벚꽃 지려하면 푸른 버드나무 실 삼아 꿰매어둘거나."

이 모습과 시를 들은 효부는 한눈에 여인에게 사랑을 느꼈다. 머릿속이 하얘지고 다리도 풀리며 마음 가눌 길 없어 한동안 서성이며 계속 안을 엿보고 있었다. 이런 사정을 모르는 마키코는 뜰로 내려와 거닐다가 담벼락 가까이에서 드디어 효부와 눈이 마주쳤다. 준수한 용모의 미남에게 마키코도 첫눈에 반하였다. 이 사람이 아니면 그 누구와 잠자리를 나란히 할 것인가라는 생각에 마치 늦가을 비에 물드는 단풍처럼 붉게 뺨을 물들이며 시를 읊었다.

4_ 야마나 가문은 혼슈(本州) 서부 중에서도 동해에 면한 지방을 중심으로 세력을 떨친 무가(武家)이다.

_ 허물어진 담벼락 사이로 마키코를 엿보는 효부

“담장 밖 댕강 나무 꽃 꺾어 곱게 머리치장해 보았으면.”

효부도 더 이상 연모의 마음을 숨기지 못하고 평소 필기를 위해 몸에 지니고 있던 필통을 꺼내어 시 두 수를 적은 다음, 종이를 돌멩이에 싸서 담장 안으로 던졌다.

“기어이 이 목숨 다하는가, 그대 향한 마음 깊어 오늘을 넘기지 못하리.”

“막 들어선 사랑길 아득하니 지레 이 마음 고단해지누나.”

효부가 던진 종이를 집어 들고 두세 번 되풀이하여 읽고 나자 그를 향한 마키코의 마음은 더욱 깊어졌다. 그녀 역시 단자쿠短冊[5]를 꺼내 시를 적어 돌멩이에 싸서 담장 밖으로 던졌다.

“새삼 허무한 목숨이라 한탄 말고 오늘 해질녘이나 기약하시지요.”

5_ 주로 시나 글을 적는 두껍고 조붓한 종이.

이 시를 간직하고 집으로 돌아간 효부는 이제나 저제나 어서 해가 지기만을 기다렸다. 이윽고 땅거미가 지자 효부는 낮의 그 자리로 찾아가 담장 주변을 둘러보았다. 벚나무 가지 하나가 마치 푸른색 허리띠처럼 담장 밖으로 드리워져 있는 것이 눈에 띄었다. 그 뜻을 알아차린 효부는 이 가지를 잡고 담장을 넘어 안으로 들어갔다. 봄밤의 으스름달이 동쪽 산마루에 걸려 뜰에 꽃그늘을 만들고 어렴풋한 꽃향기가 더욱 정취를 돋웠다. 이 정경에 효부는 이곳이 마치 신선이 산다는 삼도三島, 십도十島[6]가 아닌가 의심하면서도 몰래 숨어들어온 까닭에 온몸의 털이 곤두설 만큼 긴장하고 있었다. 저녁부터 나무 아래에서 효부를 기다리던 마키코는 효부를 보자 시를 읊었다.

_ 정담을 나누는 효부와 마키코

"꿈인지 생시인지 모를 만남, 혹여라도 꿈에 빗대어 남에게 이야기 마오."

효부가 화답하였다.

"오늘 밤 나란히 하는 베갯머리가 마지막이런가, 앞날을 기약할 수 없기에."[7]

마키코가 원망섞인 목소리로 말하였다.

"도련님과 정을 맺고 나면 천 년 후, 내세에서도 변함 없으리라 생

6_ 삼도란 신선(神仙)이 산다는 봉래(蓬萊), 방장(方丈), 영주(瀛州)의 세 섬이며 십도 역시 신선이 사는 열 개의 섬을 말한다.

7_ 권3-3 「모란초롱」에도 오기하라와 여인의 첫 만남에서 같은 시를 읊는다.

각하건만 어찌 그런 섭섭한 말씀을 하시는지요? 소녀 목숨을 걸고 맹세하건대 절대 다른 이에게 마음 주는 일은 없을 것입니다. 설령 부모님께서 소녀를 책망하신다고 할지라도 도련님을 위해 죽는 것이니 여한도 없습니다. '우리 사랑 못미더우면 시카마의 천을 보세요. 염색한 뒤 색이 점점 짙어가지 않는지요.'라고 읊은 슌제이俊成[8]의 마음을 기억해주세요."

마키코는 몸종에게 술상을 내오게 한 뒤 효부에게 술을 권하였다. 이미 밤도 이슥해 주변은 적막하여 아무 소리도 들리지 않았다.

효부가 넌지시 물었다.

"이 집은 뉘 댁이시오?"

마키코가 대답하였다.

"저희 부모님께서는 야마나의 일족이십니다. 오래 전에 무사 신분에서 벗어나 재산을 모아 부자가 되셨지요. 일족 가운데는 다이묘도 많지만 왕래도 없습니다. 단지 몸가짐을 바르게 하며 이름을 숨기고 세상을 살아가십니다. 소녀는 외동딸로 형제도 없답니다. 저를 애지중지하시는 부모님께서 별장인 이곳에 정원을 만들고 거처를 마련해 주셔서 봄에는 꽃을 보고 가을에는 달을 보며 적적함을 달래고 있습니다. 부모님이 거처하는 곳은 조금 떨어져 있지요."

이 말을 들은 효부는 조금 안심이 되어 시 한 수를 읊었다.

"세상에 새어나갈 소문만이 걱정되는 첫날밤의 설레는 기쁨이어라."

마키코도 화답하였다.

"사랑의 강에 이 몸 빠질지라도 정녕 소문의 입방아에 오르내릴 당신만이 걱정입니다."

이렇게 시를 주고받으며 두 사람은 부부의 연을 맺었다. 아직도 못

8_ 후지와라노 토시나리(藤原俊成, 1114-1204), 헤이안(平安) 후기 가마쿠라(鎌倉) 초기의 귀족이자 가인(歌人).

다한 말이 많은데 어느덧 새벽을 알리는 종소리가 울리고 첫닭이 울었다. 이별의 눈물이 구름이 되고 비가 되니 마치 양대산陽台山[9] 밑에 있는 듯하였다.

효부가 이별을 아쉬워하며 한 수 읊었다.

“이 아침, 이별의 슬픔에 재회의 언약마저 지키지 못할 듯한 목숨이어라.”

이에 마키코도 화답하였다.

“같이 흘리는 눈물일지라도 슬픔의 크기만은 이쪽이 더 하지요.”

아침이 되자 효부는 벚나무 가지에 의지하여 담장을 넘어 집으로 돌아왔지만 마음 갈피를 잡지 못하였다. 이후로는 공부에 집중하지 못하고 해가 저물기만을 기다려 밤마다 마키코를 만나러 다녔다.

어느 날, 아버지가 효부를 꾸짖었다.

“너는 학문에 마음이 멀어져 싫증이 난 게냐? 아침에 집을 나서 저녁에 돌아오는 것은 학문에 정진하고 그 길을 행하기 위함이다. 그런데 요즈음 너는 저녁이 되면 집을 나서 새벽녘이 되어서 돌아오니 이 어찌된 일이란 말이냐. 분명 경박하고 그릇된 짓거리를 좇아 남의 집 담을 허물어뜨리고 뛰어넘어 옳지 않은 일을 저지르고 있음이 아니더냐. 만약 그런 일이 들통이라도 난다면 몸은 살아 있어도 흙탕물에 가라앉고 명예는 먼지구덩이에 처박혀 더럽혀져서 사람 취급도 못 받게 될 것이다. 만약 정을 맺은 여인이 뼈대 있는 가문의 규수라면 분명 너로 인해 가문의 명예가 먹칠을 당하고 규수의 몸은 비참하게 더렵혀진 것이다. 뿐만 아니라 그 죗값이 필시 우리 가문에도 미칠 것이니 큰일이 아닐 수 없다. 그러니 오늘부터 문밖 출입은 못할 줄 알거라.” 아버지는 효부를 한 곳에 가두어 두고 철저히 감시하

9_ 중국 사천성 무산현(四川省巫山縣)에 위치한 산.

_ 몸종을 추궁하는 마키코의 부모

였다.

한편 마키코는 밤마다 정원에 나와 기다렸지만 효부는 스무날이 지나도록 찾아오지 않았다. 마키코는 '세상에 늘 같은 것은 없으며 변하기 쉬운 게 사람 마음이라는데 혹시 도련님이 다른 여자와 정을 통하느라 나를 잊으셨나. 아니면 병이 깊어 자리보전하고 누우셨나.'라며 이런 저런 생각에 마음 졸였다. 마키코는 몸종을 시켜 은밀히 사정을 알아보게 하였다. 이윽고 몸종은 "도련님께서는 여차저차하여 집안 어느 한 곳에 가두어져 있으며 그곳을 드나드는 사람과도 말도 못 섞게 한답니다."라고 전했다.

이야기를 전해 들은 마키코는 슬픔에 겨워 병이 들고 말았다. 시름시름 앓으며 물조차 넘기지 못하고 때로는 헛소리를 하며 실성하기도 하였다. 피부는 까칠해지고 생기를 잃은 채 슬퍼하며 눈물만 흘릴 뿐이었다. 백방으로 약을 쓰고 신불에게 기원을 드렸지만 조금도 차도가 없었다. 더 이상 아무런 희망도 보이지 않자 부모는 마키코에게 마지막 소원을 물었지만 선뜻 대답도 하지 않았다.

그러던 어느 날, 부모는 우연히 상자 깊숙한 곳에서 효부가 쓴 시를 발견하였다. 크게 놀라 몸종을 불러 추궁하자 몸종은 그동안의 일을 사실대로 아뢰었다. 이를 들은 부모는 '비록 사람이야 어떻든 간에 금지옥엽인 우리 딸이 마음에 들어 하니 문제될 게 무어란 말인가.'라며 중매쟁이를 세워 효부의 집안에 혼담을 넣었다.

혼담을 받은 효부의 아버지는 단호히 거절하였다.

"우리 아들은 재능과 능력을 갖추었소. 학업에 전념하여 벼슬자리에 올라 아비의 뒤를 이어야만 할 시기에 혼인으로 이를 망칠 수야 있겠소? 혼인은 아직 급한 것이 아니오."

마키코의 부모가 거듭 청을 넣으며 설득하였다.

"평소 평판을 듣자니 효부 쇼스케는 아직 그 재능을 다 펴지 못하고 있으나 끝내 우물 안에만 머물 인물이 아니라고 합니다. 우리 집안에 누가 있어 대를 잇겠습니까? 그런즉 우리 외동딸과 부부의 연을 맺는다면 아낌없이 물려주고 효부를 자식으로 삼겠습니다."

마침내 서둘러 길일을 택해 효부를 사위로 맞이하자 마키코는 기뻐하며 씻은 듯이 병상을 떨치고 일어났다.

효부가 한 수 읊었다.

"살아 있기에 얼싸안고 또 다시 누워보는 그대의 팔베개이어라."

마키코도 기쁨에 겨워 화답하였다.

"애타게도 그리던 임을 처음 만나던 초사흗날 달빛이 오늘 밤은 새벽녘까지 남아 있네요."

이렇듯 두 사람은 새벽에도 헤어질 염려 없이 깊은 부부의 정을 나누며 행복한 나날을 보냈다.

그러던 중, 호소카와細川와 야마나山名 두 가문의 권력 다툼으로 오닌応仁의 난[10]이 일어났다. 이로 인해 교토의 크고 작은 집들이 모두 불에 타서 잿더미가 되어 버리고 전국 각지의 무사들이 교토에 몰려들어 갖은 횡포와 약탈을 일삼으니 그 피해는 이루 말할 수 없었다. 그 와중에 마키코는 야쿠시지 요이치薬師寺与一[11]에게 붙잡혀 빼어난

10_ 8대 쇼군인 아시카가 요시마사(足利義政)의 후계 계승 문제를 기화로 쇼군 다음 가는 최고 관직인 간레이(管領)를 독점하던 호소카와(細川) 가문과 야마나(山名) 가문을 중심으로 1467년에서 1477년까지 11년간 지속된 내란.

미모로 인해 겁탈을 당하게 되었다.

그 순간 마키코가 큰소리로 울부짖었다.

"자결을 할지언정 시골 출신의 천한 자에게 몸을 허락하지는 않을 것이다. 어서 죽여라."

이에 성난 병사들은 마키코를 칼로 베어 죽여 버렸다.

한편 천신만고 끝에 간신히 도망쳐 숨어지내던 효부는 그 해 겨울, 교토가 잠시 조용해져 집으로 돌아와 보니 집은 불타서 흔적마저 사라져버렸다. 처갓집에 가보아도 사람 하나 보이지 않았다. 아버지는 야마나의 편에 가담했다가 전사하고 어머니는 도적에게 옷가지를 빼앗긴 후 죽임을 당했다. 효부 홀로 마키코의 방에서 눈물 흘리며 웅크리고 있자 그날 밤, 꿈만 같이 마키코가 돌아왔다.

효부가 "어떻게 된 일이오?"라며 손을 잡고 눈물을 흘리자 마키코가 대답하였다.

"소첩은 서방님과 헤어지고 가족도 뿔뿔이 흩어진 후, 무사들의 손에 붙잡혀 무참히 죽임을 당하고 시체는 길가에 내버려졌지만 이를 불쌍히 여기는 사람도 없었습니다. 정조를 지키려다 죽임을 당한 것을 옥황상제님께서 가엾게 여기시고 또한 서방님이 저를 그리워하는 마음에 이끌려 이렇게 온 것입니다."

효부는 슬픔 가운데에서도 죽은 사람을 다시 만난 기쁨이 뒤섞여 비 오듯이 눈물을 흘렸다. 두 사람은 밤새도록 이야기를 나누었다.

새벽이 되자 효부가 먼저 시를 읊었다.

"미처 몰랐소. 달이 다시 차기도 전에 이별을 말할 줄이야."

마키코가 화답하며 읊었다.

"이리 될 줄 알았다면 백년해로 언약을 원망할까요, 모든 것이 운

11_ 야쿠시지 모토카즈(薬師寺元一, 1477-1504), 호소카와 가문의 중신으로 흔히 요이치라 불리웠다.

명이겠지요."

마키코는 하염없는 눈물로 이별을 고하며 그림자처럼 사라져버렸다. 곧 효부는 발심發心하여 히가시야마東山의 절에 들어갔으나 얼마 지나지 않아 병을 얻어 세상을 뜨고 말았다. 이 이야기를 전해들은 사람들은 모두 애처롭고도 신기한 일이라고 생각하였다.

유령을 만난 승려*

스미야 후지쿠로隅屋藤九郎[1]는 구스노키楠 가문[2]의 일족으로 하타케야마 에몬노스케 요시나리畠山右衛門佐義就[3]의 편에 서서 다케야마嶽山 전투[4]에서 뛰어난 공을 세우고 마침내 전사하여 이름을 남겼다. 그의 아들 후지시로藤四郎 역시 요시나리측에 가담하여 오닌応仁 원년1467, 고료노 바바御霊馬場 전투에서 하타케야마 사에몬노카미 마사나가畠山

---

*_『산고쿠덴키(三国伝記)』 12-15, 혹은 『소로리 이야기(曽呂利物語)』 2-5의 내용과 유사.

『소로리 이야기』에서는 무사시 지방(武蔵国)을 돌던 수행승이 열여섯 살 가량의 미소년을 만나는데 결국 그 소년은 그해 봄에 죽은 성주의 아들이었다는 내용이다. 그런데 『소로리 이야기』의 간행년도가 1661-73년 사이로 추정될 뿐, 확실하지 않기에 이 이야기의 확실한 전거로 보기에는 약간 무리가 따른다.승려가 우연히 피리 부는 미소년을 만나 하룻밤을 같이 보낸다는 모티브는 중세 말에서 근세에 걸쳐 소설이나 이야기에 즐겨 사용된 소재로 예를 들어 무로마치 시대의 『겐무 이야기(幻夢物語)』, 17세기 말 『쇼코쿠 햐쿠 이야기(諸国百物語)』(1-10), 이하라사이카쿠(井原西鶴)의 『고쇼쿠고닌온나(好色五人女)』(5-2) 등에도 실려 있다.

1_ 미상.

2_ 무로마치(室町) 시대 초기에 가와치(河内) 지방 남부를 중심으로 활약한 구스노키 마사나리(楠正成, ?-1336) 일족.

3_ 무로마치 막부의 간레이였던 하타케야마 모치쿠니(畠山持国)의 아들. 사촌인 하타케야마 마사나가(畠山政長)와 후계 계승을 두고 벌인 분쟁에 쇼군 및 유력 다이묘들까지 가세하면서 오닌의 난으로 발전하였다(1437-90).

4_ 다케야마는 오늘날 오사카 톤다바야시시 류젠(大阪府富田林市竜泉)에 있는 산. 1461-63년에 걸쳐 이곳에서 성을 점거한 요시나리와 마사나가가 공방을 계속하며 오닌의 난의 전초전을 치렀다.

左衛門督政長[5]의 진영에서 날아온 화살을 맞고 죽었다. 부자 이대에 걸쳐 요시나리에게 충성을 다하였기에 그 공을 높이 평가하여 가와치河內 지방의 가도마門間 장원[6]을 후지시로의 다섯 살 난 동생인 후지쓰기藤次에게 하사하고 어머니인 후지쿠로의 부인도 함께 살도록 하였다.

_ 피리 부는 소년과 마주친 고승

그 무렵, 전국을 순례하던 고승高僧이 가도마 장원에 당도하였다. 해가 저물었기에 고승은 하룻밤 묵어갈 마을을 찾으며 가도마 고을 근처 논두렁에서 서성이고 있었다. 그 때 어디선가 피리 소리가 희미하게 들리다가 점점 가까워지기에 둘러보니 열네다섯 살 정도 되어 보이는 아주 아름다운 소년이 피리를 불며 다가오고 있었다. 머리는 두 갈래로 묶어 틀어올리고 엷은 화장을 했는데 이는 검게 물들이고 눈썹을 가늘게 그린 얼굴이 흰 소년이었다. 아래 위 모두 흰옷을 입고 혼자 논두렁을 따라 걸어오던 소년이 고승을 발견하고는 "스님, 왜 이곳에서 계시는지요?"라고 물었다.

고승이 대답하였다.

5_ 마사나가의 아버지인 모치토미(持富)는 적자가 없는 형인 모치쿠니(持国)의 뒤를 이을 예정이었다. 그러나 모치쿠니가 서자인 요시나리를 후계자로 삼으려 했기 때문에 하타케야마 집안에 내분이 발생하였다. 이윽고 모치토미가 죽자 마사나가의 형인 야사부로(弥三郎)가 요시나리와 대결하였다. 그러나 1459년, 야사부로마저 세상을 뜨게 되면서 마사나가는 요시나리와 치열한 전쟁을 치르게 되었다(1442-93).

6_ 오늘날 오사카후 카도마시(大阪府門真市) 북부에 있던 장원의 이름.

_ 스님을 자신의 집으로 안내한 소년

"소승은 전국을 순례하는 수행자인데 길 위에서 날이 저물어 하룻밤 묵을 곳을 찾으려고 이렇게 서성이고 있는 것입니다."

그러자 소년이 미소지으며 말했다.

"세상이 어지러우니 쉽사리 잠자리를 빌려줄 사람이 있겠습니까? 설령 출가자라 할지라도 혹시 적의 첩자가 아닐까 서로 의심하는 시절입니다. 선불리 돌아다니시다가 사람들의 의심을 사서 허무하게 목숨을 잃지는 마십시오. 곧 밤도 이슥해질 것이니 오늘 밤은 저희 집에서 하룻밤 묵어가시지요."

이렇게 말하며 소년은 고승을 데리고 어느 집 앞에 이르렀다. 소년은 "대문을 지키는 문지기도 이미 잠이 들었을 것이니 이리로 오시지요."라며 작은 뒷문을 통해 조용히 집안으로 들어갔다. 그리고는 "이곳이 늘 제가 기거하는 곳입니다."라며 한 방으로 고승을 안내하였다. 방 안에는 지불당持佛堂[7]이 차려져 있어 아미타 삼존阿彌陀三尊[8]을 모셔두고 그 앞 책상에는 정토 삼부경淨土 三部經[9]이 놓여 있었다. 열두 보살에게 올린 공물과 희미한 촛불, 그리고 꽃과 향이 갖추어져 있었다. 위패 앞에는 음식이 차려져 있었는데 모두 지극정성을 들인 흔적이 엿보였다. 고승은 무언가 범상치 않은 기운을 느끼며 잠시 경을

7_ 집안에 수호불의 불상이나 조상의 위패를 안치하는 곳(방).
8_ 아미타불(阿彌陀佛)과 협시의 관음보살(觀音菩薩), 세지보살(勢至菩薩).
9_ 불교의 정토종에서 근본경전으로서 중요시하는 『무량수경(無量壽經)』, 『관(觀)무량수경』, 『아미타경(阿彌陀經)』의 세 경전.

읽고 염불을 하였다.

"아직 저녁 무렵이라면 집안 사람에게 일러 야참이라도 장만할 텐데 이미 밤도 깊어 모두들 잠들었으니 어쩔 도리가 없습니다. 여행의 피로도 푸시고 시장기도 면하실 겸 이 음식이라도 드시지요."

이렇게 말하며 소년은 고승에게 위패에 올린 밥을 권하였다. 고승은 "이거로도 족합니다."라고 대답하며 밥을 둘로 나누어 소년과 나누어 먹었다.

"이 댁은 뉘댁이며 도련님 성함은 어떻게 되시는지요?"

"제 아버님 함자는 스미야 후지쿠로隅屋藤九郎이십니다. 뛰어난 무장으로 명예가 드높으셨으나 지난 다케야마 전투에서 전사하셨지요. 저희 형제가 아버님의 뒤를 잇는다고는 하지만 동생은 아직 어리고 저 또한 연소하니 지금은 오로지 어머님의 양육을 받으며 세월을 보내고 있습니다. 제 이름은 후지시로라 합니다. 오늘 밤 귀한 고승께 잠자리를 빌려드리게 된 것도 모두 전생의 인연이 깊은 덕분이니 만약 제가 잘못되더라도 극락왕생을 빌어주세요."

이렇게 말하며 조용히 눈물을 흘리는 소년을 보고 고승이 대답하였다.

"어찌 그런 말씀을 입에 담으시는지요. 도련님은 이제 막 피어나는 꽃봉오리 같으십니다. 이제부터 오래오래 영화를 누리실 것이며 아직도 앞날이 구만 리 같은 몸이 아닙니까? 소승이야말로 늙을대로 늙었으니 오늘이 이승의 마지막이 될지도 모르는 몸이지요."

"아니, 그렇지 않습니다. 무사 가문에서 태어나 명예를 드높이고 공을 세우려 한다면 목숨은 한낱 풀잎의 이슬과도 같지요. 저녁이 되기 전에 사라지고 마는 부질없는 몸이기에 이런 말씀을 드리는 것입니다. 가지고 계신 과거장過去帳[10]에 제 이름도 올려주시지요."

10_ 죽은 이의 법명(法名), 죽은 날짜, 나이, 속명 등을 적은 사원의 명부. 영부(靈簿), 혹은 영명부(靈名簿)라고도 한다.

이렇게 말하고 소년은 벼루를 내놓았다.

"어허, 무언가 잘못 알고 계시는군요. 아직 연소하셔서 무얼 모르고 그리 부탁하시는 거지요? 과거장에는 죽은 사람의 이름만을 올립니다. 허나 소원을 들어 드리지 않는 것도 섭섭하실 것이니 역수逆修[11]를 기록하는 장부에 도련님의 이름을 적어 무운장구武運長久를 빌어드리지요."

그러자 소년은 희미하게 웃으며 "어찌 되었든 스님 좋으실 대로 하시지요."라고 대꾸하였다. 그러나 다음 순간, 갑자기 소년의 눈빛이 바뀌며 괴로운 듯이 가쁜 숨을 토해냈다. 그리고는 "무슨 일이냐, 지금 당장 말이냐? 알았다."[12]라며 옆에 둔 칼을 집어 들고 장지문을 박차고 나가는가 싶더니만 곧 모습이 사라져버렸다. 너무 놀라 간이 철렁 내려앉은 고승이 밖으로 나가보았지만 소년은 온 데 간 데 없고 아무런 기척도 들리지 않았다. 이상하기 이를 데 없었지만 새삼 그곳을 나와 돌아가는 길도 몰랐기에 고승은 지불당 앞에 앉아 밤을 지새웠다.

이윽고 날이 밝아 후지쿠로의 미망인과 집안에 있던 친척들이 모두 일어나 지불당에 와 보니 검은 얼굴에 피골이 상접한 승려 하나가 불상 앞에 앉아 있었다.

집안 사람들은 한바탕 소란을 피웠다.

"아니 대체 어떤 늙은 도둑이 몰래 들어와 있는 것이냐, 아니면 늙은 너구리가 둔갑해 앉아 있는 것이냐? 당장 포박하여 추궁하여라."

그러나 고승은 조금도 겁내는 기색 없이 "일단 진정하고 제 말씀을 들어 보시지요."라며 간밤에 있었던 일을 자세히 설명하였다.

고승의 말이 사실이라면 후지시로의 죽은 영혼이 나타난 것인가

11_ 사후의 명복을 빌기 위하여 생전에 미리 불사(佛事)를 닦는 것. 예수(預修)라고도 한다.

12_ 수라(修羅)로 돌아갈 때가 되었음을 암시하는 문구.

하고 집안 사람들이 반신반의하며 지난 밤 위패에 올린 음식을 살펴보았다. 분명 둘로 나누어 반은 고승이 먹고 남은 반은 후지시로가 먹었다고 했는데 고승의 몫은 간곳이 없고 나머지 반은 그대로 위패 앞에 남아 있었다.

후지시로의 어머니는 슬픔을 억누르지 못하고 위패 앞에 엎드려 울부짖었다.

"지난 정월 19일, 교토 고료노바바에서 날아온 화살에 맞아 죽은 지 오늘로써 꼭 100일째가 되는구나. 이승에 이렇게 괴로운 심정으로 남은 이 어미에게는 왜 모습을 보여주지 않는 게냐."

어머니는 서럽게 울다가 끝내 슬픔을 견디지 못하고 고승에게 부탁하여 머리를 깎고 비구니가 되어 아들의 극락왕생을 빌었다고 한다.

병풍 속 인형*

호소카와 우쿄다유 마사모토細川右京太夫政元[1]는 미나모토 요시타카源義高[2]를 도와 정이장군征夷将軍에 오르게 하고 스스로도 권력을 잡아 위세를 떨쳤다. 어느 날, 마사모토는 거나하게 술에 취하여 집으로 돌아와 잠자리에 들었다. 그런데 어느 순간 이상한 소리에 잠에서 깨어 고개를 들어 주위를 살펴보았다. 머리맡에는 오래 된 그림이 그려진 병풍이 세워져 있었다. 누가 그렸는지 알 길도 없는 그림에는 아름다운 여인과 소년들 여럿이 노니는 화려한 모습이 울긋불긋 그려져 있었다. 그런데 바로 그림 속 여인과 소년들이 병풍 밖으로 나와 나란히 서서는 다섯 치15㎝ 정도 되는 키에 발을 구르고 손뼉을 치

---

*_ 이야기의 초반은 오조소설(五朝小說)인 『낙고기(諾皐記)』「원화초유일사인운운(元和初有一士人云云)」을, 후반은 『혼초쇼군키(本朝将軍記)』 10 「미나모토노 요시즈미(源義澄)」 조(条)를 인용.

『낙고기』는 당나라 초기, 한 선비가 술에 취해 잠들어 있다가 눈을 뜨자 오래된 병풍 속의 여인들이 모두 나와 춤을 추고 노래한 것을 보았다는 이야기이다. 호소카와 마사모토가 1507년 음력 6월 23일에 암살된 것은 사실이며 음양사를 부른 전개는 이 이야기에 새롭게 첨가된 부분인 것이다.

1_ 무로마치(室町) 중 후기의 무장. 간레이(管領)인 호소카와 가쓰모토(細川勝元)의 아들로 쇼군에 버금가는 권력을 누리며 호소카와 가문의 전성기를 구축한 인물. 슈겐도(修験道)에 심취하여 평생 독신을 고수하였기에 친자는 없고 세 명의 양자를 두었으나 후계자 분쟁이 일어났으며 마사모토 본인도 이로 인해 가신에게 암살당하였다(1466-1507).

2_ 아시카가 요시타카(足利義高), 무로마치 막부의 제11대 쇼군(재위: 1495-1508).

_ 병풍 밖으로 나와 노래하고 춤추는 사람들

며 노래 부르고 흥겹게 춤을 추고 있는 것이었다.

마사모토가 노랫말에 귀 기울이니 속삭이는 듯한 소리로

"이 세상 저무는 봄날이 원망스러운 새벽녘,
달에 구름, 꽃에 바람이듯 호사다마好事多魔 근심이니
지나는 바람에 떨어진 물방울로
비친 그림자마저 사라져버리네."

라고 되풀이하여 노래하였다. 이를 듣고 있던 마사모토가 큰소리로 "요상한 것들이 이 무슨 소란이냐."라고 꾸짖자 모두 서둘러 병풍 안으로 들어가 원래 그림이 되었다. 참으로 이상하여 음양사陰陽師인 야스카타康方[3]를 불러 점을 쳐보게 하였다.

3_ 원래 음양사란 헤이안(平安) 시대에는 점, 풍수지리 등을 맡아보던 조정의 관인을 일컫는 말이었으나 중세 이후에는 민간에서 주문을 외우며 신불에게 가호를

야스카타가 점괘를 말했다.

"병풍 속 여인이 풍류風流 춤[4]을 추고 꽃에 바람風이라고 읊었으니 이 모두에 풍風자가 들어가 있습니다. 모쪼록 자중자애하시고 조심하십시오."

에이쇼永正 4년1507 6월의 일이었다.

그 다음날 마사모토는 목욕재계하고 아타고산愛宕山[5]에 참배하여 승군 지장勝軍地藏[6]에게 오직 무운장구武運長久를 빌었다. 23일, 참배를 마치고 돌아오는 길에 타고 있던 말이 비탈길에 접어든 곳에서 쓰러졌다. 이튿날인 24일, 문서를 담당하던 부하가 적과 내통하여 집에서 목욕을 하던 마사모토를 기습하여 찔러 죽였다.[7] 야스카타가 '모두 풍風자가 들어있다.'고 하였는데 과연 목욕탕風呂에서 죽임을 당한 것도 점괘에 나온 그대로가 아닌가.

비는 점술가를 지칭한다. 야스카타란 인물은 미상.

4_ 제례나 행사 때에 삿갓이나 복장에 화려한 장식을 하고 반주나 노래에 맞추어 춤추던 민간 예능.

5_ 교토시 우쿄구(京都市右京区)에 있는 해발 924m의 산. 산 정상 부근에 위치한 아타고 신사는 예로부터 방화(防火)에 영험이 있는 것으로 알려진다.

6_ 지장보살의 하나로 이 부처님에게 기원하면 전투에서 승리하고 숙업(宿業)이나 기근 등을 면한다고 하여 가마쿠라 시대 이후부터 무사들의 신앙이 두터웠다. 불상은 갑옷을 걸치고 무기를 든 모습이다.

7_ 역사적으로 마사모토가 부하에게 암살당한 날짜는 6월 23일로 본문과는 차이가 있으나 그대로 번역한다.

伽婢子

卷九

여우 굴*

아다치 기헤이지安達喜平次는 고슈江州의 사카모토坂本[1]에 살았다. 어느날 쇼군을 배알하고 돌아가는 길에 하인 둘에게 말고삐를 맡기고 부하 둘을 거느리고 시라가와白河에서 산추고에山中越로 접어들었다.[2] 해가 뉘엿뉘엿 지고 있었다. 그 때, 길에서 남쪽에 있는 가구라오카神楽岡[3] 서편에 열일고여덟 정도 되어 보이는 한 여인이 서 있었다. 무척 아리따운 자태의 이 여인은 자홍색 안감에 벚꽃과 작은 새들을 수놓은 겉옷자락을 손으로 살짝 들어올리고는 풀숲을 두리번거리기도

---

*- 오조소설(五朝小說)인 『영귀지(靈鬼志)』「최서생(崔書生)」의 번안.
원화는 당나라 정원(貞元, 785-804) 연간에 장안(長安)에 사는 최서생(崔書生)이 청명절을 맞이하여 협서성(陝西省)의 별장에서 돌아오는 길에 아리따운 처녀를 만나면서 겪는 체험담이다. 줄거리는 이 이야기와 대동소이하나 원화에서는 길을 잃은 아가씨가 주인의 조카딸로 이름은 옥이(玉姨)라 하였다. 옥이와 최서생은 주사위 놀이도 함께한다. 또한 결말 부분에서 굴에서 나온 최서생이 주변에서 무덤 하나를 발견하고 하인을 시켜 무덤을 파게 한다. 묘비에는 "후주(後周) 조왕(趙王)의 딸인 옥이의 묘. 평소에 왕씨 부인은 조카딸인 옥이를 귀여워하였다. 조카딸이 먼저 죽었다. 훗날 왕씨 부인은 조카딸의 무덤에 합장되었다."고 적혀 있었다. 관 안에는 최서생이 주사위 놀이에서 내기로 걸었던 합이 들어 있었다. 이 이야기는 여우에게 홀린 것으로 하여 보다 환상의 세계임을 강조하였다.

1- 시가현 오쓰시(滋賀県大津市).

2- 교토에서 오쓰에 이르는 가장 가까운 산길.

3- 교토시 사쿄구 요시다 카구라오카초(京都市左京区吉田神楽岡町).

_ 하인을 거느리고 귀성길에 오른 아다치

하고 가시덤불을 넘어다니기도 하는 것이 아마도 길을 잃은 듯하였다. 이 모습을 본 아다치는 '어느 귀한 집 따님이신가.'라고 이상히 여기며 가까이 다가가자 여인은 소매로 얼굴을 가리느라 돌부리에 걸려 넘어질 듯 위태로워 보였다.

아다치는 아랫사람을 시켜 물어보게 하였다.

"낭자는 뉘시기에 해질녘에 하인도 하나 거느리지 않고 이런 곳에서 배회하고 계십니까?"

그러나 여인은 아무런 대답도 하지 않았다. 다시 한번 아랫사람을 시켜 타고 있던 말을 끌고 가 권하였다.

"길을 잃고 애쓰시는 모습을 보니 애처롭습니다. 이 말을 타시고 어디가 되었든 댁으로 돌아가시지요. 바래다 드리겠습니다."

여인은 기쁜 듯 돌아보며 말에 올라탔다. 아다치가 여인을 안아 말에 태우니 그 무게가 얇은 옷가지처럼 가벼웠다. 가까이서 보니 여인은 이 세상 사람이라고는 생각되지 않을 만큼 아름다워 마치 몸에서 빛이 나는 듯했다. 기품 있는 눈매와 우아한 몸매에 옷소매에서는 그윽한 향이 배어 나오는 것이 하나에서 열까지 뛰어나게 아름다웠다. 백옥이나 보석과도 견줄 만하니 이 여인을 위해서라면 이슬처럼 사라진다고 해도 아무런 여한도 남지 않을 것 같았다.

아다치는 말 뒤에서 차분히 뒤따라 걸으며 원래 온 길을 교토 쪽으로 되짚어갔다. 1정町, 109m 정도 가자 다나카田中[4] 쪽에서 어린 하녀 대여섯 명이 헐레벌떡 뛰어오더니 여인에게 말했다.

“세상에, 날도 저무는데 길을 잃어버리신 게 아닐까 싶어 간이 철렁 내려앉고 가슴이 뛰어 여기저기 찾아 헤매던 참이었습니다.”

이야기를 마친 하녀들은 말을 탄 여인과 함께 남쪽으로 계속 걸어갔다. 2정町, 218m쯤 가자 예순 정도 되어 보이는 노인이 숨이 턱에 차서 다가와 인사하였다.

_ 여인을 바래다주는 아다치

“아까부터 찾아다녔습니다. 이제 마음 놓으십시오. 그건 그렇고 이렇게 말까지 빌려주시다니 생각지도 못한 은혜를 입었습니다.”

아다치가 대답하였다.

“이 낭자께서 길을 잃으신 것이 보기 딱해 제가 타고 있던 말에 태워 이곳까지 바래다드리는 길입니다. 이제부터 다시 사카모토로 내려가야지요.”

그러자 노인이

“아씨께서 오늘은 다나카라는 곳으로 바람을 쏘이러 나가셨다가 주변 사람들이 흥에 겨워 술자리가 길어지니 무료하셨는지 혼자 거닐다가 길을 잃으신 듯합니다. 벌써 날도 저물었으니 사카모토까지 돌아가시기 힘드실 겁니다. 이것도 보통 인연이 아니오니 저희 거처에서 하룻밤 묵어 가시지요.”라고 권하였다.

“그럼 염치불구하고 하룻밤 신세지겠습니다.”

남쪽으로 3정町, 327m 정도 가자 으리으리한 집 한 채가 나왔다. 안

4_ 교토시 우쿄구(右京区) 서쪽, 다카노가와(高野川) 하류 지역.

으로 들어가니 각각의 분위기에 걸맞은 수려한 건물들이 늘어서 있고 활짝 핀 매화, 벚꽃, 복숭아, 자두꽃 등과 덩굴이 얽혀 뻗어 올라간 등나무 시렁과 황매화 나무 울타리가 보였다. 연못에는 창포와 붓꽃이 한창이었는데 앞 뜰 연못의 우아한 정경으로 보아 집주인은 상당한 권세가인 듯싶었다. 아다치는 장지문으로 여러 칸을 나눈 실내와 복도를 지나 작은 별채로 안내되었다. 안에는 중국과 일본의 화조花鳥 그림으로 꾸민 방이 있었다. 아다치가 섬돌을 밟고 올라서자 집주인으로 보이는 마흔 정도의 우아한 여인이 일고여덟 명의 시녀를 거느리고 나와서 맞이하였다.

"뜻밖에 귀한 손님을 맞이하게 되었습니다. 아가씨가 모처럼 들놀이에 나갔는데 술에 취하는 것이 싫었는지 자리를 빠져나왔다가 길을 잃은 모양입니다. 댁을 만나지 못했더라면 늑대나 여우에게 홀리거나 도적떼를 만나 화를 당했겠지요. 참으로 잘 데려다 주셨습니다. 성심성의껏 모시겠습니다."

여주인은 살갑게 시중을 들었다. 잠시 후 술과 안주를 차려 내오자 여주인이 술잔을 들어 아다치에게 권하며 말했다.

"부디 오늘밤은 밤새도록 마음껏 즐기시며 세상 시름을 잊으시지요. 아가씨의 이모님도 이곳에 있답니다. 이모님, 나오셔서 손님에게 술 한 잔 올리세요."

여주인의 말이 끝나자 아름답게 차린 스물네다섯 살 정도 되어 보이는 여인이 미소지으며 나왔는데 이 또한 더할 나위 없는 절세미인이었다. 아다치는 '내가 무릉도원에 와 있는 것인가. 천상 세계에 올라온 것인가. 그 어떤 대궐도 오늘 밤 여기에 비할까.'라는 생각에 얼떨떨하면서도 기쁘기 그지없었다.

술좌석이 무르익어 아다치도 여러 잔을 비웠다. 여주인이 "이모님과 내기를 걸고 주사위 놀이를 한번 해보시지요."라며 흑단黑檀[5]에 자단紫檀[6]과 빈랑나무[7]를 섞어 만들고 둘레에는 겐지 이야기源氏物語[8]의 그림을 그려 넣은 판과 물소와 상아로 만든 흑백의 돌, 그리고 마키에蒔絵[9]로 장식한 통과 주사위를 가져왔다. 아다치와 이모가 마주앉아 주사위를 던졌는데 아다치는 주사위 숫자를 두고 실랑이하면서 가끔 흑심을 품고 이모의 손을 잡으며 떼를 쓰기도 하였다. 『유선굴遊仙窟』[10]이라는 중국 소설에 나오는 장문잠長文潛과 십낭랑十郎娘이 내기를 걸고 주사위 놀이를 한 것처럼 아다치가 이기자 이모는 침향枕香[11] 다섯 냥을 내놓았고 이모가 이기자 아다치는 마땅히 내놓을 것이 없어 칼에서 고가이笄[12]를 빼주었다.

이슥고 새벽이 되어 동쪽 산마루가 서서히 밝아오는데 누군가 찾아온 듯한 목소리가 들렸다. 그러자 갑자기 집안 사람들이 놀라 당황하며 우왕좌왕하면서 "도둑이야!"라고 외쳤다. 여주인이 아다치를 뒷문으로 밀쳐내었는데 이모도 쩔쩔매며 어디론가 숨는 것처럼 보였다. 그 순간 아다치 혼자 산기슭의 다 허물어진 구멍 안에서 기어 나왔다.

주변은 온통 띠꽃과 제비꽃으로 뒤덮이고 솔바람이 높이 불며 멀

5_ 감나뭇과의 상록수로 재목은 여러 가지 기구를 만드는 데 쓰인다.

6_ 목재가 자줏빛이고 박달나무처럼 단단하기 때문에 자단이라고 하며 가구재, 건축재로 쓰인다. 인도 남부에서 스리랑카에 분포한다.

7_ 종려나뭇과의 상록수로 높이는 10-25m이며 줄기는 원기둥 모양으로 곧다.

8_ 헤이안(平安) 중기에 나온 장편 소설로 여류작가인 무라사키 시키부(紫式部)의 작품. 당시 궁중생활을 배경으로 주인공인 히카루 겐지(光源氏)의 사랑의 편력과 영화, 고뇌를 묘사하였다. 전 54첩(帖) 구성.

9_ 칠공예의 하나. 옻칠을 한 위에 금은의 가루나 색가루를 뿌려 기물의 표면에 무늬를 만드는 일본 특유의 공예.

10_ 중국 당나라의 장작(張鷟)이 지은 전기(傳奇) 소설. 황허(黃河) 강의 수원지(水源地)를 찾아 여행을 하던 주인공이 길을 잃어 유선굴이라는 선계(仙界)에 들어가 선녀인 최십랑(崔十娘)과 왕오수(王五嫂)의 환대를 받으며 하룻밤을 함께 지낸 사랑 이야기.

11_ 의복이나 물건에 향기가 스며들게 하고 태우면 향기가 나기에 옛부터 귀한 향 중에 하나로 애용되었다.

12_ 칼집에 꽂아두는 주걱처럼 생긴 도구. 투구나 갓을 썼을 때 가려운 곳을 긁는 데 사용하였다.

리서 계곡 물소리가 들려왔다. 주사위 놀이에서 내기로 걸었던 고가이는 간 곳이 없고 이모에게서 받은 침향은 아무 쓸모도 없는 나뭇잎으로 변해 있었다.

처음에 길을 잃은 여인을 만나 아다치가 말에서 내려 뒤를 따라 가는가 싶었는데 어느새 감쪽같이 자취를 감추자 부하와 하인들은 이리저리 찾아다녔다. 행방이 묘연해진 부근을 샅샅이 살피니 커다란 구멍이 있었다. 부하와 하인들이 가래와 괭이를 빌려와 이 구멍을 파 들어가니 안의 여우들이 도둑이 들었다며 놀란 것이었다. 아다치가 "여기가 어디인가?" 물으니 가구라오카의 뒤편이라고 하였다. 아다치가 여우에게 홀린 것이었다.

지하의 선경仙境*

옛날 오타노 도칸大田道灌[1]은 부슈武州의 에도江戸[2]에 성을 쌓고 이주하였다. 그러나 이곳은 물이 부족하여 사람들이 곤란을 겪고 있었다. 그 무렵 후나키 간시치舟木勘七라고 하는 부유한 상인이 우물을 만들려고 광부를 고용하여 땅을 파게 하였다. 그러나 반지름 반 정町, 약 54m에 깊이 100길300m이나 파 들어갔지만 물은 나오지 않았다.

어느 날 광부가 파놓은 바닥에 앉아 쉬며 조용히 귀 기울이자 땅속에서 개 짖는 소리와 닭 우는 소리가 희미하게 들려왔다. 이상하게 생각한 광부가 4, 5척120-150㎝ 정도 더 파 들어가니 우물 한쪽에 깎아지른 듯한 곳에 돌문이 나왔다. 돌문 안으로 들어가 보니 양편이 마치 벽처럼 되어 있어 깜깜하여 아무것도 보이지 않았다. 길을 찾아

---

*- 오조소설(五朝小說)인 『박이지(博異志)』「음은객(陰隱客)」의 번안.
원화의 줄거리는 다음과 같다. 당나라 신용 원년(神龍, 705), 호북성(湖北省)의 부잣집인 음은객(陰隱客)이 2년에 걸쳐 집 뒤에 우물을 팠지만 아무리 깊이 파도 물이 나오지 않았다. 그러던 중, 우물을 파던 인부가 그 안에서 닭, 개, 새, 공작이 우는 소리를 듣고 땅을 더 파내려가다가 별천지에 접어든다. 별천지의 모습은 이 이야기와 거의 동일하며 마지막으로 인부가 호북성에서 북쪽으로 30리 떨어진 고성산(孤星山) 꼭대기에 있는 동굴을 통해 현세로 돌아오지만 이미 3, 400년이 지난 후였다.

1- 무로마치(室町) 시대의 무장. 1456-57년에 걸쳐 에도성(江戸城)을 축성한 인물로 유명하다(1432-86).

2- 도쿄(東京).

더듬거리며 1정町, 109m 정도 앞으로 나가자 갑자기 주위가 환해지면서 깎아지른 듯한 길 안쪽으로 출구가 보였다. 출구로 나와 위를 올려다보니 푸른 하늘에 해가 빛나고 발아래로는 커다란 산봉우리가 줄지어 솟아 있었다. 광부가 산봉우리를 내려와 사방을 둘러보니 하늘과 땅, 해와 달이 훤히 빛나는 또 다른 세상이 펼쳐졌다.

광부는 골짜기를 타고 산을 내려와서는 또다시 봉우리를 넘어 십리4㎞ 정도 걸어갔다. 돌 색깔은 모두 칠보 같은데 산골짜기에는 궁전과 누각이 있었다. 건물은 모두 옥으로 꾸미고 금박을 입혔으며 유리기와에 마노[3] 기둥 등, 이루 형언할 수 없을 정도로 화려하였다. 빽빽이 솟아 있는 큰 나무들은 대나무처럼 푸르고 마디가 있었다. 잎사귀는 파초와 비슷하고 보랏빛 꽃이 피어 있는데 크기가 수레바퀴만 했다. 오색나비들이 부채만한 날개를 파닥이며 꽃과 노닐고 기러기 크기의 오색조五色鳥들이 나뭇가지 사이를 날아다녔다. 이 밖에도 한 번도 본 적 없는 풀과 나무들이 저마다 꽃과 열매를 맺고 있었다. 바위틈새로는 두 줄기 폭포가 흘러내렸는데 한 줄기 물은 잘 닦인 거울처럼 맑고 다른 한 줄기 물은 마치 젖빛처럼 하얬다.

이윽고 산을 내려온 광부는 산기슭에서 1정町, 109m 정도 지난 곳에서 2층으로 된 누각에 다다랐다. 누각에는 '천계산궁天桂山宮'이라는 현판이 걸려 있었다. 누각 문 양편에 문지기가 한 명씩 서 있다가 광부를 발견하고는 놀라서 달려 나왔다. 키는 약 5척150㎝ 남짓으로 옥처럼 수려한 용모에 입술은 붉고 치아는 희었으며 머리는 감청색 실과 같았다.

녹색 도포에 검은 갓을 쓴 문지기가 달려나와 광부를 다그치며 물었다.

"당신은 누구기에 이곳에 왔소?"

3_ 화산암의 빈 구멍 내에서 석영, 단백석, 옥수 등이 차례로 침전하여 구 모양에 평행한 줄무늬가 생긴 광물. 보석의 하나로 장식품이나 공예품으로 이용된다.

_ 지하의 선경(仙景)에 다다른 광부

광부가 그동안의 일을 사실대로 설명하였다. 그러는 사이에 문 안쪽에서 의관을 제대로 갖춰 입은 스무 명 가량의 사람들이 나왔다. 모두들 잘생기고 얼굴이 꽈리 열매처럼 윤이 났다. 이 사람들이 "역겹게 썩은 냄새가 진동하는구나. 무슨 일이냐?"라며 문지기를 추궁하였다. 문지기가 떨며 "인간세계의 광부가 뜻하지 않게 길을 잃고 이곳까지 왔답니다."라며 자초지종을 아뢰었다.

그 때 안에서 불타듯 빛나는 붉은 옷에 금관을 쓴 사람이 나오더니 말했다.

"대선옥진군大仙玉眞君[4]께서 그 광부를 데리고 주변을 구경시키라는 어명을 내리셨다."

그러자 조금 전의 스무 명의 무리들이 머리 조아려 명령을 받들고

4_ '옥진(玉眞)'이란 신선(神仙)을 말한다.

문지기에게 광부를 맡겼다.

문지기는 먼저 광부를 맑은 물이 흐르는 폭포로 데리고 가서 몸을 씻기고 젖빛이 도는 폭포로 데리고 가서 입을 헹구게 하였다. 물맛이 꿀처럼 달았다. 실컷 물을 마신 광부는 마치 술에 취한 것 같았는데 잠시 후에는 정신이 맑아져 왔다. 다음으로 문지기는 광부를 데리고 산골짜기를 돌았다. 가는 곳마다 궁전누각이 늘어서 있었지만 문밖에서만 보고 안으로 들어갈 수는 없었다. 반나절 동안 이렇게 돌아다닌 끝에 산기슭에 세워져 있는 또 다른 성에 이르렀다. 누각에는 황금으로 '제선황진궁梯仙皇眞宮'이라는 현판이 걸려 있었다. 수정처럼 아름다운 성은 금은으로 꾸민 아름다운 벽과 대모로 이루어진 담, 호박琥珀 난간과 백옥으로 만든 서까래 장식, 바닷조개로 엮은 주렴, 진주 장신구, 정원 모래 대신으로는 오색 구슬이 깔려 있었다. 각양각색의 초목과 이름 모를 새들이 어우러진 풍경은 형언할 수 없이 아름다웠다. 그러나 문 안으로 들어갈 수는 없었다. 광부는 '저 안이야말로 이 세상에게 가장 좋고 아름다운 것들이 말도 못하게 가득할 거야.'라고 생각하며 대체 이곳이 어디냐고 물었다.

문지기가 대답하였다.

"이곳은 여러 선인仙人들이 처음 비술秘術을 터득하면 제일 먼저 들러 70만 일 동안 머물며 수행하는 곳이오. 그 후에는 천상에 올라가서 봉래궁蓬萊宮[5]이나 막고야산藐姑射山,[6] 혹은 곤륜산崑崙山[7] 등으로 가서 각자 선인으로서 맡은 바 임무를 다하고 관위에 올라 부록符籙[8]과 인주약술印呪藥術[9]을 펼치며 자유자재로 비행하는 신통력을 터득하게

5_ 동해에 있다고 믿어지는 신선들이 사는 곳.

6_ 북해의 바다 속에 있다고 전하는 곳. 불로불사의 신선이 산다고 믿어졌다.

7_ 중국의 전설에 등장하는 성산(聖山). 산중에 불사(不死)의 물이 흐르고 선녀인 서왕모(西王母)가 살고 있다고 한다.

8_ 도교의 비문(秘文)으로 뒷날에 일어날 일을 미리 알아서 해석하기 어렵게 적어 놓은 글.

_ 지하의 선경을 유람하는 상인

된다오."

광부가 재차 물었다.

"이곳이 진정 신선들이 사는 나라라면 어째서 인간세계 위에 있지 않고 아래에 있는 것이오?"

문지기가 대답하였다.

"이곳은 하계 선인국下界仙人國이오. 인간세계 위에는 여기와 별도로 상계 선인국上界仙人國이 있소."

이윽고 한 차례 구경이 끝나자 문지기는 "이제 당신은 빨리 인간세계로 돌아가시오."라고 말하며 젖빛이 흐르는 폭포로 데려와 다시 그 물을 마시게 하였다. 그리고는 원래 왔던 산 정상으로 데려가서 광부를 첫 번째 대문 앞에 세워놓고 안에다 뭐라고 사정을 말하자 옥으로

9_ 손으로 인(印)을 맺고 입으로 다라니를 외는 일.

된 표찰과 금 도장을 내주었다. 이를 받아든 문지기는 광부를 데리고 원래 나왔던 바위 구멍으로 나가니 문들이 저절로 열렸다.

문지기가 배웅을 하며 일렀다.

"당신은 이곳에 겨우 반나절 동안 머물렀다고 생각하겠지만 인간 세계로 치면 수십 년이 지났을 것이오."

광부가 처음 나왔던 구멍으로 들어가자 다시 깜깜해져서 길도 보이지 않고 그저 바람 소리만 들릴 뿐이었다. 이윽고 광부는 스루가駿河 지방의 후지산富士山[10] 기슭에 있는 동굴로 나오게 되었다. 너무나 놀라고 이상하여 곧장 에도로 돌아가서 사람들에게 오타노 도칸에 대하여 물어보니 이미 100년 전의 일이라고들 하였다. 우물을 파려 했던 일을 전해들은 사람도 없을 뿐만 아니라 그 흔적마저 없었다. 에도는 사람들도 바뀌고 집들도 새로이 들어서 성안이 몹시 북적거렸다. 광부는 자신의 집을 찾았지만 어디인지 알 수 없었고 먼 친척뻘 되는 사람도 한 명 없었다.

곰곰 헤아려보니 초로쿠長祿 원년1457에 에도 성을 짓기 시작하여 지금이 고지弘治 2년1556이니까 약 100년이란 세월이 지난 것이었다. 광부는 더 이상 세상살이에 미련을 버린 채, 곡기를 끊고 오로지 나무 열매와 물만 먹으며 발길 닿는 대로 수행하였다. 몇 년이 지난 후, 후지산의 어느 산봉우리에서 광부를 만났다는 사람이 있었지만 이후로 그의 행방을 아는 사람은 없었다.

10_ 시즈오카현 후지노미야시(静岡県富士宮市)에는 예로부터 사람이 사는 동굴인 이른바 '인혈(人穴) 전설'이 전해온다.

금각사의 유령*

몬도노 카미主水正[1]인 나카하라中原는 미남이자 풍류를 즐기는 사람으로 이름을 널리 알렸다. 스물여섯이 되도록 부인도 맞이하지 않은 채 홀로 살았다. 봄에는 꽃에 마음을 빼앗겨 바람을 미워하고 가을에는 달빛에 심취하여 구름을 원망하며 지냈다. 관직에 있으면서도 마음 붙일 곳이 없어 늘 허전해하였다.

다이에大永 5년1525 3월 무렵, 문득 마음이 동하여 안개가 자욱한 북동쪽 산길을 이리저리 배회하면서 저물어가는 봄날을 아쉬워하였다. 기타시라가와北白川의 히가키檜垣 숲, 사쿠라이桜井 마을, 히무로산氷室山 이와쿠라岩倉계곡, 여우 고개, 야시오八塩 언덕, 히에산比叡山의 요가와横川,[2] 가타오카片岡 숲, 도깨비 성, 오하라大原, 오토나시音無 폭포,

---

*– 『전등신화(剪燈新話)』 2-3 「등목취유취경원기(滕穆醉遊聚景園記)」의 번안.
　원화의 줄거리는 다음과 같다. 원(元)나라 연우 연간(延祐, 1314-20), 절강성(浙江省)의 영가(永嘉)라는 곳에 등목(滕穆)이라는 선비가 살았다. 스물여섯인 등목은 풍류를 즐기고 시를 잘 짓기에 칭송을 얻었다. 마침 과거 시험 길에 오른 등목은 평소에 원했던 임안(臨安) 지방도 유람하였다. 7월 15일 밤, 서호(西湖) 10경의 하나인 국원(麯院)에 들러 활짝 핀 연꽃을 감상하며 술 한 잔을 걸치고 취경원(聚景園)으로 들어간 등목은 그 곳에서 위방화(衛芳華)라는 아리따운 여인을 만난다. 송나라 이종(理宗)의 궁녀로 스물셋의 나이로 죽은 위방화는 유령이 되어 등목 앞에 나타난 것이었다. 이후의 전개는 이 이야기와 비슷하다.

1– 식수(食水)를 관리하는 모이토리 쓰카사(主水司)의 장관.

2– 엔랴쿠사(延暦寺)의 세 탑(三搭) 중 하나.

시즈志津 들녘, 오보로노 시미즈朧清水, 이치하라市原 들판, 구라부산暗部山을 돌아 흔히 금각사金閣寺라 일컫는 로쿠온인鹿苑院[3]에 이르렀다. 이곳은 정이대장군征夷大將軍인 요시미쓰義満[4] 공이 별장을 지어 옮겨 온 곳으로 그가 죽은 후에 곧 사찰로 바뀌었다. 정원에 만들어 놓은 동산이나 연못의 돌들은 진정 고금절경古今絶景의 경승지로 그 어디와도 견줄 수 없는 아름다운 곳이었다.

나카하라가 이곳에 이르자 날은 이미 저물어 으스름달이 동산에 떴다. 봄날 저녁 정취는 천금과도 바꿀 수 없다는 옛말 그대로 나카하라는 꽃을 비추는 달빛이 아쉬워 나무 밑을 쉽사리 뜨지 못하고 서성였다. 마을의 한 집에 잠자리를 빌려두었지만 좀처럼 잠이 올 것 같지 않았다. 정원을 돌아 이끼 낀 길을 밟으며 금각이 있는 곳에 다다랐다. 오에이応永 15년1408, 요시미쓰 공이 서거한 이래 180년이 지났다. 옛날에는 과연 사람들로 북적거리던 이곳도 요시미쓰 공이 죽은 이후로는 점점 사는 사람도 줄어들어 초석은 기울고 기둥은 썩어 간신히 금각만이 옛 색깔을 남기고 있었다. 나카하라는 처마에 다가가 난간에 기대어 옛날을 그려보며 지금을 음미하였다. 기우는 달에 한숨 지으며 오래 된 벚나무에 꽃봉오리가 맺기 시작한 것을 보고 시 한 수를 읊었다.

"벚꽃아, 하나만 물어보자. 그 옛날 봄밤도 으스름달이었느냐?"

3_ 교토 기타구(京都市北区)에 위치한 임제종 쇼코쿠사(相国寺)파의 절. 절 이름은 아시카가 요시미쓰(足利義満)의 법명에서 따왔다. 원래 이 땅은 1224년, 후지와라 긴쓰네(藤原公経)가 사이온사(西園寺)를 건립하는 한편 산장으로 사용한 곳이었는데 1397년, 아시카가 요시미쓰가 가와치(河内) 지방과의 영지 교환을 조건으로 양도받아 개축 및 신축을 하여 그 모습을 일신하였다. 특히 금각은 요시미쓰의 유언에 따라 선사(禅寺)가 되고 그의 법명인 로쿠온인(鹿苑院)을 따서 로쿠온사(鹿苑寺)라고 명명하였다.

4_ 무로마치(室町) 막부의 제3대 쇼군(재위: 1368-94). 남북조(南北朝)를 통일하고 막부 권력을 확립시켰으며 로쿠온사를 건립하여 이른바 기타야마(北山) 문화를 꽃피우는 등, 무로마치 시대의 정치, 경제, 문화의 최전성기를 구축하였다.

_ 금각사 뜰에서 아름다운 여인을 발견한 나카하라

바로 그 때, 열일고여덟쯤 되어 보이는 여인이 하녀 하나를 데리고 금각 쪽으로 다가왔다. 초승달 같은 눈썹, 구름 같이 단아한 머리채를 한 여인의 용모가 말할 수 없이 아름다웠다. 나카하라가 무슨 일일까 싶어 숨죽여 보고 있으려니 여인이

"금각만큼은 예전과 다름이 없고 앞 정원의 풍경도 변함이 없구나. 단지 세월이 흘러 세상이 바뀌니 불현듯 옛날이 그리워 슬퍼지는구나."라고 말하며 연못 근처를 서성거렸다. 그리고는 쓰모리노 쿠니모토津守国基[5]가 가잔花山에 가서 헨조遍照 스님[6]의 옛터에 벚꽃이 지는 것을 보고 읊은 옛 시를 읊조렸다.

5_ 헤이안(平安) 시대의 가인(歌人). 1060년, 스미요시 대사(住吉大社)의 39대 신관을 지냈다. 위 시는 『속 고금와카집(続古今和歌集)』의 애상(哀傷)편에 실려 있다(1023-1102).

6_ 헤이안(平安) 전기의 승려이자 육가선(六歌仙) 중의 한 명(816-890).

“주인 없는 집에 홀로 남겨진 벚꽃, 가련하구나. 옛날 봄이 그리울 것을.”

이 시를 들은 나카하라는 가슴이 뛰고 정신도 아득해지며 마음 가눌 길 없어 저도 모르게 시를 읊으며 뒤돌아섰다.

“꽃을 보며 옛날을 그리워하는 당신은 뉘신지, 오늘 밤만은 내가 이곳 주인이라오.”

여인은 별반 놀라는 기색도 없이 아주 작은 목소리로 “처음부터 도련님이 이곳에 계신 것을 알고 이렇게 찾아왔습니다.”라고 말하였다.

이상히 여겨 이름을 묻자 여인이 대답하였다.

“소녀는 오래 전에 사람에게 버림받은 몸입니다. 이런 말씀을 드리면 도련님께서는 필경 놀라고 두려워하시겠지요.”

이 말을 들은 나카하라는 ‘그렇다면 인간이 아니란 말인가. 가까운 산 속 나무의 정령인가, 여우가 둔갑한 것일까, 아니면 유령일까.’ 이렇듯 여러 생각이 들었지만 아름다운 용모에 마음이 빼앗겨 조금도 무섭지 않았다. 그래서 “어찌 놀라고 무서워할 리 있겠소이까. 그저 사실대로 이야기해 주시구려.”라고 대답하였다.

그러자 여인이 대답하였다.

“소녀는 하타케야마畠山 가문[7]에서 태어나 그 옛날 요시미쓰 공께서 이곳에 은둔해 계실 때 모시던 사람이옵니다. 소녀가 스무 살에 세상을 뜨자 공께서 불쌍히 여기시어 이곳 한 편에 묻어주셨습니다. 오늘밤은 요시미쓰 공의 어머님이신 종일위從一位 요시코良子님[8]의 기일이라 제사를 모시러 왔는데 그 자리가 길어져 이제야 겨우 이리 오

7_ 무사시 지방[武蔵国, 사이타마현(埼玉県) 및 도쿄(東京), 가나가와현(神奈川県) 가와사키시(川崎市)와 요코하마시(横浜市) 대부분의 지역]을 거점으로 세력을 펼친 무가(武家) 가문.

8_ 기노 요시코(紀良子, 1336-1413), 무로마치 막부 제2대 쇼군인 아시카가 요시아키라(足利義詮)의 측실이자 요시미쓰의 생모.

게 된 것입니다."

말을 마친 여인은 하녀를 시켜 돗자리를 깔게 하고 술과 과일을 차려 내놓았다. 금각의 처마 아래에 나카하라와 마주앉은 다음, "오늘 밤 꽃과 달을 어찌 그냥 보내겠습니까." 라며 술을 마시며 이야기를 나누었다. 하녀는 권주가를 부르며 술잔을 채웠다.

여인이 잠시 시상을 가다듬은 뒤,

"이대로 날이 밝으면 꽃그늘 사이로 스며든 달빛만이 간밤의 여운인 양 그립겠지요."

라고 읊으며 눈물지었다. 나카하라도 그 마음을 헤아려 화답하였다.

_ 금각의 처마 아래에서 술잔을 나누는 두 사람

"꽃은 무엇을 바랄까, 꽃잎 떨구는 바람과 안타까워하는 마음 중에서."

여인은 옷매무새를 가다듬고는 정답게 말했다.

"마치 소녀의 마음을 떠보시려는 노래 같군요. 세상을 떠나 오랫동안 묻혀 있던 몸이 이렇게 다시 돌아와 도련님과 정분을 맺는다면 죽어서도 썩지는 않을 것입니다."

어느덧 달이 서쪽 봉우리 사이로 숨고 별이 북쪽 하늘에 모여들 무렵, 서편에 딸린 조붓한 방으로 자리를 옮기자 여인은 사모의 마음을 감추지 않았다. 두 사람은 베개를 나란히 하고 잠시 동안 사랑을 나누었다. 짧은 것이 봄밤이라 시간이 흘러 어느덧 첫닭이 세 번 울고 주위가 훤해지며 새벽구름이 봉우리에 가로 걸렸다. 두 사람은 눈물을 흘리며 이별을 아쉬워하였다.

낮이 되어 나카하라가 금각사 주변을 돌아보니 한 편에 오래 된 소토바卒塔婆[9]가 이끼 낀 무덤 근처에 썩은 채 남아 있고 그 왼편에는 또 하나의 작은 무덤이 나란히 있었다. 작은 무덤은 하녀의 것으로 주인의 죽음을 슬퍼하며 뒤따라 죽자 사람들이 이를 불쌍히 여겨 한 곳에 묻어준 것이었다. 나카하라는 이를 딱하고 가엾이 여겨 집에 돌아갈 일을 잊은 채, 그날 저녁에 다시 금각사 주변을 서성거렸다. 잠시 후 여인이 나타나 나카하라의 손을 잡고 눈물지으며 말했다.

"소녀는 도련님의 풍류를 즐기는 마음에 감복하여 가쓰라기葛城신[10]에게 오로지 밤에만 만날 것을 맹세하였습니다만 낮에 뵐 수 없는 것이 한스러울 따름입니다."

나카하라가 대꾸하였다.

"꺼릴 게 뭐 있습니까? 밤이 아니어도 만날 수 있는 길이 없겠소? 밤만 되기를 기다리는 마음도 괴로울 뿐더러 남의 눈을 피하여 몰래 만나며 한탄만 쌓고 싶지는 않소이다."

이후로 두 사람은 밤마다 만났다. 스무날 정도 지난 후에는 낮에도 만나 사랑을 속삭였다. 나카하라는 녹봉을 받는 처지이기에 교토로 돌아갔지만 날마다 여인을 만나러 이곳을 찾아왔다. 비가 부슬부슬 내리던 어느 날, 결국 나카하라는 낮에 만난 여인을 교토의 집으로 데리고 와서는 이후로 항상 같이 시간을 보냈다. 여인은 몸가짐과 행동거지가 조신하였고 말투도 기품 있고 재주와 지혜가 있었다. 나카하라의 일가와도 화목하게 지내며 집 안팎에서 부리는 어린 여종에게까지 은혜를 베풀고 어질게 대하였다. 그러므로 이웃집의 노파마저 여인을 좋아하고 어여삐 여기는 등, 사람들 모두 여인과 허물없이

9_ 추선공양을 위하여 무덤 뒤에 세우는 탑모양으로 꾸민 좁고 긴 판자 막대기. 범자(梵字), 경문(經文), 계명(戒名) 등을 적는다.

10_ 나라의 가쓰라기산(葛城山)의 히토고토누시노 가미(一言主神)를 말한다. 용모가 추하였기에 낮에 다른 신들과 함께 일을 하지 못하고 밤에만 활동하였다고 한다.

지냈다. 바느질 솜씨며 글 솜씨도 뛰어났지만 선불리 남에게 얼굴을 보이지는 않았다. 사람들은 나카하라가 정말 참한 요조숙녀를 부인으로 얻었다고 부러워하였다.

_ 금각사로 하녀를 찾아간 두 사람

이렇게 3년이 지나고 맞이한 7월 15일 날, 여인이 말하였다.

"그동안 하녀는 제가 살던 곳을 지키라고 무덤에 혼자 남겨두었으니 분명 저를 무척 기다릴 거예요. 오늘은 금각에 가서 안부를 묻고 싶습니다."

그러자 나카하라는 술을 챙겨서 여인을 데리고 금각사로 향하였다. 날은 이미 저물어 달이 동쪽 하늘에 휘영청 솟아올랐다. 연못의 연꽃은 남쪽 가에 피어 있고 버드나무 가지는 이슬을 머금은 채 늘어져 있으며 대나무는 바람에 소리를 내며 흔들렸다. 이윽고 하녀가 두 사람을 맞이하며 원망스러운 듯이 말하였다.

"아씨가 인간 세계로 돌아가신 지 벌써 3년이 지났는데 그동안 얼마나 행복하셨길래 이곳을 잊어버리셨나요?"

세 사람이 나란히 금각의 서편 처마로 가자 여인이 울면서 나카하라에게 말하였다.

"서방님의 깊은 정에 이끌려 3년이라는 세월이 마치 문틈 사이로 백마가 지나가는 것을 본 것처럼 빠르게 흘러갔습니다. 이제 오늘 밤을 마지막으로 긴 이별을 맞이해야 될 듯합니다. 소녀 비록 황천黃泉의 몸이오나 이승의 사람이 된 것은 서방님과 전세부터의 인연이 깊은 까닭이었지요. 이제는 그 인연이 다하였으니 이별해야만 하는 것입니다. 서방님과 헤어짐을 아쉬워하며 이승에 계속 머문다면 명부전의 문책을 어찌 감당하겠습니까. 그 화가 머지않아 반드시 서방님에게도 미칠 것입니다."

두 사람은 눈물로 소맷자락을 흥건히 적셨다. 이윽고 새벽을 알리는 첫닭 소리가 요란하고 종소리도 사방에 울려 퍼졌다. 여인이 일어나 마키에蒔絵[11]로 꾸민 상자에 향로를 담아 "이를 소녀 본 듯이 아끼며 보아주세요."라며 울며 건넨 뒤, 돌아서서 오래 된 무덤을 향해 갔다. 여인은 못내 아쉬운 듯 뒤돌아보더니만 연기처럼 사라져버렸다. 나카하라는 가슴이 미어져 몸부림치며 슬퍼하고 피눈물을 흘리며 여인을 찾았지만 이미 돌이킬 수 없는 일이었다. 집으로 돌아온 나카하라는 승려를 불러 법화경을 독송하며 여인의 극락왕생을 빌고 발원문發願文을 써서 공양을 올렸다. 발원문에는 다음과 같이 쓰여 있었다.

"이 혼령은 날 때부터 남들보다 뛰어났으며 아름답기가 선녀를 닮았어라. 아리따운 꽃과 어여쁜 옥은 모두 혼령에게 그대로 옮겼어라. 그 옛날은 황금 문의 대궐에서 귀인을 모셨으나 지금은 황량한 무덤에 누어 조릿대와 억새를 이고 여우와 토끼의 발자국을 견디는구나. 꽃은 떨어지면 가지로 돌아가지 못하고 물은 한번 흘러가면 다시 원천으로 되돌아갈 수 없는 법. 해는 뜨고 지고 달은 차고 기울지만 정령은 두 번 다시 소생하지 못하나니 오직 성性과 리理만이 영원하여라. 반혼술返魂術[12]은 없으되 스스로 모습을 보여주는 공은 있나니 옥빛과 진홍색 앞치마는 아직도 영롱히 그 향기를 간직하는도다. 천 년

11_ 칠공예의 하나. 옻칠을 한 위에 금은의 가루나 색가루를 뿌려 기물의 표면에 무늬를 만드는 일본 전통 공예.

12_ 영혼을 되돌리는 비술.

을 가는 소나무처럼 서로 변치 말자 백년해로 약속했건만 어찌 만나자마자 이별하는가.

밤낮으로 나누던 운우雲雨의 정을 원망하며 한탄한들 그 무슨 소용있으랴. 무덤에 찾아가도 목소리조차 들려주지 않으니 못다 한 정은 언제 다시 나누리. 기러기 소리만이 아련히 서러움을 달래고 반딧불이만이 시름을 거두나니. 자취 사라지고 정마저 끊겼으니 허망한 하늘에 안개만이 자욱하고 별빛도 어둡구나. 마음은 엉킨 실타래요, 눈물은 선홍빛으로 물들고 슬픔 중에도 경을 읽고 꽃을 바치니 영혼이여, 부디 받아주소서. 오호, 통제라. 원하고 바라건대 부디 가납加納하소서."

"등불과 정한수, 향과 꽃을
애절한 내 마음을 담아 바치나니
혼령이시여, 부디 가납하소서."

이후 나카하라는 관직을 사직하고 홀로 쓸쓸히 세월을 보냈다. 오직 이 여인의 모습만을 그리며 시름에 잠겨 두 번 다시 부인도 맞이하지 않았다. 오하라小原 깊숙한 곳에 은둔하였는데 그 이후 어떻게 되었는지는 알 수 없다.

사람 얼굴 모양의 종기人面瘡*

야마시로山城 지방의 오구라小椋[1]라는 곳에 사는 농부가 오랫동안 병으로 고생하고 있었다. 어느 때는 오한과 발열이 나는 게 학질인 것 같기도 하다가 어느 때는 온몸이 아프고 쑤셔오는 것이 통풍痛風인 듯도 하였다. 백방으로 치료하였지만 조금도 나아지지 않았다. 반 년 정도 지나자 왼쪽 허벅지 위에 종기가 생겼는데 그 모양새가 마치 사람 얼굴과 닮아서 눈과 입이 있고 코와 귀는 없었다. 이 종기가 생기면서 다른 곳의 통증은 사라졌지만 유독 종기만이 말할 수 없을 만큼 아팠다.

일단 시험삼아 종기의 입처럼 생긴 곳에 술을 부으면 곧 종기의 표면이 붉어졌다. 떡과 밥을 입에 넣으면 사람이 먹는 것처럼 입을 움직여 씹어 삼켰다. 먹을 것을 주면 그 동안만은 통증도 멈추어 한숨 돌리지만 먹을 것을 주지 않으면 또다시 통증이 밀려왔다. 이 때문에 환자가 야위어가서 살집도 내리고 기력도 떨어져 뼈와 가죽만 남아

---

*_ 오조소설(五朝小說)인 『낙고기(諾皐記)』「허비산인운운(許卑山人云云)」의 번안.
원화는 양쯔강(揚子江) 남쪽 하류인 강좌(江左)에 사는 상인이 왼쪽 어깨에 생긴 사람 얼굴 모양의 종기를 패모로 치료한 이야기이다. 『본초강목(本草綱目)』은 태운 패모를 기름과 혼합하여 부스럼이 심한 곳에 바르면 효험이 있다고 기술한다. 이 이야기는 환상적 기담과는 또 다른 성격의 기이한 이야기로서 지식 계몽의 의도도 엿보이는 작품이다.

1_ 우지시 오구라초(宇治市小倉町).

곧 죽을 것처럼 보였다. 전국 방방곡곡의 용하다는 의사들이 소문을 듣고 몰려들어 내과와 외과 치료를 다 해보았지만 효험이 없었다.

_ 승려에게 병 치료를 부탁하는 농부

그 무렵 전국을 떠돌며 도를 닦는 행각승行脚僧이 찾아와서 말했다.

"참으로 세상에 보기 드문 종기를 앓고 있군요. 이 병에 걸린 사람은 십중팔구는 죽지요. 허나 나을 수 있는 방도가 한 가지 있소."

농부는 "병이 낫기만 한다면 논밭을 팔아치워도 뭐가 아깝겠습니까." 라며 곧 전답을 모두 팔아 그 돈을 전부 행각승에게 건네었다. 행각승은 각종 약재를 사들이고 금, 돌, 흙을 비롯하여 초목에 이르기까지 한 종류씩 종기의 입에 넣으니 모두 받아먹었다. 그 중에 패모貝母[2]를 가까이 대자 종기는 곧 미간을 찡그리며 입을 다물고 먹지 않았다. 이윽고 패모를 가루로 만들어 종기의 입을 억지로 벌린 다음, 갈대 대롱을 통해 불어 넣으니 이레 만에 종기에 딱지가 생기고 아물었다. 이것이 세상에서 말하는 이른바 인면창人面瘡[3]이라는 병이다.

2_ 백합과의 여러해살이 풀로 줄기는 기침을 멈추고 가래를 없애며 젖이 잘 나오게 하는 데 사용한다.

3_ '인면창은 흔히 무릎에 생기는데 팔꿈치에 생기기도 한다. 옛날 의학책에는 남을 원통하게 한 죄로 생긴다고 씌어 있다. 그러므로 이런 병이 생겼을 때에는 마음을 고쳐먹고 자기 죄과를 뉘우치면서 십육미류기음(十六味流氣飮)을 먹어야 한다. 오래 된 데에는 대고참환, 신기환(腎氣丸)을 먹고 겉에는 패모를 가루내어 붙이면 딱지가 앉으면서 낫는다'(『동의보감東醫寶鑑』「잡병편(雜病篇)」).

인귀人鬼*

단바丹波 지방, 노노구치野々口[1]에 요지与次라는 사람이 살았다. 그의 조모祖母는 160여 세가 되어 머리카락이 백발이 되었으므로 승려에게 부탁하여 비구니가 되었다. 할머니는 젊을 때부터 창피한 줄도 모르고 방약무인하게 행동하기가 말로 다 형언할 수 없을 정도였다. 요지도 이미 80이 넘었고 자식과 손자도 많이 두었다. 그러나 할머니는 요지를 자신의 손자라고 하여 마음에 들지 않는 일이 있으면 늘 야단치고 추궁하기가 마치 어린 아이를 나무라고 꾸짖는 듯하였다. 하지만 요지는 자신의 할머니이기에 효도를 다해 정성껏 봉양하였다.

할머니는 그렇게 나이가 많아도 눈도 밝아 바늘귀에 실을 꿰고 귀도 밝아 속삭이는 소리도 다 알아들을 정도였다. 90세 무렵에 이가

---

*- 오조소설(五朝小說)인『담연(談淵)』「태원왕인유가원조모운운(太原王仁裕家遠祖母云云)」의 번안.

원화는 산서성(山西省)의 태원(太原)에 사는 왕인유(王仁裕) 집안의 원조모(증조부의 어머니) 이야기이다. 나이가 200여 살인 할머니는 키가 3, 4척(90-120㎝)이고 눈동자는 푸른 빛을 띠었는데 소식하며 밤잠이 없었다. 매달 며칠씩 어디론가 모습을 감추었다가 홀연히 돌아오곤 하였다. 잠자리 머리맡에는 버들고리가 하나 있었다, 할머니는 가족들에게 절대로 이것을 열어보지 말라고 다짐을 하고 만약 열어본다면 자신은 돌아오지 않을 거라고 일렀다. 어리석은 손자 하나가 술김에 이 버들고리를 열어보자 안에는 뼈로 만든 인두가 들어 있을 뿐, 아무것도 없었다. 하지만 할머니는 끝내 집으로 돌아오지 않았다.

1- 교토후 후나이군 소노베초 하부(京都府船井郡園部町埴生) 부근.

모두 빠졌으나 100살이 넘자 다시 이가 나기 시작하였다. 세상 사람들은 이를 신기하게 여겨 어린 아이를 둔 집에서는 이 할머니를 닮았으면 하는 마음에 아이의 이름을 지어 받고 극진히 대접하였다.

_ 멧돼지를 때려잡는 할머니

할머니는 낮에는 집에서 베를 짜고 밤이 되면 집을 나서 어디론가 향하였다. 처음 얼마 동안은 이상하게 여기지 않았지만 나중에는 자식과 손자들도 이를 수상히 여겼다. 뒤쫓아 가기라도 하면 할머니는 뒤돌아서서 큰소리로 역정을 내며 지팡이를 짚고도 마치 나는 듯이 빨리 걸어갔으므로 끝내 어디로 갔는지 알 수 없었다. 몸은 살집하나 없이 깡마른데다 굵은 뼈가 불거져 나오고 두 눈의 흰자위는 푸른색으로 변해 있었다. 음식은 아침저녁으로 아주 조금만 먹었지만 기력은 젊은이도 따라가지 못할 정도였다.

언제부터인가 할머니는 낮에도 외출을 하였는데 그때마다 손자와 증손자, 그리고 며느리에게 일렀다.

"내가 집을 비운 동안 내 방 문은 열어보지 마라. 절대로 방안을 엿보지도 말거라. 만약 방문을 열어보면 단단히 혼쭐이 날 줄 알아라."

이렇게 신신당부하기에 가족들 모두 이를 이상히 여겼다. 어느 날, 역시 낮에 나간 할머니가 밤늦도록 돌아오지 않았다. 요지의 막내아들이 술에 취하여 '뭐야, 할머니가 방문을 열지 말라는 게 아무래도 수상하단 말이지. 집에 없을 때 한번 열어봐야지.'라고 마음먹고는 몰래 문을 열어보았다. 방 안에는 개 대가리, 닭 날개, 어린아이의 손목, 또 사람 해골이나 팔다리 뼈 같은 것들이 대나무 시렁 밑에 셀 수 도 없을 만큼 쌓여 있었다. 이를 보고 기겁을 한 아들이 달려가 아버지에게 사실대로 말하였다.

가족들이 모두 모여 이 일을 어떻게 해야 좋을지 의논하고 있는데 마침 할머니가 집으로 돌아왔다. 할머니는 방문이 열려 있는 것을 보고 마구 역정을 내고 야단을 쳤다. 광기서린 두 눈을 휘번득이며 고래고래 악을 써대며 밖으로 뛰쳐나가 그 길로 어디론가 사라져버렸다. 그 모습은 정말 형언할 수 없을 만큼 무시무시하였다.

훗날 오에산大江山[2] 근처로 나무를 하러 간 사람이 흰 겉옷 자락을 띠로 동여매고 지팡이를 짚고 산꼭대기로 올라가는 할머니 한 명을 보았는데 마치 나는 듯이 걸음이 빨랐다. 할머니가 멧돼지를 때려잡는 모습을 보고는 너무 무서워 온몸의 털이 곤두서는 것 같아 도망쳐 왔다고 하였다. 이는 분명 요지의 할머니가 틀림없으니 살아서 귀신이 된 것이 분명하였다.

2_ 교토후 북서부, 단바(丹波)와 단고(丹後)의 경계에 있는 산으로 해발 833m. 미나모토노 요리미쓰(源頼光)가 슈텐도지(酒呑童子)라는 괴물을 퇴치한 전설로 유명한 곳이다. 이 이야기 역시 일본의 여성 요괴 가운데 하나인 야만바(山姥) 전승에 영향을 받은 이야기로 생각된다.

伽婢子

卷十

도롱뇽 요괴*

에치젠越前 지방, 유노오湯尾[1]의 깊숙한 곳에 성곽 터가 있다. 가시덤불이 무성하고 노송나무 뿌리가 뒤엉켜 있는 곳이었다. 새소리 아련하고 계곡 물 소리만이 요란한 이곳에 조동종曹洞宗 승려인 진가이塵外라는 이름의 수좌首座[2]가 초막을 짓고 좌선수행坐禪修行을 하고 있었다. 봄에는 돋아나는 고사리를 뜯어 허기를 채우고 가을에는 바람에 떨어지는 낙엽을 모아 땔감으로 쓰며 지냈다. 가끔 근처 마을 사람들이 하루치 양식을 싸와서 보시하는 일을 제외하면 드나드는 사람도 거의 없었다. 하지만 진가이는 책을 펼치고 앉았을 때는 옛사람과 마주하며 이야기하는 것 같았고 좌선에 들어가면 무념무상無念無想의 경지에 들었기 때문에 외로운 줄도 몰랐다.

어느 날 밤, 등불을 밝히고 책상에 기댄 채 『전등록傳燈錄』[3]을 읽고

---

*– 오조소설(五朝小說)인 『낙고기(諾皐記)』「태화말형남운운(太和末荊南云云)」의 번안.

원화는 당나라 태화(太和, 827-835) 말, 호북성(湖北省)의 한 선비가 친척집에 기거하고 있을 때 겪은 이야기이다. 요물의 정체가 도롱뇽인 점과 결말 부분은 원화와 동일하나 마을 노인이 거론하는 우류 판관의 이야기는 아사이 료이의 창작이다. 즉 아사이 료이는 도롱뇽에 관한 기이담을 애욕에 눈이 먼 무장의 집착의 결과로 변형하였다.

1– 후쿠이현 난조군 이마조초(福井県南条郡今庄町).

2– 선종(禪宗)의 수행승 가운데 리더를 일컫는 이름.

3– 중국 송나라 진종 경덕 원년(景德1, 1004)에 고승 도언(道彦)이 쓴 불서(佛書).

있으려니 어디선가 키가 고작 네다섯 치12-15㎝ 정도 되는 사람이 나타났다. 검은 모자를 쓰고 가는 지팡이를 짚은 그 사람은 파리가 우는 것처럼 작은 목소리로 말했다.

"방금 왔소이다만 주인장은 안 계신가? 말을 나눌 사람도 없고 조용하여 적적하구료."

진가이는 원래 수양이 깊어서 사물로 인해 동요하는 법이 없는 사람이었으므로 이를 보고도 별반 놀라거나 두려워하지 않았다.

진가이의 대응을 보고 요괴는 화를 내며

"나는 지금 손님으로 찾아왔건만 무례하게 말도 걸지 않으니 그냥 넘어가지 않을 테다."라며 책상 위로 뛰어 올라갔다. 진가이가 이를 부채로 내려치자 요괴가 아래로 떨어지며 "내게 행패부린 일을 잘 새겨두시오."라며 큰 소리로 외치고는 문으로 나가 사라져버렸다.

잠시 후 다섯 명의 여인이 나타났다. 그 중에는 젊은 사람도 있고 노파도 있었는데 모두 키는 네다섯 치12-15㎝ 정도였다. 노파 하나가 입을 열었다.

"우리 주인님께서 '사문沙門 하나가 외로이 쓸쓸한 등잔 불 밑에서 수행 정진하고 있으니 어서 찾아가서 말벗이라도 되어주고 한편으로는 불법의 깊은 이치를 문답하며 위로하거라.'라고 명하셨소. 그런 연유로 지혜와 언변을 겸비한 학사學士가 이곳에 찾아왔건만 어쩌자고 거칠게 내리쳐 창피를 준 것이오? 주인님께서 당장 이곳에 오셔서 자초지종을 추궁할 것이오."

뒤이어 대여섯 치15-18㎝ 정도 되는 키에 팔을 걸어붙이고 제각각 지팡이를 손에 든 약 만여 명의 사람들이 개미떼처럼 몰려들어 진가이를 때렸다. 진가이는 마치 꿈을 꾸는 듯한 상황에서 격심한 통증을 느꼈다.

석가모니 이래 역대의 법맥(法脈)과 그 법어(法語)를 수록한 것으로 조선 시대 승과(僧科) 과목에도 들어 있었다. 30권.

_ 진가이를 찾아온 수상한 요괴들

그 가운데 붉은 옷을 입고 갓을 쓴 것으로 보아 대장인 듯 보이는 사람이 뒤로 물러나며 명령하였다.

“사문은 당장 여기를 떠나거라. 그렇지 않으면 네 눈과 코, 귀를 뭉개버릴 것이다.”

그 말이 끝나기 무섭게 일고여덟 명이 진가이의 어깨로 뛰어올라 코와 귀에 들러붙었다. 진가이가 이를 떼어내고 문 밖으로 도망쳐 남쪽 언덕에 올라가 보니 문이 하나 보였다. ‘평소에 못 보던 곳인데…. 우선 이곳에 들러 오늘밤을 보내자.’라고 생각하고 문 가까이 다가가니 뒤에서 만여 명의 사람들이 뒤쫓아와서 진가이를 낚아채 냅다 쓰러뜨린 다음, 문 안으로 끌고 들어갔다. 문 안에는 키가 대여섯 치 정도 되는 사람들 7, 8천 명 정도가 빽빽이 서 있었다.

대장이 다시 돌아와 말했다.

“내 너를 불쌍히 여겨 적적함을 달래라고 동무를 보냈더니 오히려

해를 입혔겠다. 그 죄 마땅히 팔다리를 잘라 갚아야 할 것이다."

그러자 수백 명의 사람이 저마다 손에 칼을 빼들고 달려들었다. 진가이가 크게 놀라고 당황하며 간청하였다.

"소승의 어리석은 눈으로 자비를 헤아리지 못한 죄, 참으로 크나이다. 이제와 후회한들 무슨 소용이 있겠습니까. 그러나 이렇게 간청하오니 제발 한 번만 용서해주옵소서."

그러자 "뉘우치는 마음이 있으니 너무 다그치지 말고 타일러서 내쫓아라."라는 소리가 들렸다. 이윽고 문밖으로 내쫓기는가 싶었는데 어느덧 절의 작은 문 앞에 서있었다. 불당 안으로 돌아오니 등잔불은 꺼져 있고 동편 산기슭이 서서히 밝아오고 있었다.

이상한 마음에 문이 있던 자리를 찾았지만 흔적조차 없었다. 다만 동쪽 조금 높은 언덕 밑에 구멍이 나 있고 그 안으로 수많은 도롱뇽들이 들락날락하는 것을 발견하였다. 진가이는 이를 수상히 여겨 사람 여럿을 사서 땅을 파게 하니 바닥이 점점 넓어졌다. 한 길3m 정도 파 들어가자 도롱뇽 2만여 마리 정도가 모여 있는 것이 보였다. 그 중에 한 자30cm 정도나 되는 길이에 붉은 색을 띤 큰 놈이 있었는데 이게 바로 우두머리 도롱뇽임에 틀림없었다.

마을 사람 중에 한 노인이 나서며 말하였다.

"옛날 우류瓜生 판관[4]이라고 하는 무용이 뛰어난 사람이 있었습니다. 이곳에 성을 쌓고 한동안 이 일대를 다스렸는데 닛타 요시하루新田義治[5]에게 호감을 갖고 잘해주었지요. 그 까닭은 판관의 동생으로 기칸보義鑑房[6]라고 하는 스님 때문이었어요. 이 스님은 수려한 외모의

4_ 우류 타모쓰(瓜生保, ?-1337), 남북조(南北朝) 시대의 무장. 에치젠 난조군 출신으로 통칭 판관이라고 한다.

5_ 와키야 요시하루(脇屋義治, 1323-?), 남북조(南北朝) 시대의 무장으로 닛타 요시사다(新田義貞)의 조카.

6_『다이헤이키(太平記)』에 의하면 승려 신분이었으나 형인 우류 타모쓰의 거병을

_ 도롱뇽 굴을 파헤치고 요괴의 유래를 전해 듣는 사람들

미동美童인 닛타 요시하루를 사랑하여 형인 판관을 설득해서 의병을 일으켰으나 결국 뜻을 이루지 못하고 전사하였습니다. 그 후 기칸보의 죽은 영혼이 이 성에 남아 도롱뇽이 되어 성 안의 우물 속에 살았는데 세월이 흘러 그 우물터가 허물어졌다고 전해옵니다. 그렇다면 틀림없이 그 옛날 우물 속의 도롱뇽이 지금 이 요괴가 된 게 아닐는지요. 서둘러 없애버리지 않으면 또 다시 화를 입을 겁니다."

진가이가 종이에 문장을 써 다음과 같이 읊었다.

"여기에 합개蛤蚧[7]라는 이름의 벌레가 있다. 머리는 두꺼비를 닮고 네 발이 달렸다. 등은 작은 비늘로 뒤덮이고 검은 색을 띠며 꼬리가 길다. 도마뱀의 한 부류로 도롱뇽과에 속한다. 진흙바닥에 숨거나 허

도와 의롭게 전사한 인물로 그려진다.

7_ 도마뱀과의 하나. 몸의 길이는 12cm이며 몸의 색깔은 잿빛 갈색인데, 등에는 녹색 띠를 두른 검은 무늬가 가로로 넉 줄 있다.

물어진 우물 속에 무리지어 산다.

그렇거니와 지금 이 토굴에 자리잡고 마음껏 자손을 퍼뜨리며 거대한 무리가 된 세월을 헤아리니 백년 천년도 모자라는도다. 달을 채우고 해를 거듭하며 순식간에 변화무쌍한 요술을 부려 화를 일으키고 함부로 사람의 혼을 어지럽히니 이 무슨 짓이란 말이냐. 너는 벌레의 생을 받아 모습은 뱀과 용의 형상을 닮았기에 달리 십이시충十二時虫[8]이라는 이름을 얻었으나 36가지 짐승의 종류에는 빠져 있다. 나무 굼벵이蝎와 파리蠅를 잘 잡아먹어서 갈호蝎虎라는 예쁜 이름을 얻었다. 또한 하루에도 자주 몸 색깔이 변하니 석역析易이라는 아름다운 이름을 얻었으나 그로 인해 장화張華[9]의 글에 남게 되고 사모하는 정을 전하는 중매쟁이로 왕제王濟[10]의 글에 적혔구나. 이 모두 사람들이 네 본성을 질투와 애집愛執으로 여긴 까닭인 것이다. 진실을 전해 듣자니 그 옛날 너는 불문의 승려였으나 하루아침에 홀연히 남색男色[11]에 빠져 끝내는 불도수행을 저버리고 무용武勇에 힘쓰다가 괴로워하며 죽은 뒤 벌레가 되었다고 한다.

오호, 예로부터 연유煉乳에 집착한 사미沙彌[12]는 연유 속 벌레가 되고 귤을 탐닉한 중은 귤 벌레가 된다고 전해 내려오느니, 너 역시 색色을 밝혀 이런 몸을 가진 벌레가 된 것이다. 그 본성 이미 색깔을 자유자재로 바꾸는 재주를 갖추었구나. 어째서 너는 사람이 싫어하고 세상이 경계하는 바를 아무 거리낌 없이 저지르며 더욱이 이러한 요

8_ 도마뱀의 딴 이름. '하루에 열두 번 색을 바꾸는 데서 비롯된 이름이다'[『본초강목(本草綱目)』 43, 수궁(守宮)].

9_ 서진(西晉)의 대신이며, 범양(范陽) 출신으로 학식이 뛰어나 명성이 높았다(232-300).

10_ 명나라 절강성(浙江省) 사람으로 저서인 『군자당일순수경(君子堂日詢手鏡)』에 도마뱀의 암수 교미를 설명하며 이를 가루로 만들어 이른바 '방중비약(房中秘藥)'으로 삼는다고 적었다.

11_ 남성끼리의 동성애.

12_ 출가하여 십계(十戒)를 받고 구족계(具足戒)를 받아 비구(比丘)가 되기 전의 수행자로 보통 어린 남자 승려를 말한다.

술을 부리는 것이냐. 당장 마음을 고쳐먹고 올바른 도를 지향하며 다음 생에는 진여眞如[13]에 귀의하여라."

이 문장에 감동했는지 수만 마리의 도롱뇽이 한꺼번에 죽어 널부러졌다. 사람들은 모두 기이하게 여기고 그대로 버려둘 수 없어 잔가지를 쌓아 태워서 재로 만들고 봉분을 만들어 표시를 해두었다. 그 이후로 두 번 다시 괴이한 일은 일어나지 않았다.

13_ 사물의 있는 그대로의 모습, 사물의 본체로서 진실로 영원불변한 것.

물귀신이 된 부인*

아마시로山城 지방의 우지宇治 고을[1]은 우지 다리宇治橋 동쪽에 있으며 다리 서쪽은 구세久世 고을이라고 한다. 우지 다리의 북서쪽에는 하시히메 신사橋姫神社[2]가 있다. 세상에 전하기로 하시히메는 용모가

---

*_ 오조소설(五朝小說)인 『낙고기(諾皐記)』 「임청유투부진운운(臨淸有妬婦津云云)」의 번안.

원화는 진(晉)나라 태시(太始, 265-274) 연간, 유백옥(劉伯玉)의 질투 많은 부인인 단씨(段氏) 이야기이다. 유백옥은 평소 단씨에게 『문선(文選)』의 「낙신부(洛神賦)」를 들려주며 시에 등장하는 아리따운 여인 복비(宓妃)를 칭찬하였다. 복비는 복희씨(宓犧氏)의 딸로 낙수(洛水)를 건너다 빠져죽은 후 낙수의 여신이 된 여인으로 유백옥은 복비처럼 아름다운 여인을 부인으로 맞이한다면 여한이 없겠다고 말한 것이다. 이런 남편의 말에 단씨는 불같이 화를 내며 그날 밤, 강물에 투신하였다. 7일 후, 남편의 꿈에 나타난 단씨는 자신이 신이 되었음을 알리고 이후로 강을 건너는 부인들은 옷을 찢고 일부러 화장을 추하게 하지 않으면 풍랑이 일지만 못생긴 부인이 건널 때는 잠잠했다고 한다. 이 이야기는 비교적 원화에 충실한 번안이나 아사이 료이는 「낙신부(洛神賦)」 대신 『겐지 이야기(源氏物語)』의 유명한 에피소드와 하시히메 전설을 가져와 보다 일본적인 분위기의 이야기로 각색하였다.

1_ 우지시(宇治市).

2_ 우지 다리를 지켜주는 신사이다. 646년, 우지 다리를 놓을 당시 상류지역에서 신앙의 대상으로 받들던 하시히메를 신사의 신으로 모신 데서 비롯된 이름이다. 1870년 홍수로 다리가 떠내려간 이후 1906년, 현재의 장소로 옮겨졌다. 오래 된 큰 다리에는 주로 하시히메가 외적의 침입을 막아주는 수호신으로 받들어지고 있다. 하시히메는 질투가 많은 신으로, 다리 위에서 또 다른 다리를 칭찬하면 반드시 해코지를 당한다고 한다.

몹시 추해서 끝내 남편을 얻지 못했다고 한다. 다리 남쪽에는 리큐묘진離宮明神을 모신 신사[3]가 있다. 옛날에 이 신은 밤이면 밤마다 하시히메를 만나러 다녔는데 그가 찾아올 때면 우지 강의 물살이 거칠게 솟구쳐 무섭기가 이루 말할 수 없었다. 이 신이 다음과 같이 시를 읊었다고 한다.

"밤이 추운가, 내 옷이 얇은가. 아니면 신사 지붕 사이로 내려앉은 서리 때문인가."

우지 고을과 구세 고을 사이에 서로 며느리와 사위를 맞을 일이 생겼을 때, 하시히메 신사 앞을 지나 다리를 건너 혼사를 치르면 부부가 오래 가지 못하고 반드시 헤어진다고 한다. 그렇기에 지금까지도 두 고을 사이에 혼인이 있으면 다리 북쪽의 마키노시마槙の島에서 배를 타고 강을 건넌다. 그 까닭은 추녀인 하시히메가 결혼 못한 한을 품고 질투하기 때문이라고 한다.

각설하고 옛날에 우지 고을에 오카노야 시키부岡谷式部라는 부자가 살았다. 부인은 오구라小椋 마을의 영주인 무라세노 베村瀬兵衛라는 사람의 딸이었다. 질투가 몹시 심하여 부리는 여종마저 조금 괜찮다 싶은 사람은 모두 내쫓고 몸이 성치 못한 사람만을 집안에 들여서 부렸다. 남의 일이라 해도 남녀의 애틋한 사랑 이야기를 들으면 곧 불같이 성을 내며 음식도 입에 대지 않았다. 하물며 자신의 남편에 대해서는 투기하는 정도가 이만저만이 아니어서 늘 잔소리를 늘어놓고 다그치며 문 밖에도 나가지 못하게 하였다.

오카노야도 이런 부인을 감당하지 못하여 친정으로 돌려보내려고 하였다. 그러자 부인이 "이혼하여 나를 친정으로 내쫓는다면 귀신이 되어서 당신을 죽여버릴 거예요."라며 악다구니를 해댔다.

3_ 헤이안(平安) 시대 귀족인 후지와라노 타다부미(藤原忠文, 873-947)를 모시는 마타후리 신사(末多武利神社)를 말한다.

_ 부인의 질투심을 타이르는 오카노야

세월이 흘러도 부부에게는 아이가 생기지 않았다. 오카노야는 평소에 이야기책을 즐겨 읽으며 위안을 삼았다.

"『겐지 이야기源氏物語』 속에 질투가 많았던 로쿠조 미야슨도코로六条御息所는 죽어 귀신이 되었고 히게쿠로노 오토도鬚黒大臣의 부인은 미치광이가 되었소. 이 두 여인 모두 투기가 심한 예로 후대에까지 이름을 남겼지. 그런데 이들은 질투가 심하기는 해도 다들 용모가 아름다웠다고 하는구려. 당신도 투기가 심하면 예쁘기라도 했으면 좋으련만. 그러니 너무 심하게 질투하지 마시오."

남편의 말에 부인은 크게 화를 냈다.

"소첩이 못생긴 것이 못마땅해서 다른 여자에게 마음을 줄 작정이십니까? 이런 추한 몰골이기에 남자들이 저를 거들떠보지도 않는 것이겠지요. 죽어 인간이 아닌 것으로 환생하여 자유자재로 변신하여 바람기 많은 남자들을 톡톡히 혼내줄 겁니다."

말을 마친 부인은 갑자기 머리는 산발이 되고 입은 검붉게 찢어졌다. 눈은 심하게 핏발이 선 채로 눈물을 뚝뚝 흘리며 자리를 박차고 뛰어나가 그대로 우지 강에 뛰어들었다. 잠수부를 사서 강 속을 뒤졌지만 부인의 시체는 찾지 못하였다. 놀란 오카노야는 뵤도인平等院[4]에

4_ 교토후 우지시(京都府宇治市)에 있는 사원. 원래는 헤이안 시대 귀족인 후지와라노 미치나가(藤原道長)의 별장이었으나 그의 사후, 아들인 요리미치(頼通)가 1052년 사원으로 만들었다. 헤이안 시대 후기인 11세기의 건축, 불상, 회화, 정

부탁하여 갖가지 불공을 올렸다.

7일째 되는 날 밤, 오카노야의 꿈에 부인이 나타나 말했다.

"소첩은 죽어 우지 강의 신이 되었습니다. 다리를 건너 혼인을 맺는 사람이 있다면 결코 끝까지 백년해로하지는 못할 것입니다."

이 말을 듣고 오카노야는 꿈에서 깨어났다.

_ 질투심에 미치광이가 되어 강에 뛰어드는 부인

이후로 다리를 건너 혼인을 하면 반드시 이별을 한다고 전해온다. 배를 타고 강을 건널 경우에도 배안의 신부가 못생겼으면 별 문제가 없었지만 신부가 예쁘면 꼭 바람이 거칠게 불고 물결이 거세져 배가 위험해진다고 한다. 그렇기에 이 고을 사람들은 신부를 맞이하러 강을 건널 때 물결도 잠잠하고 바람도 일지 않으면 '신부가 예쁘지 않구나.'라고 짐작했다고 한다.

원 등을 감상할 수 있는 문화재로서 세계유산에도 등록되었다.

유령과 맺은 연분*

고즈케上野 지방의 히라이성平井城[1]은 원래 우에스기 노리마사上杉憲政[2]가 살던 곳이었다. 호조 우지야스北条氏康[3]가 이 성을 함락시킨 탓에 노리마사는 에치고越後[4]로 피신하여 나가오 겐신長尾謙信[5]의 비호를 받으며 다시 한 번 가운家運을 일으키고자 도모하였다.

히라이성은 호조 신로쿠로北条新六郎[6]로 하여금 관리하도록 하였다. 성 안의 한 곳은 금박과 은박으로 꾸며져 있고 병풍과 장지문 모두 다양한 화조와 초목 그림이 그려져 있어 아름답기가 그지없었다. 정

---

*_ 오조소설(五朝小說)인 『재귀기(才鬼記)』「노계형(魯季衡)」의 번안.
원화는 당나라 태화 4년(太和, 830) 봄, 계형(季衡)이라는 관리가 관사를 떠나 홀로 지낼 때 체험한 이야기이다. 계형은 자신이 머물던 곳이 미인으로 소문이 자자한 왕사군(王使君)의 딸이 죽은 곳이라는 소리를 듣고 사모하는 마음으로 날마다 향을 피워 만나기를 소원하였다. 결국 왕사군의 딸인 여정(麗貞)의 혼령이 시녀와 함께 나타나고 계형은 그녀와 두 달 정도 같이 시간을 보낸다. 이후의 내용은 이 이야기와 동일하다.

1_ 군마현 후지오카시 니시히라이(群馬県藤岡市西平井)에 있던 성.

2_ 무로마치(室町) 막부의 관동 간레이(管領)를 역임한 야마노우치 우에스기(山内上杉) 가문의 무장(1523-79).

3_ 관동 남부를 평정하여 호조 가문의 전성기를 구축한 인물(1515-71).

4_ 니이가타현(新潟県).

5_ 우에스기 겐신(上杉謙信), 전국 시대 에치고의 다이묘(大名)로 '에치고의 용'으로 불렸다. 내란이 지속되던 에치고를 통일하고 산업을 진흥하여 번영시켰다(1530-78).

6_ 미상.

원에는 갖가지 돌을 모아 동산과 연못을 운치있게 만들고 동산과 이어져 있는 화원에는 봄에서 겨울에 이르기까지 꽃이 만발하고 풀과 나무의 꽃들도 사시사철 피어 있었다.

이곳은 그 옛날 노리마사의 딸인 이야코弥子가 거처하던 곳이었다. 열다섯 살이던 이야코는 세상에 보기 드문 미인인데다 마음씨가 곱고 착하며 정도 많았다. 그래서 직접 대면한 사람이나 소문을 들은 사람들 모두 그녀를 사모하며 애를 태웠다. 노리마사는 이야코를 번듯한 권문세도가에 시집보내어 인척 관계를 맺으려고 마음먹고 애지중지하며 따로 이 별채를 꾸며 기거하게 하였다. 그러던 중, 노리마사의 부하 가운데 시라이시 한나이白石半内라고 하는 젊은이가 이야코를 보고 첫눈에 반하였다. 상사병에 걸린 한나이는 사모하는 마음을 적은 편지를 바람결에 보내듯 허술히 보낸 바람에 사실이 들통나서 쥐도 새도 모르게 목이 잘려 죽었다. 한나이가 죽은 지 백일 정도 지난 어느 저녁 나절, 이야코가 갑자기 무언가에 놀라 기절한 채 깨어나지 못하고 그대로 죽고 말았다. 사람들은 필시 한나이의 죽은 영혼이 저지른 짓일 거라고 쑤군거렸다.

이 이야기를 전해들은 신로쿠로는

'설령 유령일지라도 그토록 아리따운 미인을 만나 정을 나눈다면 얼마나 기쁠까. 살면서 그보다 더 좋은 일은 없을 텐데.'라며 오로지 이야코에게 마음을 빼앗겨 버렸다. 아침저녁으로 향을 피우고 꽃을 바치며 남몰래 정성을 다하여 사모하는 마음으로 기원하였다.

그러던 어느 날 저녁 무렵, 어디선가 계집종 하나가 신로쿠로에게 다가와 말했다.

"소녀의 주인께서는 옛날에 이곳에 사셨는데 어르신의 정성에 감복하셔서 지금 이곳에 오셨습니다만, 만나시겠는지요?"

계집종은 말을 남기고는 사라져버렸다. 잠시 후 어디선가 향기가

_ 신로쿠로를 찾아온 이야코의 유령

감돌며 아름다운 여인 하나가 조금 전의 계집종을 데리고 정원의 동산 그늘에서 나왔다. 이 세상 사람이 아니라 마치 하늘에서 내려온 선녀인 듯 아름다운 자태는 참으로 눈부셨다.

'이 여인이야말로 말로만 듣던 이야코의 유령임에 틀림없다. 평소에 간절히 빌었던 기원이 드디어 통하였구나. 귀신과 한 수레에 탄다는 말이 있지만 하나도 두렵지 않다. 정을 맺고 마음을 전하는 데에 사람과 유령이 같을 수 없다고는 하지만 사모하는 마음만은 생사에 따라 변하는 것이 아닌 것을.'

이렇게 생각한 신로쿠로는 여인의 손을 잡고 시간 가는 줄도 모르고 정담을 나누었다. 이윽고 돌아갈 채비를 하며 여인이 당부하였다.

"소녀가 이곳에 온 일을 절대로 남에게 말하지 마시고 저녁이 되기를 기다려 주세요."

"깊은 연못의 삼릉초에 빗대어서라도 제가 온다는 말, 흘리지 마소서."

여인은 이런 시를 남기고 정원으로 나가는 듯하더니 그대로 자취를 감추었다. 여인은 이튿날 저녁 무렵 다시 찾아왔다. 이후로 두 달 동안 새벽녘에 돌아가 해질녘에 찾아오곤 하였다.

어느 날, 신로쿠로가 부하들을 모아놓고 이런 저런 이야기를 하던 끝에 여인의 다짐을 잊고 무심코 비밀을 털어놓았다. 부하들은 신기해하며 벽에 구멍을 뚫고 엿보니 찾아온 여인의 말소리는 들리나 모습은 보이지 않았다. 또한 계집종으로 보인 것은 실은 무덤에 함께 넣는 인형[7]이었다.

어느 날 저녁, 여인이 찾아와 몹시 원망하고 한탄하는 낯빛으로 말했다.

"어찌하여 남에게 털어놓지 말라는 말씀을 어기고 이야기를 하셨는지요. 이로 인해 우리의 인연은 다하고 두 번 다시 만날 수 없게 되었으니 한스럽기 그지없습니다."

여인은 울며 시를 읊었다.

"잠시 남의 눈을 피해 다닌 사랑 길이건만 이미 들켜버려 발자취마저 사라져버리고 말았네."

신로쿠로도 눈물을 흘리며 화답하였다.

"조심스레 다닌 사랑 길도 부질없게 되었네, 다짐의 돌다리가 헤어짐의 돌다리 되어."

여인은 울면서 금으로 된 향합을 하나 꺼내어 신로쿠로에게 건넸다.

"서방님 마음이 변함없이 저를 사랑하신다면 이를 절 본듯 여겨주시어요."

신로쿠로도 산호, 호박, 금은을 엮어 만든 염주 하나를 여인의 손에 건네며 말했다.

"변변치 않은 것이지만 황천에서 내 분신처럼 보아주시오. 그런데 우리는 이승 말고 다른 곳에서 언제 다시 만날 기약이 있겠소?"

"지금부터 한 갑자甲子[8]의 세월을 기다리시면 됩니다."

7_ 권3-4 「모란초롱」 주18 참조. 『전등신화(剪燈新話)』 원전은 '맹기비자(盟器婢子)'로 이는 무덤에 함께 넣는 부장품의 인형을 의미한다. 아사이 료이는 이를 '토기보코(伽婢子)'로 번역하였는데 이는 늘 곁에 두어 아이를 재앙에서 지켜주는 작은 인형을 뜻한다. '오토기보코(伽婢子)'라는 책 제목도 이 단어에서 연유한다.

8_ 60년의 세월.

_ 한나이의 유령과 맞닥뜨린 신로쿠로

여인은 이 말을 남긴 채 눈물과 함께 눈서리가 녹듯 사라져버렸다.

그 후 신로쿠로는 미처 못 다한 사랑의 슬픔으로 마음의 병을 얻어 괴로워하며 야위어 초췌한 모습이 되었다. 의사가 이 이야기를 듣고 약을 지어주자 한 달 남짓 지나 서서히 기운을 차렸다.

훗날 어떤 사람이 말했다.

"노리마사가 애지중지한 딸이 이곳에 살다가 갑자기 무언가에 놀라 죽었답니다. 이는 그 딸을 연모하다가 죽임을 당한 시라이시 한나이라는 청년의 유령 짓이지요. 노리마사가 이곳에 사는 동안은 하늘이 흐리고 비가 올 때면 한나이의 유령이 늘 나타나 눈에 띄였다고 합니다. 요즈음은 그런 일도 없고 본 사람도 없지요."

신로쿠로는 이 말을 듣고 등골이 오싹할 만큼 무서운 느낌이 들었다.

어느 날, 하늘이 잔뜩 흐리고 먹구름이 무겁게 내려앉은 저녁 나절에 스무 살 정도 되어 보이는 야윈 청년 하나가 산발한 머리에 흰 옷차림으로 검은 대나무 지팡이를 짚고 연못가에 홀연히 서 있었다. 이 모습을 본 신로쿠로가 칼을 빼어들고 다가가자 가물가물하더니 사라져버렸다. 이윽고 승려를 불러 7일 동안 물과 뭍의 생명 있는 것들에게 먹을 것을 베푸는 법회를 열어 극락왕생을 빌어주자 그제야 원한도 풀렸는지 두 번 다시 나타나지 않았다고 한다.

잠입술*

가이甲斐 지방[1]의 다케다 신겐武田信玄[2]은 한때 이마가와 요시모토今川義元[3]의 사위로 관계가 돈독하였는데 요시모토가 노부나가信長[4]에게 죽임을 당한 후, 요시모토의 아들인 우지자네氏真[5]가 약한 모습을 보

---

*_ 오조소설(五朝小說)인『검협전(劍俠傳)』「전팽랑(田膨郎)」의 번안.
원화는 당나라 문종(文宗, 826-840)이 귀하게 여기던 옥 베개를 도둑맞았는데 이를 왕경굉(王敬宏)의 열일곱 살 먹은 종이 되찾아온다는 이야기이다. 옥 베개가 궁녀가 아니면 드나들 수 없는 침소에 있었다는 점, 문종이 잃어버린 보물보다 허술한 경비를 책망한 점, 종이 상당히 먼 거리를 순식간에 왕복하며 비파를 가져온 탓에 처음에는 도둑으로 의심받았으나 결국 진짜 범인인 전팽랑(田膨郎)을 잡아 보은한 점 등, 이 이야기는 원화를 충실히 번안하였다.

1_ 야마나시현(山梨県).

2_ 가이[甲斐, 야마나시현(山梨県)]와 시나노[信濃, 나가노현(長野県)]를 통치하던 전국 시대 다이묘(大名, 1521-73).

3_ 스루가 후추[駿河府中, 시즈오카현(静岡県)]에 본거지를 둔 다이묘. 아시카가 가문에서 분가한 이마가와(今川) 가문 출신으로 혼인 관계를 통해 다케다 신겐이나 호조 우지야스(北条氏康)와는 의형제가 되었다. 군사 개혁 등의 경영 및 외정에도 재능을 발휘하여 전국 시대에 이마가와 가문의 최전성기를 구축하였으나 1560년, 오케하자마(桶狭間) 전투에서 오다 노부나가에게 기습당하여 전사하였다(1519-60).

4_ 오다 노부나가(織田信長, 1534-82), 전국 시대 세 영웅 가운데 하나. 오와리 성주인 아버지 오다 노부히데(織田信秀)의 뒤를 이어 탁월한 수완을 발휘하여 집안을 전국 최대 세력으로 키웠다. 천하통일을 목전에 두고 가신인 아케치 미쓰히데(明智光秀)의 모반으로 혼노사(本能寺)에서 횡사하였다.

5_ 이마가와 요시모토의 아들(1538-1614).

이자 신겐은 그를 얕보고 무례하게 행동하는 일이 많았다.

신겐은 이마가와 가문의 가보家寶로 내려오던 데이카定家[6]가 필사한 『고킨와카슈古今和歌集』[7]를 막무가내로 빌려와 돌려주지 않고 자신의 침실에 소중히 간직하고 있었는데, 어느 날 밤사이 책이 감쪽같이 사라졌다. 침실에는 대대로 충성해온 가신家臣의 자녀 대여섯 명과 오랜 세월 시중을 들어온 시녀들 이외에는 잠깐이라도 얼굴을 내밀고 들여다본 사람도 없었다. 명검名劍이나 금붙이 등은 그대로 놔둔 채, 『고킨와카슈』만 사라진 것이 참으로 이상하였다. 신겐은 크게 당황하여 가이와 시나노信濃 두 지방[8]을 뒤지고 이웃 지방에도 사람을 보내 은밀히 찾아보게 하였다. 한편으로 침실은 다른 사람이 함부로 드나들 수 없는 곳이니 혹시 가까이 부리는 자의 소행은 아닐까라는 생각에 불같이 화를 냈다.

"『고킨와카슈』를 잃어버린 것은 조금 애석할 따름이다. 그보다 더 큰 일은 없어진 후에도 너희가 맡은바 일을 게을리하여 도둑이 든 줄도 몰랐다는 것이니 이 모두 해이한 마음가짐 때문이라 할 것이다."

이처럼 신겐이 격분하여 노발대발하니 시중드는 사람이나 신하들 모두 숨도 제대로 쉬지 못하며 두려워하였다.

한편 오부飯富[9]의 하인 중에 구마와카熊若라는 자가 있었다. 나이는 열아홉으로 눈치가 빠르고 영리하며 천성이 강인하여 당할 자가 없었다. 그 무렵 신겐이 신슈信州의 와리가 토게割峠[10]로 출병하여 오부

6_ 후지와라노 사다이에(藤原定家, 1162-1241), 가마쿠라(鎌倉) 시대 초기의 귀족이자 가인(歌人). 또한 독특한 필체로 다양한 작품을 필사한 것으로 유명하다.

7_ 다이고(醍醐) 천황의 명에 의해 905년(혹은 914년) 기노 쓰라유키(紀の貫之) 등이 찬(撰)한 최초의 칙찬 와카집(勅撰和歌集)으로 전 20권, 1,100수가 수록되어 있다. 여기서는 데이카가 필사한 『고킨와카슈(古今和歌集)』를 말한다.

8_ 야마나시현과 나가노현(長野県).

9_ 오부 토라마사(飯富虎昌, 1504-65), 노부토라(信虎)와 신겐 2대에 걸친 가신.

10_ 나가노현 가미미노치군 시나노초(長野県上水内郡信濃町) 와리가 다케(割ヶ岳)

도 함께 전쟁터로 향했는데 그만 깃대를 잊고 가져가지 않았다. 이 사실을 알았을 때는 이미 해가 저문 뒤였다. 오부는 다음날 날이 밝는 대로 곧 선두를 도와 출병하게 되어 있었다. 어떻게 해야 좋을지 난감해하고 있으려니 구마와카가 자진하여 "소인이 가서 가져오겠습니다."라 말하고는 그대로 쏜살같이 달려갔다. 주위 사람들이 그다지 기대도 하지 않았는데 네 시간 정도 지나자 구마와카가 깃대를 들고 돌아왔다.

_ 닌자를 쫓는 구마와카 일행

어떻게 가져 올 수 있었냐는 물음에 구마와카가 대답하였다.

"빨리 깃대를 가지고 오려는 마음에 통행증도 표식도 없이 고후甲府[11]로 달려갔더니 성문을 굳게 잠근 채 사람들 통행을 엄히 차단하고 있었습니다. 그래서 벽을 타고 담을 넘어 몰래 문을 열었더니 눈치 채는 사람도 없었지요. 그 길로 저택에 몰래 들어가 깃대를 갖고 나왔습니다."

이 말을 들은 오부는 '이곳에서 고후까지는 왕복 백 리나 되는 길을 그냥 다녀오는 것도 힘들 터인데 엄중한 경비를 뚫고 남몰래 잠입했다니! 필시 지난 번 『고킨와카슈』도 이놈이 훔쳤을 것이다. 이 사실이 후에 알려지면 큰 일이다.'라고 생각하고 구마와카를 가까이 불러 추궁하였다.

"네가 그토록 잠입의 명수인 데다가 발이 빠른 줄 미처 몰랐구나.

에 있는 고개.

11_ 야마나시현 중부.

_ 닌자에게 말을 거는 구마와카(왼쪽이 구마와카, 오른쪽이 닌자)

이 전에 신겐 공이 갖고 계시던 데이카의 『고킨와카슈』를 훔친 것도 네놈 짓이냐?"

구마와카가 펄쩍 뛰며 간청하였다.

"소인은 그저 발이 빠르고 몰래 잠입하는 것만 잘합니다. 생각해보니 소인 어려서부터 주인님을 섬기느라 고향 부모님이 어떻게 지내고 있는지도 모릅니다. 간청하오니 부디 제게 휴가를 주셔서 고향에 다녀오게 해주신다면 『고킨와카슈』를 훔친 도둑을 잡아오겠나이다."

"휴가를 내주는 일은 어렵지 않다. 그러나 그 도둑을 잡기 전까지는 연락하지 말거라."

오부는 와리가 토게 전투에서 돌아온 후 구마와카를 시켜 도둑의 행방을 좇게 하였다. 어느 날, 구마와카는 서쪽 고을을 따라 홀로 가는 사람을 만났는데 빠르기가 마치 바람 같았다. 구마와카는 그 사람에게 다가가 말을 거는 척하다가 뒤에서 덮쳐 쓰러뜨렸다.

그러자 그 사람이 입을 열었다.

"구마와카에게 속아 치욕을 당하니 분하도다. 『고킨와카슈』를 훔친 것은 신겐의 침실을 구경하기 위해서였다. 아깝다, 스무 날만 더 버티면 고후가 함락당했을 텐데…. 신겐은 운도 좋군. 나는 조슈上州 미노와箕輪城[12]의 성주인 나가노永野[13] 가문을 모시는 닌자忍者[14]로 원

12_ 군마현 군마군 미사토초(群馬県群馬郡箕郷町).

13_ 나가노 나리마사(長野業正, 1491-1561), 다케다 신겐이 두려워할 정도의 맹장(猛將)이었다.

래는 오다와라小田原의 가자마風間[15]의 제자이다. 우리 주군의 적이기에 신겐을 죽이려 하였거늘 이제는 모두 수포가 되었구나. 이렇게 된 이상 어서 빨리 나를 죽여라."

닌자는 스스로 죽기를 자청하여 죽음을 맞이하였다. 훔친 『고킨와카슈』는 저잣거리에 내다 팔았다고 하였다. 이후 구마와카는 자유의 몸이 되어 사이고쿠西国[16]로 내려갔다고 한다.

14_ 둔갑술을 써서 은밀히 정탐 행위 등을 하는 사람.

15_ 오다와라 성의 성주는 호조 우지나오(北条氏直, 1562-91). 전해오는 이야기에 의하면 가자마 고타로(風間小太郎)라는 이름으로 통칭되는 닌자 200여 명이 1495년경부터 1590년, 호조 가문이 멸망할 때까지 약 100년간 주군을 섬겨 활약하였다고 한다.

16_ 관서(関西)를 기준으로 서쪽에 있는 여러 지방.

가마이타치鎌鼬와 다이바 카제堤馬風*

관동關東의 여덟 지방[1]에는 '가마이타치鎌鼬'라 부르는 이상한 현상이 있다. 회오리바람이 일어 길 가는 사람 몸에 거칠게 불어 닥치면 허벅지 부근이 세로로 면도날에 베인 것같이 상처가 나는데 통증은 전혀 없다. 또한 피도 전혀 나지 않으며 여유초女蕤草[2]라는 풀을 으깨어 상처 부위에 바르면 하룻밤 사이에 낫는다고 한다. 무엇 때문에 상처가 생기는지도 알 수 없다. 단지 회오리바람이 거칠게 불어 닥치면 이런 일이 생길 염려가 있다. 그런데 반듯하고 뼈대 있는 가문의 무사에게는 일어나지 않지만 설령 부자라도 신분이 미천한 사람은 이런 일을 당한다고 한다.

---

*_ 전반부의 이야기는 일본 민간전승이며, 후반부의 이야기는 오조소설(五朝小說) 『낙고기(諾皐記)』 「공부원외장주봉언금년운운(工部員外張周封言今年云云)」의 번안.

원화는 정원 외 관리(工部員外)인 장주봉(張周封)이 어느 해 봄 절강성(浙江省)의 여관에서 들은 이야기이다. 이야기에 따르면 전해 가을, 하북(河北)의 장군이 그 고장의 변두리 지역에 갔을 때 갑자기 말 앞에 회오리바람이 일었다. 장군이 채찍으로 회오리바람을 가르자 회오리바람은 빙글빙글 돌며 점점 커져 말의 목 주변을 돌았다. 말갈퀴가 기둥처럼 위로 뻗치고 그 안에 두레박줄 굵기의 붉은 줄이 생겼다. 칼로 이를 자르자 붉은 줄은 사라졌으나 말이 죽었다.

1_ 무사시(武藏), 사가미(相模), 아와(安房), 가즈사(上総), 시모후사(下総), 고즈케(上野), 시모쓰케(下野), 히타치(常陸).

2_ 미상.

오와리尾張,[3] 미노美濃,[4] 스루가駿河,[5] 도토우미遠江,[6] 미카와三河[7] 지방 등에는 '다이바 카제堤馬風'라는 것이 있다. 마을 사람들이 말을 타거나 끌고가다 보면 모래가 섞인 둥근 회오리바람이 일어 말 앞에서 마치 수레바퀴가 구르는 것처럼 빙빙 돈다. 그러다가 회오리바람이 점점 커져 말 위를 돌면 말 갈퀴가 쭈뼛쭈뼛 서고 그 갈퀴 사이로 가는 실처럼 생긴 붉은 빛이 꽂힌다. 그러면 말은 앞발을 들고 괴롭게 울부짖다가 쓰러져 죽고 마는데 그제야 바람은 흩어져 사라져버린다. 무슨 연유로 이런 일이 생기는지 아무도 모른다. 만약 회오리바람이 말위를 덮치면 칼을 빼어들고 말 위로 휘두르며 광명진언光明眞言[8]을 외우면 바람도 사라지고 말도 무사하다고 해서 다이바 카제堤馬風라 부른다고 한다.

3_ 아이치현(愛知県) 서부.

4_ 기후현(岐阜県) 남부.

5_ 시즈오카현(静岡県) 중앙부.

6_ 시즈오카현 서부.

7_ 아이치현 동부.

8_ 다라니의 이름. 부처의 광명을 얻어서 모든 죄업을 없애는 공덕을 성취하게 되는 진언.

덴구도에 떨어진 승려*

승려인 료센予仙 법사는 반슈播州의 가고賀古 고을[1] 사람이다. 어려서 부모를 여의고 고을 암자로 출가한 후, 열일곱에 관동関東으로 가서 아시카가足利 학당[2]에서 30여 년간 학문을 닦아 불법서와 일반 서적을 두루 통달하였다. 신도神道와 가도歌道에도 일가견을 갖추어 박

---

*_『전등신화(剪燈新話)』4-3「수문사인전(修文舍人傳)」의 번안.

원화는 오(吳)나라, 강소성(江蘇省)에 살던 하안(夏顔)의 이야기이다. 박학다식하고 고매한 성품을 지닌 하안은 비분강개한 목소리로 세상을 논평하기를 좋아하였다. 하지만 운명은 박복하여 평생을 가난하게 살다 죽었다. 어느 날, 길에서 친구를 만난 하안은 자신이 저승에서 문서를 다루는 수문부(修文府)의 관리로 일하고 있다고 밝힌다. 이후 저승과 관련된 부분은 이 이야기와 비슷하다. 그러나 원화는 교만심에 대한 죄과를 강조하는 교훈담으로 끝을 맺는 이 이야기와는 다른 결말을 갖는다. 즉 하안은 친구에게 자신의 글을 오동나무에 새겨 출판해 줄 것을 당부하고 친구는 흔쾌히 그 청을 들어 준다. 3년이 지나 친구가 병이 들어 자리에 눕게 되자 하안이 찾아와 조심스레 명부(冥府)의 수문부 일자리를 제안하고 이를 받아들인 친구는 더 이상 병을 고치려 하지 않고 흔쾌히 세상을 떠난다.

1_ 효고현 가고가와시(兵庫県加古川市) 및 다카사고시(高砂市).

2_ 아시카가 학교(足利学校), 헤이안(平安) 시대 초기, 혹은 가마쿠라(鎌倉) 시대에 창설되었다고 전해지는 고등 교육기관. 중세 시대에는 사실상 관동의 최고 학부였다. 무로마치(室町) 시대 초기에는 쇠퇴하였으나 1432년, 아시카가[도치기현(栃木県)] 영주가 된 우에스기 노리자네(上杉憲実)가 재건에 전력을 기울여 다시 학교를 일으켰다. 교육의 중심은 유학(儒学)이었으나 역학(易学), 병학(兵学), 의학(医学)도 가르쳤다. 학비는 무료이며 학생은 입학과 동시에 승적에 올랐다.

학다식하기로 이름을 떨쳐 여러 도량道場에 나가기도 하였다. 법문의 이치를 문답하고 분별하는 말솜씨가 탁월하여 모든 사람들이 탄복하여 머리를 조아리니 료센에게 대적할 만한 사람이 없었다. 하지만 천성이 완고하고 괴팍한데다가 박복薄福하여 종이옷 한 벌도 제대로 걸치지 못하고 헤진 가사적삼에 하루 끼닛거리도 곤궁하였다. 이런 까닭에 학식은 갖추었으나 고승高僧이나 큰스님도 되지 못하고 승관僧官에도 오르지 못한 평범한 승려로 세월을 보냈다. 그러나 마음 한편으로 부귀명예를 바라는 욕심은 떨쳐버리지 못하였다.

료센은 홀로 깊이 탄식하였다.

'아, 료센아. 너는 열심히 학문에 매진하고 재능도 갖추었다. 올바른 마음가짐으로 이름을 세상에 알렸건만 어찌하여 하루 끼닛거리를 걱정하고 한 절의 주지도 못 되었느냐.'

또 한편으로 스스로를 타일렀다.

'안넨安然[3]이 절 처마 밑에서 굶어 죽고 간슌桓舜[4]이 신사의 신에게 빈 것이 모두 도의道義가 부족해서이겠는가? 또한 엔노 오즈누役小角[5]가 즈슈豆州로 귀양 가고 가쿠반覚鑁[6]이 네고로사根来寺[7]에서 괴로움을

3_ 헤이안(平安) 시대 전기, 천태종(天台宗)의 승려(841?-915). 본문의 일화는 불분명하다.

4_ 헤이안(平安) 시대 중기, 천태종(天台宗의 승려(987-1057). 학문이 뛰어나 히에산(比叡山)의 사걸(四傑) 가운데 하나로 손꼽혔다. 본문은 간슌이 히요시 신사(日吉神社)에 복을 빌고 이나리 신사(稲荷神社)에 영험을 기원하였다는 일화에 의한다.

5_ 7, 8세기 무렵, 나라(奈良)의 가쓰라기 산(葛城山)에 살던 주술사. 699년, 요망한 말로 사람들을 현혹시킨다는 간언으로 인해 이즈(伊豆)로 유배당한다. 일본 산악(山岳)신앙의 개조로 일컬어지는 실존 인물이나 전해오는 인물상은 후대의 전설에 의해 만들어진 부분이 크다.

6_ 헤이안(平安) 시대 후기에 활약한 진언종(真言宗)의 고승(1095-1143). 고야산(高野山)에 덴보인(伝法院)을 열었으나 주변의 반발을 사서 네고로사(根来寺)로 옮겨와 그곳에서 생을 마감하였다.

7_ 와카야마현 이와데시(和歌山県岩出市)에 위치한 진언종 총본산. 가쿠반에 의하여 개산(開山)되었다.

겪은 것이 어찌 수행이 부족한 탓이겠느냐. 교인教因[8]은 높은 승관과 복록을 얻고 안카이安海[9]는 승관에도 오르지 못한 것이 지혜와 어리석음의 차이 때문이겠느냐. 다른 중들이 따뜻한 옷을 입고 배불리 먹을 때 슈온主恩[10]은 굶주림과 추위에 시달렸으니 그것이 어찌 슈온의 재능이 부족한 탓이겠느냐. 이 모든 것은 전세의 인연인 것이다. 유학儒學에서는 천명天命이라고 한다. 나는 박복하여 이런 푸대접을 받는 것이다. 그러하거늘 내 어찌 인과의 도리를 거슬러 헛되이 명리名利를 바랄 것인가.'

료센은 이렇게 자문자답으로 마음을 달랬다.

하지만 학식이 높고 재능을 갖추었다는 교만한 마음은 여전하였다. 남이 자신을 알아주지 않는 것에 대한 울분을 가슴에 가득 담은 채 덴분天文 말년1555, 가마쿠라에서 병사하여 고묘사光明寺[11] 한편에 묻혔다.

한편 수행승 가운데에서도 뛰어난 인물인 에이슌栄俊은 료센과 학문의 벗으로 오랫동안 돈독한 우정을 나누고 있었다. 어느 날 에이슌이 후지사와藤沢 근처에 볼일이 있어 나갔다가 료센과 마주쳤다. 여덟 명의 가마꾼이 짊어진 옻칠을 한 교자에 탄 료센은 하인에게 의자, 신발, 차양 등을 들게 하고 잘 차려 입은 같은 승방僧房의 승려 일고여덟 명을 대동하였다. 아랫것에게 길을 트게 하며 위엄 있게 지나가는 모습이 옛날과는 영 딴판으로 위풍당당하기가 마치 고을 수령

8_ 미상.

9_ 헤이안(平安) 시대 후기, 엔랴쿠사(延暦寺)의 학승. 수재였으나 요절하였다.

10_ 헤이안(平安) 시대 후기, 고후쿠사(興福寺)의 학승. '굶주림과 추위에 시달렸다.'는 본문의 내용은 한때 치쿠젠 하카타[筑前博多, 오늘날의 후쿠오카(福岡)]로 유배 간 사실에 의거한 표현으로 추측된다.

11_ 가나가와현 가마쿠라시(神奈川県鎌倉市)에 있는 정토종 대본산. 본존은 아미타삼존.

_ 료센 일행의 행렬과 마주친 에이슌

이나 큰스님의 행차와도 같았다. 료센은 아홉 폭 가사를 몸에 걸치고 비단 방석 위에 앉아 있었다. 에이슌을 발견한 료센은 노송나무로 된 쥘부채를 내밀면서 "자네는 에이슌이 아닌가?"라며 교자에서 내려 손을 맞잡고 반가움에 눈물을 흘리며 안부를 물었다.

에이슌이 말했다.

"자네를 마지막으로 본 게 불과 반 년 전이지? 그동안 용케 높은 승관에 올라 많은 봉록을 받고 고관대작들과 어울리는가 보이. 훌륭한 의복과 가사에 교자와 동숙하는 승려에 이르기까지 더할 나위 없네그려. 진정 학식이 뛰어나더니만 드디어 소원을 이루었군. 역시 이게 바로 승려의 영화인 게지. 부럽구만, 부러워."

료센이 대답하였다.

"내가 자리 하나를 얻어 일을 하고 있다네. 이제와 무얼 감추겠는가. 내 보여줄 게 있으니 이리로 오시게나."

료센은 에이슌을 데리고 고묘사의 본당으로 들어갔는데 주위에 이를 말리는 사람도 없었다. 밤도 이미 이슥해져 있었다.

료센이 입을 열었다.

"나는 도리에 어긋나는 짓은 저지르지 않았지만 항상 교만한 마음을 가지고 있었지. 인과因果의 도리인 줄 알지만 평생 가난한 것을 원망하고 억울해 하며 끊임없이 번뇌한 까닭에 죽어서 텐구도天狗道[12]에 떨어졌다네. 그 곳에서 학문의 장으로 임명되어 문장을 짓고 글을 골라내어 그 도리를 밝혀 전하는 일이지. 우리 텐구도는 마도魔道[13]라고는 해도 귀신은 정도正道에 벗어나는 짓은 하지 않는다는 말도 있듯이 사람을 기량에 따라 골라 관직에 앉힌다네. 인간들은 그저 뇌물에 따라 편을 들며 아부하고 경박한 사람을 좋다하고 내실은 모른 채, 그저 외견만을 따지고 남의 칭찬을 그대로 믿고 재능을 살피지 않지. 그렇기에 귀족도 무사도 출가자도 모두 아부하고 경박하며 간사하고 비굴한 사람만이 높은 벼슬에 올라 녹봉으로 배불리 지내지 않는가? 올바른 사람들은 정도를 지키므로 남에게 아부하지 않고 경박하게 굴지 않기에 오랫동안 초야에 묻혀 세상으로 나오지 않거든.

천리마駿馬[14]도 서글프게 거름통을 짊어지고 여물과 물조차 변변히 못 얻어먹지만 우둔한 말駑馬[15]은 때만 잘 만나면 콩죽을 배터지게 얻어먹는 법이지. 봉황이 탱자나무에 머물고 솔개와 부엉이는 난과 국화 사이에서 지저귀는 꼴이지. 그렇기에 귀족이나 무사나 출가자 가운데 현자賢者는 원래 봉두난발에다 몸은 말라 뼈만 앙상한 채 좁은

12_ 교만하거나 아집이 강한 사람이 죽어서 떨어지는 세계. '텐구'란 자유자재로 비행하며 신통력을 가진 추악한 용모의 요괴를 말한다. 일본 중세 시대에는 불교에서 말하는 육도(六道) 이외에 텐구도가 있다고 믿었다. 이는 불도를 배웠기에 지옥에 떨어지지는 않으나 그릇된 사도(邪道)를 쫓았기에 극락에도 갈 수 없는 무간(無間) 지옥과 같은 곳으로 해석되었다.

13_ 이단(異端), 혹은 악마의 길.

14_ 썩 잘 달리는 훌륭한 말.

15_ 걸음이 느린 말로 재능이 모자라는 사람을 비유한다.

개천에 굴러 떨어져 죽어도 이를 아는 사람도 없다네. 어리석고 간사한 무리는 세상에 나와 떵떵거리며 살지. 그런 까닭에 세상 풍속은 점점 나빠져 평화로울 때는 적고 어지러운 날이 많아지기 마련이지.

우리 텐구도는 오직 사람의 기량을 살펴 그에 합당한 벼슬을 맡기니 실수가 없다네. 무릇 세상의 귀천을 불문하고 조금이라도 교만한 마음을 품은 자는 모두 죽어서 마도魔道에 떨어지네. 그 중에서도 주군에게 불충하고 부모에게 불효하는 자는 반드시 큰 벌을 받고 선을 쌓으며 덕을 베푼 자는 모두 복을 받으니 윤회인과輪回因果의 도리는 하나도 틀린 것이 없지. 천자天子나 귀족, 무사나 출가자 가운데 세상에 이름을 알린 무리들은 우리 텐구도에 들어와 대장이 되거나 혹은 그 부하가 되어 이승 사람들의 마음 씀씀이에 따라 벌을 내리기도 하고 보호하기도 한다네. 사람으로서 으뜸은 덕德을 쌓는 것이고 그 다음은 공功을 쌓는 것이고 다음으로는 좋은 말言을 남기는 것이지. 이것들은 죽어 시간이 흘러도 결코 사라지지 않는다고 하지. 나는 덕도 없고 공도 없다네. 이렇게 그럴 듯하게 말을 늘어놓지만 이제는 말言의 공도 없는 것과 마찬가지지. 여보게, 내 교만심이 어떤 죗값을 받는지 잘 보게나."

_ 텐구로 변신하여 뜨거운 쇳물을 마시는 료센

말을 마친 료센은 법당 밖으로 뛰쳐나갔는데 어느 새 날개가 달리고 높은 코에 눈알은 빛을 뿜는 흉측한 모습으로 변해 있었다. 그 때 하늘에서 무쇠솥이 휘휘 날아와 떨어졌는데 그 안에는 쇳물이 펄펄

끓고 있었다. 뒤이어 법사 한 명이 하늘에서 내려오더니 그릇에 쇳물을 담아 잔에 따라서 료센에게 건넸다. 료센은 벌벌 떨면서 그 잔을 마시니 오장육부에 불길이 일어 땅바닥에 뒹굴며 온몸이 모두 타서 없어져 버렸다. 그러자 같이 있던 하인과 승려들도 모두 사라졌다. 어느덧 날이 조금씩 밝아오고 에이슌 홀로 고묘사의 법당 안도 아닌, 에노시마江ノ島[16]의 해변에 앉아 있는 것이었다. 이후 에이슌은 돌아와 불공을 드리고 내세를 두려워하며 전국을 떠돌며 더욱 불도 정진에 매진하였다.

16_ 가나가와현 후지사와시(神奈川県 藤沢市).

伽婢子

卷十一

숨겨진 마을*

반슈播州의 이나미印南[1]라는 곳에 우쓰미노 마타고로内海又五郎라는 사람이 살았다. 활쏘기와 말 타기 수련 등, 무예를 부단히 연마하고 용감한 기상 또한 견줄 자가 없을 만큼 담대하였다.

어느 날, 마타고로는 곰곰이 생각하였다.

'외진 시골에서 허송세월을 보낸다면 세상 사람들에게 이름을 떨칠 수도 없지. 서울로 올라가 아카마쓰赤松[2]님께 의탁하여 쇼군을 받들어 모시다가 때를 만나면 입신출세하리라.'

이런 각오를 다지고 상경하였지만 아카마쓰는 이미 세상을 떠났다는 소식을 듣게 되었다. '그럼 하는 수 없지. 고토 가몬後藤掃部[3]이 우지宇治에 사신다니 그리로 가서 부탁해 보아야겠다.' 이렇게 마음먹은

---

*_ 『전등신화(剪燈新話)』 2-3 「신양동기(申陽洞記)」의 번안.
원화는 감숙성(甘肅省) 사람 이덕봉(李德逢)의 체험담이다. 스물다섯 살 난 이덕봉은 말을 잘 타고 활도 잘 쏘았다. 원(元)나라 천력(天曆, 1328-29) 연간에 그는 계주(桂州)에서 감찰관으로 재직하고 있는 아버지의 친구를 의지하려고 찾아가지만 이미 그는 세상을 떠난 후였다. 노자도 떨어져 고향으로 돌아가지도 못하게 된 이덕봉은 그 고을에서 사냥을 일삼으며 지내고 있었다. 어느 날 노루 한 마리를 뒤쫓던 이덕봉은 길을 잃고 깊은 산속을 헤매게 되었다. 이후의 전개는 이 이야기와 비슷하다.

1_ 효고현 가고가와시(兵庫県加古川市). 가고가와 오른편 해안가 언덕에서 다카사고시(高砂市)에 걸친 지역.

2_ 중세 전반에 걸쳐 하리마[播磨, 효고현 남부] 최대의 호족.

3_ 미상.

마타고로는 발길 닿는 대로 찾아 나섰다.

해는 이미 어둑어둑 저물어 가는데 길을 잘못 접어든 탓에 풀숲과 야트막한 언덕을 몇 개나 넘어 간신히 구루스노栗栖野[4]라는 곳으로 나왔다. 사방에 저녁 안개가 어둡게 깔리고 구름이 낮게 드리운 데다가 빗방울마저 부슬부슬 내리기 시작했다. 길을 물어볼 만한 낯선 사람의 그림자조차 간 곳이 없었다. 오직 원숭이 울음소리만이 희미하게 들리고 주변에는 도깨비불이 번쩍거렸다. 마침 근처에 자그마한 법당이 하나 있었다. 옛날 다이겐스이太元師의 법[5]을 행하던 곳이어서 지금도 다이겐도太元堂라는 이름으로 불렸다. 기둥은 썩고 담장은 기울었으며 나뭇잎만이 쌓여 있는데다 처마는 무너져 서글프기 이를 데 없었다. 하지만 마타고로는 딱히 갈 곳도 없고 돌아갈 길도 막연하였기에 법당 툇마루에서 하룻밤을 새우기로 하였다.

해시亥時, 오후 10시 무렵, 동쪽 산마루에서 횃불을 밝혀든 사람 여럿이 내려와 점점 다이겐도를 향해 가까이 다가왔다. 마타고로는 '이렇게 깊은 밤에 저런 곳에서 내려오는 자는 요괴 아니면 도둑놈 둘 중에 하나일 것이야.'라고 의심하며 조용히 천정으로 올라가 숨을 죽이고 지켜보고 있었다. 잠시 후, 스무 명 정도 되는 사람들이 왁자지껄 떠들며 법당 안으로 들어와 불을 밝혔다. 그 중에서 잘 차려입어 두목으로 보이는 사람이 상좌에 앉자 다른 사람들도 제각각 자리를 잡고 앉았다. 창과 긴 칼, 활 등 저마다 손에 든 무기를 옆에 세워두고 긴장을 늦추지 않는 듯하였다. 얼굴을 보니 모두 원숭이처럼 생긴 것이 인간은 아니었다. 마타고로가 '이것들은 필시 요괴임에 틀림없어.

4_ 교토시 야마시나구(京都市山科区).

5_ 진언밀교(真言密教)에서 행하는 주술의 하나. 다이겐스이 명왕(大元帥明王)을 본존으로 하여 원수나 역신(逆臣)을 물리치고 국가안녕을 기원하기 위해 행해지는 법. 839년, 승려인 죠교(常暁)가 당나라에서 들여온 이래, 매년 정월 8일부터 17일간 궁중에서 행해졌다.

_ 다이겐도에서 원숭이 요괴 무리를 만난 마타고로

화살 한 방을 날려야지.'라고 마음먹고 몸에 지니고 있던 활을 다잡아 끝이 뾰족한 화살을 끼워 활시위를 당겼다. 화살은 쌩하고 날아가 상좌에 앉아 있던 요괴의 팔꿈치에 제대로 꽂혔다. 그러자 요괴들은 놀라 어쩔 줄 모르며 "아니 이게 무슨 날벼락이란 말이냐."라며 큰 소리를 지르기가 무섭게 등잔불을 끄고 모두들 혼비백산하여 도망쳤다.

이윽고 주위가 조용해지고 기척도 사라졌다. 날이 새기를 기다렸다가 주위를 둘러보니 핏자국이 떨어져 있었다. 요괴가 어디로 사라졌는지 살펴볼 결심을 한 마타고로는 핏자국을 따라 남쪽 산길을 돌아 서쪽으로 갔다. 핏자국은 커다란 굴 언저리에서 끊겨 있었다. 더욱 수상한 느낌이 들어 주변을 이리저리 살펴보던 중, 어젯밤 내린 비로 땅이 미끄러워 마타고로는 그만 발을 헛디뎌 굴속으로 떨어져버렸다. 굴 바닥은 깊고 벽은 높아 기어 올라갈 방법도 없었다. 깜깜한 굴속에서 '이대로 죽는구나.'라고 생각하며 벽을 더듬어보자 옆으로 또 다른

굴이 있었다. 그 굴 안으로 조심조심 1정町, 109m 정도 걸어가니 밝은 곳으로 나오게 되었는데 그곳은 달과 햇빛이 보통 세상처럼 빛나고 있었다. 한 곳에 바위굴이 있고 수십 명이 돌문을 에워싸고 보초를 서고 있었다. 그 모습을 보니 어젯밤에 법당에 온 요괴들이 틀림없었다. 보초를 서던 자가 놀라며 "누구이기에 이곳까지 왔느냐?"라고 물었다.

마타고로가 대답하였다.

"나는 반슈 사람으로 최근에 서울로 상경하여 의사를 하며 생계를 이어가고 있소이다. 약초를 구하려고 산에 들어왔다가 길을 잃어 그만 굴속으로 떨어져서 여기까지 오게 되었소. 서울로 돌아가는 길을 가르쳐 주시오."

마타고로의 대답에 보초를 서던 사람들이 크게 기뻐하며 말했다.

"이는 분명 하늘이 내려주신 행운인 게야. 우리 주인님께서 어제 마침 성 밖에 나가셔서 즐기시던 중, 잘못 날아온 화살에 맞아 상처를 입고 병상에 누워계시니 치료를 해 주시게나."

보초는 이렇게 말하며 안으로 안내하였다.

이윽고 웅장한 용마루에 주렴을 드리운 대궐 안으로 들어갔다. 주인은 괴로운 듯한 목소리로 말하였다.

"내가 마침 성 밖에 나가 놀던 중 급작스럽게 신변에 액운이 닥쳐 잘못 날아온 화살에 맞았소. 그 독기가 이미 뼈 속까지 퍼져 통증이 말로 다할 수 없으니 목숨도 부지하기 어렵게 되었네. 모쪼록 좋은 약을 써서 병을 낫게 해 주시게. 낫기만 한다면 내 새로이 태어나 더욱더 영화를 누릴 텐데. 그 은혜는 잊지 않으리다."

모습을 보니 머리털이 빠지고 덩치는 큰데다 몇 살이나 되었는지 가늠조차 할 수 없을 정도로 늙어빠진 원숭이가 몹시 괴로운 듯 신음하며 누워 있었다. 그 양쪽에는 아름다운 여인 두 명이 앉아 있었다.

마타고로는 다가가 맥을 짚고 상처를 어루만지며 말했다.

"치료는 조금도 어렵지 않으니 곧 나을 것이오. 내게 아주 좋은 명

_ 두목 원숭이의 맥을 짚는 마타고로

약이 있소이다. 이를 먹으면 병이 나을 뿐만 아니라 불로장생하는 영험한 약이니 목숨을 부지하고 다시 젊어져 천년 만년 살 것이오."

마타고로가 허리춤에 찬 부싯돌 주머니에서 환약을 꺼내어 대장 원숭이에게 먹이니 주변에 있던 동족들 모두 기뻐하였다. 또한 불로장생하는 약이라는 소리를 듣고는 너도나도 "좀처럼 이런 신선神仙을 만나기 힘드니 부디 우리에게도 그 약을 나눠주시오."라고 간청하였다.

마타고로가 주머니를 탈탈 털어 약을 나누어주자 수많은 원숭이들이 서로 앞 다투어 받아먹었다. 사실 이 약은 화살촉에 발라 짐승을 쏘면 백발백중 쓰러뜨리는 강한 독이었으니 누가 이를 버텨낼 수 있으랴. 잠시 후 마타고로는 피를 토하며 의식을 잃고 쓰러져 괴로워하는 원숭이들을 머리맡에 놓인 큰 칼을 빼어들고 차례로 베어나갔다. 원숭이들은 일어나 대적하려고 안간힘을 써보았지만 독이 퍼져 휘청거리다 결국 크고 작은 서른여섯 마리의 원숭이들 모두 마타고로에게 죽임을 당하였다.

마타고로가 두 명의 여인에게 "당신들도 분명 같은 요괴 무리일 것이니 마찬가지로 죽여 버릴 것이오."라고 하자 두 사람 모두 울며 애원하였다.

"정녕코 소녀들은 요괴가 아니옵니다. 한 사람은 다이고醍醐[6] 나미우라並浦에 사는 아무개의 딸이고 나머지 한 명은 후시미伏見 마을[7]의 히라타平田에 사는 아무개의 딸이옵니다. 어쩔 수 없이 무서운 요괴들에게 홀려 깊은 굴속에 빠져 헤매게 되었지요. 도망쳐 고향으로 돌아갈 길도 모르고 이대로 이곳에서 죽고 싶었지만 그럴 수도 없었습니다. 두 달 가까이 천하디 천한 짐승에게 혹사당하며 밤낮으로 비참한 심정이었는데 마침 무사님께서 이렇게 이들을 죽여 주셨습니다. 우리들이 다시 인간 세상으로 돌아가 그리운 부모님과 만나게 해주신다면 그 은혜 잊지 않고 평생 주인님으로 모시겠습니다."

마타고로가 '일단 요괴는 해치웠지만 인간 세상으로 돌아갈 방도를 모르니 어찌하면 좋단 말인가.'라며 고민하고 있으려니 어디선가 하얀 옷에 갓을 쓴 노인 십여 명이 나타나서 말했다.

"우리는 이곳에서 오래 전부터 살던 자들인데 얼마 전에 원숭이들에게 터를 빼앗기고 식량과 재물 보화 등도 모조리 갈취당하였습니다. 몸 하나 운신할 곳도 없어 저 멀리 구석진 곳에 구차스럽게 모여 살며 처자식과 손자까지도 갖은 고생을 시키니 분한 마음 이를 데 없었지요. 그러나 원숭이를 대적할 만한 힘도 없어 좋은 날이 오기만을 학수고대하며 지내오던 중, 무사님께서 이렇게 저놈들을 물리쳐 주셨습니다. 그 덕택에 우리들이 다시 이 땅의 주인이 되어 옛날처럼 살게 되었으니 이보다 더 큰 은혜가 또 어디 있겠습니까."

노인들은 저마다 황금을 가득 싸가지고 와서 마타고로 앞에 내밀

6_ 교토시 후시미구 다이고(京都市伏見区醍醐).

7_ 교토시 후시미구(京都市伏見区).

_ 흰 쥐를 타고 인간 세상으로 돌아가는 마타고로와 여인들

었다. 그러나 이들의 모습 또한 인간이 아니라 정체불명의 요괴였다. 눈은 둥글고 입은 뾰족하며 수염과 눈썹이 무척 길었다.

마타고로가 물었다.

"당신들은 오랫동안 이곳에 살아 신통력이 있는 듯 보이는데 어쩌다 원숭이에게 당하여 집터를 빼앗기게 되었소? 대체 당신들의 정체는 무엇이며 이곳은 어디란 말이오?"

노인이 대답하였다.

"우리들은 오백 살까지 살다 한 번 변신하는 데에 비해 원숭이들은 팔백 살까지 산 다음 한 번 변신합니다. 그렇기에 대적할 수 없었던 것이지요. 원래 우리들은 허성虛星[8]의 정령으로 다이고쿠텐진大黒天神[9]

8_ 이십팔수[二十八宿, 천구(天球)를 황도(黃道)에 따라 스물여덟으로 등분한 구획, 또는 그 구획의 별자리]의 열한 번째 별자리의 별들. 주성(主星)은 물병자리의 베타성(β星).

의 사자입니다. 이곳은 쥐가 사는 곳으로 세상 사람들은 숨겨진 마을 隠れ里[10]이라고 부르지요. 쥐는 사람에게 전혀 해를 끼치지 않고 공을 쌓고 행行을 채우면 천상에 오르고 선경仙境에 드나들며 자유자재로 신통력을 즐깁니다. 그러나 원숭이들이 몰려들어 오랫동안 악행을 일삼고 인간 처녀를 잡아와 노리개로 삼고 사물을 해치며 해를 입혔습니다. 그 죗값으로 일족이 같은 곳에서 한꺼번에 스러진 것이지. 하늘의 뜻이 무사님의 손을 빌어 원숭이들을 죽인 것입니다. 하늘의 뜻이 아니라면 무사님이 어떻게 그들을 멸할 수 있었겠습니까? 무사님, 잠시 눈을 감으시지요. 우리들이 인간 세상으로 돌려보내 드리겠습니다."

마타고로가 눈을 감자 마타고로와 여인 두 명을 등에 업고 길을 나아갔다. 비바람이 거칠고 시끄러운 소리가 들려 눈을 떠보니 크고 하얀 쥐 한 마리와 돼지처럼 커다란 열네다섯 마리의 쥐들이 땅을 파서 굴을 뚫어 들판으로 나온 것이었다. 길을 가던 사람에게 물으니 '고하타小幡 산기슭'[11]이라고 하였다. 두 명의 처녀들을 부모에게 데려다 주니 부모들은 크게 기뻐하며 양쪽 집안에서 모두 마타고로를 사위로 삼았다. 이후로 마타고로는 무사로서 입신출세의 꿈을 접고 부유하고 편안한 몸이 되었다.

훗날 다시 고하타의 들판을 찾아가 보았지만 인간 세상으로 돌아온 굴은 흔적도 없고 소나무와 억새풀만 무성하고 잡초로 뒤덮여 있었다. 한편 마타고로는 끝내 자식도 두지 못했는데 이후 어떻게 되었는지 알 수 없다.

9_ 칠복신(七福神)의 하나로 오른손에 요술 망치를 들고 왼쪽 어깨에 큰 자루를 둘러메고 쌀섬 위에 올라앉은 복덕(福德)의 신.

10_ 사람의 눈을 피해 사는 마을로 민간전승에서는 주로 이상향 내지 선경(仙境)으로 전해진다.

11_ 우지시 고하타(宇治市小幡) 일대.

이누가미狗神와 긴산金蚕*

도사土佐 지방의 하타畑[1]라는 곳에는 그 고장 사람들에게 대대로 전해 내려오는 '이누가미狗神'[2]라는 것이 있다. 이누가미를 지닌 사람이 만일 다른 곳에 가서 타인의 옷, 재물보화, 도구 등 뭐든지 탐내는 마음이 생기면 이누가미가 곧바로 그 재물이나 도구의 주인에게 붙어 해코지를 한다. 그러면 열병으로 고생하고 복통을 일으키는데 그 통증이 마치 송곳으로 찌르는 듯하고 칼에 베인 듯 아프다. 이 병을 얻으면 이누가미의 주인을 찾아가 뭐든지 그가 원하는 것을 주어야만 병이 낫는다. 그렇지 않으면 오랫동안 앓아눕다가 결국은 죽는다고 한다.

그리 오래지 않은 옛날에 이 지방 수령이 이 이야기를 듣고 하타 고을 전체를 포위하고 남자 여자 할 것 없이 한 명도 남김없이 모조

---

*_ 전반부는 일본의 민간신앙인 '이누가미'의 이야기이며 후반부는 『본초강목(本草綱目)』 42 「채수총화(蔡修叢話)」 및 오조소설(五朝小說)인 『철위산총담(鐵圍山叢談)』 「금잠독시촉중운운(金蚕毒始蜀中云云)」을 정리하여 구상하였다.

1_ 고치현 하타군(高知県幡多郡).

2_ '이누가미(犬神)'는 서일본(西日本)에 널리 퍼져 있는 민간 신앙의 하나이다. 이누가미는 주인집의 헛간, 옷장, 마루 밑, 물항아리 안 등에 서식하며 다른 빙의(憑依)와 마찬가지로 희로애락의 변화가 심하고 정서가 불안한 사람이 씌기 쉽다고 한다. 이누가미에 씌면 가슴과 손발의 통증을 호소하며 갑자기 개처럼 짖기도 한다고 전해지며 질투가 심한 성격이 된다. 이누가미는 자손 대대로 전해지며 보통 이누가미가 씐 집안은 번성하나 일반 사람들은 이 집안과의 혼인을 꺼리며 교제도 삼간다고 한다.

_ 긴산에 걸린 환자가 재물을 들여 회복하려는 장면

리 불태워 죽였다. 그 이후로 이누가미는 자취를 감추었다가 간신히 살아 남은 어떤 집안에 또다시 옮아 붙어 지금도 존재한다고 한다. 이누가미의 주인이 임종할 때에는 집안을 이어받은 사람에게 이누가미가 옮겨가는 것이 주변 사람들의 눈에 보인다고 한다. 크기는 쌀알 정도 되며 개의 모습을 하고 있다. 흰색, 검은색, 붉은 색, 얼룩무늬 등등 색도 여러 가지인데 죽은 사람의 몸을 떠나 집안을 이을 사람의 품안으로 뛰어든다고 한다. 이누가미를 지닌 사람 스스로도 꺼림칙하게 여기지만 어쩔 수 없는 지병인 것이다.

중국의 민광閩広[3]이라는 곳에서도 남에게 해가 미치도록 신령에게 기원하여 저주하는 일이 많이 일어난다고 한다. 그 고장 사람 가운데 '긴산金蚕'[4]이라는 병에 걸린 사람이 이 병을 다른 이에게 옮기고자 하면 황금과 비단, 비녀, 그 밖의 여러 귀중품을 길 왼편에 버려둔다. 이를 주워 집으로 돌아가면 긴산이라는 병에 옮게 된다고 한다. 생긴 것이 누에 같고 황금빛을 띠는 긴산은 사람에게 들러붙으면 처음에는 두세 마리 정도인 것이 점점 불어나서 나중에는 집안 전체에 가득 차서 사람 몸을 공격하고 잡아 죽여도 줄어들지 않는다. 결국 주워온 황금과 비단 등을 모조리 없앤 후에야 조금씩 나아진다고 한다.

3_ 중국의 호광[湖広, 호남(湖南)과 호북성(湖北省)의 옛이름] 및 민월[閩粵, 복건성(福建省)의 옛이름]의 약칭.

4_ 독벌레의 이름. 『본초강목(本草綱目)』에는 '식금충(食錦虫)'이라는 이름으로 비단을 갉아먹는 벌레로 실려 있다.

죽어서 맺은 인연*

히젠肥前 지방 마쓰라松浦 고을의 마쓰라松浦 마을[1]에 도요타노 마고기치豊田孫吉라는 사람이 있었다. 젊어서 부모를 여의고 부인도 없이 혼자 살고 있었다. 집안 형편이 어렵지 않아 어려서부터 농사나 장사에 손을 댄 적도 없고 외아들이어서 부모가 애지중지하였기에 그저 유학儒學 나부랭이에 뜻을 두고 강의나 들으러 다니는 것으로 소일하며 지냈다.

어느 날 도요타는 해질 무렵 문 밖에서 서성이다가 아리따운 여인이 혼자 남쪽에서 오고 있는 것을 보게 되었다. 나이는 열예닐곱 정도 되어 보였다. 고운 옷을 구색 맞춰 입은 차림새는 아니지만 자태와 용모가 뛰어났다. 도요타가 성큼 다가가서 여인의 소매를 붙잡고

---

*_ 『전등신화(剪燈新話)』 4-5 「녹의인전(綠衣人傳)」의 번안.
원화는 원(元)나라 연우(延祐, 1314-20) 연간, 감숙성(甘肅省)에 사는 조원(趙源)과 초록색 옷을 입은 여인(綠衣人)의 이야기이다. 부모를 일찍 여의고 부인도 얻지 않은 조원은 절강성(浙江省)으로 유학을 와서 서호(西湖)의 갈령(葛嶺) 고갯마루에 살고 있었다. 그의 이웃집은 바로 송나라 때 재상인 가사도(賈似道)의 고택이었다. 어느 날 저녁, 무료한 마음으로 문 밖에서 서성이고 있던 조원은 초록색 옷을 입은 아리따운 여인을 만난다. 이후의 전개는 이 이야기와 대동소이하다. 즉 조원과 초록색 옷의 여인은 전생에 가사도 집안에서 부리던 하인과 하녀로 서로 사모하는 마음을 들켜 가사도에게 살해당한 것이다. 두 사람 역시 3년 동안 이승에서 부부의 인연을 맺으나 결국 헤어지고 조원은 출가한다.

1_ 사가현 히가시마쓰라군 하마타마초(佐賀県東松浦郡浜玉町).

_ 문 앞에서 아리따운 여인을 발견한 도요타

이런저런 말을 붙이자 여인도 목석이 아닌지라 싫지 않은 낯빛으로 응대하였다. 이윽고 두 사람은 잠자리를 나란히 하여 밤새도록 이야기하며 깊은 정을 나누게 되었다. 날이 밝자 여인은 이별을 아쉬워하며 일어나 돌아갔지만 날이 저물자 다시 찾아왔다.

도요타가 물었다.

"낭자의 집은 어디오? 부모님은 어떤 분이시오?"

하지만 여인은 제대로 대답하지 않았다. 도요타가 거듭해서 묻자 여인이 마지못해 말하며 미소지었다.

"소녀가 늘 갈색 옷에 담쟁이덩굴 문양의 겉옷을 입으니 사람들은 저를 '가치코褐子'나 '쓰다코蔦子'라는 이름으로 부르지요."

'아마도 이 여인은 지체 높은 집안의 하녀인데 밤마다 몰래 나를 만나러 오는가보다. 만약 이 사실이 들통나면 호된 벌을 받겠지.'

이렇게 짐작한 도요타는 그 후로는 두 번 다시 묻지 않았다. 두 사람의 사랑은 점점 더하여 비익조比翼鳥의 인연[2]이 깊어만 갔다.

어느 날 밤, 도요타가 술에 취하여 어깃장을 놓았다.

"낭자가 사는 곳이 어디인지 사실대로 말해주지 않는 것은 아직도 내게 마음을 다 주지 않았기 때문이겠지. 나는 그렇게 생각하오."

그리고는 시 한 수를 읊었다.

2_ 비익조는 암컷과 수컷이 각각 눈과 날개가 하나씩이라서 짝을 짓지 않으며 날지 못한다는 상상의 새로 금실이 좋은 부부를 비유하여 이르는 말.

“팔베개 위의 머리카락은 아침이면 흐트러져 있건만 마음만은 허물지 않았구려.”

여인은 도요타의 말이 무척 원망스러운 듯, 다음과 같이 화답하였다.

“팔베개를 나누는 허물없는 사이건만 마음 주지 않는다며 허물 하시네.”

“이제와 무엇을 감추겠습니까. 서방님과 소녀는 아주 오래 전부터 잘 아는 사이입니다. 그렇지 않으면 어찌 이토록 깊은 연분을 맺을 수 있었겠어요? 사실 소녀는 이 세상 사람이 아닙니다. 서방님을 속이려고 드리는 말씀이 결코 아니에요. 이 모든 것이 다 전생의 인연 탓이겠지요.

옛날 이 마쓰라 마을에 오토모 사에몬스케大友左衛門佐 아무개[3]라는 이름의 용맹한 무용을 갖춘 다이묘大名가 살았습니다. 소녀는 기시마杵島 고을 태생으로 시를 잘 짓고 바둑에 소질이 있어 아무도 저를 이기지 못할 정도였습니다. 이런 재능 덕분에 열일곱 살 무렵 사에몬스케님을 모시게 되었지요. 낮이나 밤이나 한 시도 곁에서 떼어놓지 않을 만큼 남다른 총애를 받았습니다. 그 무렵 서방님 역시 사에몬스케님 가까이에서 시중을 드는 소년이었답니다. 준수한 용모이셨기에 소녀 혼자 몰래 사모하며 마음을 주고 있었습니다. 그러던 어느 날, 소녀가 사모하는 마음을 견디지 못하고 주위가 어둑어둑하지만 아직 등잔은 밝히지 않은 틈을 타서

“멀리서 지켜볼 뿐, 둘 사이에 비구름이 가로막혀 슬픔의 눈물만이 흐릅니다.”

라고 적어 서둘러 서방님 소맷자락에 넣었답니다. 그러자 이튿날 저녁에 서방님도

3_ 미상.

"먼 발치에서 바라볼 수밖에 없는 산봉우리에 흰 구름이 쉴새없이 오락가락하니 마음속에 눈물만이 가득하네."
라고 쓴 종이를 제 소맷자락에 넣어주셨지요. 나이도 동갑이고 같은 곳에 살면서 남의 눈을 피해가며 서로 마음은 나누었지만 집 안팎의 엄격한 규율만을 야속해 할 뿐, 정을 나눌 방도도 없었습니다.

그러던 중 같이 지내는 친구에게 이런 제 마음을 들키고 말았습니다. 친구는 당장 사에몬스케님에게 고자질을 하였지요. 노발대발한 사에몬스케님은 서방님과 저를 포박하여 마쓰라 강 언저리로 끌고나와 목을 베었습니다. 이후 서방님은 다시 인간으로 환생하였지만 소녀는 그날 이후 지금까지 저승에 머물고 있습니다. 서방님을 사모하는 마음으로 인해 백여 년이 흐른 후에도 육신은 썩지 않고 헛된 영혼만이 나타나 이렇게 깊은 정을 맺게 된 것입니다. 옛 일을 떠올리면 지금도 슬프기 그지없고 괴롭게 당한 일이 더한층 서럽기만 합니다."

도요타 역시 이야기를 듣고 한없이 슬펐다.

"듣고 보니 참으로 전생과 이승에 걸친 인연이니 더더욱 깊은 정을 나누어 옛날의 한을 풀어야 하지 않겠소. 누구의 눈을 피해 저녁에 와서는 아침에 돌아간단 말이오. 이제부터는 이곳에 머물며 떳떳이 부부가 됩시다."

이렇게 되어 여인은 도요타의 집에 머물게 되었고 둘 사이는 더욱 정이 깊어만 갔다. 유령이라는 사실을 알지만 전생의 인연이 깊은 탓인지 조금도 무섭다는 생각이 들지 않았다. 도요타는 원래 바둑을 둘 줄 몰랐는데 여인이 하나에서 열까지 그 비법을 가르쳐준 이후로는 근방에서 바둑으로 내노라 하는 사람들 중에 도요타와 맞서 대적할 사람이 없었다.

여인은 가끔 사에몬스케에 관한 이야기를 들려주었다.

"지금도 눈앞에 선합니다. 사에몬스케님이 어느 날 시녀들을 데리고 강가로 놀러나간 적이 있었지요. 마침 잘생긴 남자 두 명이 멋있게 차려입고 강 건너편 저 멀리 지나가고 있었습니다. 시녀 중 한명이 그 모습을 보다가 '남자라면 저 정도로 멋있어야 하지. 내가 사모하는 임이라면 좋으련만.'이라고 중얼거렸답니다. 이 말을 들은 사에몬스케님이 '저 사내의 부인이 되고 싶으냐?'라고 묻자 시녀는 미소 지으며 얼굴만 붉히고는 대답하지 않았습니다. 잠시 후 사에몬스케님이 뚜껑이 덮인 나무통을 시녀들 앞으로 내밀며 '이것은 조금 전 사내들에게 보낼 선물이니 한번 보거라.'라고 말했지요. 뚜껑을 열어보니 그 안에는 남자를 칭찬했던 시녀의 잘린 목이 들어 있었습니다. 시녀들은 온몸을 사시나무 떨듯 떨고 눈앞이 캄캄해졌는데 기절한 사람도 많았습니다.

또 언젠가는 소금을 굽는 포구에 명령하여 사사로운 매매를 금지하고 자신의 소령所領 안의 소금을 헐값에 사들인 후 서울 상인에게 팔았습니다. 이 일을 두고 누군가 사에몬스케 저택 문에 '그렇지 않아도 힘든 매매 규정으로 고생하는 소금 장수들인데 사에몬스케가 다스리는 고을의 소금은 더 한층 쓰디쓰구나.'라는 낙서를 해놓았지요. 이 사실을 전해들은 사에몬스케님은 '분명 소금쟁이들의 짓일 것이다.'라며 소금 관리자 세 명을 붙잡아 장대에 매달아 해변에 세워두었습니다.

또한 매년 봄이 되면 돈과 쌀을 고을 백성들에게 빌려 주었는데 신체가 건장한 사람들에게는 더 많이 빌려주고 가을이 되면 큰 이자를 붙여 원금과 함께 갚게 하였지요. 만약 갚을 힘이 없는 자는 그 고을의 부자에게 대신 떠넘겨 갚게 하고 처자식을 다른 곳에 팔거나 재산과 집을 팔아치우게 하는 등, 해마다 가혹하게 백성들을 핍박하니 고을 전체가 허덕이며 쇠퇴해갔습니다. 급기야 누군가 다음과 같은 시를 읊었습니다.

'무리하게 빌려준 쌀알보다 흘리는 눈물은 가이 없어라.'

사에몬스케님이 이 시를 듣고는 '천한 상것들은 이 정도의 시를 읊을 수 없지. 아마도 부자 놈들의 소행일 것이야.'라며 성 밖에 사는 부자 십여 명의 재산과 전답을 몰수하여 추방하고 재물을 가로챘습니다. 어느 날 사에몬스케님이 아버지의 기일忌日을 맞이하여 고을 안의 승려를 모아 제사를 지내던 중, 한 승려가 늦게야 도착했습니다. 해진 가사를 걸치고 낡은 옷을 입고 있었지요. 여러 사람들이 이 승려를 얕보고 안으로 모시지 않고 문 밖에 앉힌 채 식사 공양을 하였습니다. 승려는 공양을 마치자 사발을 상 위에 엎어두고는 그 자리를 떠났습니다. 나중에 사발을 들어 올리려 했지만 꿈쩍도 하지 않았지요. 희한한 일이라고 생각하고 여러 사람들이 모여 힘을 합쳐 잡아당겨보았지만 태산처럼 무겁기만 할 뿐, 전혀 미동도 하지 않았습니다. 사에몬스케님이 이 이야기를 듣고 직접 밥사발을 들어 올리니 가뿐히 올라왔는데 그 안에 노래 두 수가 남겨져 있었습니다.

'꽃 지고 가지에 열린 과일은 며칠 후면 떨어질 것이오.'

'못할 짓으로 원한을 산 오토모 일족의 영화, 곧 스러질 것을.'

하지만 사에몬스케님은 조금도 두려워하지 않고 더 한층 백성들을 착취하였습니다. 사람 죽이는 일을 마치 풀 베는 것보다 쉽게 여기며 제멋대로 악행을 일삼다가 그 이후로 2년이 채 못 되어 재앙이 닥쳐 죽고 집안도 망했습니다. 무슨 일이든 모두 하늘의 뜻이라고는 하지만 도리를 벗어나 지나치게 죄를 쌓으면 반드시 화를 입는 것이지요. 그러기에 소녀도 그 옛날 품었던 마음에 이끌려 지금 이렇게 서방님과 연분을 맺게 된 것입니다. 앞으로 일 년 후면 저승에서 허락했던 시간도 끝납니다."

세월은 덧없이 흐르는 광음光陰이라 어느 덧 일 년이 지났다. 여인이 병이 들어 의사를 부르고 약을 써보았지만 약도 먹지 않고 도요타의 손을 잡고 슬퍼하며 말했다.

“옛날의 언약대로 서방님과 맺은 깊은 부부의 인연도 이제는 다했습니다. 소녀는 저승의 음기陰氣가 가득한 몸으로 나타나 서방님과 정을 맺고 극진한 사랑을 받았습니다. 생각해보면 오직 사모하는 애착심으로 인해 뜻하지 않은 화를 입었습니다. 설령 바다가 갯벌이 되고 바위에서 더운 물이 솟아나도 이 원한은 사라지지 않을 것입니다. 하지만 하늘이 기울고 땅이 꺼지는 한이 있어도 서방님의 사랑은 잊지 않을 것입니다. 이미 전생에 걸친 정분을 이어 내세의 인연을 맺었습니다. 이제 소녀는 황천으로 돌아가야만 합니다. 그 옛날 죽임을 당한 후 백여 년, 그리고 이번에 거듭 정을 나누기를 일 년. 오랜 시간이 흐른 후 다시 만나뵙게 되겠지요. 이제는 아무런 여한이 없습니다. 그러니 조금도 저를 그리워하며 슬퍼하지 마세요.”

_ 이별을 아쉬워하는 두 사람

도요타가 눈물을 흘리며 애원하였다.

“조금 더 머물러주시오. 아직 못 다한 정을 남겨두고 떠나면 남은 나는 어찌 살라는 말이오.”

“이별을 서러워할 새도 없이 서둘러 떠나야만 하는 심정이야말로 괴롭기 그지 없습니다.”

여인은 위와 같은 시를 읊고는 벽을 향해 돌아누웠다.

도요타가 “이보시오, 낭자.”라며 다급하게 불러보았다. 그러나 이미 여인은 숨이 끊어져 덧없는 육신만이 자리에 남아 있었다. 발버둥치며 통곡하였지만 어쩔 도리가 없었다. 도요타는 자리에 남아 있는 옷을 집어 들며 시를 읊었다.

"당신의 향기가 이렇듯 또렷이 남아 있을 줄이야, 아련히 생각나게 할 정도라면 좋으련만."

이윽고 시신을 관에 넣어 화장터로 보내려 하는데 관이 너무나도 가벼운 것이 미심쩍어 관 뚜껑을 열어보니 옷가지만 남아 있을 뿐, 시신은 간 곳이 없었다. 하는 수 없이 관을 절에 묻고 정성을 다해 불공을 드려 극락왕생을 빌었다. 이후로 도요타는 두 번 다시 결혼하지 않고 출가하여 전국 방방곡곡을 떠돌았다. 그러다가 중국 상인의 배에 편승하여 중국으로 들어갔다고 하는데 그 후 어떻게 되었는지는 아무도 몰랐다.

칠보사七步蛇 요괴*

교토의 히가시야마東山 서쪽 산기슭인 오카자키岡崎[1] 남쪽에 그 옛날, 오카자키 주나곤岡崎中納言[2]의 산장이 있었다. 오랫동안 황폐해진 채로 버려져 있고 사는 사람도 없어 풀만 무성히 우거진 황량한 곳이었는데 우라이浦井 아무개라는 사람이 이 땅을 사들여 집을 지었다. 어떤 사람이 그에게 "이 땅은 원래 요사스러운 뱀들이 요망한 짓을 벌이는 곳이라 애당초 사람이 살 곳이 못 된다오."라고 충고했지만 우라이는 이 말을 무시하고 집이 완공되자 서둘러 옮겨왔다.

들어온 첫날, 서너 치9-12㎝ 정도 되는 뱀 대여섯 마리가 나타나서는 천정 사이를 기어 다녔다. 우라이는 즉시 하인에게 뱀을 잡으라고

---

*- 오조소설(五朝小說)인 철위산총담(鐵囲山叢談)』「유기지안세원우신운운(劉器之安世元祐臣云云)」의 번안.

원화는 유기지(劉器之)가 집터가 흉하다는 말을 무시하고 20만 금을 들여 고택을 사들인 후에 일어난 이야기이다. 처음 두세 마리의 뱀이 나타나자 유기지는 하인에게 잡으라고 명령하지만 하인은 귀신이라며 손을 대지 않았다. 화가 난 유기지는 스스로 뱀을 잡아 대나무 통에 넣어 변하(汴河)에 흘려보냈다. 그러나 이튿날이 되자 뱀은 더욱 많이 출몰하여 열흘 남짓 동안 700여 마리를 넘었다. 하는 수 없이 유기지는 토지신의 사당 앞에 향을 피우고 제문을 읊은 후, 토우 대여섯 개를 강에 흘려보내고 장인에게 새로운 신상(神像)을 만들어 안치하였다. 이후로 더 이상 뱀은 나타나지 않았다. 이 이야기의 공간적인 배경을 교토 오카자키로 한 이유는 밝혀진 바 없다.

1- 교토시 사쿄구 오카자키(京都市左京区岡崎).

2- 미상.

_ 출몰하는 뱀을 잡느라 분주한 집안 사람들

일렀다. 뱀들이 비늘을 세우고 머리를 꼿꼿이 든 채 눈알을 휘번득이는 통에 하인들은 겁에 질려 뒷걸음질쳤다. 우라이는 이상히 여기며 직접 지팡이로 때려잡아 통에 넣어 가모 강賀茂川에 흘려보냈다. 다음날도 열네다섯 마리 정도의 뱀이 나타났다. 또다시 모두 잡아 버렸더니 그 다음날에는 30여 마리로 늘었다. 잡으면 잡을수록 뱀들은 더 많이 나와 나중에는 2, 300마리에 이르렀다. 크기는 대여섯 치15-18㎝ 정도이고 흰색, 검은 색, 개중에는 푸른 반점을 띤 것도 있었다. 모두 두 귀를 세우고 입은 시뻘겠으며 때때로 발이 달려 마치 용처럼 생긴 뱀도 있었다. 뱀은 나날이 늘어나 아무리 잡아 죽여도 줄지 않았다.

우라이는 괴이한 일이라고 생각하고 직접 향을 피우고 제물을 바쳐 지진제地鎭祭[3]를 올리며 제문을 써서 읊어 내려갔다.

"소인은 적지 않은 돈을 들여 이 땅을 사들였습니다. 이제부터 이 땅은 소인이 사는 곳입니다. 그러하거늘 뱀은 무슨 까닭으로 해코지를 하며 요망한 짓을 벌이는 것입니까. 무릇 지신地神은 오제용왕五帝龍王[4]이시며 각각 맡은 바가 다른 줄 아옵니다. 헌데 어찌하여 이 땅에 머물면서 땅 주인을 괴롭히는 것입니까. 용왕께서 듣고 계시다면 한시바삐 이 요망한 뱀들을 물리쳐주소서. 그렇지 않으면 용왕께서 신직神職을 게을리하시는 것이 될 것이며 나아가 천제天帝의 노여움을 피하지 못하실 것입니다."

그날 밤, 땅 아래에서 한바탕 소동이 일어나는 듯 무시무시한 소리가 들려왔다. 날이 밝은 후 살펴보니 하룻밤 사이에 풀숲이 온통 시들어버리고 큰 돌이 갈라져 기울어 있었다. 아랫사람들이 이상히 여겨 풀숲과 기운 곳을 파헤쳐 돌을 제쳐보자 길이가 약 네다섯 치12-15㎝ 정도 되는 뱀이 기어 나왔다. 이 뱀이 기어지나가는 곳은 눈앞에서 순식간에 말라버렸다. 하인들이 이 뱀을 쫓아가 죽인 후 살펴보니 길이가 고작 네 치12㎝ 정도이며 몸뚱이는 붉은 색으로 두 귀와 네 발이 있고 비늘 사이는 금색인 것이 마치 작은 용처럼 생겨 있었다. 사람들에게 보이니 모두들 이런 뱀은 처음 본다고 하였다.

마침 난젠사南禅寺[5]의 승려가 와서 일러주었다.

"이 뱀은 칠보사七步蛇라는 뱀이오. 만일 사람이 이 뱀에게 물리면 그 자리에서 죽고 말지요. 독이 무척 강해서 일곱 걸음도 못 떼고 쓰러집니다. 이 뱀에 대해서는 불경佛經에 쓰여 있습니다."

그 이후로 뱀은 두 번 다시 나타나지 않았다. 사람들은 수없이 기어나온 뱀들은 이 칠보사의 정령이었을 것이라고 추측하였다.

3_ 토목 공사를 할 때에 지신(地神)에게 지내는 제사. 건물의 안전을 비는 뜻으로 터를 닦기 전에 지낸다.

4_ 미상.

5_ 교토시 사쿄구 난젠지 후쿠지초(京都市左京区南禅寺福地町)에 있는 임제종(臨済宗) 난젠사파(南禅寺派) 대본산. 본존은 석가여래.

수신水神의 장난*

가와치河内 지방의 유게弓削[1]라는 곳에 도모카쓰友勝라는 이름의 대장장이가 살고 있었다. 어느 날 볼일로 야마토大和의 고리야마郡山[2]에 갔다가 해질녘에 돌아오던 중, 해가 저물어 너무나도 피곤하여 잠시 산등성이에서 쉬고 있었다. 마침 그때 저쪽에서 한 사람이 말을 타고 또 다른 말에는 안장을 얹은 채 몰고 지나가고 있었다.

이 모습을 본 도모카쓰가 부탁하였다.

"혹시 가와치 쪽으로 가시는 길이신가요? 그렇다면 말 한 필만 빌려주세요. 제가 너무나 피곤해서 말이지요. 어차피 사람도 타지 않은 말이니 제가 조금 타고가면 안 될는지요."

그러자 말 주인은

"그거야 어렵지 않은 일이외다. 강 건너편 언덕에서 내려 주신다면 거기까지는 타고 가시오."라며 흔쾌히 말을 내어 주었다.

---

*_ 오조소설(五朝小說)인『집이지(集異志)』「배공(裵珙)」의 번안.
원화는 낙양(洛陽) 사람 배공(裵珙)의 체험담. 배공은 단오를 맞이하여 친척을 만나고 정서(鄭西)에서 돌아오던 저녁 무렵, 지쳐 힘이 빠진 말에서 내려 돌다리 옆에 앉아 있었다. 마침 그 때 말 한 필을 끌고 가던 사람을 만나 말을 빌리는데 이후의 전개는 이 이야기와 동일하다.

1_ 오사카후 야오시(大阪府八尾市).

2_ 나라현 야마토 고리야마시(奈良県大和郡山市).

_ 자신을 모른 체하는 가족 때문에 화가 난 도모카쓰

도모카쓰는 뛸 듯이 기뻐하며 말에 올랐다. 강을 건너 언덕에 도착하여 말에서 내린 도모카쓰는 "인정을 베풀어주셔서 고맙습니다."라고 정중히 인사를 한 후 말을 돌려주었다. 그러자 말 주인은 말에게 채찍질을 하며 어디론가 사라져버렸다.

도모카쓰가 해가 완전히 저문 후에 집에 당도하니 부인과 아이들, 그 밖에 형제들 모두 밥상 앞에 모여 도란도란 음식을 나누고 있었다. 그러나 누구하나 도모카쓰를 반기는 사람이 없었다. 도모카쓰가 아이의 이름을 부르고 동생들의 이름을 불러도 들은 척도 하지 않고 평소와 다름없이 서로 이야기를 하거나 술을 마시며 웃고 즐기고 있었다. 부화가 난 도모카쓰가 큰소리로 야단을 쳐도 아무도 상대해주지 않았다. 화가 머리끝까지 난 도모카쓰가 이번에는 주먹으로 부인과 아이를 쥐어박았다. 그러나 언제 맞았냐는 듯 아무렇지도 않은 표정을 지을 뿐이었다. 다른 가족들도 "도모카쓰가 집에 있었다면 더욱

_ 쇼토쿠 태자와 수신의 권속을 만난 도모카쓰

재미났을 텐데…."라고 말하며 술만 마실 뿐이었다. 이윽고 도모카쓰는 '그렇다면 내가 죽어 영혼만이 집으로 돌아왔기에 아무도 나를 알아보지 못하는 건가보다.'라는 생각이 들어 하염없이 울고 있어도 아무도 돌아보는 사람이 없었다.

도모카쓰는 하는 수 없이 집을 나와 동구 밖에서 서성거렸다. 그 때 무척 귀한 신분으로 보이는 사람이 갓을 쓰고 보라색 웃옷에 폭이 넓은 바지 차림으로 여러 사람을 거느린 채 검은 말을 타고 가다가 채찍으로 도모카쓰를 가리키며 말했다.

"저기 아직 죽어서는 안 되는 사람의 혼령이 뜻밖의 일을 당해 떠돌고 있구나."

그러자 붉은 옷을 입고 갓을 쓴 사람이 다가와 말 앞에 무릎을 꿇으며 아뢰었다.

"도모카쓰는 아직 제 수명을 다하지 못하였는데 마침 우연히 나와서 돌아다니던 야마토 강大和川의 수신水神을 만나 그에게 말을 얻어 탔습니다. 그러자 수신이 장난삼아 도모카쓰의 혼을 빼내어 버린 것입니다. 그래서 지금 즉시 혼을 다시 몸으로 돌려보내기 위해 제가 이곳까지 온 것입니다."

그러자 귀인貴人이 미소 지으며 말했다.

"수신이 진정 도리에 어긋나게 사람의 목숨을 두고 장난이나 치다니 괘씸하기 그지없구나. 내일 반드시 수신의 죄를 물을 것이다."

붉은 옷을 입은 사람이 황송해하며 서둘러 자리에서 물러나 도모카쓰를 불러 자세히 일러주었다.

"말 위에 계신 귀인이야말로 쇼토쿠태자聖德太子[3]이시니라. 늘 시나가科長의 능[4]에서 나와 전국을 돌아다니시면서 악신惡神을 다스리시고 악귀惡鬼를 벌하심으로써 백성을 보호하고 계시지. 나는 수신의 권속眷屬으로 이곳에 온 것이다. 너를 다시 인간계로 돌려보내 줄 것이니 잠시 눈을 감아라."

그리고는 도모카쓰의 뒤로 돌아가 등을 밀치는가 싶더니 어느새 야마토 강大和川의 서편 언덕에서 마치 꿈에서 깨어난 듯 소생하였다.

이윽고 도모카쓰가 일어나 집으로 돌아오자 기다리던 처자식들이 몹시 기뻐하며 물었다.

"오늘은 온 가족이 한데 모여 재미나게 놀았어요. 그런데 왜 이렇게 한밤중이 다 되어서야 돌아오신 거예요?"

도모카쓰가 여차저차 그동안 일어난 일을 설명하자 모두 놀라고 신기해하였다.

3_ 요메이(用明) 천황의 둘째 황자(574-622). 스이코(推古) 천황(재위: 593-628) 시절, 섭정(攝政)으로서 소가노 우마코(蘇我馬子)와 협력하여 정치를 펼쳤다. 국제적 긴장 속에 견수사(遣隋使)를 파견하는 등, 대륙의 선진 문화나 제도를 받아들여 천황을 중심으로 하는 중앙집권 국가의 체제 확립을 꾀하고 불교의 융성에도 힘썼다.

4_ 오사카후 미나미가와치군 타이시초(大阪府南河内郡太子町)에 위치한 에후쿠사(叡福寺) 경내.

물고기 요괴*

오시마 도고로 모리사다大嶋藤五郎盛貞[1]라는 사람이 오닌応仁, 1467-69 무렵, 일자리를 잃고 영락하여 떠돌다가 노토能登 지방의 스즈 곶珠洲岬[2]에 머물며 다시 벼슬자리에 오를 날을 기다리고 있었다. 그는 회가 없으면 밥을 먹지 않을 만큼 생선회를 좋아하여 늘 입버릇처럼 말했다.

"이 풍진 세상에 산해진미 많다고 하여도 생선회보다 맛좋은 건 없지. 아무리 먹어도 질리지 않는단 말이야."

어느 날 젊은 친구 대여섯 명이 찾아와 해변에 가서 즐겁게 놀았다. 바람도 없고 파도도 잔잔한 날이어서 어부들이 바다에 그물을 던져 갖가지 물고기를 가득 잡아 해안으로 돌아오고 있는 중이었다. 이를 본 오시마가 "자, 저 생선들을 사다가 회를 떠서 요리를 곁들여 즐겨 보자고."라 말하고 생선 대여섯 바구니를 사들였다. 그리고는 어

*_ 오조소설(五朝小說)인 『낙고기(諾皐記)』「화주유록사자운운(和州劉錄事者云云)」의 번안.

원화는 당(唐)나라 대력(大曆, 766-779) 연간, 화주(和州)에 살던 유록사(劉錄事)의 체험담이다. 회를 무척 좋아하던 유록사는 관직에서 물러나 친구들과 즐기며 회를 먹던 중, 기괴한 물고기 요괴를 만난다. 원화는 이 이야기와 거의 비슷하나 결말 부분에 '그 이후로 회를 멀리하였다.'로 끝맺는다.

1_ 미상.

2_ 이시가와현(石川県) 노토(能登) 반도의 동북단.

_ 물고기 요괴와 맞서 싸우는 오시마

부 집에 들러 요리 도구들을 빌려와서는 해변에 돗자리를 깔았다. 회를 떠서 커다란 나무통과 대접에 가득 담고 그 밖에 여러 생선들을 곁들여 대여섯 명 모두 먹기 시작하였다.

그런데 오시마가 젓가락을 들어 회 한 대접을 다 먹어갈 즈음 갑자기 목에 무언가 걸리는 것 같았다. 캑하고 뱉어내보니 콩알 크기 정도의 뼈였다. 분홍빛을 띤 것이 마치 구슬 같았다. 뼈를 밥공기에 넣어두고 접시를 뚜껑삼아 덮어서 옆에 두고 다시 젓가락을 들어 회를 먹기 시작하였다. 잠시 후, 사람들이 아직 음식을 다 먹기도 전에 밥공기가 엎어져 뚜껑과 함께 굴러가기 시작했다. 지켜보고 있으려니 그 안에 넣어두었던 뼈 구슬이 한자30㎝ 정도로 커지더니만 사람 형상으로 변하여 일어나 움직였다.

대여섯 명의 친구들이 놀라는 한편으로 신기하게 여기며 유심히 지켜보고 있으려니 좀 전의 뼈 구슬은 눈앞에서 갑자기 다섯 자150㎝

정도 키의 남자가 되어 맨몸뚱이로 오시마에게 달려들었다. 오시마가 곁에 있던 칼을 집어 빼어들고 베어버리려고 하자 상대는 번개처럼 번쩍이며 잠자리처럼 날아다니다가 어느 틈에 주먹으로 오시마의 목을 퍽하고 내리쳤다. 또다시 한참을 싸우다가 이번에는 등을 치니 피가 흘러 모래를 물들였다. 마침내 오시마가 칼을 다잡아 스윽 베어버리자 상대는 손목이 잘려나간 후 꺼진 듯 사라져버렸다. 주변 사람들이 도와주려고 칼을 휘둘렀지만 구름과 안개가 자욱하여 앞도 보이지 않고 그저 싸우는 소리만이 들려왔다.

이윽고 안개가 걷힌 후에 오시마가 피범벅이 된 채로 말했다.

"여보게들, 이것 좀 보게나. 놈의 손목을 베어버렸다네. 요괴 놈은 어디론가 사라져버렸어."

오시마가 손에 든 것을 보니 커다란 물고기의 지느러미였다. 그 자리에서 기절한 오시마는 온갖 약을 쓰자 그제야 간신히 다시 살아났다. 그러나 한동안 제정신을 차리지 못하다가 상처가 완전히 아물자 조금씩 원래의 모습으로 되돌아왔다. 사람들이 당시의 일을 물어도 오시마는 전혀 기억이 나지 않는다고 하였다. 이 이야기는 그때 곁에 있던 사람들에게 들은 것이다. 아마도 물고기의 정령精靈이 한데 모여 나타나서 이러한 괴이한 일을 일으킨 것이리라.

伽婢子

卷十二

매화 요정*

신슈信州 이나伊奈 고을의 가이젠사開善寺[1]에 피는 이른 매화는 매우 이름난 나무로 동지冬至를 전후로 피기 시작하여 청초한 향기를 사방에 떨친다. 근방의 고을이나 마을의 풍류인들은 날마다 모여들어 매화를 감상한다. 원래 신슈는 음기陰氣가 강해서 추운 곳이다. 겨울에는 녹지 않은 눈 위에 또다시 눈이 겹겹이 쌓이고 거센 바람이 불어닥쳐 대부분의 초목들은 상당히 늦게 싹을 틔운다. 그러나 이 절의 이른 매화는 과연 꽃의 전령傳令답게 엄동설한을 견디며 꽃망울을 터뜨리는데 한 번도 그 시기를 어긴 적이 없다. 이러니 그 누구인들 이

---

*- 오조소설(五朝小說)인 『용궁록(龍宮錄)』「조사웅취게매화하(趙師雄醉憩梅花下)」의 번안.

원화는 수(隨)나라 개황(開皇, 581-600) 연간에 조사웅(趙師雄)이 어느 추운 날, 나부산(羅浮山)에서 술에 취하여 소나무 숲에 앉아 쉬고 있을 때 옅은 화장에 소복을 한 여인을 만난 이야기이다. 해는 이미 기울어 밝은 달빛 아래에서 조사웅은 술집 문을 두드려 술을 받아와서 여인과 정다운 시간을 보내고 있으려니 어디선가 녹색 옷을 입은 동자가 나타나 노래하며 춤을 추었다. 그 사이 술에 취해 잠이 든 조사웅이 문득 눈을 떠보니 혼자 큰 매화나무 아래에 있고 머리 위에서는 물총새가 시끄럽게 울고 있었다. 이미 기운 달 아래에서 조사웅 홀로 슬픔에 잠길 뿐이었다. 원화에는 시조가 없으나 아사이 료이는 이 이야기에 '인면도화(人面桃花)'로 유명한 최호(崔護)의 시 두 편과 와카 다섯 수를 삽입하여 매화 요정과의 만남을 미화하고 나아가 이러한 정경을 무상감(無常感)과 연결지었다.

1- 나가노현 이이다시(長野県飯田市)에 있는 임제종(臨済宗)의 사찰.

매화를 칭찬하지 않겠는가.

그 무렵 무라카미 요리히라村上賴平[2]의 부하 가운데 하니시나노 분지埴科文次라는 사람이 있었다. 심성이 착하고 무예를 닦는 틈틈이 가도歌道를 익혀 전장에서도 정취 있는 풍경을 접하면 시에 마음을 의탁하여 군사들의 사기를 북돋기도 하였다. 이렇듯 다정다감한 사람이기에 모두들 분지를 좋아하였다. 그러던 중 고슈甲州의 다케다武田[3]와 신슈의 무라카미村上 두 가문이 싸움을 일으켜 진영을 세워 전투를 벌이게 되었다. 어느 날, 출전한 분지는 가이젠사의 매화가 한창 때라는 말을 듣고는 저녁 나절 부하 한명을 데리고 진영을 몰래 빠져나와 홍취에 이끌려 가이젠사로 발걸음을 옮겼다.

분지는 매화 향기에 이끌려 꽃을 감상하며 옛 시를 읊조렸다.

"남쪽 가지는 햇빛을 받고 북쪽 가지는 추위에 떨고 있구나.
한 줄기 봄바람은 모두에게 불어오건만."
(南枝向暖北枝寒 一種春風有兩般)

이미 동쪽 산기슭에 떠오른 달빛이 꽃을 비추는 광경은 이루 형언할 수 없을 만큼 아름다웠다.

"은은히 울려 퍼지는 종소리에도 향기 배었어라,
매화 핀 절집의 저녁 하늘."

이렇게 시 한 수를 읊을 즈음, 이런 곳에서 좀처럼 볼 수 없는 낯선 여인이 몸종 하나를 데리고 홀연히 나타났다. 나이는 스무 살 정도 되어 보였다. 홍매화 빛깔의 속옷에 흰색 겉옷을 받쳐 입었는데 그

2_ 신슈 가쓰라오 성(葛尾城)의 성주(?-1520).
3_ 가이[甲斐, 현 야마나시현(山梨県)]와 시나노[信濃, 나가노현(長野県)]를 통치하던 전국 시대 다이묘(大名, 1521-73).

_ 매화나무 아래에서 여인과 마주친 분지

자태가 무척 아름다웠다. 여인은 달빛 아래에서 꽃을 보며 시를 읊고 서성였다.

"바라보니 아련한 옛 향취마저 그늘에 간직한 뜰의 매화이어라."

여인이 읊은 시를 들은 분지는 이상히 여기면서도 호기심을 견디지 못하고 여인에게 다가가 소맷자락을 끌어당기며 말을 걸었다.

"오늘밤 달빛에 아름다움을 겨루는 것은 정원의 매화만이 아니로군요. 그대의 모습과 소매 향기도 내 마음을 사로잡네요."

분지가 이렇게 넌지시 마음을 떠보니 여인도 별반 싫은 내색 없이 대꾸하였다.

"매화 향기에 이끌려 달빛에 시를 읊조리는 이 저녁에 풍류를 아는 분을 만나니 기쁘기 그지없습니다."

정답게 응대하는 여인의 모습은 이 세상 사람이 아니라고 느낄 만큼 아름다웠다. 분지는 곧 하인에게 일러 술도가에 가서 술을 받아오게 하였다. 법당의 처마 밑에 자리를 잡고는 마주앉아 술잔을 주고받다가 술기운을 빌어 보다 친밀하게 시를 읊어 건넸다.

"소맷자락에 떨어진 향기로운 매화는 머리맡에서 사라지는 꿈이런가."

그러자 여인이 화답하였다.

"옛날 들녘에서 팔베개 삼던 매화라면 그 향기 날 밝은 뒤 그대의 소맷자락에 배어 있겠지요."

이렇게 서로의 마음을 확인한 두 사람은 깊은 정을 나누었다. 여러 잔의 술에 취하여 자리에 누웠는가 싶었는데 어느덧 동쪽 하늘에 새벽 구름이 깔리기 시작하였다. 깜짝 놀라 꿈에서 깨어나 보니 분지 혼자만 매화나무 아래에 누워 있을 뿐, 여인과 하녀는 간 곳이 없었다. 밝아오는 하늘에는 떼 까마귀 소리만이 들리고 달은 서편으로 넘어가 그 여운만이 몸에 남아 있었다.

옛날 중국에 최호崔護[4]라는 사람이 어느 곳의 문 안에 흐드러지게 핀 복숭아 꽃을 감상하고 있으려니 두 명의 여인이 다가와 함께 술을 마시고 시를 짓다가 내년 봄에도 다시 그 자리에서 만나기로 약속을

4_ 하북성(河北省) 사람으로 영남절도사(嶺南節度使)를 지냈다. 최호는 진사(進士) 시험에 합격하기 전에 청명절(淸明節)을 맞이하여 홀로 장안(長安)의 남쪽 교외를 유람하다가 복숭아꽃이 만발한 농장을 발견하고는 박주(薄酒)라도 한 잔 얻어먹고 갈증을 풀려고 농장의 대문을 두드렸다. 그러자 뜻밖에 복숭아꽃처럼 어여쁜 아가씨가 문을 열고 접대하는 것이었다. 그 아가씨를 마음에 새겨두고 있던 최호는 이듬해 청명절에 다시 그 농장을 찾아갔다. 그러나 복숭아꽃은 예전처럼 흐드러지게 피어 있건만 농장의 대문은 굳게 잠겨 있고 그 아가씨의 행적은 묘연하였다. 최호는 안타까운 마음을 누를 수 없어 위 본문의 시를 대문에 적었다.

이 고사는 『본사시(本事詩)』와 『태평광기(太平廣記)』 등에 실려 있다. '인면도화'는 복숭아꽃처럼 어여쁜 여인의 모습을 형용하였으나, 나중에는 사랑하는 사람을 다시는 만나지 못하게 된 경우, 또는 경치는 예전과 같지만 그 경치를 함께 하던 연인은 곁에 없는 경우를 비유하는 고사성어로 쓰이게 되었다.

하였다. 이듬해 봄, 최호가 다시 그 곳을 찾았지만 여인이 보이지 않았다.

하는 수 없이 왼쪽 문에 다음과 같은 시를 적어 넣었다던가.

"작년 오늘 이 문 안에서
도화와 사람이 서로 아름다움을 겨루었다네.
사람은 어디론가 떠나버리고
도화만이 옛 모습 그대로 춘풍에 미소짓네."
(去年今日此門中 人面桃花相映紅
人面不知何處去 桃花依舊笑春風)

하지만 이는 중국의 일이고 여기는 일본인 것을. 훗날 또 만나 정을 나눌 수 있을까? 사람이라면 다시 만날 수도 있겠지만 이는 필시 정원에 핀 매화꽃의 정령임이 분명하였다. 이는 소맷자락에 여전히 남아 감도는 매화 향기로도 알 수 있는 신기한 일이었다. 분지는 진영에 돌아와서도 여인의 모습을 잊지 못하고 저녁이 되면 그리움에 하염없이 눈물만 흘렸다.

"매화 향기 감도는 소맷자락에 어인 까닭에 저녁마다 봄비만 내리나."

분지는 살아갈 낙도 잃고 세상사가 마치 새벽달처럼 시들하게 느껴졌다. 이렇게 그리움에 애달파하느니 차라리 죽기를 각오한 그는 그 다음날 전사戰死하였다.

유령의 편지*

고슈江州 지방의 히가시 사카모토東坂本[1]라는 곳에 사는 마사키正木 아무개의 딸인 다쓰코竜子는 어려서부터 총명하였다. 부자인 부모는 딸을 애지중지 키우며 시와 글쓰기를 가르치니 다쓰코는 어느덧 아름답고 마음씨 고운 아가씨로 자라났다. 이웃에 아시사키芦崎 아무개가 살았는데 그의 아들인 가즈마数馬는 다쓰코와 동갑으로 어려서는 둘이 곧잘 어울려 놀았다. 이런 모습을 보고 주위사람들이 "이 동갑내기는 훗날 반드시 부부가 될 거야."라며 놀리곤 하였다. 두 사람은 어린 마음에도 이 말을 새겨듣고 서로 상대가 아니면 정을 주지 않으리라 마음먹으며 정답게 지냈다. 하지만 나이가 들면서 함께 노는 일도 없어졌다. 가즈마는 히에잔比叡山 엔랴쿠사延暦寺의 동자가 되어 수학하고 다쓰코는 규방 깊숙한 곳에서 지냈다.

---

*_ 『전등신화(剪燈新話)』 3-5 「취취전(翠翠傳)」의 번안.
원화는 강소성(江蘇省)의 회안(淮安)에 사는 부유한 집 딸인 유취취(劉翠翠)와 그녀의 동갑내기 소꿉친구인 김정(金定)의 사랑 이야기이다. 둘은 어릴 적 같이 서당에 다니며 정을 쌓고 커서도 서로 연정을 느끼는 사이였다. 우여곡절 끝에 둘은 부부가 되지만 원(元)나라 지정(至正, 1341-67) 말, 장사성(張士誠) 형제가 거병하여 회수 연안 지역 일대를 점령하자 취취는 장사성의 부하인 이장군(李將軍)의 포로가 되어 떠도는 신세가 된다. 한편 김정은 취취의 행방을 좇아 간난신고를 겪은 후, 둘은 간신히 재회한다. 이후의 전개는 이 이야기와 동일하다.

1_ 시가현 오즈시 사카모토(滋賀県大津市坂本)의 동쪽 지역.

어느 날, 집으로 돌아온 가즈마는 시를 지어 다쓰코에게 보냈다.
"남몰래 둘이 엮던 어린 풀꽃, 이미 한창 때를 지난 듯하오."
"작은 나뭇가지를 흔드는 바람결에 실려 다가가는 이내 마음, 당신은 아실는지."
시를 받아든 다쓰코 역시 한없이 기뻤지만 제대로 만날 수 없는 애처로운 심정을 담아 답장하였다.
"세월만이 덧없이 흘러가네, 요도가와淀川처럼 흐려진 두 사람의 여울목에서."
"만날 기약 없는 마마真間 포구에 해초만이 떠다닙니다."

열일곱이 되자 다쓰코의 부모는 친분이 있는 집안의 자식을 사위로 삼으려고 하였다. 다쓰코는 부모의 뜻에 선뜻 따르지 않고 물조차 넘기지 못한 채 앓아누워 울기만 할 뿐이었다.
하는 수 없이 넌지시 심경을 떠보니 다쓰코가 솔직히 고백하였다.
"이웃의 가즈마와 언약을 한 것이 있습니다. 그에게 시집가지 않으면 죽어버릴 것입니다. 다른 데로는 절대로 가지 않겠어요."
부모는 하는 수 없이 중매쟁이를 세워 이웃집에 혼담을 넣었다. 마사키 집안은 부자이고 아시사키 집안은 가난하였다. 가즈마의 부모는 "가즈마는 외모도 수려하고 똑똑하기는 하지만 기우는 혼사를 어찌 시킬 수 있겠소."라며 몇 번이나 혼담을 거절하였다.
그러자 다쓰코의 부모가 설득하였다.
"제 여식이 가즈마를 마음에 두고 있습니다. 재산에 따라 연을 맺는다면 금은보화를 사위로 삼으면 되지요. 혼인에 재물을 논하는 것은 불학무식한 오랑캐나 할 짓입니다. 저희는 결코 재물을 사위삼지는 않습니다. 가즈마의 성품이 바르고 총명하기에 사위 삼고자 할 따름입니다."
이윽고 다쓰코의 부모는 서둘러 좋은 날을 잡고 일사천리로 혼사

_ 부부가 되어 정담을 나누는 가즈마와 다쓰코

를 준비하여 가즈마를 사위로 맞이하였다. 두 사람은 소원대로 부부가 되어 남의 눈을 피하지 않게 된 것이 기쁘기만 하였다.

다쓰코가 먼저 시 한 수를 읊었다.

"혼자 쓸쓸히 바라보던 창문가의 달을 임과 함께 보는 이 밤이 기쁘기 그지없다네."

가즈마도 화답하였다.

"밤마다 원망하며 지새우던 창가에서 나란히 바라보는 새벽달이어라."

이렇듯 깊은 부부의 정을 나누니 하늘을 나는 비익조比翼鳥도 땅에 맺은 연리지連理枝[2]도 두 사람에게 견줄 바가 못 되었다.

그러나 혼인한 지 반 년이 지난 어느 날, 오다 노부나가織田信長[3]가 고슈江州로 쳐들어왔다. 산문山門[4]이 이에 맞선 끝에 겐키元亀 2년1571 9월 12일, 에이잔叡山과 히에산노日吉山王[5]에 이르기까지 모두 불타버렸다. 나아가 적군은 사카모토의 민가까지 침입하여 약탈과 만행을

2_ 비익조는 암컷과 수컷이 각각 눈과 날개가 하나씩이라서 짝을 짓지 않으며 날지 못한다는 상상의 새. 연리지는 한 나무의 가지와 다른 나뭇가지가 서로 붙어서 나뭇결이 하나로 이어진 것으로, 두 가지 모두 금실이 좋은 부부를 비유하여 이르는 말.

3_ 전국 시대 세 영웅 가운데 하나. 오와리 성주인 아버지 오다 노부히데(織田信秀)의 뒤를 이어 탁월한 수완을 발휘하여 집안을 전국 최대 세력으로 키웠다. 천하통일을 목전에 두고 가신인 아케치 미쓰히데(明智光秀)의 모반으로 혼노사(本能寺)에서 횡사하였다(1534-82).

4_ 히에잔 엔랴쿠사(比叡山延暦寺).

5_ 히에잔 동쪽 기슭인 사카모토에 있는 히요시 다이샤(日吉大社).

저지르는 바람에 고을 사람들은 사방으로 뿔뿔이 흩어지고 말았다. 이 때 다쓰코는 노부나가의 가신인 사쿠마 우에몬조 노부모리佐久間右衛門丞信盛[6]에게 포로로 끌려가서 행방을 알 수 없었다. 나중에 아사이浅井와 아사쿠라朝倉가 멸망하고 간신히 고슈가 잠잠해지자 백성들이 하나둘 고향으로 돌아와 고을은 다시 안정을 되찾아갔다.

가즈마는 다쓰코의 행방을 찾기 위해 부모에게 작별을 고하며 만약 다쓰코를 만나지 못하면 두 번 다시 고향에 돌아오지 않겠다는 굳은 결심으로 히에比叡 사거리로 향하였다. 그곳에서 "마사키의 딸인 다쓰코는 사쿠마에게 붙잡혀 진영 안에 갇혀 있다."는 소식을 듣고 가즈마는 가와치河内 지방의 다카야성高屋城[7]으로 향했다. 그러나 그곳에서는 가타노성交野城[8]이 함락당하여 고슈의 오타니小谷로 옮겨갔다는 말을 들었다.

가즈마가 다시 고슈로 찾아가니 "교토로 갔다."고 하였다. 이렇게 전국 방방곡곡을 수소문하며 찾아다녔지만 헛걸음만 거듭하였다. 그러던 중, 덴쇼天正 8년1580 정월에 마침내 "사쿠마는 오사카大坂의 이시야마 혼간사石山本願寺[9]의 주지인 겐뇨顕如가 사원 안에 틀어박혀 농성하는 것을 진압하기 위해 덴노사天王寺[10]에 진을 치고 일곱 지방에서 모여든 군세를 지휘하고 있다."는 소식을 접하게 되었다. 가즈마는 그길로 셋슈摂州 지방, 오사카로 내려가 덴노사의 진영으로 향하였다. 오랜 세월동안 전국을 떠돌다보니 가즈마의 옷은 마치 학의 깃털처럼 너덜너덜하게 헤지고 옛날 모습은 찾아볼 길 없이 검고 앙상한

6_ 전국(戦国) 시대 및 아즈치 모모야마(安土桃山) 시대의 무장으로 오다 노부나가를 섬겼다(1527-81).

7_ 오사카후 하비키노시 후루이치시(大阪府羽曳野市古市)에 있는 성곽.

8_ 오사카후 가타노시 키사베(大阪府交野市私部)에 있는 성곽.

9_ 전국(戦国) 시대 초기에서 아즈치 모모야마 시대에 걸쳐 오늘날 오사카시에 있던 조도신슈(浄土真宗)의 사원 겸 성곽이다.

10_ 오사카의 지역명.

몰골이었다. 힘든 노숙露宿에 소맷부리는 이슬과 눈물로 마를 날이 없었다.

이윽고 덴노사의 진영에 다다르자 군사들이 줄지어 늘어서 엄중히 보초를 서고 있었다. 가즈마는 무서웠지만 잠시 서성이다 기회를 보아 말을 붙여보려고 마음먹었다.

그러나 이러한 가즈마의 행색을 수상히 여긴 보초들이 먼저 입을 열었다.

"저자는 적의 명령을 받고 우리 진영의 동태를 파악하기 위해 온 첩자임이 분명하다. 그러니 꼼짝 못하게 붙잡아라. 포박하여 참수한 뒤 본보기로 죄과를 적은 패찰을 걸어 아베노阿倍野[11]에 내다 걸자."

보초들이 한꺼번에 몰려들어 가즈마를 쓰러뜨리고는 단단히 포박한 후 대장인 사쿠마에게 보고하였다.

사쿠마가 "그자를 이리로 데려오너라. 사정을 들어본 이후 어떻게 처리할지 정할 것이다."라고 명령한 후 직접 진영에 나가 가즈마를 심문하였다.

"너는 이시야마 혼간사石山本願寺에서 보낸 첩자가 맞느냐? 무슨 까닭에 이곳까지 와서 염탐을 한 것이냐. 사실대로 고하지 않으면 물과 불로써 혹독한 고문을 당할 것이다."

가즈마는 조금도 두려워하는 기색 없이 말했다.

"목숨이 걸린 중대한 일을 앞에 두고 어찌 거짓을 고하겠습니까. 소인은 이곳을 염탐하라고 적이 보낸 첩자가 결코 아닙니다. 소인은 고슈 히가시 사카모토에 사는 아시사키 아무개의 아들인 가즈마라 하옵니다. 에이잔叡山의 전란 통에 일족이 모두 뿔뿔이 흩어져 서로 행방도 모른 채 지내왔습니다. 얼마 전 간신히 세상이 잠잠해지자 사람들은 다시 고향으로 돌아왔지만 제 누이동생인 다쓰코만 돌아오지

11_ 덴노사에서 가까운 번화가.

_ 사쿠마 앞에 끌려온 가즈마

않았습니다. 그러던 중 다쓰코가 장군님의 진영에 있다는 소문을 들었지요. 그 길로 누이동생의 행방을 좇아 전국을 떠돌다 이곳까지 오게 된 것입니다. 바라건대 한 번만이라도 누이동생을 만나게 해주십시오. 누이동생을 만난 후라면 죽은들 무슨 여한이 남겠습니까."

가즈마는 이렇게 말하며 눈물을 뚝뚝 흘렸다.

"누이동생이 몇 살 정도 되었느냐?"

"헤어질 당시 열일곱 살이었고 그 후로 9년이 흘렀으니 스물여섯 살이 되었을 겁니다."라고 대답하였다.

이윽고 사쿠마가 진영 안에 있는 시녀들의 신상을 조사하도록 명령하자 나이와 이름, 고향과 살던 곳 모두 가즈마가 말한 것과 일치하는 여인이 한 명 나왔다. 시를 잘 짓고 글 솜씨도 뛰어나며 영리하였기에 사쿠마가 총애하던 시녀였다. 분명 이 시녀일 것으로 짐작한 사쿠마는 가즈마의 포박을 풀어주고 관아 앞마당에서 다쓰코와 대면

시켰다. 다쓰코도 “제 오라비입니다.”라고 말하였다. 다쓰코는 첫눈에 몰라보게 변해버린 남편의 모습에 놀라 할 말을 잃고 그저 하염없이 눈물만 흘릴 뿐이었다.

“오랫동안 전국을 떠돌며 검문소를 빠져나오고 갖은 고초와 시련을 견디느라 심신이 무척 지치고 기력도 쇠잔해졌을 것이니 여기서 한동안 쉬어라.”

사쿠마는 이렇게 말하며 가즈마에게 새 옷 한 벌과 거처할 작은 방 한 칸을 내어주며 쉬게 해 주었다.

다음 날 사쿠마가 가즈마에게 물었다.

“네 누이동생은 소설을 곧잘 읽고 시도 짓는데 혹시 너도 글을 읽고 쓸 줄 아느냐?”

“소인 어려서부터 산사에 들어가 불경과 여러 서적을 열심히 익혔기에 잘하지는 못하지만 시문 하나둘 정도는 지을 수 있습니다. 필적도 그리 뛰어나지는 않지만 다른 사람들에게 뒤질 정도는 아닙니다.”

가즈마의 대답에 사쿠마는 아주 흡족해하며 명령하였다.

“나는 어려서부터 무예에 전념하고 여러 곳의 진영 안에서 세월을 보낸 탓에 학문과 서예를 익힌 적도 없다. 그렇기에 여기저기서 편지나 시 한 수를 보내와도 답장 하나 변변히 적어 보내지도 못하고 부하 중에도 이를 제대로 처리할 만한 사람도 없다. 그런데 다행히도 네가 글을 안다고 하니 이제부터 내 곁에서 그 일을 맡아 하여라.”

가즈마도 기뻐하며 “그저 분부에 따르겠습니다.”라고 대답하였다. 사쿠마는 그에게 즉시 200관의 녹봉을 하사하였다. 이후 가즈마는 웃전에서 받아 아래로 전하거나 서간이나 급한 전문 등을 사쿠마의 마음에 들게 갖추어 처리하였다. 군의 모든 병사들도 가즈마를 정중히 대접하며 함부로 얕보지 못하였다. 그러나 가즈마는 이 모든 것이 조금도 기쁘지 않았다. 오직 부인의 행방을 좇아 몸도 돌보지 않고 목숨도 내놓은 채 여기까지 온 것이다. 그럼에도 다쓰코와는 단 한번 대면한 후로 두 번 다시 만나지 못하였다. 안채와 바깥채로 나뉘어 서로 애타게 그리워하며 남몰래 눈물만 흘리고 있을 뿐이었다.

그러던 중, 음력 4월이 되어 계절 옷을 갈아입을 때가 되었다. 가즈마는 때에 전 겉옷을 벗어 깃 속에 노래 한 수를 적은 종이를 숨긴 후, 사람을 시켜 "이 옷을 여동생에게 건네주시오."라고 부탁하였다. 옷을 받아든 다쓰코가 깃의 터진 곳을 펼쳐보니 노래 한 수가 적힌 종이가 나왔다.

"겉으로야 드러나지 않겠지만 시노부 옷감으로 만든 소맷부리의 하얀 이슬은 괴로운 이내 마음이라오."

다쓰코는 슬픔에 겨워 소리죽여 흐느끼며 흐르는 눈물을 주체하지 못한 채 "여름옷을 보냅니다."라며 답장을 가장하여 옷깃 속에 노래 한 수를 적은 작은 종이를 끼워 넣어 바느질한 뒤 가즈마에게 보냈다.

"어떻게 해야 임에게로 가 사모하는 마음을 달랠 수 있을까요, 시노부 옷감처럼 이내 마음도 그리움에 지쳐만 갑니다."

다쓰코의 답장을 받은 가즈마는 애타는 마음에 꺼져버릴 듯이 낙담하였다. 그리고 이러한 마음이 쌓인 탓인지 그만 깊은 병이 들어 당장이라도 목숨이 끊어질 지경에 이르렀다.

이 소식을 전해들은 다쓰코는 사쿠마에게 간청하였다.

"제 오라비가 중병에 들어 생명이 위태롭다고 들었습니다. 부디 이승의 마지막 소원이오니 한 번만 오라비 얼굴을 볼 수 있게 허락해주세요."

이윽고 사쿠마의 허락을 얻은 다쓰코가 서둘러 가즈마가 있는 오두막으로 들어가니 가즈마는 정신을 잃고 신음하고 있었다.

"이게 어떻게 된 일입니까. 제가 지금 여기 왔습니다."라는 다쓰코의 목소리에 가즈마가 벌떡 일어나 앉으며 다쓰코의 손을 잡고 한숨

_ 병든 가즈마와 다쓰코의 마지막 만남

을 크게 한 번 내쉬었다. 두 눈에서 흘러내리는 눈물이 쉴새없이 양 볼을 적시고 소리 내어 말도 못하고 입만 달싹이던 가즈마는 그대로 의식을 잃고 눈을 감았다.

사쿠마는 가즈마의 죽음을 불쌍히 여겨 덴노사의 뒷산 기슭에 묻고 승려를 시켜 극락왕생을 빌어주었다. 통곡하며 거처로 돌아온 다쓰코는 물도 넘기지 못하고 그대로 자리에 쓰러졌다. 그날 밤부터 마음의 병이 들어 약도 삼키지 못하고 계속 통곡하며 하염없이 한숨만 지었다.

이튿날 저녁 무렵, 다쓰코는 사쿠마에게

"소녀, 집 떠나와 주군님을 모신 지 여러 해 동안 낯선 타향을 전전하며 벗 하나 없던 중, 하나밖에 없는 오라비가 찾아왔지만 이마저 죽고 말았습니다. 이 슬픔은 죽어서도 잊지 못할 것 같사오니 이제 곧 이승을 떠날 때가 온 듯합니다. 소녀 죽으면 오라비 곁에 묻어주시어요. 저승에서나마 같은 곳에서 만나 이승의 괴로움과 서러움을 서로 위로하며 고향에 돌아가지 못하고 떠도는 영혼을 달래고자 합니다."라는 말을 남긴 채 그대로 숨을 거두었다.

사쿠마는 딱하게 여겨 다쓰코의 소원대로 가즈마의 무덤 왼편에 나란히 묻어주고 다쓰코의 옷가지를 모두 절에 올려 보낸 뒤 극락왕생을 빌어주었다.

그 해 6월, 오사카 이시야마 혼간사의 농성이 강화를 맺고 풀리자 사쿠마도 덴노사의 진영을 철수하고 돌아갔다. 세상도 조금씩 안정을 되찾아가는 듯하였다. 이 무렵 고슈에 있는 다쓰코의 집안에서 오랫동안 부리던 야고로弥五郎라는 하인이 상인이 되어 생계를 이어가고 있었다. 어느 날 야고로는 오사카에서 이즈미和泉의 사카이堺로 가기 위해 덴노사 근처를 지나다가 동쪽 산기슭에 새로 지은 집 한 채를 발견하였다.

그 집 문 앞에 가즈마와 다쓰코가 나란히 서 있다가 야고로를 불러세웠다.

"아니 너는 야고로가 아니냐? 어차피 지나는 길이니 이곳에 들렀다가게. 그렇지 않아도 고향 소식이 궁금하던 참이었단다."

야고로도 가던 길을 멈추어 서서는 너무 놀라 손뼉을 치며 말했다.

"고향에서는 가즈마 서방님의 부모님께서 이미 오래 전에 돌아가시고 집안은 외숙되시는 곤시치權七님께서 이으셨습니다. 다쓰코 아씨의 부모님께서는 아직 생존해 계시지만 오직 아씨의 소식만을 기다리며 밤낮없이 눈물로 지내시며 신불神仏께 기원하고 계십니다. 어찌하여 빨리 고향으로 돌아오지 않고 계십니까?"

이에 다쓰코가 대답하였다.

"그러게 말일세. 고향이 그리운 심정이야 이루 말로 다할 수 없지만 주인을 모시는 처지인지라 마음대로 할 수도 없으니 그리 되었네."

야고로가 다시 말하였다.

"지금은 급한 일이 있어 서둘러 돌아가야만 하니 일단 서신이나 한 장 써주시지요."

"오늘밤은 여기서 묵어 가게나."라며 두 사람은 야고로를 붙잡은 후 술과 음식을 권하며 밤새도록 이야기를 나누었다. 어느덧 날이 밝아 야고로가 다시 길을 떠나야 했으므로 다쓰코는 정성껏 편지를 써서 야고로에게 건넸다. 이윽고 사카모토에 돌아온 야고로가 마사키 부부에게 다쓰코의 편지를 전하며 사정을 설명하였다. 부모는 한없이 기뻐하며 서둘러 편지를 펼쳐보았는데 문장, 필체, 붓놀림 등이 틀림없는 딸의 것이었다.

"오랜 세월이 흘러 우연히 야고로를 만나 고향 소식을 전해 들으니 기쁜 마음 한편으로 그리움을 주체할 길 없습니다. 밤이나 낮이나 고향 쪽 하늘에 떠도는 구름과 안개에도 그리운 마음이 일었지요. 가을 기러기에게라도 소식을 전할 길 없으려나 애타는 마음에 하염없이 흐르는 눈물로 소맷자락이 마를 날 없던 중, 야고로를 만나게 되니 그 기쁨은 이루 말로 다할 수 없습니다. 아버님 절 낳으시고 어머님 절 기르셨으니 그 은혜는 바다보다 깊고 그 사랑은 태산보다 높습니다. 부창부수夫唱婦隨를 따르는 것이 아녀자 된 도리이며 세상의 이치입니다. 일찍이 전란으로 인해 산이 무너져 기울고 태양은 연기로 뒤덮였으며 호수의 물결도 화염 빛에 물들었지요. 신세를 한탄하며 목숨을 부지하려고 피붙이들은 생이별을 하여 먼지처럼 사라지고 싸락눈처럼 흩어져 서로의 생사조차 알 길이 없었습니다. 소녀는 사쿠마라고 하는 무서운 무사에게 잡혀 어제는 가타노의 군영에서 마음을 졸이고 오늘은 나카지마中島의 전쟁터에서 가슴을 태우는 등, 이곳저곳을 끌려 다니며 끓어오르는 한을 눈물로 삭이며 살았습니다. 늘 불안에 떨며 봄날의 으스름달과 가을바람에도 소스라치게 놀라곤 했답니다. 옷을 뒤집어 입고 잠자리에 들면 꿈에 그리운 사람을 만난다는 말에 잠 못 이룰 때면 옷을 뒤집어도 입어보았지만 꿈조차 꾸지 않았습니다.

이렇게 시간이 흐르고 세월이 지난 어느 날, 저를 찾아온 사람을 만났습니다. 문 앞의 버드나무, 늦게 찾아온 봄을 원망하지 않고 바람에 꺾여도 또다시 새 가지가 돋아나듯 끊어진 거문고 줄 다시 이어지듯 서방님을 만나게 된 것입니다. 더욱이 주군께서 봉록을 내리셨으니 주군을 섬기는 몸으로 사사로이 고향으로 돌아갈 수도 없는 처지에 이럭저럭 세월만 흘러 여기까지 이르게 되었습니다. 소식조차 끊은 불효, 배은망덕과도 같은 죄를 부디 너그러이 용서해주세요."

그리고 편지의 말미에는 시 한 수가 적혀 있었다.

"학이 노니는 갈대숲에 찰랑찰랑 밀물이 차오르듯 고향 생각에
소맷자락 눈물은 마를 날이 없다네."

편지를 다 읽은 부모가 기쁨의 눈물을 흘리며 말했다.

"그 때 헤어진 이후로 바람결에도 소식조차 듣지 못해 이제는 저세상 사람이 되었나 하는 마음에 슬픔으로 세월을 보냈네. 이렇게 살아있다는 소식을 듣게 되었으니 이는 오로지 그동안 진심으로 치성을 드린 신불의 가호가 아니겠는가."

곧 아버지가 "한시바삐 이곳으로 데려와서 그동안의 고생을 위로하고 서로 얼굴을 맞대며 살아야겠다."라고 말하고는 야고로를 앞장세워 서둘러 덴노사로 향하였다.

그러나 솟을대문이 있던 집터는 그저 풀만 무성하고 여우들이 이리저리 뛰어다니는 길도 없는 산기슭에 무덤 두 개만 나란히 있었다. 여기인가 저기인가 찾아 헤매어도 짐작이 가는 집은 없었다.

그곳에서 1정町, 109m 정도 되는 곳에 절이 하나 있어 그곳 스님에게 물어보니 스님이 가르쳐주었다.

"그 무덤은 사쿠마 노부요리의 진영에서 장례를 치른 아시가키 가즈마와 마사키 다쓰코 남매의 무덤입니다. 그리고 그 주변에 사람이 살 만한 집은 없는데요."

놀란 아버지가 서둘러 딸의 편지를 펼쳐보니 글씨는 커녕 먹물자국도 묻지 않은 백지였다. 슬픔에 겨운 나머지 아버지는 무덤가에 쓰러져 남의 눈도 아랑곳하지 않고 소리 내어 통곡하였다.

"단 한 번만이라도 보고 싶은 마음에 천릿길도 마다않고 한 달음에 달려왔건만 이렇게 무덤 속에 누워 흔적조차 없으니 가슴이 찢어지는 듯하구나. 이 늙은 애비의 마음을 헤아린다면 모습만이라도 보여

_ 아버지의 꿈속에 나타난 두 사람

다오."

아버지는 그날 밤 그곳에서 묵었는데 한밤중에 꿈인지 생시인지 가즈마와 다쓰코가 나타났다. 두 사람은 눈물로 지난날을 이야기하며 "극락왕생을 빌어주세요."라고 부탁하였다.

아버지도 비몽사몽 중에 말하였다.

"내가 이곳에 온 이유는 너를 데리고 고향에 데려가기 위함이었다. 알았다, 그러면 시신만이라도 거두어 고향으로 돌아가마."

"아니에요, 아버님. 이 땅에 묻힌 것도 다 명부冥府의 뜻입니다. 게다가 이곳은 조용하여 지내기 편안합니다. 고향으로 이장하여 돌려놓으려 한다면 번거로운 일만 늘어날 뿐입니다. 한번 자리한 무덤은 다른 곳으로 옮기지 않는 법이라 하지 않습니까. 이장을 한다면 명부에서 정해놓은 벌이 망자에게 닥쳐 괴로움을 당할 것입니다. 그냥 이대로 두고 극락왕생을 빌어 주세요."

다쓰코가 이렇게 만류하며 아버지 품에 안겨 흐느끼는가 싶었는데 어느덧 꿈에서 깨어났다.

아버지는 울음을 참지 못한 채 승려를 불러 무덤 앞에 제사상을 차리고 불경을 독송하며 정성껏 극락왕생을 기원하였다. 그리고는 눈물로 작별을 고하고 사카모토 고향으로 돌아갔다. 주위 사람들도 이런 아버지의 심정을 안타까워하며 모두 눈물을 흘렸다. 사카모토에 돌아간 후에도 딸을 그리워하는 마음이 쌓이고 쌓인 탓인지 다쓰코의 부모는 얼마 후 이 세상을 뜨고 말았다.

아쓰사厚狭의 복수*

오와리尾張 지방[1]의 수령인 스에 하루카타陶晴賢[2]는 오우치 요시타카大内義隆[3]의 중신이었다. 그러나 모반을 획책하여 주군인 요시타카를 몰아내고 본인이 직접 야마구치 성山口城을 점령하고 소령所領을 다스렸다. 그 위세가 점점 강력해지자 대군大軍들도 모두 그에게 복종하며 따르니 천하에 두려울 것이 없었다. 스오周防와 나가토長門[4]의 수많은 장수와 무사들은 활을 내려놓고 갑옷을 벗어버린 채 하루카타에게 무릎을 꿇고 항복하였다. 그 중에 스오의 요시키吉城와 오시마大島, 그리고 나가토의 미네美禰와 미시마見島 지역의 여러 무사들은

*– 오조소설(五朝小說) 『규차지(睽車志)』 「소흥초복건구난적운운(紹興初福建寇亂賊云云)」의 번안.

원화는 남송(南宋)의 소흥(紹興, 1131-62) 초, 복건성(福建省)의 도적 우두머리인 장의(張義), 장만(張万), 전엽(全葉), 백삼(百三)이 탐관오리로 악명을 떨친 이직(李稷)의 부하에게 투항한 이야기이다. 이들 가운데 전엽은 투항할 의사가 전혀 없으며 훗날 반드시 배신을 할 것이라는 이야기가 나돌아 이직의 부하는 그를 화형에 처하였다. 이후 이직의 부하는 전엽의 저주로 인해 온몸에 물집이 생기고 마치 화상을 입는 듯한 고통 속에서 죽었다.

1– 아이치현(愛知県).

2– 오우치 요시타카(大内義隆)의 가신이었으나 1551년, 요시타카를 배신하여 자살하게 만들었다. 모리 모토나리(毛利元就)와의 전투에서 패하여 자결하였다(1521-55).

3– 스오[야마구치현(山口県) 동남부]의 슈고 다이묘(守護大名, 1507-51).

4– 야마구치현(山口県).

_ 아쓰사를 화형에 처하는 하루카타

처음 얼마간은 굴복하지 않았다. 그러나 곧 "지금은 세상의 흐름에 따르는 것이 좋다. 주군에게 충성한들 누가 이 한 몸을 보살펴준단 말이냐. 헛된 충의를 위해 괴로움을 겪느니 이대로 항복하자."라며 모두 하루카타에게 백기白旗를 들었다.

이렇게 투항한 사람 가운데 나가토에 사는 아쓰사노 단조厚狭弾正아무개라는 무사가 있었다. 그는 옛날 요시타카에게 은혜를 입은 적이 있었다. 이런 아쓰사를 두고 하루카타에게 "일단 항복한다 해도 이는 주군님을 떠보는 술책이 분명합니다."라며 중상모략 하는 사람이 있었다. 하루카타가 이 말을 곧이듣고 아쓰사를 잡아다 기둥에 쇠사슬로 묶은 후 빙둘러 불을 질러 화형에 처하고 직접 그 광경을 보고 있었다.

아쓰사는 괴로움에 몸부림치며 큰소리로 울부짖었다.

"나는 이미 항복하였거늘 도대체 무슨 죄목으로 이런 고통을 당해야 한단 말이오! 죽어서도 혼이 살아 있다면 이 복수는 반드시 하고야 말테다."

불에 타 고통스러워하며 죽어가는 아쓰사를 앞에 두고 하루카타는 껄껄 웃으며 '아쓰사란 놈, 화형의 뜨거운 맛 좀 보라지.'라는 우스갯말[5]을 한 뒤 그의 시체를 들판에 내다버렸다.

반 년 정도 지난 어느 날부터 항상 하루카타의 오른편에 아쓰사가 서 있는 것이 사람들 눈에 띄었다. 하루카타는 이를 몹시 불쾌히 여기고 꺼렸는데 결국 아키安芸 지방의 미야지마宮島 전투에서 모리毛利에게 크게 참패를 당하였다.[6] 당시 곁에 있던 군사들은 갑옷을 입고 다갈색 말을 탄 아쓰사가 제일 먼저 진격하여 하루카타를 말에서 끌어내리는 것을 바로 눈앞에서 목격하였다. 그 이후로 하루카타는 끝내 전투에서 아무런 이득도 얻지 못하고 크게 패하였다고 한다.

5_ '아쓰사(厚狭)'라는 이름과 뜨거움을 의미하는 '아쓰사(熱さ)'가 같은 음인 데서 연유한다.

6_ 1555년, 미야지마[히로시마 하쓰카이치시(広島廿日市市)]에서 하루카타와 모리 모토나리(毛利元就, 1497-1571) 사이에 벌어진 전투. 원래 오우치 요시타카 편에 서 있던 모리는 주군을 배신한 하루카타와 적대관계에 놓여 있었다. 이를 괘씸히 여긴 하루카타는 2만 7,000여 군사를 이끌고 모리를 공격하였으나 불과 3,500의 군사를 이끈 모리에게 참패당하였다. 이 전투는 일본 3대 기습전(奇襲戰)으로 손꼽힌다.

사음邪淫의 대가*

가몬료掃部療[1]의 수장인 시라이시白石는 가마쿠라의 우에스기上杉 가문을 섬기던 보병步兵 대장이었다. 그의 아들 우에몬조右衛門尉는 스물세 살이었는데 아버지의 뒤를 이어 봉공奉公하고자 마음먹었다. 아버지가 기회 있을 때마다 아들의 공적을 말해놓은 덕분에 이윽고 주군을 알현하게 되었다.

한편 우에몬조가 세 들어 사는 주인집에 딸이 하나 있었다. 열일고여덟 살 정도 된 딸의 용모가 무척 아름다웠기에 우에몬조는 흑심을 품고 환심을 사려고 갖은 애를 다 썼다. 하지만 집주인은 풍기문란한

---

*- 오조소설(五朝小說)『규차지(睽車志)』「용서인유관운운(龍舒人劉觀云云)」의 번안.

원화는 안휘성(安徽省) 사람으로 주조(酒造)를 감시하는 관리인 유관(劉觀)의 아들인 요거(堯擧)의 실패담이다. 요거가 가화(嘉禾, 이삭이 달린 좋은 벼)와 관련된 일로 배를 빌렸는데 배 주인의 딸에게 흑심을 품었다. 요거가 배 주인의 엄중한 감시를 겨우 피해 드디어 자신의 욕심을 채운 그날 밤, 유관 부부의 꿈에 노란 옷을 입은 두 사람이 나타난다. 그 중 한사람이 아들을 수장에 추천하겠다는 문서를 읽자 곧 다른 한사람이 이를 막으며 유요거가 최근에 못된 짓을 저지른 죄로 이를 철회하겠다고 말하고는 사라진다. 유관은 아들에게 꿈 이야기를 하며 추궁하였지만 요거는 아무 말을 하지 못했다. 그 이후 요거는 끝내 과거시험에 합격하지 못했다. 이 이야기는 이러한 원화의 내용을 우에스기 가문을 섬기는 무사 부자의 이야기로 각색한 것으로 그 과정에서 아사이 료이는 아들의 잘못된 행동을 강조, 아버지의 출가와 아들의 방랑이라는 전개를 삽입하였다.

1- 궁중의 여러 행사 설치, 혹은 청소를 담당하던 관청.

일을 극도로 꺼려서 밤에 조금이라도 기척이 나면 닦달하고 의심하며 철저히 단속하였으므로 번번이 딸과 만날 기회를 놓쳤다. 온통 이 딸에게만 마음이 빼앗긴 우에몬조는 주군에게 봉공하려는 마음자세를 가다듬는 일은 뒷전이고 호시탐탐 주인집 딸을 얻고자 기회만 엿보고 있었다. 그러던 어느 날, 우에몬조의 부모는 다음날 있을 우에스기의 알현을 기뻐하며 채비를 하였다.

_ 꿈에서 녹봉을 빼앗기는 우에몬조

그날 밤, 마침 집주인은 친척에게 급한 일이 생겨 외출한 채 밤새도록 돌아오지 않았다. 절호의 기회라고 생각한 우에몬조는 몰래 딸의 방에 숨어들어가 드디어 간절히 원하던 소원을 이루고는 뛸 듯이 기뻐하였다. 이윽고 일을 치른 우에몬조는 자신의 침소로 돌아와 설핏 잠이 들었다. 꿈속에서 푸른 옷에 갓을 쓴 남자가 달려와 종이를 펼쳐들고는 "내일 분명 천석千石의 녹봉을 받을 것이다."라고 읽어 내려갔다. 그러자 어디선가 붉은 옷에 갓을 쓴 사람이 뒤쫓아 달려나오며 무척 화가 난 듯한 표정으로 그 종이를 빼앗고는 "우에몬조는 올바르지 않고 부정한 행실을 저질렀기에 천제天帝께서 크게 노하셔서 녹봉이 적힌 공문을 도로 거두셨소."라고 말하는 것을 듣고 꿈에서 깨어났다.

날이 밝자 우에몬조 부자는 의관정제하고 주군을 알현하기 위해 무사들의 대기소에서 기다리고 있었다. 그때 마침 간레管領[2]가 대기

2_ 쇼군 다음 가는 최고 관직으로 쇼군을 보좌하여 막부의 정무를 총괄하였다.

소로 들어왔는데 어떻게 된 일인지 우에몬조는 간레가 들어온 것도 알아차리지 못하고 세상 모르고 깊은 잠에 빠져 있었다.

이런 우에몬조를 두고 주위 사람들이 "그토록 칠칠맞은 사람을 등용해서 무엇에 쓰겠는가."라며 쑤군대며 흉을 보자 결국 우에몬조는 벼슬을 얻지 못하였다. 이에 상심한 아버지는 관직에서 물러나 출가하였다. 우에몬조 역시 평생 벼슬자리도 얻지 못하고 행방을 감추고 여기저기 떠돌며 살았다.

무릇 입신출세하고자 하는 사람은 벼슬길에 오르지 못한다고 해서 세상을 원망하고 남 탓을 해서는 안 된다. 오직 스스로를 되돌아보아야 할 것이다. 해서는 안될 짓을 저지른다면 하늘도 이를 미워하여 벼슬과 녹봉 모두 뜻대로 이루어지지 않는다고 한다.

자비의 보상*

에로쿠永禄 11년1568 12월, 다케다 신겐武田信玄[1]은 군사를 이끌고 슨슈駿州[2]로 향하였다. 이마가와 우지자네今川氏真[3]를 위협하여 쫓아내고 성 아래 민가를 불살라 슨뿌駿府[4]를 손아귀에 넣었다. 성 아래 백성들은 당황하여 허둥거리며 가재도구를 챙겨 앞다투어 도망가기에 바빴다. 그러는 사이에 군사들이 들이닥쳐 집집마다 쳐들어가서 재물을 빼앗고 피난민들을 덮쳐 입고 있는 옷가지마저 벗겨내었다. 손에 든 것이면 모조리 빼앗은 다음 칼로 베어버리거나 밀어죽이니 남녀의 비명 소리와 군사들의 함성 소리가 뒤섞여 천지도 진동할 정도였다. 이렇듯 잿더미가 되어 성이 함락된 후 우지자네는 행방불명이 되었다. 전쟁에서 이긴 신겐이 후추府中에 전후戰後 처리에 관한 법령을 공

---

*_ 오조소설(五朝小說) 『모정객화(茅亭客話)』 「경자세천병토익부적운운(庚子歲天兵討益部賊云云)」의 번안.

원화 역시 눈 먼 고아를 불쌍히 여겨 데려다 키우는 과부의 영험담이다.

1_ 가이[甲斐, 야마나시현(山梨県)]와 시나노[信濃, 나가노현(長野県)]를 통치하던 전국 시대 다이묘(大名, 1521-73).

2_ 스루가[駿河, 시즈오카현(静岡県)].

3_ 스루가의 전국(戦国) 시대 다이묘(大名). 아버지인 요시모토(義元)의 뒤를 이어 통치하였으나 다케다 신겐(武田信玄)과 도쿠가와 이에야스(徳川家康)의 침공으로 참패한 결과, 이마가와 가문은 멸망하였다(1538-1615).

4_ 시즈오카시(静岡市). 중세 시대는 후추(府中), 근세 시대는 슨뿌(駿府)라 하였다.

포하자 그제야 일반 백성들은 집으로 돌아왔다.

상황이 이럴 즈음, 저잣거리의 잿더미 속 도랑에서 예닐곱 살 정도 된 계집아이가 큰소리로 울고 있었다.

"아버지, 어머니, 언니! 모두 날 두고 어디로 간 거야. 왜 밥도 물도 안주는 거지? 슬프고 무섭단 말이야, 배도 고프고 목도 말라 죽겠단 말이야."

온 힘을 다해 울부짖는 모습을 보니 앞을 못 보는 아이였다. 이웃에 사는 과부가 가던 길을 되돌아와서 말했다.

"아이고 딱해라. 이 아이는 세 살 때 천연두를 앓아 두 눈을 잃었지요. 부모는 아이가 영특한 것을 불쌍히 여겨 평소에 법화경의 약초유품藥草喩品이나 관음보문품觀音普門品을 가르쳐 외우도록 하였답니다. 다른 자식들보다 더 애지중지 키웠는데 얼마 전 애 아버지는 미우라 우에몬三浦右衛門[5]의 눈 밖에 나서 억울한 죄를 뒤집어쓰고 옥살이를 하다 그대로 죽고, 애 어미도 그 일이 한이 되어 병을 얻어 뒤따라 죽었어요. 언니 혼자 이 아이를 돌보았는데 이번 난리 통에 잘못 날아온 화살에 맞아 죽었습니다. 성이 함락된 후 친척들도 모두 뿔뿔이 흩어져버려 이 아이가 어떻게 되었는지 아무도 모른답니다. 이대로 내버려두면 도랑에 빠져 굶어죽고 말거예요."

과부는 눈물을 흘리며 아이를 안아 일으켰다. 원래 과부인 데다가 전쟁이 나서 모든 것을 잃어 눈먼 아이를 거둘 여력도 없었다. 하지만 너무나도 불쌍하여 모른 척할 수 없어서 등에 업고 간신히 거적으로 덮은 오두막에 데리고 와서는 죽을 조금씩 먹이며 아이를 달랬다.

"얘, 아가. 네 부모는 여차저차해서 이미 죽었단다. 언니는 이번 난리 통에 화살을 맞고 죽었어. 네가 너무나 가엾어 그저 지나칠 수가 없어 이렇게 내가 데려와 키우려고 한단다."

5_ 이마가와 우지자네의 측근으로 권세를 누린 인물.

눈먼 아이는 이 소리를 듣고 발버둥치며 죽도 먹지 않고 밤낮으로 울며 슬퍼하다가 마침내 기절한 채 그대로 죽어버렸다. 과부는 너무나 불쌍하여 탄식하며 땔감을 줍고 타다 남은 말뚝을 모아 아이 시신을 화장하였더니 아이의 허리띠에서 금화 두 냥이 나왔다. 과부는 이 돈을 승려에게 공양하여 아이의 극락왕생을 위한 불공을 드리고 남은 돈은 모두 부처님께 보시하였다. 열흘 정도 지난 후에 과부는 집안에서 황금 열 냥을 주웠다.

_ 눈 먼 아이를 거두는 과부

신겐이 이 이야기를 전해 듣고 말했다.

"요즘 같은 세상에 그런 착한 마음씨를 지닌 여인도 드물다. 저도 가난하거늘 눈먼 아이를 거두고 게다가 금화를 발견해도 자신이 갖지 않고 부처님께 보시하다니 참으로 청렴한 여인이구나. 내가 부리는 부하 중에 이런 사람이 있다면 그 옛날 아오토 자에몬青砥左衛門[6]과도 바꾸지 않을 것을. 하늘도 과부를 기특하게 여기시어 황금 열 냥을 내리신 것이다. 이 돈을 주운 것이라고 관아에서 몰수했다면 신령님과 부처님께 무서운 벌을 받을 뻔했구나."

신겐은 이렇게 과부를 칭찬하며 집을 지어주었다. 덕분에 과부는 부자가 되어 그럭저럭 편안히 여생을 보냈다고 한다.

6_ 아오토 후지쓰나(青砥藤綱), 가마쿠라(鎌倉) 후기의 무사로 11세 때 출가하였으나 21세에 환속, 학문에 뛰어나고 유교 및 불교에도 해박한 지식을 갖추었다. 생몰연대 미상.

무릇 세상 사람들은 집안이 융성하고 금은보화가 가득할 때는 예법도 알고 의리를 따지며 정직해 보이는 법이다. 그러나 집안이 기울고 가난해지면 저절로 무례해지고 의리를 버리고 이득만을 취하며 탐욕스러워지는 것이 보통 사람의 이치인 것이다. 하지만 그토록 험한 난리를 겪고 집은 불타버리고 가재도구도 잃어 혈혈단신으로 하루 끼닛거리 잇기도 힘든 서글픈 처지이면서도, 과부는 깊은 자비심으로 눈먼 아이를 거두었다. 아이가 죽은 후에도 나 몰라라 하지 않고 땔감을 주워 화장을 해준 것은 물론, 금화를 써가며 불공을 드려주었다. 더욱이 이 모든 것이 자신을 위해서 한 일이 아니니 이러한 갸륵한 마음씨에 그 누가 감동하지 않으리. 그런 까닭에 이렇게 적어 가르침의 방편으로 삼고자 한다. 요즘 사람들 가운데 혹시 이득만을 좇아 의를 저버리고 탐욕으로 그릇된 일을 행하는 자가 있다면 이 과부에게 비추어 부끄러운 죄인이 아니겠느냐.

큰 돌의 싸움*

엣슈越州 가스가 산성春日山城[1]은 나가오 겐신長尾謙信[2]이 살던 성이었다. 겐신이 죽기 전에 성 안에 큰 돌 두 개가 있었다. 어느 날 저녁 나절, 이 두 개의 돌이 춤추듯 일어나 자꾸만 움직이기에 사람들이 이상히 여기며 보고 있었다. 그러자 갑자기 한 곳으로 굴러가더니 쾅하고 서로 부딪히고는 물러나 서성이다 다시 부딪혔다. 큰 돌이 도대체 왜 그러는지 알 수 없었던 사람들은 그저 기이하게 여기기만 할 뿐, 어찌해 볼 도리도 없었다. 두 개의 돌은 밤이 이슥해질 때까지 서로 싸웠는데 그 파편이 마치 싸락눈처럼 사방으로 튀었다. 마침내 양쪽 모두 산산이 부서진 다음에야 싸움은 멎었다.

날이 밝은 후 보니 그 주변에 피가 흐르고 있었다. 사람들이 예삿

---

*_ 오조소설(五朝小說)인 『집이지(集異志)』 「후조석계룡시운운(後趙石季龍時云云)」의 번안.

원화는 후조(後趙, 319-351)에 석계룡(石季龍)이 임금으로 있던 시절, 동해에 있는 큰 바위 옆으로 피가 흐르고 하북성(河北省) 서산(西山)의 바위에서도 피가 흘러 강을 이룰 정도가 되었으며 무덕전(武德殿)에 그려진 옛 선현의 그림이 변한 것을 보고 계룡이 꺼림칙하게 여겼다는 이야기이다.

1_ 니이가타현 조에쓰시(新潟県上越市)에 있었던 중세의 산성으로 겐신의 성이었다.

2_ 우에스기 겐신(上杉謙信, 1530-78), 전국 시대 에치고 지방[越後国, 니이가타현(新潟県)]의 다이묘(大名)로 '에치고의 용'으로 불렸다. 내란이 지속되던 에치고를 통일하고 산업을 진흥하여 번영시켰다.

_ 서로 부딪히며 싸우는 돌들

일이 아니라고 꺼림칙하게 여겼다. 아니나 다를까 겐신이 병석에 누워 결국은 세상을 뜨고 말았다. 또한 그가 죽은 후, 집안을 잇는 문제를 두고 형제들끼리 다툼이 일어나 본성本城과 니노 구루와二の曲輪[3]로 나뉘어 진을 치고 싸움을 벌였다. 훗날 사람들은 큰 돌의 싸움을 이러한 일의 조짐으로 여겼다고 한다.

3_ 니노 마루(二の丸), 본성의 바깥 쪽을 둘러싸고 있는 성곽.

伽婢子

卷十三

탑 속에 사는 덴구*

간쇼寬正 5년1464 4월에 교토 동북쪽 다다스糺 강가 모래밭에서 사찰 건립기금을 마련하기 위한 사루가쿠 노猿楽能[1]가 개최되었다. 간제 온아미觀世音阿弥[2]와 그의 아들인 마타 사부로又三郎[3]를 다유太夫[4]로 하고 여러 교겐시狂言師[5]와 배우들이 나왔다. 근자에 보기 드문 구경거

---

*_ 오조소설(五朝小說)인 『낙고기(諾臯記)』「박사구유설운운(博士丘濡說云云)」의 번안.

원화는 50여 년 전, 하남성(河南省)의 여주(汝州)에서 어느 마을 사람의 딸이 잠을 자다가 실종되었는데 몇 년이 지난 후에 스스로 집에 돌아와 들려준 체험담이다. 딸은 잠에서 깨어보니 오래 된 탑 속에 아름다운 청년과 함께 있었다. 청년은 자신을 천인(天人)의 분신이라고 밝히고 두 사람은 부부가 되었다. 사는 동안 딸은 갖가지 기이한 일을 보고 듣는데 몇 년이 지나자 청년은 울며 두 사람의 인연이 다했음을 알린 후, 딸을 고향집 마당에 내려주고 떠났다.

1_ 사루가쿠(猿楽)란 헤이안(平安) 시대에 유행한 민중 예능으로 익살스러운 동작과 곡예를 주로 하는 것이었다. 가마쿠라 시대에 들어와서는 가면극인 노(能)와 희극의 교겐(狂言)으로 갈라졌다. 사찰 건립이나 다리 건설 등의 자금을 모으기 위해 개최되기도 하는데 1464년에는 구라마사(鞍馬寺)의 복구를 위한 자금 모집을 목적으로 4월 5, 7, 10일의 사흘 동안 열렸다.

2_ 온아미(音阿弥, 1398-1467), 무로마치(室町) 시대 사루가쿠 노의 연기자. 간아미(観阿弥)의 손자이자 제아미(世阿弥)의 조카로 무로마치 막부 6대 쇼군인 아시카가 요시노리(足利義教)의 전폭적인 지원하에 제아미 부자를 압도하며 70년 가까운 생애를 일인자로 활약하였다.

3_ 아버지의 뒤를 이어 간제다유(観世太夫)가 된 인물(1429-1501).

4_ 사루가쿠의 수장, 우두머리.

5_ 노의 막간에 행하는 대사 중심의 희극인 교겐의 연기자.

_ 천막 동쪽 끝에서 불길이 일기 시작한 노의 공연장

리라고 하여 장안 사람들은 신분의 고하를 막론하고 앞다투어 개미떼 같이, 밤하늘의 별 같이 몰려들어 구경하였다. 쇼군가将軍家도 자리를 만들게 하여 세 번이나 관람하였다. 다이묘大名나 그에 버금가는 영주들이 저마다 자신의 신분에 걸맞게 기부한 비단, 옷가지, 금은 등이 날마다 산처럼 쌓여 있었다.

어느 날 쇼군가将軍家는 나오지 않고 다이묘들이 풍류를 즐기고 있었다. 젊은 도련님들은 집안의 문양이 새겨진 천막을 줄지어 치고 그 안에 자리를 펴고 앉고 잔디에는 귀천을 막론하고 수많은 사람들이 이리 밀치고 저리 밀치며 서로 자리다툼을 하였다. 그러는 사이에 무대의 막이 오르고 '산바소三番叟'[6]의 가면이 담긴 상자를 든 배우가 차

6_ 노의 작품명. 천하태평, 오곡풍성, 천추만세(千秋萬歲) 등을 주제로 하기에 보통 보시를 위한 행사의 첫날 맨 처음 상연된다.

분하게 대기실과 무대 사이에 놓인 통로로 천천히 걸어 나왔다. 모두가 숨을 죽이며 보고 있으려니 구경을 위해 쳐 놓은 천막의 동쪽 끝에서 불길이 일기 시작했다. 불길은 마침 거세게 불어닥친 바람을 타고 순식간에 100여 개 남짓한 천막으로 옮겨 붙었다. 눈 깜짝할 사이에 일어난 일이라 천막 안에 세워놓은 병풍, 주렴, 그 밖에 찬합, 술통, 음식 등을 끄집어낼 수도 없었다. 나중에는 무대와 분장실에도 한꺼번에 불이 번져 구경하던 사람들이 놀라 당황하여 서로 먼저 도망치려고 하였지만 사방이 담장으로 꽉 막혀 있었다. 하는 수 없이 일제히 좁은 출입문 하나로 몰려들어 서로 몸싸움을 하였다. 그 바람에 밑에 깔리거나 넘어진 여자와 아이들은 손발과 목 등을 밟히거나 채이기도 하였다. 한편에서는 머리카락과 옷에 불이 옮겨 붙어 죽은 사람도 많았다. 사람들 중에 힘센 사람이 있어 사방 담장을 무너뜨리고 나서야 간신히 많은 사람들이 빠져나올 수 있었다.

간신히 불길이 잡히자 쇼군의 명령에 의해 여러 다이묘들이 경비를 대어 하룻밤 사이에 무대와 자리, 외벽 담장까지 원래대로 다시 만들었다. 참으로 다이묘는 못할 일이 없다고 모두들 감탄하였지만 여자와 어린 아이, 일반 상인들은 어제 일어난 화재에 질려서 구경 오는 사람도 없었다. 그러나 여러 지방의 다이묘와 영주, 그리고 가신과 부하, 하인들까지 모두 구경을 오니 천막도 잔디밭도 발 디딜 틈 없이 꽉 찼다.

싸움이나 말다툼도 없이 무사히 사흘간의 공연은 끝났지만 장안에는 불이 난 그날 밤부터 잃어버린 아이를 찾는 일이 열네다섯 건이나 되었다. 아이들은 그 소동으로 길을 잃고 히가시야마東山, 기타야마北山, 가미가모上賀茂 근방까지 도망쳐 발길 닿는 대로 헤매었지만 다행히 모두 찾아내어 집으로 돌아갔다. 그러나 교토 위쪽 이마데今出 강 근처에 사는 상인의 아들인 열두 살 먹은 지로次郎라는 아이만은 여전히 행방불명인 채로 찾지 못하고 있었다. 부모는 슬퍼하며 사람을 여럿 사서 사방을 찾아보게 하고 산이란 산과 절을 모두 훑었지만 아이는 간 곳이 없었다. 20일 정도 지난 어느 날, 히가시야마 요시다吉田의 가쿠라오카神楽丘에 멍하게 서 있는 아이를 발견하고 집으로 데려왔다. 아이는 너댓새 동안 음식도 입에 대지 않고 그저 물만 마시며 아무 말도 하지 않고 멍청히 앉아 있었다.

이윽고 간신히 제정신이 돌아온 아이가 입을 열었다.

"다다스 강가에 나갔더니 쉰 살 남짓 되어 보이는 스님이 제게 '얘야, 사루가쿠 노를 보고 싶으면 내 소매에 매달리렴.'이라고 말을 하기에 왼쪽 소맷부리에 매달리니 스님이 담장을 뛰어 넘었어요. 스님은 제게 소리 내면 안 된다고 이른 다음, 어느 다이묘의 천막으로 데리고 들어갔는데 다이묘도 부하들도 저희를 막지 않고 야단치지도 않았지요. 그러자 스님이 '뭐든지 먹어보자꾸나.'라고 말하며 술과 안주, 과일까지 집어주시기에 먹었어요. 그런데도 사람들은 저희를 보지도 않고 나무라지도 않았답니다.

스님이 뽐내듯이 나란히 둘러쳐진 멋들어진 다이묘들의 천막을 둘러보면서 혼잣말을 했어요.

'정말 밉살스럽고 꼴사나워서 못보겠구만. 별 볼일도 없는 것들이 팔자수염 끝을 올리고 잘난 체하며 풍류나 즐기며 콧볼을 씰룩거리는 꼴이라니.'

그리고는 제게 물었지요.

'얘야, 이 사람들이 허둥대는 꼴을 보고 싶지 않느냐? 옳거니, 그럼 허둥대며 넘어지고 자빠지는 꼴을 보여주마.'

그리고는 저를 안고 무대 지붕으로 올라가서는 뭐라고 중얼거리며 주문을 외웠지요. 그러자 동쪽 자리에서부터 불길이 일더니 바람을 타고 순식간에 100여 칸이 되는 자리가 몽땅 불타버렸어요. 남녀노소 모두가 뒤엉켜 이리저리 허둥대며 도망가다가 다치거나 죽는 사람도 많았어요. 무대와 분장실도 다 타버리자 스님은 저를 데리고 강변 앞으로 나와서는 '자, 잘 보았느냐?'라며 손뼉을 치며 박장대소를 하더라고요.

그리고는 '오늘은 속이 다 시원하구나. 지금부터 우리 집으로 가자.'라며 홋쇼사法勝寺[7]의 구층탑 꼭대기로 올라갔어요. 탑 안으로 들어갔는데 안에는 아무 것도 없었습니다. 그저 독고独古,[8] 지팡이, 방울만이 무서운 부처님같이 생긴, 날개 달린 사람 형상 앞에 놓여 있을 뿐이었지요.

어느 날은 저만 탑 안에 남겨 놓고 스님 혼자만 밖으로 나가 땅에 내려가기도 했어요. 스님은 길가다 사람을 만나면 누구에게는 허리를 굽혀 정중히 인사를 하기도 하고, 다른 사람 앞에서는 고개를 빳빳이 쳐들고 지나가기도 했어요. 어떤 사람의 얼굴에는 침을 뱉기도 하고 또 어떤 사람은 등짝을 후려쳐서 쓰러뜨리기도 했는데 사람들은 전혀 쳐다보지도 않고 뭐라고 하지도 않았지요. 어느 때는 양쪽에서 오는 사람들의 머리와 상투를 잡고 한곳으로 끌고 가니 이 두 사람들이 갑자기 칼을 빼들고 서로 싸우다 다쳐서 피를 흘리기도 했습니다. 날마다 이런 일들을 수없이 하고 다녔어요.

이 밖에도 고슈江州의 세타勢田 강가[9]에 가서 반딧불이도 보고 가모賀茂 축제[10]와 마쓰오松尾 제례祭禮[11]도 구경하는 등, 요즈음 볼 만하다는 구경이 있으면 데리고 가서 전부 보여주었답니다.

7_ 헤이안(平安) 시대부터 무로마치 시대에 걸쳐 교토 시라가와(白河)에 있던 사원. 1076년 건립 때부터 황실의 강력한 비호를 받았으나 오닌의 난(応仁の乱) 이후 쇠락하여 사라졌다.

8_ 승려들이 수법(修法)을 할 때에 쓰는 도구의 하나. 양 끝이 철이나 구리로 뾰족하게 된 금강저(金剛杵)이다.

9_ 시가현 오즈시 세타가와(滋賀県大津市瀬田川).

10_ 교토의 가모미오야 신사(賀茂御祖神社)와 가모와케 아카즈치 신사(賀茂別雷神社)에서 5월 15일 행해지는 예제(例祭).

11_ 교토의 마쓰오 다이샤(松尾大社)의 예제(例祭).

하루는 제가 '길에 다니시면서 정중히 인사를 하는 사람은 누구예요?'라고 물었더니 다음과 같이 대답했어요.

'내가 절하는 사람은 도심道心이 깊고 자비심이 많으며 믿음이 돈독한 사람이다. 이런 사람은 사욕이 없고 명예욕과 돈 욕심도 없단다. 그래서 선신善神이 한시도 그 곁을 떠나지 않고 하늘의 부처님들도 이 사람을 보호해주시니 황공하여 예를 갖추는 것이지. 또 내가 고개를 빳빳이 쳐들고 지나치는 사람은 금은보화와 재물을 많이 지녔다고 가난한 사람을 얕보거나 어줍지 않은 학문 좀 했답시고 어리석은 사람을 깔보며 약간의 재능만으로 저 잘났다고 한껏 뽐내는 놈들이거든. 이런 꼴이 역겹고 아니꼬워서 고개를 쳐들고 지나가는 거란다.

가끔 등짝을 후려쳐서 쓰러뜨리는 자는 학문이 얕은 출가자란다. 속에는 불심佛心도 없고 자비심도 없이 그저 사욕邪慾만이 가득하면서도 겉으로는 학문이 깊은 척하며 남을 업신여기거든. 오로지 시주에만 혈안이 되어 신도들을 쥐어짜고 도리에 어긋나는 난행亂行을 일삼는 놈들이라 얄미워서 때려눕히는 것이다. 가끔 서로 부딪히게 해서 싸움을 붙이는 사람은 힘 꽤나 쓴답시고 우쭐대며 사람을 함부로 대하는 놈들이라 볼썽사나워서 싸움을 시키는 것이다. 또 얼굴에 침을 뱉는 놈들은 소나 말을 먹거나 집에서 기르는 개나 닭을 잡아먹는 자들이란다. 제딴에는 육식을 호강하는 것이라 여기지만 너무나 더러워서 침을 뱉는 것이지. 소나 기르던 닭을 잡아먹는 자는 역신疫神이 옳다구나 생각하고 전염병에 걸리게 하기 쉽다더구나.

무릇 무슨 일을 하든 신분이 어떻든 정직하고 자비로우며 신심信心이 깊은 사람은 감히 근접할 수 없을 만큼 무서운 법이란다. 반대로 제아무리 고관대작일지라도 사리사욕만 가득하고 도리에 어긋나는 행동과 교만한 마음을 지녔다면 모두 우리와 같은 족속으로 여겨서 빌붙을 만한 구석을 찾아내어 마음을 빼앗는 것이다.'

그리고는 앞으로 일어날 일까지 다 말해 주었어요."

이렇듯 아이는 그동안의 일을 낱낱이 털어놓았지만 그 이외에 정치에 관련된 이야기는 세상의 나도는 소문을 꺼려해서 입 밖에 내지 않았다.

아이는 마지막으로 덧붙였다.

"이야기를 모두 들려준 다음에 스님이 '자, 그럼 집으로 돌려보내주마.'라며 탑 위에서 저를 데리고 내려오시는 것 같았는데 그 다음은 기억이 나지 않아요."

이후 세상 돌아가는 일들이 아이가 말한 것과 조금도 다르지 않았다고 한다. 이후로 홋쇼사의 탑에는 덴구天狗[12]가 산다고 전해졌으나 이 탑은 오닌応仁의 난[13] 때 불타버렸다.

12_ 하늘을 자유로이 날고 깊은 산에 살며 신통력이 있다는, 얼굴이 붉고 코가 큰 상상의 요괴.

13_ 8대 쇼군인 아시카가 요시마사(足利義政)의 후계 계승 문제를 기화로 쇼군 다음 가는 최고 관직인 간레이(管領)를 독점하던 호소카와(細川) 가문과 야마나(山名) 가문을 중심으로 1467년부터 1477년까지 지속된 내란.

유령의 모성*

이요伊予 지방[1]의 가자하야風早 고을에 농부가 살았다. 어느 무렵, 어른이고 아이고 할 것 없이 가족이 잇달아 죽었다. 그 밖에도 마을에 살던 친족이 모두 사망하고 단 두 형제만 목숨을 부지하였다. 진정 전염병인 폐결핵은 멸문滅門에 이르게 한다더니 과연 그 말이 들어맞은 경우인 것이다. 형제가 슬픔에 잠겨 있는 사이에 아우의 부인이 또 세상을 뜨고 말았다. 홀아비가 되어 하루하루 살아가는 아우에게는 그 해 봄에 태어난 자식이 있었다. 아기는 어미를 잃고 젖배를

*_ 오조소설(五朝小說)인 『철위산총담(鐵圍山叢談)』 「하중유요씨운운(河中有姚氏云云)」의 번안.

원화는 13대나 이어오고 대대로 효자비나 열녀비를 하사받은 산서성(山西省) 하중(河中)에 살던 명문인 요(姚)씨 가문의 형제에 얽힌 비화이다. 일가친척이 갑자기 모두 죽고 형제만 살아 남았는데 그마저 동생의 부인이 갓난아이를 두고 죽었다. 그러나 동생 부인은 유령이 되어 밤마다 아이에게 젖을 주러 찾아오고 이를 눈치 챈 형이 유령을 칼로 베어버린다. 여기까지는 이 이야기와 같으나 이후 원화의 결말은 다른 전개를 보인다. 즉 형제가 핏자국을 따라 무덤에 당도하여 쓰러져 있는 부인을 발견하였다. 마침 부인의 친정 사람이 그 광경을 목격하고 관아에 두 형제를 고발한다. 결국 두 형제는 옥중에서 목숨을 잃게 되어 요씨 가문은 멸족에 이른다.

이 이야기는 명문인 요씨 가문의 이야기를 이요의 농가로 바꾸고 형제가 옥중에서 죽은 내용을 삭제하는 대신 오로지 부부의 정애와 모자간의 애틋한 사랑을 강조하는 이야기로 번안하였다.

1_ 에히메현(愛媛県).

곯아 밤낮없이 슬피 울기만 하였다. 그런 아기의 모습을 지켜보는 아비 역시 눈물이 마를 날이 없었다.

그런데 죽은 지 한 달 정도 지난 어느 날, 아우의 부인이 집으로 돌아왔다. 처음에는 무서웠지만 밤마다 찾아왔으므로 얼마 후에는 정이 더욱 깊어져 내치지도 못하고 밤새도록 도란도란 이야기를 나누곤 하였다.

_ 밤마다 찾아와 아기에게 젖을 물리는 유령

형이 소문을 듣고 미심쩍어하며 아우를 불러 타일렀다.

"네 부인이 죽고 나서 미처 사십구재[2]도 치르지 않았는데 벌써 밤마다 다른 여자를 불러들여 정담을 나누다니 말이 되느냐? 세상 사람들에게 손가락질당하니 창피한 것은 둘째 치더라도 형이 되어 이런 일 하나 제대로 바로잡지 못한다는 소리를 듣는 것도 부끄럽다. 앞으로 적어도 일 년 상을 치를 때까지는 다른 여자를 가까이하지 말거라."

아우가 눈물을 흘리며 대답하였다.

"밤마다 찾아오는 여인은 죽은 아내의 유령입니다. 처음에 느닷없이 찾아와서는 문을 두드리며 '우리 아기가 젖을 못 먹어 얼마나 배를 곯았겠어요. 이를 생각하니 너무나 슬퍼서 돌아왔답니다.'라고 말했어요. 문을 열고 안으로 들이니 아기를 안고 머리를 쓰다듬으며 젖을 물리더군요. 처음에는 무섭기도 하였지만 나중에는 정이 들어서

2_ 불교에서 사람이 죽은 후 다음 생을 받을 연(緣)이 정해지는 중간 단계인 49일 동안을 말한다. 이 기간 동안 유족들이 정성을 다해 7일마다 경을 읽고 부처님께 공양을 드리면 망자(亡者)가 좋은 곳에 환생한다고 한다. 중유(中有).

밤새도록 이야기를 나누고 날이 새면 돌아갑니다. 하루도 거르는 날이 없습니다."

이 이야기를 듣고 형이 생각하였다.

'일가친척 모두 죽고 오직 우리 형제 두 사람만 남았다. 그러니 이는 필경 유령이 우리 동생을 홀려서 죽이려고 하는 것이 틀림없어. 일이 벌어진 후에 후회해도 소용없는 법. 유령이라고는 해도 제 부인 모습을 하고 찾아오니 아우도 딱 자를 수 없을 테지. 내가 유령을 처치해야겠다.'

형은 긴 칼을 차고 동생에게도 알리지 않은 채, 문 뒤에 몰래 숨어 기다리고 있었다. 아니나 다를까 해시亥時, 오후 10시경이 되자 문을 열고 안으로 들어오는 기척이 났다. 형이 달려 나가 단칼에 베어버리자 상대는 "아, 서러워라."라고 소리치며 달아났다.

날이 밝은 후 주변을 살펴보니 땅에 핏자국이 떨어져 있었다. 형제가 그 핏자국을 따라 가보니 부인의 무덤가에 다다랐다. 동생 부인의 시체가 무덤가에 쓰러져 있었는데 무덤을 파보니 관이 비어 있었다. 원래대로 부인의 시신을 관속에 넣고 묻자 아기도 죽어버렸다. 이런 일이 있은 후 얼마 지나지 않아 형제 모두 잇달아 죽어 일족은 멸문하였다.

혹 안의 뱀*

가와치河內 지방의 니시고리錦部[1]에 사는 농부의 아내 목덜미에 혹이 생겼다. 처음에는 연꽃 열매 정도의 크기였는데 얼마 후에는 달걀만 해졌다. 나중에는 서너 되들이 항아리 크기만큼 커졌고 급기야는 다섯 되들이 항아리 정도만한 혹이 되었다. 혹은 무척 무거워서 걸어 다닐 수도 없었다. 자리에서 일어날 때에는 남에게 혹을 들게 한 후에야 비로소 걸음을 뗄 수 있을 정도였다. 전혀 아프지는 않았다. 때때로 혹 안에서 현絃을 타는 소리가 들려와 마음을 위로하는 듯하였다. 나중에는 혹 표면에 바늘구멍 같은 가는 구멍 수천 개가 생겼다. 날이 궂고 비가 오려고 하면 이 구멍 안에서 흰 연기가 마치

---

*- 오조소설(五朝小說)인 『이질지(異疾志)』「조준조처(刁俊朝妻)」의 번안.
 원화는 협서성(陝西省) 안강(安康)에 살던 악사인 조준조(刁俊朝)의 처에게 일어난 이야기이다. 조준조의 처는 목덜미에 혹이 있었는데 증상은 이 이야기와 동일하다. 조준조가 혹을 가르려 하자 그 안에서 원숭이가 뛰쳐나와 어디론가 도망쳤다. 다음날 황색 관을 쓴 자가 찾아와 자신이 바로 어제 도망친 원숭이이며 정체는 원숭이의 정령이라고 밝힌다. 원숭이는 원래 한강(漢江)의 용(蛟龍)과 의기투합하여 배를 전복시켜 먹을 것을 빼앗아 식솔을 부양하였는데 태일신(太一神)이 용을 사형에 처하였기에 자신은 위기를 모면하기 위하여 부인의 목덜미에 붙어 있었던 것이라고 자백한다. 이후 원숭이는 영험한 고약을 건네고 소리 높여 노래를 부르며 사라진다. 이 이야기는 원숭이를 뱀으로 바꾸어 질투에 대한 복수담으로 변형시켜 불교적 교훈성을 강조하였다.

1- 오사카후 가와치나가노시 돈다바야시(大阪府河內長野市富田林市).

_ 부인의 혹에서 튀어나온 뱀

실처럼 새어나와 하늘로 올라갔다. 집안 사람들은 남녀 모두 이 여인을 멀리하며 "이대로 집에 두었다가는 화를 불러올지도 모르니 어디 멀리 산이나 들에 갖다 버리자."고 말하였다.

아내는 울면서 남편에게 하소연하였다.

"내 병을 그 누구인들 싫어하고 꺼리지 않겠어요. 먼 곳에 내버려진다면 저는 분명히 죽고 말 겁니다. 또한 이 혹을 자르고 열어보아도 죽겠지요. 어차피 죽을 거라면 혹을 베어 안에 뭐가 들었는지 한번 보아 주세요."

남편도 부인의 말에 일리가 있다고 여기고 커다란 면도칼을 장만하여 날 서게 잘 간 다음, 부인의 목덜미에 난 혹의 끄트머리를 세로로 갈랐다. 그러자 피는 한 방울도 나오지 않고 상처부위가 하얗게 변하면서 안에서 길이가 두 자60㎝ 정도 되는 뱀 다섯 마리가 튀어나오는 것이었다. 색깔은 검거나 희고 파랗고 노란 것도 있었는데 뱀은 비늘을 반짝이면서 앞뜰로 기어나갔다. 집안 사람들이 모두 놀라 뱀을 죽이려고 하자 남편이 이를 말리며 죽이지 못하게 하였다. 뱀은 마침 뜰에 생긴 구멍 하나로 들어갔는데 구멍은 깊어서 그 끝을 알 수 없었다.

이윽고 무당[2]을 불러서 점을 치게 하자 신들린 무당은 가래나무 활

2_ '아즈사 미코(梓巫女)'라고 하여 주로 일본의 동쪽 지방을 중심으로 활약한 떠돌이 무당을 말한다. 이들은 특정 신사에 속하지 않고 각 지방을 떠돌며 신탁이나

시위를 퉁기면서 입을 열었다.

"그 옛날 이 부인은 질투가 심하였답니다. 남편이 집에서 부리던 계집종을 어여삐 여기자 화를 내며 미워하여 계집종의 목덜미를 물어뜯어서 핏줄기가 폭포수같이 뿜어져 나왔지요. 검게 물들인 이빨[3]에 물렸기에 계집종은 상처가 도져서 결국은 죽고 말았습니다. 원한에 사무친 계집종은 이렇게 뱀이 되어 부인의 목덜미에 자리잡고 복수를 한 것이지요. 비록 지금은 제거되었지만 끝내 부인을 죽여 앙갚음을 할 것입니다."

옆에 있던 사람이 "그 일은 이미 지나간 옛날 일이지 않소? 마음을 잘 달래어 위로해 주시오. 그러려면 스님을 불러 극락왕생을 빌어줍시다."라고 말하자 무당은 또 다시 중얼거렸다.

"그 옛날의 원한은 진정 골수에 사무쳐 다시 태어나 죽기를 몇 번이나 반복해도 잊을 수 없습니다. 하지만 극락왕생을 빌어주겠다는 말씀 기쁘기 그지없으니 이를 믿고 마음을 달래며 용서하지요. 덧붙여 소원이 하나 더 있습니다. 들어주실는지요?"

"무슨 일이든 들어줄 것이니 어서 말하여라."

무당은 고개를 끄덕이고 눈물을 흘리며 말하였다.

"이승에 있을 때부터 거룩한 것은 법화경法華經이라고 생각해 왔습니다. 지금도 여전히 고귀하게 여기고 있으니 저의 극락왕생을 위해 하루에 여러 사람이 한 자리에 모여 법화경을 사경寫經해 주셨으면 합니다. 그리고 혹이 난 자리에는 벽오동 나무 수액을 바르십시오."

이렇게 말한 후 무당은 제정신으로 돌아왔다. 무당의 말대로 스님

주술을 행하였는데 가래나무 활시위를 퉁기면서 죽은 영혼이나 산 영혼에게 빙의하여 메시지를 전하였다.

3_ '오하구로(お歯黒)'라 하여 옛날 상류층 여성들이 이를 검게 물들이는 풍습이 있었다. 후에 서민에게도 유행하여 17세기 이후에는 결혼한 부인들은 모두 검게 이를 물들였다. 오배자 가루를 찻물이나 식초에 철 조각을 담가 산화시킨 갈색의 액체에 묻혀 치아에 칠하는 방법을 사용하였다.

을 청하여 하루 동안 법화경을 필사筆寫하고 정성껏 극락왕생을 빌어 주자 부인의 마음도 맑아졌다. 이윽고 벽오동 수액을 구하여 바르니 혹이 난 자리가 말끔히 아물었다. 부인은 이후로 질투하는 마음을 그쳤다고 한다.

전염병 퇴치*

호토쿠宝徳 연간1449-51에 나카야마주조 치카미치中山中将親通[1]의 딸이 비구니가 되어 니시야마西山[2]에 살고 있었다. 그런데 그만 심신이 쇠약해져 폐병에 걸리고 말았다. 때때로 열이 나고 심한 기침에다 잠자리에서 비오듯 땀을 흘리며 점점 야위어갔다. 폐병은 배 안의 벌레 때문에 생기는데 그 형태는 일정하지 않다. 한번 걸리면 온갖 약과 침, 뜸 치료도 듣지 않아 열에 아홉은 목숨을 잃는다. 이 벌레를 전시충傳尸虫[3]이라고 하는데 한 사람이 이 병에 걸려 죽으면 형제와 가족

---

*_ 오조소설(五朝小說)인 『이질지(異疾志)』「서명부(徐明府)」의 번안.
원화는 도술에 뛰어난 산동성(山東省)의 지방 장관인 서명부(徐明府)가 폐병을 치료한 이야기이다. 하남(河南) 사람인 유숭원(劉崇遠)의 여동생은 비구니가 되어 강소성(江蘇省)에 있었다. 언젠가 여동생의 절에 잠시 머물던 한 비구니가 폐병으로 죽었다. 그런데 임종시 병자의 몸에서 벌레가 나오더니 주지인 유숭원의 여동생 옷 속으로 들어가고 그 길로 여동생도 병이 들고 말았다. 유숭원이 서명부에게 여동생의 병을 낫게 해달라고 간절히 부탁하자 서명부는 비단 한 필을 준비하라고 이른다. 다음날 여동생의 꿈에 도사가 나타나 부적으로 온몸을 쓰다듬는 꿈을 꾸고 그 이후 몸이 씻은 듯 나았다. 이튿날 비단을 펼쳐보니 꿈에 나타난 도사의 모습이 그려져 있었다.

1_ 후지와라 노리치카(藤原教親, 1416-61), 모리(毛利) 가문의 서얼인 나가오(長屋) 성씨 출신으로 이쓰쿠시마 신사(厳島神社)의 간누시(神主)이자 유력 영주(領主)였다.

2_ 교토 서쪽에 남북으로 뻗어 있는 산.

3_ 결핵균.

들에게 옮겨 일족이 멸문滅門하게 된다. 세 명 정도에게 옮겨 다니다 보면 이 벌레에 팔다리와 귀, 코까지 생겨 제법 잘 걸어 다니기도 하는데 생김새는 사람 같기도 하고 도깨비 같기도 하다고 한다.

그건 그렇고 치카미치의 딸인 비구니가 병이 도져서 혼수상태가 되어 곧 죽게 생겼을 때였다. 비구니의 여동생이 곁에서 병수발을 들고 있었는데 갑자기 비구니의 몸에서 하얀 파리 같은 것이 생겨났다. 이것이 날아다니며 흰 실처럼 가느다란 연기를 만들더니 여동생의 소맷자락 안으로 날아든 후에 자취를 감추었다. 여동생이 곧장 일어나 옷소매를 털어내었지만 벌레는 온 데 간 데 없이 사라져버렸다. 결국 비구니는 그날 저녁 숨을 거두었고 여동생은 그날부터 몸져 누웠는데 증상이 언니 때와 조금도 다르지 않았다.

분명 언니인 비구니에게서 옮은 병이라며 집안 사람들은 위아래 할 것 없이 모두 걱정하고 시름에 잠겼다. 용하다는 처방은 다 써보았지만 조금도 차도가 보이지 않았다. 속수무책으로 근심하던 가족들은 '약으로 나을 병이 아니니 신불神佛의 영험에 의지하는 길밖에 도리가 없다.'고 마음먹었다. 백단白檀[4]으로 키가 한 척 두 치36㎝되는 약사여래상을 만들고 더불어 기온祇園[5]의 고즈천왕牛頭天王[6]에게 제발 병을 낫게 해주십사 하고 간절히 기원을 드렸다.

그러던 어느 날 저녁 나절에 병자가 설핏 선잠이 들었다. 꿈속에서 낯선 사람이 나타나서는 "내일 잿빛 옷에 붉은 가사를 걸친 승려가 시주를 하러 올 것이니 그에게 기도를 부탁하시오."라고 일러주는 소리를 듣고 잠에서 깨어났다. 아니나 다를까, 다음날 아침 쉰 살 정도 된 스님이 나카야마의 집 대문 앞에서 시주를 청하였다. 석장錫杖[7]을

4_ 단향(檀香), 목재는 불상 조각, 가구 등의 재료로 이용한다.
5_ 교토 야사카 신사(八坂神社).
6_ 야사카 신사가 모시는 제신(祭神)으로 약사여래의 수적(垂迹)으로 여겨진다.

짚고 나지막한 목소리로 염불을 외며 서있는 모습이 한 눈에도 수행이 깊은 스님처럼 보였다. 이윽고 스님을 안으로 모시고 들어와서 "여차저차한 꿈을 꾸었습니다. 부디 이 병을 낫게 해 주십시오."라고 간청하자 스님이 대답하였다.

"소승은 계율을 지키며 여기저기 떠돌면서 불도 수행을 하는 행각승行脚僧입니다. 그렇기에 사부정식四不淨食[8]으로 먹을 것을 구하지 않습니다. 오직 청정하게 두타행頭陀行[9]을 행하며 목숨을 연명할 뿐이니 무당들이나 하는 짓은 할 수 없습니다."

가족들은 거듭 간청하였다.

"스님이란 본디 대자대비大慈大悲한 마음으로 중생을 돕고 스스로를 버리고 다른 이를 구제하는 것을 본연의 도리로 삼지 않습니까. 지금 한 생명을 구하여 여러 사람을 기쁘게 한다면 이 어찌 작은 공덕이라 하겠습니까? 더욱이 꿈의 계시가 있었기에 이렇게 간청드리는 것입니다."

스님 역시 거듭되는 가족들의 간청에 결국 뜻을 굽혔다.

"하는 수 없군요. 그렇다면 흰 비단 한 필을 준비해 주십시오. 이걸 가지고 병을 물리쳐 보지요."

7_ 승려의 지팡이. 길에서 독사나 독충 따위를 쫓거나 민가를 돌며 탁발(托鉢)을 할 때 소리를 내어 그 뜻을 전하거나 산길을 가다가 노인을 만났을 때 부축하는 등에 사용하였다. 윗부분은 주석(朱錫), 밑 부분은 짐승의 엄니나 뿔로 만들고 가운데 부분은 나무로 되어 있으며 윗부분에는 작은 고리를 달아 소리가 나도록 하였다.

8_ 『아함경(阿含經)』 권18 「정구경(淨口經)」은 모든 출가 수행자는 이른바 '사부정식(四不淨食)'에 의해 생활해서는 안 되고 걸식에 의해서만 살아가야 한다고 가르친다. 사부정식이란 첫째, 논밭을 갈고 나무를 심어 생활하는 것(下口食), 둘째, 별자리, 일월(日月), 풍우(風雨) 등을 관찰하고 연구하는 것으로써 생활하는 것(仰口食), 셋째, 권세에 아첨하여 교언영색(巧言令色)으로 재물을 얻어 사는 것(方口食), 넷째, 점치고 관상 보는 것을 배워 사람의 길흉화복을 말하거나 의술로써 생활하는 것(維口食)을 말한다. 즉 바른 직업이든 바르지 못한 직업이든 출가자는 일체의 세속적 직업을 가져서는 안 된다는 계율이다.

9_ 승려가 인간의 모든 집착과 번뇌를 버리고 심신을 수련하는 수행법.

_ 병자의 꿈에 나타난 약사여래와 열두 명의 선신

"그야 어려운 일이 아닙니다."라고 말하고 비단 한 필을 마련하자 스님은 이를 건네받고 돌아갔다. 어느 절에 있는지 물어보아도 그저 "기온 근처입니다."라고만 대답할 뿐 자세히 가르쳐주지 않았다.

그날 밤, 병자인 딸의 꿈에 약사여래상이 대문 안으로 들어서고 열두 명의 선신善神[10]이 뒤따라 들어왔다. 그리고는 하나의 부적을 열두 명이 번갈아 손에 쥐고는 딸의 머리끝에서 손발에 이르기까지 구석구석 쓰다듬었다. 그러자 몸에서 하얀 실오라기처럼 생긴 것이 나오더니 하늘로 올라가는 것이었다. 꿈에서 깬 딸은 그길로 마음이 편안해지고 머리도 맑아져 음식도 넘기게 되니 그 어느 때보다 몸이 거뜬

10_ 약사여래를 모시는 호법신(護法神)인 십이신장(十二神將). 흔히 야차(夜次)라고 하는데 이들은 부처가 약사여래의 공덕을 설하는 것을 듣고 감동해 약사여래를 위하여 살 것을 다짐하였다. 얼굴은 쥐 · 소 · 호랑이 · 토끼 · 용 · 뱀 · 말 · 양 · 원숭이 · 닭 · 개 · 돼지이며, 몸통은 보통 무장을 한 인간의 모습을 하고 있다.

하였다.

다음 날, 어제 온 스님이 찾아와서 무언가 그려진 흰 비단을 건네고 홀연히 사라졌다. 이상히 여기며 비단을 펼쳐보니 거기에는 약사여래상이 수묵水墨으로 그려져 있었다. 이 그림을 머리맡에 걸어두고 아침저녁으로 향을 피우고 절을 올리며 모시자 이윽고 딸의 병이 다 나았다. 이후 비단에 그려진 약사여래상은 집안 대대로 가보家寶로 삼았다.

이야말로 참으로 신기한 이야기이다. 기온의 승려들 가운데 그 스님을 아는 사람은 한 명도 없으니 아마도 고즈천왕이 분명하다. 천왕은 약사여래의 수적垂迹[11]으로 불제자의 신심信心의 깊이에 따라 부처님의 영험을 빠짐없이 베풀어 주신다고 한다.

11_ 부처나 보살이 중생이 깨달음에 이르도록 하기 위하여 잠시 다른 모습(化身)으로 나타나는 일.

즈이텐隨轉*

무사시武蔵 지방의 고이시가와 덴즈인小石川伝通院[1]에 즈이텐随転이라는 이름의 승려가 있었다. 어려서 출가한 이후 고이시가와에 와서 학문을 배웠다. 가난하여 아침저녁 끼닛거리가 간 곳이 없어 고슈甲州와 신슈信州,[2] 고즈케上野와 시모쓰케下野[3]를 오가며 탁발을 하느라 공부에 힘쓸 겨를은 없었지만 힘만큼은 장사여서 도량에서 맞설 사람이 없었다. 동문수학하는 승려들은 이런 즈이텐에게 명상좌明上座라는 별명을 붙여 주었다.

옛날, 당나라 신수선사神秀禪師[4]의 제자 가운데 명상좌라는 이름의 힘이 장사인 스님이 있었다. 어느 날 육조六祖인 혜능대사慧能大師[5]가

---

*– 오조소설(五朝小說)인 『흑곤륜전(黑崑崙傳)』「이마운(李摩雲)」의 번안.
원화는 당나라 시절, 하양(河陽, 황하 이북 땅)에 사는 이한자(李罕子)라는 사람의 이야기이다. 한자는 어려서 절에 들어갔는데 힘이 장사여서 서로 주먹다짐을 하다가 왼쪽 뺨을 때리면 오른쪽 뺨이 터져 피가 흐를 정도였다. 그는 포강(蒲絳) 북쪽에 있는 마운산(摩雲山)에 성을 쌓고 스스로를 이마운이라 칭하고 시중(侍中)이라는 벼슬에도 올랐다고 한다.

1– 도쿄 분쿄구(文京区)에 위치한 정토종(浄土宗) 사찰.

2– 야마나시(山梨)와 나가노(長野).

3– 군마(群馬)와 도치기(栃木).

4– 당나라 시대의 선승(禪僧)으로 북종선(北宗禪)의 시조로 대통선사(大通禪師)라고도 한다(?-706).

대유령大庾嶺[6]을 넘으려 할 때, 명상좌가 뒤쫓아와서 후계자의 징표로 받은 대사의 가사袈裟를 빼앗으려 하자 대사가 가사를 돌 위에 내놓았다. 명상좌가 이를 집으려 하였지만 옷은 태산같이 무거워 꼼짝하지 않았다. 혜능대사가 "이 옷은 신심을 가지고 들어야지 어찌 힘으로 차지하려고 하시는가. 자, 이제 명상좌 본래의 모습을 보시오."라고 말하자 그 자리에서 명상좌는 깨달음을 얻었다고 한다. 이렇듯 명상좌라고 하는 별명은 즈이텐이 학문이 모자라고 힘만 센 것을 빗댄 것이었다.

_ 산적을 물리치는 즈이텐

어느 날 즈이텐은 신슈의 산속을 지나다가 산적과 맞닥뜨렸다. 걸음아 나 살려라 하는 심정으로 도망쳤지만 산적은 여전히 뒤쫓아왔다. 즈이텐은 도망가던 발걸음을 멈추고 적당한 소나무 가지를 잡아당겨 깔고 앉아서 쉬고 있었다. 잠시 후 산적이 다가오자 즈이텐은 "도저히 숨이 차서 더는 도망치지 못하겠소. 이렇게 된 이상 보따리 속 돈은 모두 드릴 테니 목숨만을 살려 주시오. 자아, 일단 이 나무에 앉아 한숨 돌리시며 쉬시지요."라고 말했다. 산적이 안심하고 같은 소나무에 걸터앉자마자 즈이텐이 벌떡 일어나 버렸다. 그러자 소나

5_ 당나라 시대의 선승으로 선종(禪宗)의 제6조이자 남종선(南宗禪)의 시조이다(638-713).

6_ 중국 남부 장시성(江西省)과 광둥성(廣東省)의 경계를 이루는 해발 1,000m의 산맥.

_ 힘겨루기를 하는 즈이텐과 마카라

무가 원래대로 되돌아가는 반동으로 산적은 저 멀리 계곡으로 튕겨나가 돌에 머리가 부딪혀 죽고 말았다. 그만큼 즈이텐은 힘이 장사인 승려였다.

에치젠越前 지방의 아사쿠라朝倉 가문[7]의 가신인 마카라 주로우에몬摩伽羅十郎右衛門[8]이라는 사람은 호쿠리쿠北陸[9]에 둘도 없는 장사라는 평판을 듣고 있었다. 즈이텐이 그를 찾아가 힘겨루기를 벌였다. 즈이텐은 툇마루 위에 서고 마카라는 문지방에 버티고 서서 손을 잡아 즈이텐을 들어 올리려고 하였으나 즈이텐은 꿈쩍도 하지 않았다. 툇마루 나무 바닥이 내려앉고 문지방 중턱이 부서질 만큼 두 사람의 힘은 막상막하였다. 이 광경을 숨죽이며 구경하던 사람들 모두 놀라서 뒤로 자빠질 지경이었다.

어느 날 즈이텐이 학문을 논하는 자리에 나가 첫 질문부터 대답을 못하고 쩔쩔매었다. 상대편 승려가 웃으며 "이 자리는 학문으로 임하는 자리이니 어찌 힘만 가지고 되겠습니까? 이는 명상좌 본연의 모습을 잃은 것입니다."라며 창피를 주자 즈이텐은 얼굴이 시뻘게지며 분해하였다. 다음 날, 저잣거리에 나간 즈이텐은 아침부터 저녁까지 "탁발승에게 시주하십시오."라고 외쳤지만 시주하는 사람은 아무도

7_ 에치젠 지방[후쿠이현(福井県)]의 다이묘 가문.

8_ 마카라 주로나오모토(真柄十郎直元, ?-1570), 아사쿠라 가문의 힘센 장사로 아네가와 전투에서 혁혁한 공을 세운 것으로 전해진다.

9_ 오늘날의 후쿠이(福井), 이시카와(石川), 도야마(富山), 니이가타(新潟) 등, 네 현(県)의 총칭.

없었다. 머리끝까지 화가 치민 즈이텐은 '쓰잘 데 없는 중이 되어 수치를 당하느니 차라리 환속하여 떵떵거리고 살 길을 도모하는 것이 낫겠다.'고 결심하였다. 그는 곧장 공양 그릇을 땅바닥에 내동댕이치고 가사와 승복을 갈기갈기 찢어 강에 던져버렸다. 그리고 그길로 에치젠의 마카라를 찾아가 그의 부하가 되었는데 결국 아네가와姉川 전투[10]에서 전사하고 말았다.

환속한 죄는 그 어떤 죄보다 깊다는 사실을 두려워한 즈이텐은 날마다 염불을 거르지 않았다. 그가 죽음을 맞이하였을 때 입에서 흰 구름과 같은 것이 피어올라 서쪽 하늘로 올라갔다. 마침 치열한 전투가 한창이었기에 고작 두세 사람 정도만 이 광경을 목격하여 나중에 전하였다고 한다.

10_ 1570년, 오늘날 시가현(滋賀県) 북부에 위치한 아네가와(姉川) 강변에서 오다 노부나가(織田信長), 도쿠가와 이에야스(徳川家康) 군과 아사쿠라 카게다케(朝倉景健), 아사이 나가마사(浅井長政) 군이 싸워 전자가 대승을 거둔 전투.

혹 안의 이*

휴가日向 지방[1] 모로카타諸県라는 곳에 상인이 살고 있었다. 등에 손바닥만한 크기의 한 부분이 마치 타는 듯이 열이 났다. 20여 일이 지나자 열은 내렸지만 대신 참을 수 없이 가려웠다. 이윽고 그 부위가 사발을 엎어놓은 것처럼 부풀어 올랐다. 점점 크게 부풀어 올랐지만 전혀 아프지도 않고 그저 몹시 가려울 뿐이었다. 그 때문에 제대로 먹지도 못하여 몸이 말라 뼈와 가죽만 남게 되었다. 전국 방방곡곡의 의사에게 보이고 내과와 외과 등, 온갖 치료를 다하고 약을 먹고 고약도 발라 보았지만 전혀 차도가 없었다.

그러던 중, 남만南蠻 상인[2]의 배를 타고 일본에 건너온 자크테르스章全子[3]라고 하는 용한 외과 의사가 이 상인의 상태를 보고 말했다.

---

*- 오조소설(五朝小說)인 『이질지(異疾志)』「이류(蝨瘤)」의 번안.
원화는 강서성(江西省)에 사는 이생(李生)의 기이한 병에 관한 이야기이다. 이생의 등에 그릇을 엎어놓은 듯한 크기의 혹이 생겼는데 통증은 없었으나 몹시 가렵고 갈수록 식욕도 떨어졌다. 태덕정(泰德正)이라는 이름의 의사가 이 병의 이름을 말하고 약을 바른 다음 붕대로 감싸두자 저녁 나절에 혹이 갈라지면서 그 속에서 한 되 정도 되는 이가 쏟아져 나왔다. 이후로 몸은 가벼워졌지만 남아 있는 작은 구멍으로 때때로 이가 쏟아져 나와 결국 이생은 죽고 말았다.

1- 미야자키현(宮崎県).

2- 16-17세기에 걸쳐 스페인, 포르투갈, 네덜란드 등에서 무역을 위해 일본에 온 서양 상인.

3- 서양 이름의 한자 표기로 인물 자체는 미상.

“이 병은 매우 드문 병이라 많은 사람들이 잘 모르고 있지요. ‘이류蝨瘤’라고 하는 병인데 피부와 살 사이에 이가 넘쳐나서 생기는 병입니다. 제가 한번 잘 치료해 보겠습니다.”

의사는 부풀어 오른 부위를 끈으로 묶고는 그 위에 약을 발랐다.

_ 상인의 등에 난 혹에서 쏟아져 나오는 이

“이렇게 해두면 사람에 따라 하룻밤 사이에 이가 세 되에서 다섯 되[4]나 기어 나오기도 합니다. 이는 보통 옷 속에 숨어 있다가 피를 빨고 살을 갉아먹으니 아프고 가렵기가 이루 말로 할 수 없지요. 하지만 병자의 몸에만 들러붙어 있고 다른 사람에게 옮겨가지는 않아요. 이 정도 증세는 간혹 나타나므로 웬만한 의사라면 어떻게 치료해야 할지 다들 알고 있지요. 그러나 지금 이 경우는 피부 아래 살 속에 이가 생긴 거라서 좀처럼 알아내기가 쉽지 않습니다. 분명 오늘 밤 안으로 무언가 조짐이 나타날 것입니다.”

그날 밤, 부풀어 오른 혹 끝이 벌어지더니 안에서 다리도 제대로 달린 이가 약 한 되 정도 쏟아져 나왔다. 깨알만한 크기에 붉은 색깔을 한 이는 빠르게 기어 다녔다. 그러고 나자 몸이 가볍고 기분도 맑아졌다. 이가 나온 자리에는 작은 구멍이 하나 생겨서 때때로 그 안에서 수도 없이 이가 기어 나왔다.

자크테르스가 다시 말했다.

“이 병은 약이 없습니다. 백 년 된 참빗을 태워 가루를 내어 황룡수

4_ 한 되는 약 1.8ℓ.

黃龍水[5]에 으깨어 바르는 것 말고는 별 도리가 없습니다. 제가 이것을 조금 가지고 있으니 아낌없이 나눠드리지요."라며 한 숟가락 정도 덜어서 혹 위에 바르니 7일 만에 다 나았다.

5_ 미상.

산 속의 요괴*

고이시 이효베조小石伊兵衛尉는 셋쓰攝津 지방[1]의 용맹한 무사였다. 덴쇼天正 5년1577 5월 10일, 가와치河內 지방의 가타오카성片岡城[2]에 틀어박혀 농성하고 있었다. 성의 대장인 마쓰나가 히사히데松永久秀[3]의

*_ 비슷한 이야기로는 1663년 간행된 『소로리 이야기(曽呂利物語)』 4-6 「악연이 보리심의 계기가 된 이야기(悪縁にあふも善心のすゝめとなる事)」가 있다.

『소로리 이야기』의 줄거리는 다음과 같다. 시나노 지방[信濃, 나가노현]의 슈고(守護)인 아무개는 어느 날 사람을 죽이고 숨어 지내는 몸이 되었다. 이윽고 그는 아는 사람을 의지하여 부인과 둘이 이웃 지방으로 도망가다가 뜻밖의 횡액을 만난다. 즉 이 이야기와 마찬가지로 뒤따라온 계집종이 요괴로 변신하여 부인을 해치고 마는 것이다. 그런데 원화는 이 이야기와는 달리 만삭인 부인의 목덜미를 입으로 핥고 있는 계집종의 모습을 남편이 목격하자마자 두 사람은 사라져버린다. 다음날 아침, 남편은 산기슭의 절을 찾아가 도움을 요청하고 산 속을 샅샅이 뒤진 끝에 커다란 나무 위에 갈기갈기 찢겨져 걸린 부인의 시체를 발견한다. 남편은 그 자리에서 할복하려 하였지만 스님의 설득으로 마침내 출가한다.

1_ 오사카후(大阪府).

2_ 나라현 기타가쓰라기군 간마키초(奈良県北葛城郡上牧町)에 있었던 성. 1570년 8월, 오다 노부나가는 약 5,000여 명의 군사를 이끌고 자신에게 반기를 든 마쓰나가 히사히데의 거점인 가타오카 성을 공격하였고 격전 끝에 성은 함락당했다.

3_ 처음에는 미요시 나가요시(三好長慶)를 섬기는 가신이었으나 그가 죽은 후 주군인 미요시 가문을 무너뜨리고 13대 쇼군인 아시카가 요시테루(足利義輝)를 자결하게 만들었다. 1568년, 오다 노부나가(織田信長)가 입성하자 항복하였으나 후에 배신하여 시기산(信貴山)에서 패사(敗死)하였다. 미요시 나가요시와 더불어 하극상의 전형적인 인물로 일컬어진다(1510-77).

_ 갓난아기를 먹고 있는 계집종

악행이 날이 갈수록 쌓여만 가고 쳐들어오는 적의 대군이 용감무쌍한 데다 사기가 하늘을 찌를 듯 충천해 있었다. 이에 더 이상 가망이 없다고 판단한 고이시는 심야를 틈타 홀로 성을 빠져나왔다. 그는 유게弓削[4]라는 곳에 숨어 있던 부인을 데리고 단둘이서 밤새도록 다쓰다 고개立田越[5]를 넘어 야마토大和[6] 지방으로 향하였다.

고이시의 부인은 마침 그 달이 산달이었기에 몸이 무거워 잘 걷지도 못하였지만 지친 몸을 이끌고 간신히 고갯마루에 이르렀다. 길가에 있다가는 자칫 군사들에게 들킬지도 모르기에 길가에서 약 반 정町, 약 55m 정도 들어간 산 속에서 잠시 한숨을 돌리며 쉬고 있었다. 그때 뒤 쪽에서 한 여자가 울면서 이리로 오고 있는 모습이 보였다. 걷는 것 같기도 하고 구르는 것 같기도 한 모양새로 겨우겨우 고개를 넘어서 부르는 소리를 가만히 들어보니 그동안 집에서 부리던 계집종의 목소리였다. 원래는 부인의 몸종이었지만 도망가는 몸으로 여러 하인을 거느릴 수 없기에 유게에 떼어두고 온 계집종이 어느새 뒤따라온 것이었다.

딱하고 애처로운 마음에 "얘야, 우리는 여기 있단다."라고 알려주니 계집종은 반색을 하며 다가왔다.

4_ 오사카후 야오시(大阪府八尾市).
5_ 오사카와 나라를 잇는 옛 길.
6_ 나라현(奈良県).

"주인님, 무정하게도 저를 버리고 떠나시다니요. 쇤네는 설령 펄펄 끓는 열탕이나 차디찬 물 밑일지라도 끝까지 곁에서 모실 작정이었는데 두 분만 도망치시니 쇤네도 그냥 있을 수 없어 이렇게 뒤따라온 것입니다."

부부는 이런 계집종이 기특하고 든든한 마음마저 생겨 기뻤다. 이렇게 해서 세 명이 한 곳에서 쉬고 있던 중, 갑자기 부인이 출산할 조짐을 보였다. 산통으로 괴로워한 끝에 부인은 드디어 무사히 아기를 낳았다. 한밤중인데다 아직 달도 뜨지 않아 캄캄한 산 속에서 남편인 고이시는 무엇부터 해야 좋을지 갈팡질팡하고 있었는데 계집종이 알아서 척척 처리해나가는 모습이 보기에도 무척 믿음직스러웠다.

"이 아이가 없었더라면 어찌 되었을까. 뒤따라와 준 것이 정말 고맙구나. 이렇게 심지가 깊은 아이니 앞으로 끝까지 잘 보살펴 주어야겠다. 아하, 남자건 여자이건 간에 종살이를 하려거든 이 아이처럼 주인을 섬긴다면 얼마나 좋을까." 부부는 새삼 계집종에게 고마움을 느꼈다.

이윽고 부인을 나무 등걸에 기대어 쉬게 하고 갓난아기는 계집종이 품에 안고 세 명이 마주 앉았다. 날이 밝으면 산 속 오두막이라도 찾아서 마음 편히 숨어 지내며 기운을 차리자고 의논하였다. 딱히 산후조리를 할 것도 마땅치 않았기에 허리에 차고 있던 구운 주먹밥을 꺼내어 부인에게 먹여 조금이나마 기운을 차리게 하였다. 부인이 나무에 등을 기대고 앉아 계집종을 물끄러미 바라보고 있으려니 계집종이 품안에 있는 갓난아기를 혀로 핥고 있는 것이 보였다. 이상한 마음에 좀 더 유심히 살펴보니 계집종은 귀밑까지 크게 찢어진 입으로 갓난아기의 머리를 물고 핥듯이 먹고 있었는데 이미 목 부분까지 먹어치우고 어깨와 오른 팔을 먹고 있는 중이었다. 부인은 조금도 놀라는 기색을 보이지 않고 조용히 곁에 있던 남편을 흔들어 깨웠다.

_ 요괴를 뒤쫓는 고이시

잠시 졸고 있던 고이시가 눈을 떠 이 광경을 보고는 살며시 칼을 빼들고 재빨리 계집종을 내려쳤다. 그러나 계집종은 마치 공처럼 튀어 나뭇가지로 올라가서는 순식간에 무서운 요괴로 변하였다. 그리고는 다시 땅으로 뛰어내려와 열 칸약 19m 정도 떨어진 맞은 편 바위 위에 서서 갓난아기의 다리를 먹어치웠다. 하는 수 없어 고이시가 달려들어 베었지만 꿈속인 듯 그림자인 듯 요괴는 조금도 칼에 맞지 않았다. 한동안 뒤쫓아 다니는 사이에 요괴는 어느덧 갓난아기를 모두 먹어치우고 마치 나비나 잠자리처럼 날아올라 어디론가 사라져버렸다.

고이시가 힘없이 발길을 되돌려 조금 전까지 쉬고 있던 나무 밑으로 오니 이번에는 부인이 온 데 간 데 없이 사라지고 없었다. 목이 터지도록 부인을 불러 보았지만 어디로 갔는지 흔적조차 없었다. 고이시는 피눈물을 흘리며 낯선 산 속을 여기저기 찾아 헤매다가 이윽고 새벽녘이 되었다. 길가에서 약 3정町, 약 327m 정도 산 속으로 들어간 곳의 한쪽 구석 바위 위에 부인의 머리가 놓여 있었다. 누구의 소행인지 알 길도 없었다. 고이시는 슬픔을 가누지 못하고 눈물을 흘리며 부인의 머리를 그 곳에 묻었다. 그리고 야마토大和의 고리야마郡山[7]에서 남쪽에 있는 오타니大谷에 사는 친척을 찾아가 잠시 숨어 지냈다. 그러나 덧없는 세상에 죽은 부인의 극락왕생을 빌어주는 일이 중요

7_ 나라현 야마토 고리야마시(奈良県大和郡山市).

하다는 것을 깨달았다. 고이시는 발심発心하여 고야산高野山[8] 기슭에 있는 신베쓰쇼新別所[9]라는 곳에서 사미계沙彌戒[10]를 지키며 수행하여 높은 덕을 쌓았으나 훗날 어디론가 사라졌다.

8_ 와카야마현(和歌山県) 북동부에 있는 해발 1,000m 전후의 산들로 둘러싸인 진언종(真言宗)의 영지(霊地).

9_ 엔쓰사(円通寺).

10_ 출가하여 불문(佛門)에 들어온 수행자가 지켜야 할 열 가지 계율. 살생하지 말 것, 도둑질하지 말 것, 음행(婬行)하지 말 것, 거짓말을 하지 말 것, 술을 사거나 팔지 말 것, 사부중(四部衆)의 허물을 말하지 말 것, 나를 칭찬하거나 남을 비방하지 말 것, 재물이나 가르침을 베푸는 일에 인색하지 말 것, 성내는 마음으로 상대가 참회하는 것을 거절하지 말 것, 삼보(三寶)를 비방하지 말 것이다.

말하는 말馬*

엔토쿠延徳 원년1489 3월, 교토의 쇼군인 미나모토노 요시테루源義義熈[1]는 사사키 판관 다카요리佐々木判官高頼[2]를 치기 위해 직접 군사를 이끌고 고슈江洲[3]로 내려갔다. 구리모토군栗太郡 마가리鈎 마을[4]에 진을 쳤으나 요시테루는 이곳에서 병세가 악화되어 그 달 26일에 죽음을 맞이하였다.

---

*_ 일본 고유의 불교설화에 자주 등장하는 이야기. 『인과 이야기(因果物語)』 中-13 「말하는 말 이야기(馬ノ物言事)」 등에 동물이 인간의 말을 하는 이야기가 전해 오는데 이를 불길한 전조로 빗댄 것이다.

원화는 말(馬)의 보은담이다. 가나가와(神奈川)의 한 여관집에 묵은 나그네가 몰래 여관 물건인 비옷을 입고 떠나려하자 여관에 묶어둔 말(馬)이 사람처럼 말을 하며 나그네를 나무랐다. 이후 사정을 들어보니 이 말은 전생에 여관 주인의 조카였는데 생전에 받은 은혜를 갚지 못하였기에 말로 다시 태어나 보은을 하는 것이라고 하였다. 그럼에도 아직 75푼의 빚이 남았다는 말(馬)의 하소연을 듣고 딱하게 여긴 나그네가 여관 주인에게 그 말을 빌리는 대가로 75푼을 지불하자 말은 그날로 죽어버렸다.

1_ 아시카가 요시히사(足利 義尚), 무로마치(室町) 막부 제9대 쇼군(재위: 1473-89)으로 만년에 '요시테루'로 개명하였다.

2_ 사사키롯카쿠 다카요리(佐々木六角高頼, ?-1520), 미나미 오미[南近江, 시가현]의 전국(戦国) 다이묘. 오닌의 난(応仁の乱) 이후 롯가쿠 가문의 권력 강화를 지향하여 귀족이나 사원 세력을 견제하였다. 이로 인해 당시 쇼군인 아시카가 요시히사의 반발을 사고 한때는 영지를 버리고 고가(甲賀) 산중으로 도망가기도 하였다.

3_ 시가현(滋賀県).

4_ 시가현 구리타군 릿토초(滋賀県栗太郡栗東町).

그가 죽기 전날 밤, 열다섯 칸27m이나 되는 마구간에 있는 말 가운데 두 번째 칸에 매워둔 흰 털에 검은 색과 재색 털이 간간이 섞인 말이 갑자기 사람처럼 "이제는 어떻게 해 볼 도리가 없구먼."이라고 하였다. 그러자 옆 칸에 있던, 갈퀴와 꼬리는 검고 옅은 갈색과 흰색 털이 군데군데 섞인 말이 맞장구치듯 "정녕, 슬픈 일이네 그려."라고 대꾸하였다. 마침 그 마구간 앞에는 마부들이 옹기종기 모여 있고 하급 무사와 하인들도 여럿 있었는데 모두 말이 사람 소리를 내는 것을 두 귀로 똑똑히 들었다. 이 사실에 모두 온몸의 털이 곤두설 정도로 섬뜩하였다. 아니나 다를까, 다음날 요시테루 공이 별세한 것이다. 참으로 이상한 일이다.

_ 사람처럼 대화하는 말

백 가지 기이한 이야기*

옛날부터 전해오는 무서운 일이나 기이한 일 백 가지를 모아 이야기하면 반드시 그 자리에서 무서운 일이나 신기한 일이 일어난다고 한다. 이를 백 가지 기이한 이야기百物語라고 하는데 여기에는 규칙이 있다.

달빛이 어두운 밤, 겉을 푸른 종이로 감싼 백 개의 초롱에 불을 밝히고 하나의 이야기가 끝날 때마다 초롱의 심지도 하나씩 꺼나간다. 그러면 주변도 점점 어두워져 푸른빛이 감돌며 흔들리는 불빛에 공연히 오싹해지는데 계속 이야기를 이어나가면 반드시 기이하고 무서운 일이 일어난다고 한다.

교토의 시모쿄下京 부근에 사는 사람들 다섯 명이 모여 "자, 백 개의 기이한 이야기를 해봅시다."라며 둘러앉았다. 규칙대로 불을 밝히고 모두 푸른 옷을 입고 둘러앉아 이야기를 하던 사이에 어느덧 육칠십 번째 이야기에 이르렀다. 그 날은 초승달이 으스름하게 비추고 눈보

---

*- 오조소설(五朝小說)인 『용성록(龍城錄)』 「야좌담귀이괴지(夜坐談鬼而怪至)」를 바탕으로 일본 고유의 풍습인 이른바 '백 개의 기이한 이야기(百物語)'를 빗대어 번안한 작품.

원화는 당(唐)나라 시절 군회(君誨), 퇴지(退之), 유종원(柳宗元), 이 세 명이 어느 날 밤 한자리에 모여 귀신 따위의 기이한 이야기를 하고 있을 때의 이야기로 줄거리는 이 이야기와 같다.

라가 거세어 유난히 추운 밤이었다. 모두들 뒷덜미가 오싹하는 느낌을 받았다.

그 순간 창밖에 마치 반딧불이 같이 생긴 수많은 불빛이 어른거리나 싶더니 갑자기 방안으로 날아 들어와서는 거울이나 공처럼 둥글게 뭉치기도 하고 흩어지기도 하였다. 이윽고 변하여 하얗게 굳어진 빛은 지름이 얼추 5척150㎝ 정도가 되더니 천정에 붙었다가 곧바로 쿵 하고 다다미 위로 떨어졌다. 그 소리가 마치 천둥 치는 소리 같았다. 다섯 명 모두 놀라 바닥에 죽은 듯이 쓰러져 정신을 잃었다가 집안 사람들이 온갖 방법을 다해 일으켜 세우자 그제야 정신을 차렸다. 이후로는 별다른 일도 일어나지 않았다.

속담에도 "대낮에 남을 헐뜯지 마라, 헐뜯으면 해코지를 당하니. 한밤중에 귀신 이야기를 하지 마라, 귀신 이야기를 하면 기이한 일이 일어나느니."라는 말은 바로 이를 두고 한 말이다.

그런즉 우리 이야기도 백 개를 미처 다 채우지 못한 이즈음에서 붓을 놓는 바이다.

간분寛文 6년1666 병오년 3월 길일吉日

서림 니시자와 다베西沢太兵衛 개판開版

해설

伽婢子

『오토기보코伽婢子』는 가나조시仮名草子 작가인 아사이 료이浅井了意, ?-1691에 의해 1666년 탄생된 기담집奇譚集으로 이른바 '괴이물怪異物'의 백미로 손꼽히는 걸작이다.[1] 사실 일본에서 요괴나 유령, 기이한 현상 등을 소재로 한 이야기는 오래전부터 존재하였다. 하지만 그 대부분이 구전 문예로 전해지거나 『니혼료이키日本霊異記』나 『곤자쿠 이야기집今昔物語集』 등, 불교의 포교나 설법을 목적으로 만들어진 불교 설화집에 수록되는 정도에 머물렀다. 그러나 17세기 초인 근세로 접어들어 인쇄술과 상업의 발달에 힘입어 문예 향수층이 확대되자 기담은 단순히 구전의 영역을 벗어나 본격적인 읽을거리, 즉 소설読み物의 형태로 창작되기에 이른다. 이런 문예 풍토를 바탕으로 탄생한 것이 곧 『오토기보코』이다. 이후 『오토기보코』는 이른바 '괴이물怪異物'의 시조로서 소설 기법의 새로운 지평을 열고 이후 다양한 문예 장르에 영향을 미친다.

1_ 한국, 중국, 일본 세 나라의 문예에 있어 '있을 수 없는 기이한 일, 괴이하고 환상적인 색채가 짙은 이야기를 소재로 한 작품'을 가리키는 용어에는 차이가 있다. 즉 한국은 기담(奇譚), 중국은 전기소설(傳奇小說), 일본은 괴이물(怪異物)로 지칭하고 있다. 이 글에서는 이러한 취향의 작품을 기본적으로 '기담'으로 통일하여 표기하나 각국의 문예사조와 관련된 설명일 경우에는 각국의 명칭을 그대로 인용하였다.

_저 자

『오토기보코』의 저자 아사이 료이는 정토진종浄土真宗의 승려이자 가나조시仮名草子의 작가이다. 가나조시란 근세의 시작인 17세기 초기부터 약 80여 년간 쉬운 가나 문장으로 쓰인 산문散文을 말한다.[2] 당시 인쇄술이 발달함에 따라 대량출판이 가능해지고 또한 독자층의 확대를 배경으로 탄생된 가나조시는 주로 서민층을 대상으로 수필, 설화, 견문록, 명소 안내기, 고전 주석서, 실록 등 다양한 형태로 계몽과 교훈적인 내용을 다루었다.

활발한 작품 활동으로 다방면에 걸쳐 뛰어난 문학성을 발휘한 아사이 료이이지만 유감스럽게도 그의 일생을 짐작할 만한 단서는 극히 적다. 아사이 료이는 오늘날의 행정 구역으로 오사카 다카쓰키시大阪高槻市에 있는 정토진종의 말사인 혼쇼사本照寺 주지의 아들로 태어났다. 그러나 아버지가 동생의 죄에 연루되어 주지 자리에서 쫓겨난 이후 가족의 생활은 곤궁해졌으며 이로 인해 아사이 료이 역시 아버지를 따라 전국을 떠돌며 청년기와 장년기를 보냈을 것으로 추정된다. 이 시기에 아사이 료이는 한학, 불전佛典, 유교, 신도神道 등의 종교 교리를 두루 섭렵하며 지식을 쌓아 나갔다. 뿐만 아니라 의학, 병법, 고전 주석 및 와카和歌 등에도 조예가 깊었는데 이는 바로 생계와 직결된 이유 때문이었다. 즉 당시 주군을 잃고 떠돌이 생활을 할 수밖에 없던 식자층이 대부분 그러했듯이 아사이 료이 역시 서민층을 대상으로 설법 내지 교훈적인 이야기를 들려주는 이른바 쇼도唱導를 생계의 수단으로 삼았으리라 짐작된다. 젊은 시절, 외롭고 혹독한 과

2_ 『일본고전문학대사전(日本古典文学大辞典)』은 가나조시를 "에도(江戸)초기 소설, 수필류의 총칭. 게이초(慶長, 1596-1615)부터 덴나(天和, 1681-84)까지 약 80년간 저술된 작품으로 한문으로 쓰인 학문 서적과는 달리 가나로 쓰인 쉽고 통속적인 오락 위주의 책"이라고 정의한다.

정을 거쳐 단련된 학문 수행은 훗날 학문의 경계를 넘나드는 깊은 지식이 녹아든 저작들로 그 결실을 맺는다.

청·장년기에 주로 오사카를 중심으로 활동하던 아사이 료이는 중년 이후 교토京都로 이주하여 50대 후반, 혹은 60대 초반 무렵 이윽고 쇼간사正願寺의 주지가 되어 정착하였다. 서민과 친숙한 삶을 살면서 변화하는 시대상을 민감히 감지한 아사이 료이는 서민들의 계몽에 주력하는 한편, 교통망의 발전에 힘입어 기행문학 창작에도 힘을 쏟으며 과감한 사회비판을 바탕으로 새로운 시대를 호흡하는 인간 군상을 문예에 담으려고 노력하였다. 그가 50세 전후의 늦은 나이에 가나조시의 작가로서 세상에 첫선을 보인 작품은 『간닌키堪忍記, 1659』이다. 중국과 일본의 일화와 고사故事를 인용하여 인내와 절제, 도리 등을 역설한 교훈 설화집인 이 작품은 에도江戸 시대 내내 호평을 받아 스테디셀러가 되었다. 이어서 『도카이도 명소기東海道名所記, 1659』, 『에도 명소기江戸名所記, 1662』와 같이 각지의 명소를 소개하는 안내서, 『혼초조칸本朝女鑑, 1661』, 『야마토 스물네 가지 효행大倭二十四孝, 1665』, 『삼강행실도三綱行実図, 간행연도미상』 등의 교훈계몽서, 『이세이야기 조카이伊勢物語抒海, 1655』, 『겐지구모가쿠레쇼源氏雲隠抄, 1677』와 같은 고전 주석서, 그리고 『오토기보코』의 속편이라고 할 수 있는 『이누하리코狗張子, 1692』 등 수많은 작품을 탄생시켰다. 이렇듯 아사이 료이는 다방면에 걸쳐 가장 많은 작품을 남긴 가나조시의 대표적 작가이다. 늘 서민의 눈높이에 맞춘 작품을 지향한 그의 문학 세계는 한마디로 절묘한 시대상의 포착과 서민 정서의 발현이라고 할 수 있다.

_성립 및 구성

1666년 간행된 『오토기보코』는 요괴나 유령 등의 기이한 이야기를 다룬 기담집으로 전체 13권 68화로 이루어졌다. 아사이 료이는 주로 중국의 전기소설傳奇小說인 『전등신화剪燈新話, 1421』와 조선의 『금오신화金鰲新話, 15세기중엽』에 담긴 이야기들을 일본의 풍토와 정서에 맞게 각색하여 『오토기보코』를 간행하였다. 전기소설은 당나라 때 성립되었으며 송대宋代 이후에도 문언소설文言小說로서 꾸준히 창작되었다. 이 가운데 특히 명초明初에 구우瞿佑, 1347-1433가 저술한 『전등신화』는 조선, 일본, 베트남의 문인이나 지식인들에게 널리 읽혔으며 연구의 대상이 되었다. 요컨대 전근대 동아시아 문학은 중국을 발원지로 하는 공통된 모태 안에서 성장 발전한 역사를 갖는다고 할 수 있으며 그 구체적인 예 가운데 하나가 바로 중국의 『전등신화』에서 조선의 『금오신화』, 일본의 『오토기보코』, 베트남의 『전기만록傳奇漫錄, 1527-47년경』으로 이어지는 기담집의 세계인 것이다.

데라다 도라히코寺田寅彦는 "인간문화의 진보 과정에서 발명되고 창작된 다양한 개념 내지 사물 가운데 가장 뛰어난 걸작은 바로 요괴나 유령"[3]이라고 지적하였다. 이 말은 곧 시대나 지역에 따라 괴이한 존재의 표상은 가변적이지만 이들이 의미하는 상징성 내지 메타포는 어느 민족이나 비슷하다는 의미일 것이다. 이 점을 염두에 둔다면 위에 열거한 작품들은 곧 전근대 동아시아의 공통된 지적 기반과 감성적 풍토를 바탕으로 성립된 문학이라고 할 수 있다. 따라서 이들 문학 작품의 번역은 전근대 동아시아 문학 교류의 토대 파악 및 상호 비교 연구에 있어서 필요불가결한 과정이다.

한편 이들 작품의 내용을 살펴보면 비록 태생적 기반이 동일하다고는 하지만 민족의 역사와 정서에 따라 각기 다른 성장 노정을 보이며 확대 재생산되어 나갔음을 알 수 있다. 즉 원전의 수용 및 변형 등의 양상은 자국의 문학 풍토, 나아가 민족 정서 및 시대상을 반영하고 있으며 각국의 종교와 과학, 그리고 예술을 가늠하는 중요한 척도

3_ 寺田寅彦(1997), 「化け物の進化」, 『寺田寅彦随筆集 2巻』, 岩波書店.

로서 기능하고 있는 것이다.

『오토기보코』의 위상을 한마디로 정의하자면 중국 및 조선의 소설을 각색한 번안 작품이라고 할 수 있다. 원래 번안이란 외국문학의 자국 수용을 일컫는 것이라기보다는 고전 작품을 재해석하여 수용하는 양상을 일컫는 말이었다. 그러나 오늘날에는 일반적으로 외국문학이 주는 이질감을 해소하고 친숙함을 느끼게 하여 접근을 용이하게 하는 수용의 한 방식으로 이해되고 있다. 『오토기보코』에 수록된 68화 가운데 원전이 밝혀진 것은 『전등신화剪燈新話』 16화, 『전등여화剪燈餘話』 2화, 『오조소설五朝小說』 45화, 『금오신화金鰲新話』 2화 등 모두 65화에 이른다. 이로써도 알 수 있듯이 『오토기보코』는 명실상부하게 일본 근세 번안소설의 시조임과 동시에 기담집의 선구라고 할 수 있을 것이다.

『전등신화』 및 『금오신화』, 그리고 『전기만록』은 한글 번역서가 출간된 지 이미 오래이다. 그러나 『오토기보코』만은 그동안 일본어 원문 및 주석에 충실한 한글 번역서가 없어 문학적 가치가 간과되었던 것이 사실이다. 『오토기보코』의 번역이 중요한 의의를 지니는 이유가 바로 여기에 있다.

_내 용

처음 간행될 당시 제목 표기는 두 가지이다. 즉 책의 겉표지外題에는 『御伽婢子』로, 본문 도입부內題에는 『伽婢子』로 적혀 있으며 읽기 또한 『伽婢子』로 써 있을 경우에도 '오토기보코おとぎぼうこ' 혹은 '도기보코とぎぼうこ'의 두 가지로 읽힌다. 본 번역서는 당시 서적목록 읽기의 관행 및 이 번역서의 원본[4] 표기에 따라 『伽婢子, 오토기보코, お

4_『伽婢子』 新日本古典文学大系 75, 岩波書店, 2001.

とぎぼうこ』로 표기하기로 한다.

제목의 유래는 『전등신화』에 실린 「모란등기牡丹燈記」에서 비롯되었다. 처녀의 영혼과 젊은이의 사랑을 소재로 한 이 이야기에는 죽은 이의 무덤에 함께 넣는 시녀 모양의 부장품을 뜻하는 '맹기비자盟器婢子'라는 단어가 등장한다. 그런데 아사이 료이는 이 단어를 귀인의 말 상대라는 뜻의 '오토기お伽'와 머리맡에 두어 어린이를 수호하는 인형인 '보코婢子'를 합친 의미로 번역하여 그대로 책 제목으로 삼은 것이다. 이러한 제목에서 사람들이 늘 머리맡에 두며 애독하는 책이 되기를 바랐던 아사이 료이의 마음을 엿볼 수 있다. 그런데 서문에는 다음과 같은 문구가 보인다.

> 이 세상의 모든 나라는 이를 본받아 풍속을 교화하는 것을 목표로 하며 괴력난신怪力亂神은 거론하지 않는다[5]고 하나 단 부득이한 경우에는 이를 글로 남겨 본보기로 삼는다. … 이렇듯 유교, 불교, 신도 모두 오묘함靈異, 영험奇特, 괴이怪異, 기적感応 등이 엄연히 존재함을 설파하고 이를 저마다의 도道에 이르는 계기로 삼고 있다. … 일본의 역사서와 고금의 문서도 어디 다섯 수레만 채울 것인가? 그 가운데에서 가잔花山 천황이 지은 『야마토 이야기大和物語』,[6] 우지다이나곤宇治大納言의 『우지슈이 이야기宇治拾遺物語』,[7] 이 밖에도 『다케토리 이야기竹取物語』,[8] 『우쓰호 이야기宇津保物語』,[9]

5_ 논어(論語) 술이(述而) '자불어괴력난신(子不語怪力亂神)'–공자께서는 괴이함과 힘으로 하는 일, 어지러운 일, 귀신에 관한 것은 말씀하지 않았다.

6_ 헤이안(平安) 중기인 951년경 성립된 것으로 추정. 173단 구성으로 시를 중심으로 한 이른바 우타 모노가타리(歌物語)로 약 290수의 노래가 실려 있다. 전반부는 당시 실존 인물들의 일화를 소개하며 등장인물들의 실명, 관직명 등이 구체적으로 언급되어 있다. 후반부는 노래에 얽힌 이야기나 민간전승이 중심이다. 본문에 언급되었듯이 가잔 천황(968-1008)을 작자로 추정하기도 하나 일반적으로는 작자 미상으로 알려져 있다.

7_ 13세기 초에 성립된 설화집. 15권 197화가 수록되어 있다. 우지다이나곤(宇治大納言)으로 불리던 미나모토노 다카쿠니(源隆国)가 여러 사람들의 이야기를 듣고 수집한 『우지다이나곤 이야기(宇治大納言物語)』를 토대로 한 것이나 편자

속 「도시카게俊蔭의 권」을 비롯하여 기이하고 오묘한 일들을 적은 책들은 일일이 손꼽을 수조차 없다.

한편 『오토기보코伽婢子』는 아득히 먼 옛날 일을 적은 게 아니라 최근에 전해 들은 것을 한곳에 모은 것이다. 이 책은 학식 있는 자의 눈을 즐겁게 하고 귀를 씻어주기 위해 펴낸 것이 아니다. 단지 어린이와 아녀자들이 듣고 신기해 하며 스스로의 마음가짐을 바로 하여 올바른 길로 나가는 길잡이가 되고자 할 뿐이다.

일본의 근세 초는 유교적 합리주의로 인해 기담 내지 요괴나 유령 등의 괴이 현상에 대한 논의가 부정되고 불교와의 대립이 첨예해진 시기였다. 이렇듯 신도神道, 불교, 유교의 혼재 위에 일본 고유의 정령신앙animism까지 공존하는 이른바 종교적 아노미 현상을 배경으로 탄생한 것이 『오토기보코』이다. 즉 종교의 굴레를 벗어나 정염, 비애, 사랑, 도덕 등 인간본연의 희로애락을 몽환적 상상력과 풍부한 학문적 깊이로 풀어낸 것이 바로 『오토기보코』인 것이다. 따라서 작자는 서문에서 저술 목적을 짐짓 어린이와 아녀자의 교화에 둔다며 겸손히 말하나 그 이면에는 고금동서의 고전에 견줄 만한 야심작이라는 아사이 료이의 자부심과 긍지를 느낄 수 있다.

『오토기보코』는 총 13권 68화(총목록 67화)로 이루어져 있다. 이 가운데 단연코 눈에 띄는 특색은 『전등신화』와의 연관성이다. 『전등신화』는 총 4권이며 각권마다 5화씩 모두 20화, 여기에 부록 2화 등, 총

(編者)는 미상이다. '혹부리 영감', '참새의 보은' 등의 민간 설화를 바탕으로 한 내용에서는 당시 서민의 생활상이나 가치관을 엿볼 수 있다.

8_ 헤이안(平安) 시대 초기인 10세기 전반 성립으로 추정. 작자 미상이며 일본에서 가나(仮名)로 쓰여진 가장 오래된 이야기(物語)이다. 구전으로 전해 내려오던 '선녀 하강' 설화를 소재로 한다.

9_ 헤이안(平安) 중기인 984년경에 성립된 최초의 장편으로 전 20권. 작자 미상이며 도시카게(俊蔭) 일족을 둘러싼 음악 전승에 얽힌 이야기이다.

22화로 구성되어 있다. 이 중 『오토기보코』는 무려 16화를 채용하고 있으며 더욱이 이 이야기들은 모두 장편으로 양으로 따지면 『오토기보코』의 과반을 차지한다. 또한 나머지 이야기의 거의 대부분 역시 중국을 소재로 하고 있다. 과연 『전등신화』의 번안집이라는 세간의 평판을 얻기에 충분한 비중인 것이다. 그러나 아사이 료이가 참고로 한 것은 중국에서 간행된 『전등신화』의 원본이 아니라 조선에서 간행된 『전등신화』의 주석서인 『전등신화구해剪燈新話句解』였다. 이 책은 조선 명종 때에 윤춘년尹春年, 1514-67이 구우의 교정본에 따라 정정한 것을 임기林芑, 생몰연대미상가 주석을 단 것으로 세 차례(1549년, 1559년, 1564년) 간행되었다. 이후 『전등신화구해』는 임진왜란을 통해 일본에 전해졌으며 이 중 아사이 료이는 1648년 정판整版으로 간행된 『전등신화구해』를 접한 것으로 보인다.

『오토기보코』가 『전등신화』를 문학적 탯줄로 삼았다고는 하나 각 권의 구성과 이야기 배열, 스토리텔링, 등장인물의 성격 등은 일본의 민간 습속과 근세의 서민 정서를 자양분으로 각색되어 원전과는 사뭇 다른 개성을 지닌 또 하나의 창작으로 거듭난 작품이라고 할 수 있다. 예를 들어 『전등신화』의 「모란등기牡丹燈記」가 원전이며 『금오신화』의 「만복사저포기萬福寺樗蒲記」의 영향도 거론되는 『오토기보코』 권3의 3화 「모란초롱牡丹灯籠」을 살펴보도록 하자. 전자의 경우, 시간적 배경을 살펴보면 각각 정월 보름(『전등신화』)과 삼월 스무나흘(『금오신화』)로 되어 있으나 후자는 칠월 보름으로 설정되어 있다. 이는 원전에서 단순히 밤길을 비추기 위한 소도구에 불과한 초롱이 『오토기보코』에서는 선조들의 영혼이 이승으로 돌아온다는 일본 오봉お盆의 세시풍속인 '마중 불迎え火'과 연동되어 작품의 몽환적 분위기를 한층 고조시키는 메타포로 작용하게 된다. 이러한 독특한 구성과 문체는 『오토기보코』 이후 제작된 근세 괴이담에 지대한 영향을 미친다.

_ 후속 문예에 미친 영향

근세 괴이담의 시조인 『오토기보코』가 후속 문예에 미친 영향력은 크다. 이는 비단 문학만이 아니라 근세의 이야기 문예語り物 및 회화繪畵 등, 타 장르의 영감과 창작의 원천이 되기도 하였다.

먼저 소설 분야에서는 『속오토기보코続伽婢子, 1671』, 『신오토기보코新御伽婢子, 1683』, 『고젠오토기보코御前伽婢子, 1702』, 『슈이오토기보코拾遺御伽婢子, 1704』 등, 수많은 아류작이 탄생되어 괴이담의 명맥을 이어나갔다. 또한 가부키歌舞伎나 교겐狂言에서도 『오토기보코』를 소재로 한 작품이 등장하였다. 예를 들어 유명한 라쿠고落語 명인인 산유테 엔초三遊亭円朝, 1839-1900는 『오토기보코』의 「모란초롱」을 새롭게 해석하여 원전과는 사뭇 다른 성격의 여주인공상을 만들어 내었는데 이는 가부키 「괴담모란초롱怪談牡丹灯籠」으로 만들어져 인기를 얻었다.

이와 같은 괴이담의 유행은 당시의 회화 세계와 연동하여 그로테스크한 새로운 화풍을 창출하기도 하였다. 즉 18세기 후반부터 19세기 말까지 약 100여 년 동안 화단에는 유령화幽靈畵가 일세를 풍미하였다. 예를 들어 우키요에浮世絵 작가로 서구에도 일찌감치 그 명성을 알린 가사이 호쿠사이葛飾北斎, 1760-1849는 만년에 『오토기보코』에 실린 「모란초롱」에서 영감을 얻어 이야기의 몽환적 세계를 회화로 재현해 낸다(그림 참조). 또한 오치아이 요시이

쿠落合芳幾, 1833-1904 역시 아름다운 미녀의 배후에 해골 그림자가 드리운 형태의 「백 가지 이야기 모란초롱百もの語牡丹灯籠」을 완성한다.

이렇듯 『오토기보코』는 비단 가나조시의 걸작, 혹은 괴이물의 시조라는 위상을 넘어 일본 근세 문예사조의 흐름과 변화를 종합적이고도 통시적으로 파악할 수 있는 하나의 기준점이라 할 수 있다.

오토기보코

Otogiboko